Robert B. Thiele

Der General

Der General

Robert B. Thiele

2013
Carola Hartmann Miles – Verlag Berlin

CIP-Kurztitelaufnahme der Deutschen Nationalbibliothek:
Robert B. Thiele, Der General, Berlin 2013

ISBN 978-3-937885-68-1

Herstellung: Books on Demand GmbH, Norderstedt

© Carola Hartmann Miles – Verlag,
(www.miles-verlag.jimdo.com; email: miles-verlag@t-online.de)

Das Buch ist 2011 im Carola Hartmann Miles -Verlag unter dem Titel "Die Treuhänderin" als Hardcover erschienen.

Alle Rechte, insbesondere das Recht der Vervielfältigung und Verbreitung sowie der Übersetzung, vorbehalten. Kein Teil des Werkes darf in irgendeiner Form (durch Fotokopie, Mikrofilm oder ein anderes Verfahren) ohne schriftliche Genehmigung des Verlages reproduziert oder unter Verwendung elektronischer Systeme gespeichert, verarbeitet, vervielfältigt oder verbreitet werden.
Printed in Germany

ISBN 978-3-937885-68-1

„Fragen wir zuerst nach dem Ziel, worauf der ganze Krieg gerichtet werden muss, um für den politischen Zweck das rechte Mittel zu sein."

Carl von Clausewitz, „Vom Kriege", 1. Buch, 2. Kapitel, 214.

Die Personen, Handlungen und Handlungsorte dieses Romans sowie die in ihm verwendeten Bezeichnungen sind – abgesehen von geographischen Bezeichnungen und berühmten Marken – frei erfunden. Etwaige Ähnlichkeiten mit tatsächlich lebenden oder verstorbenen natürlichen oder juristischen Personen, mit Ereignissen, Handlungsorten oder sonstigen Bezeichnungen sind rein zufällig und nicht beabsichtigt.

Inhalt

                                      Seite

Overtüre	8
Die Mandatierung	53
Das Mandat	110
Finale	198

Teil 1
Ouvertüre

Kapitel I

1

Er fand sie auf dem Flughafen von Puerto Rico wieder, Abflughalle, nach über 20 Jahren. Behenden, aber ruhigen Schrittes war sie dabei, in einer Menge von Passagieren zu verschwinden, die dem Flughafenausgang zustrebten. Er erkannte sie an ihrem einmaligen Gang, der ruhigen Bewegung der immer noch prallen Pobacken in einer knappen, nicht zu eng sitzenden Jeans, diesem schwingenden Auf und Ab, einem Bewegungsablauf, den sie auch bei zügigem Gang beibehielt, Oberkörper aufrecht, der Rücken bedeckt von ihrem langen schwarzen Haar, das im Rhythmus ihrer Gehbewegungen hin und her fiel, zielstrebig wiegte sie dem Ausgang zu, einen Rollkoffer hinter sich herziehend.

Lomer sprang auf, das Wall Street Journal fiel zu Boden, er stolperte über seine Reisetasche und hetzte auf die Absperrung zu. Sie musste es sein, nein, sie war es, ihr seitliches Profil, das kurz zu sehen war, als sie sich nach rechts zu „Exit" wandte, wo der Andrang nicht ganz so groß war, beseitigte letzte Zweifel, auch die übergroßen Ohrringe – für solch überdimensionierten Schmuck hatte sie immer eine Schwäche gehabt, auch damals schon, vor 20 Jahren – machten ihn sicher; Puerto Rico war also doch der richtige Tip gewesen. Eine Lautsprecheransage, womöglich wurde sein Flug aufgerufen, wahrscheinlich letztmalig. Er hörte nicht hin, warf einen Blick zurück auf seine umgefallene Reisetasche hin zum Abfertigungspersonal, einem jungen Puertoricaner, der in diesem Augenblick von einem anderen Passagier abgelenkt wurde, und flankte über die Absperrung.

Seine Laufschritte hämmerten durch die Halle, irgendeine Stimme rief etwas hinter ihm her, was er da machte, er könnte doch nicht, „stop!", und so weiter, er hörte nicht hin und schob sich in den dichter werdenden Pulk der Reisenden, die inzwischen Ausgang B entdeckt hatten. Laura meinte er, in der sich zwischen Abflughalle und den Taxiständen langsam auflösenden Menschenmenge zu erspähen, das lange pechschwarze Haar, der silberne Ohrring, der einen späten Sonnenstrahl reflektierte, ihr großer Wuchs, machten es ihm jetzt leichter, durch das Gedränge ihre Spur wieder aufzunehmen. Lomer rempelte sich geschickt durch die Menge, ohne Gepäck, von rücksichtsloser Hast getrieben quirlte er durch das Nadelöhr des „Exit C" und sah sie im Fond eines Taxis verschwinden, in das sie zuvor ihr Rollbag geworfen hatte.

Nur Augenblicke später sprang er auf das übernächste Taxi zu, es war bereits besetzt, er verlor wertvolle Sekunden und prägte sich schnell eine der Nummern ein, die am Heck von Lauras Taxi soeben noch zu sehen waren, beiger Toyota, wahrscheinlich Corolla, älteres Modell, irgendwas mit CXY-124 oder so ähnlich; am Steuer ein dunkelhäutiger Krauskopf mit Sonnenbrille, aber die trugen sie hier alle, auch abends.

Alarmsirenen heulten auf. Schwarze Polizeiuniformen wuselten aus der Abflughalle auf das Vorfeld. Es war Zeit, hier wegzukommen. Er schnappte sich das nächste freie Taxi und versuchte, die Verfolgung des Toyota aufzunehmen.

2

Estella Laureen Schwartze zupfte die lästigen Ohrreifen ab und warf sie auf den Waschtisch im Bad der Suite, die sie vor einigen Tagen angemietet hatte. Sie zog ihre hochhackigen Schuhe aus und griff zum Telefon.

Auf der anderen Seite meldete sich die tiefe Stimme einer Frau. „Ja, bitte?"
„Ich bin's."
„Wo bist Du?"

„Puerto Rico, Hotel Esplanade"
"Hast Du was erreicht?"
„Ich glaube, ich hab' ihn am Haken. Er wollte gerade nach New York; saß schon in der Abflughalle."
„Was heißt das, ich glaube?"
„Entweder er ist mir gefolgt, oder er hat es zumindest versucht, oder – "
„Schätzchen, wir brauchen klare Verhältnisse."
„Ich weiß", erwiderte das Schätzchen. „Ich denke, er ist noch an mir dran. Wieviel Zeit soll ich ihm geben?"
Die Frau am anderen Ende überlegte. „Verlängere noch um zwei Tage und melde Dich, wenn es ´was Neues gibt, spätestens in 24 Stunden. Es ist schon spät."
„Okay, schlaf gut, gute Nacht!" Estella Laureen Schwartze tippte zwei Telefontasten und teilte der Rezeption mit, dass sie die Suite noch mindestens zwei weitere Nächte behalten würde.

3

Lomer lag auf seinem Kingsize-Bett im „Esplanade" und rauchte. Hin und wieder ein nervöser Blick auf's Telefon, ein kurzes Nippen am Whiskey-Glas. Ob dieser verrückte Taxifahrer ihn tatsächlich anrufen würde? Wahrscheinlicher war, dass er mit den hundert Dollar, die er ihm für seine Gefälligkeiten vorab gegeben hatte, in einer Spelunke saß. Und falls er überhaupt anrief, ob er dann wohl eine verwertbare Information hatte, über den Toyota Corolla, über den Fahrer, über das Fahrtziel, vielleicht sogar über Laura? Eher unwahrscheinlich. Vorsichtshalber hatte er auch die Taxizentrale beauftragt, Nachforschungen anzustellen, auch die hatte seine Telefonnummer im Hotel.

Er nahm einen weiteren Schluck und schaute auf die Uhr – bereits nach neun. So ein Mist, fast hätte er sie gehabt! Gut 20 Jahre war es her, dass er sie das letzte Mal gesehen hatte, in dieser Nacht, bevor sie für immer verschwunden war - bis heute, vor ein paar Stunden auf dem Flughafen. Lomer machte die Zigarette aus und dämmerte vor sich hin.

„Laura, es fehlen 2 Millionen."

„Was Du nicht sagst! Wem? Was hab' ich damit zu tun?" Sie warf ihr langes schwarzes Haar nach hinten, faltete eine Bluse zusammen und warf sie in einen Koffer auf ihrem Bett.

„Auf dem von Dir für die Kanzlei geführten Treuhandkonto Hallwig."

Die junge Frau zuckte teilnahmslos mit den Schultern und legte behutsam mehrere übergroße Ohrringe in den Koffer, die sie zuvor in ein Bündel Tops und Slips eingewickelt hatte.

„Morgen früh wirst Du ein Problem haben. Kurlow will Dich in seinem Büro sprechen, ich soll dabei sein."

„Wer erhebt Ansprüche auf das Treugeld? Wer?"

Laura Schwartze klappte den Koffer zu und sah Lomer herausfordernd an.

Lomer wusste, worauf sie hinaus wollte. „Bis dato niemand, natürlich nicht. Aber die Kanzlei Kurlow & Konetzke hat einen Anspruch gegen ihre Mitarbeiterin, Rechtsanwältin Laura Schwartze, die das Treuhandkonto Hallwig als Treuhänderin persönlich betreut, zu erfahren, wo das Treugeld ist. Und dass Du jetzt Koffer packst, rechtfertigt ihre Nervosität."

„Du weißt, dass ich morgen früh beruflich mit dem jungen Kollegen – wie heißt der doch gleich? – in Berlin bin. Mein Flug geht um zwanzig nach sieben, Gerichtsverhandlung ist um neun. Auch Kurlow sollte das wissen, könnte das wissen, hätte er in den Zentralkalender geschaut oder schauen lassen."

„Deshalb bin ich hier. Ich will Dir helfen, indem ich morgen früh Kurlow vertröste. Dazu hätte ich ihm allerdings gerne ein paar Informationen gegeben, auf die er seit Tagen hungrig ist. Wo ist das Geld? Auf einem Parallelkonto? Wer hat Zugang? Was hat Dich veranlasst ...?"

„Komm, lass' uns rübergehen!" Laura Schwartze zog den Reißverschluss ihres Koffers zu und nickte Richtung Flur.

„Und wie viele Verhandlungstage hast Du in Berlin eingeplant, wenn Du acht Ohrreifen und 24 Slips einpackst?" Lomer folgte ihr über den Flur ins Wohnzimmer.

Laura ließ sich aufs Sofa fallen und machte eine Zigarette an. „Fragen über Fragen. – Willst Du auch eine?"

„Noch eine Frage oder noch eine Zigarette?" Er nahm sich eine aus dem silbernen Tabakkasten, der auf dem Couchtisch zwischen ihnen stand.

„Witzbold." Laura lehnte sich in ihrem Sofa zurück und stieß Rauch aus. „Hannes, Du kennst doch den Fall Hallwig; ich kann ihn Dir – auch für Kurlow morgen früh – aber gerne noch mal schildern: Kollege Hallwig aus Berlin ist von zwei Schweizer Unternehmern über den Tisch gezogen worden, gleich nach der Wende. Sie blieben ihm zunächst etwas über 300.000 Mark Honorar schuldig, später –"

„Ich kenne den Fall, Deine detaillierte Schilderung beantwortet meine Fragen nicht."

„Doch. Anstelle eines Honorars boten die Schweizer ihm eine Kommanditbeteiligung an ihrem Unternehmen an, und dieser unersättliche Narr ging darauf ein, was dazu führte, dass er ihnen weitere erhebliche finanzielle Mittel zur Verfügung stellte, die Hallwig auch hatte, weil sich die Anwälte in Berlin seit der Wende im Wilden Osten eine goldene Nase verdienen konnten und immer noch können ..."

„Laura, mach' den Punkt."

„Schließlich hängen die Schweizer bei ihm mit etwas über 2 Millionen in der Kreide. Hallwig beauftragt einen Detektiv und stellt fest, dass das Schweizer Unternehmen marodiert und beide, Anax und Naef – so heißen die Schweizer – vorbestraft sind. Das heißt Hallwigs Forderung ist so gut wie wertlos, und weil er sich zusätzlich mit Berliner Schrott-Immobilien überhebt, sieht er seine Kanzlei langsam absaufen. Da kommt ihm eine rettende Idee –"

Hatte er an dieser Stelle Laura erneut unterbrochen, oder wurde er in seinen dämmerigen Erinnerungen gestört? Pochen an der Tür, lauter, Hämmern, Poltern. Rufe „Security, Security", dann stürmten sie in seine Suite, bevor er richtig zu sich kam, voran zwei schwarz uniformierte Polizisten, der eine bezog links von seinem Bett Stellung, der andere rechts, beide breitbeinig, Oberkörper vorgebeugt, drohende Waffen im Anschlag, auf ihn gerichtet. Zwei Hotelangestellte folgten zögernd, als Hannes Lomer sich vorsichtig im Bett aufrichtete, die Hände über dem Kopf, nur keine unachtsame Bewegung machen, ob er im Hotel ein Rauchverbot missachtet hatte?

Er ließ sich ohne weiteres festnehmen, so sprachlos war er, und dankbar, dass sie auf Fußfesseln verzichteten. Sonst hätte der lange Weg nach unten noch länger gedauert, den Hotelflur entlang, mit dem Lift nach unten, quer durch die Lobby, in das wild um sich blinkende Polizeifahrzeug auf dem Vorplatz des Esplanade-Hotels, in Handschellen und völlig verwirrt.

Kapitel II

1

Die Quecksilbersäule des großen Gartenthermometers, das an der Stirnseite des Gewächshauses angebracht war, kaum zu sehen hinter all den wild wuchernden Farnen, Palmen, Schlingpflanzen und wilden Orchideen, stieg auf 41 Grad Celsius. Ein schwaches Gebläse hielt die Luft einigermaßen trocken.

Der alte Mann zupfte mit knöchernen Fingern die Wolldecke ein wenig höher. Ihn fröstelte; ein kurzer trockener Husten schüttelte ihn. Über der grauen Decke lag eine aufgeschlagene Zeitung, Seite 3, ein politisches Portrait des Staatssekretärs Jaeger und eine Ankündigung seines heutigen Empfangs vom US-Verteidigungsminister auf dem militärischen Teil des Flughafens Köln-Bonn. Die Augen des alten Generals verfolgten den Text Zeile für Zeile, lauerten auf scheinbar nebensächliche Details, schlossen sich zwischendurch für Momente des Nachdenkens und Erinnerns. Was könnte noch schief gehen? Dem widersprüchlichen Zeitungsbericht der ohnehin verlogenen Presse würde er dazu wohl nichts Hilfreiches mehr entnehmen können. Er hob den müden Blick und warf ihn auf den Bildschirm, der wenige Meter vor ihm, von Farnen umwachsen, stumm vor sich hin flackerte. Er griff nach der Fernbedienung vor ihm auf der Wolldecke, als die Tür zum Gewächshaus hinter ihm aufging, mit einem ihm inzwischen lieb gewordenen Quietschton.

Laura. Ihre langen Beine tänzelten den mittleren Gang des Gewächshauses herunter, die italienischen Pumps klackten ruhig und gleichmäßig über die Steinplatten auf den Rollstuhl zu. Ihr tiefschwarzes langes Haar hing über den großen Ringen an ihren Ohren und schlenkerte im Rhythmus ihrer anmutigen Schritte. „Willst Du was trinken?"

„Hier, schau zu, wenn Du ihn noch mal lebend sehen willst." Der General fuhr die Fernbedienung hoch.

„ ... *bei Ankunft des amerikanischen Verteidigungsministers Brooke, der wegen der Affäre um den deutschen Verteidigungsminister heute in Köln-Bonn von Staatssekretär Jaeger empfangen wird.*"

Das Fernsehbild zeigte eine Gangway, oben wurde der Ausstieg des Flugzeugs geöffnet, unten an der Gangway wartete eine kleine Gruppe von Leuten unter Regenschirmen, daneben zwei Soldaten in Bundeswehr-Uniformen.

„*Vor dieser Live-Übertragung konnten wir Staatssekretär Jaeger noch für ein Kurz-Interview gewinnen, das wir Ihnen jetzt zeigen, bevor wir auf das Flughafen-Vorfeld zurückschalten.*"

Der General stellte wieder etwas leiser, sein Blick blieb auf dem Bildschirm. Laura stand neben ihm.

„Ich sah es vorhin läuten". Er deutete auf die Telefonblinkanlage, die oberhalb des Fernsehers angebracht war, teilweise verhängt von einer Liane. „Wer war's?"

„Laura."

„Von wo?"

„Puerto Rico."

„Ergebnisse?"

„Sie hat ihn am Haken, sagt sie."

„Gut, wird auch Zeit. Soll dran bleiben."

Das Interview mit dem Staatssekretär schien beendet, der Bildschirm zeigte wieder die Gangway. Der Alte griff nach der Hand von Laura. „So, jetzt dürfte es gleich losgehen."

2

Die Boeing der US Air Force parkte in einem abgesonderten Bereich des Flughafens Köln-Bonn, militärischer Teil, großräumig umgeben von Sicherheitscordons, die sich aus amerikanischem Sicherheitspersonal, US-Militärpolizei, deutscher Polizei und einigen Zivilisten mit Regenhüten und -kappen formiert hatten. Unmittelbar vor der Gangway warteten ein knappes Dutzend Männer und Frauen unter Schirmen in Regenmänteln, zwischen dieser Gruppe und dem Fuß der Gangway zwei Bundeswehr-Offiziere in langen Uniformmänteln unter Schirmmützen.

Diese Gruppe hielt der US-amerikanische Sicherheitschef für das Empfangs-Komitee. Er wandte seinen Blick zurück ins Innere der Maschine, in deren Salon der Verteidigungsminister in den Bildschirm sah, der von der Decke der Boeing herunter hing. Das Interview mit irgendeinem zweit- oder drittklassigen Staatsbeamten in der Flughafenlobby war eben zu Ende gegangen, und der Sicherheitschef drängte seinen Minister zur Eile. „Let's go."

„Why the hell muss der deutsche Kollege sich in einer fucking Kongressanhörung Vorwürfe über seine fucking homosexuellen Kontakte anhören, statt mich hier persönlich zu empfangen, wie sich das gehört?" schimpfte er, während Kelley ihm in den Mantel half.

„Parlamentarischer Untersuchungsausschuss", korrigierte Kelley vorsichtig. „Gleich nach der Anhörung fliegt er hierher, das Treffen ist auf der Hardthöhe dann sogleich nach seiner Landung vorgesehen, mit militärischen Ehren, großer Appell, etc. etc. Seine Maschine in Berlin ist schon startklar, wie ich soeben höre." Er drückte seinen Miniempfänger fester ins Ohr und schob den Minister auf die Bordtür zu, die eben geöffnet wurde.

Die beiden Bundeswehroffiziere traten zeitgleich noch zwei Schritte auf die Gangway zu, nahmen Grundstellung ein und grüßten. In der Gruppe hinter ihnen wurden Regenschirme zusammengeklappt, vor dem Minister gingen Kelley und ein weiterer Sicherheitsmann die Gangway hinunter, die Blicke prüfend auf die wartende Gruppe und die Horde der in größerem Abstand dahinter lauernden Reporter und Kameraleute gerichtet. Brooke folgte den beiden im Abstand von jeweils einer Stufe.

Es geschah auf der zweituntersten Stufe der Gangway: Kelley fasst sich an seinen Oberschenkel – war er gestolpert oder ausgerutscht, auf der regennassen Gangway, hatte sich nach dem stundenlangen Sitzen im Flieger ein plötzlicher Muskelkrampf eingestellt? Kelley verharrt einen Moment, sucht hinter sich nach Halt und ergreift den Mantel seines Ministers, der in Kelley hineinstolpert, nun versuchen beide, um Haltung ringend, über die letzte Stufe den sicheren Asphalt zu erreichen.

Abrupt reißen die beiden Offiziere der Bundeswehr die salutierenden Arme nach vorn, springen auf die Gangway zu und fangen die Taumelnden auf, einer der Offiziere rammt den zweiten Sicherheitsbeamten zur Seite, der den Vorfall unmittelbar hinter ihm allenfalls durch das plötzliche Geraune in der Menschenmenge vor sich mitbekommt. Eine Schirmmütze klatscht auf den Asphalt, neben ihr geht Kelley in die Knie, die Hände am Oberschenkel, auch der Minister kann nun nicht mehr gehalten werden und fällt über seinen Sicherheitschef der Länge nach hin. Einer der Offiziere, ein Major der Feldjäger, ist fürsorglich über ihn gebeugt, dann neben ihm kniend, der andere, ein Oberstleutnant, hat bereits seine Walther P1 schussbereit in der Rechten und sichert.

Auch der zweite US-Sicherheitsbeamte zog nun eine Waffe aus seinem Mantel und glotzte irritiert auf die wartende Gruppe, die sich unruhig und aufgelöst nach vorne drängte, Schreckensrufe, eine laute Stimme „Ambulanz", eine andere „Sani", weitere Rufe nach irgendwelcher Hilfe. Zusätzliche Sicherheitsleute stürmten polternd die Gangway hinunter, einige mit Pistolen im Anschlag.

Sirenen ertönten, aus verschiedenen Richtungen preschten Rettungswagen herbei, Blaulicht, das von den Wasserlachen reflektiert wurde, über die sich einige der Kameraleute vorzudrängen versuchten, aufgehalten nur durch die US-Sicherheitsbeamten und ein paar aus dem Sicherheitsgürtel heran stürmenden Bereitschaftspolizisten. Verzweifelte Schreie, Rufe, Anweisungen, verirrte Kommandos. Chaos.

Der Regen ließ nach.

3

Der amerikanische Verteidigungsminister stieg die Gangway hinab, die Arme angewinkelt zum Gruß erhoben, standard lächelnd, soweit man das unter der weiten Krempe seines Hutes sehen konnte, den er nach dem Gruß rasch wieder aufsetzte. Sein Lächeln verschwand – das mochte am Regen liegen oder an seiner wahren Stimmung – ‚als er seinen Weg über die Stufen nach unten fortsetzte, zwei Sicherheitsleute vor ihm, ein weiterer schaute aus dem Flugzeugausstieg über das Vorfeld.

Das Fernsehbild ging wieder in die Halbtotale über, und der Kommentator führte aus, dass der Luftwaffenflieger mit dem deutschen Verteidigungsminister in Berlin nunmehr startklar sei.

„Minister Coenen ist nach der neunstündigen Anhörung im Untersuchungsausschuss, der bis eben zu seinen angeblichen Kontakten im Homosexuellen-Milieu in und um Köln getagt hat, bereits unterwegs nach Tegel, um seinen amerikanischen Gast im Rahmen eines ... – Mein Gott, was ist das denn?"

entfuhr es dem Reporter, die Kamera zoomte hastig wieder in die Nahaufnahme. Brooke stolperte am Ende der Gangway über einen seiner vor ihm gestürzten Sicherheitsleute, zwei Soldaten in deutschen Uniformen sprangen helfend hinzu, konnten aber nicht verhindern, dass der Gast vor ihnen auf den nassen Asphalt aufschlug. Einer der Soldaten kümmerte sich um ihn, der andere setzte seine herunter gefallene Schirmmütze rasch wieder auf, Sirenen erschallten.

„Diese ohnehin nicht unter einem politisch glücklichen Stern stehende Visite – das hat ja gerade noch gefehlt heute, werden so manche sagen – wird nun noch davon überschattet, dass Minister Brooke die Gangway hinabstürzt, dabei ist er – soweit man sehen kann – lediglich über einen seiner Mitarbeiter gestolpert, der – so sieht es derzeit von hier aus – auf der glitschig-nassen Gangway ausgerutscht sein wird, na hoffentlich nichts Schlimmes, aber peinlich, peinlich, peinlich –"

Der Fernsehreporter rang nach Worten, das Bild zeigte, dass beide Gestrauchelten liegen blieben, umwuselt von Sicherheitskräften in langen dunklen Regenmänteln, manche kniend, manche stehend, einige um ihren Minister bemüht, einige nach vorn – auch Richtung Kamera – sichernd; einer trug eine Waffe.

„Oder ob da doch ´was Ernstes passiert ist, die beiden Gäste liegen immer noch unbewegt da, und aus Richtung Flughafengebäude – sie hören und sehen es ja jetzt selbst, verehrte Zuschauer – eilen Rettungskräfte an die Unfallstelle, der erste Unfallwagen trifft soeben am Flugzeug ein, aber die Amerikaner scheinen die Helfer gar nicht durchlassen zu wollen, wir werden sehen –"

Der jugendliche General erhob sich, zog die Bügelfalten seiner Flecktarn-Uniformhose zurecht und freute sich über den gelungenen Stiefelputz. Die Fernbedienung legte er an der vorderen Schreibtischkante ab, Ränder parallel, und brüllte: „Hauptfeld Renstorff".

Er hatte den Namen noch nicht ganz ausgesprochen, als ein ebenfalls in Flecktarn Uniformierter durch die Verbindungstür in sein Dienstzimmer krachte, die Hacken seiner makellos gewienerten Springerstiefel zusammenknallte und schrie: „Herr General?" Die Tür fiel hinter ihm ins Schloss.

„Renstorff, rühren und angucken!" Der General wies auf den Bildschirm, der Hauptfeldwebel ging drei Schritte hinter ihm wieder in Grundstellung und spähte amüsiert auf die Mattscheibe.

„Wie finden Sie das, Renstorff? Stehen sie bequem!"

Der linke Stiefel des Hauptfeldwebels zuckte vor, die Arme fielen in eine vorbereitete Position hinter seinem Rücken. „Bemerkenswert, Herr General, unglaublich!"

„Sonst hätte ich Sie ja wohl auch nicht 'reingerufen, Renstorff." Der General ordnete einige Papiere auf seinem Schreibtisch, Ränder parallel zur Schreibtischkante, den Blick unverändert auf dem Fernsehbild. „Oder dachten Sie, wir veranstalten in dieser maroden Armee jetzt gemeinsame Fernsehnachmittage quer durch die militärische Hierarchie, politische Weiterbildung oder was?" Er zog seine Mundwinkel nach unten. „Ihre Stellungnahme, Renstorff?"

„Stellungnahme?"

„Politisch."

„Verheerend. Kann nicht ohne Folgen bleiben."

„Militärisch?"

Der Untergebene konnte sich jetzt ein Grinsen nicht mehr verkneifen. "Operation gelungen, hervorragend, Herr General."

„Das will ich meinen, Renstorff." Der General nahm in seinem ledernen Schreibtischsessel Platz und griff wieder nach der Fernbedienung.

Zwei leblose Personen wurden in ein Sanka verfrachtet, das heulend und mit Blaulicht durch die aufgewirbelte Regengischt Richtung Flughafengebäude davonraste, gefolgt von zwei Zivilfahrzeugen.

„Verehrte Zuschauer, wir können Ihnen im Moment nicht sagen, was hier in Köln-Bonn auf dem Flughafen passiert ist, ein Unfall jedenfalls, jedenfalls gab es – wie Sie selbst sehen konnten – hier einen Unfall auf dem Rollfeld unmittelbar nach Ankunft des US-amerikanischen Verteidigungsministers Brooke, wir bleiben dran ...", versicherte der Reporter, der nun im Bild zu sehen war „ *... und werden Sie unmittelbar nach den Nachrichten weiter informieren. Wir schalten um, und vielen Dank, dass Sie bei uns waren."*

15 Kilometer Luftlinie entfernt im Kölner Heeresamt in der Brühler Straße fuhr der General die Lautstärke wieder runter. „Renstorff, wegtreten!"

Kapitel III

1

Lomer wurde in einen Vernehmungsraum geführt, in dem man ihm die Handschellen abnahm. Er rieb sich die Handgelenke und schaute sein Gegenüber an, eine junge schwarze Polizeibeamtin in Uniform, die einen Schreibblock vor sich liegen hatte und eine dünne offene Akte. Hinter Lomer bauten sich die beiden Wächter auf, die ihn aus der Zelle hergeführt hatten.

Die Schwarze schaute Lomer an. „Name?"

„Dr. Lomer, Wolfgang, geboren ... "

„Beantworten Sie nur meine Fragen! Beruf?"

„Rechtsanwalt."

„Not medical Doctor?"

"No, Lawyer, as I said."

Die Vernehmungsbeamtin machte sich Notizen. „Arbeitgeber?"

„Ich bin selbstständig. Ich bin Mitglied der Rechtsanwaltskanzlei Kurlow Konetzke Partner in München."

„Arbeitgeber?" Die Beamtin starrte auf ihr Aufnahmeformular.

„Kurlow Konetzke Partner, München, Bundesrepublik Deutschland."

„Sitz?"

„Wohnsitz?"

„Sitz Arbeitgeber."
„München."
„Wie schreibt man das?"
Lomer buchstabierte. Er vermied das „ü", das sicher weitere Fragen ausgelöst hätte, und sagte „u" und „e".
„Wo liegt das?"
„Deutschland". Er deutete vorsichtig auf seinen Reisepass, der zwischen ihnen lag.
„West oder Ost?"
„Es gibt nur noch die Bundesrepublik Deutschland, also ..."
„Wie bitte?"
„ ..., also West."
Die Beamtin machte ein Kreuz in das Formular und wollte wissen, was Zweck seines Besuches in den USA gewesen sei.
„Ich war und bin auf der Suche nach einer deutschen Kollegin. Je länger Sie mich hier festhalten, desto geringer sind meine Chancen, sie zu finden. Gestern ..."
„Privat oder beruflich?"
„Beruflich; gestern habe ich sie nämlich auf Ihrem Flughafen entdeckt."
„Wieso beruflich?"
„Die Dame ist eine Kollegin, die vor 20 Jahren unserer Kanzlei angehörte und damals einen Millionenbetrag an Mandantengeldern unterschlagen und veruntreut hat. Ihr Name ist Laureen Schwartze, Rechtsanwältin, Rufname Laura. Wir ..."
„Haben Sie die Polizei verständigt?" Die Beamtin blätterte in ihrer Akte.
Lomer rutschte unruhig auf seinem Schemel nach vorne. Diese blöden Fragen nervten ihn. „Nein, ich habe sie nach über 20 Jahren hier gefunden und wollte sie zur Rede stellen."
„Ohne Polizei?" Sie schüttelte den Kopf. „Weshalb waren Sie nun in Puerto Rico?"
„Spuren führten hierher."
„Was für Spuren?"
Die Dimension des Verhörs überstieg das Fassungsvermögen des Formulars, und die Polizistin schaute Lomer ratlos an.
„Geldtransfers."
„Gibt es eine polizeiliche Ermittlungsakte in Ihrem Land, die wir anfordern könnten?"
Lomer schüttelte sich bei dem Gedanken an die Amtswege und verneinte.
„Sie wollen behaupten, Sie als Anwälte hätten dieses Verbrechen Ihrer Kollegin damals nicht zur Anzeige gebracht?"
„Ja."
„Also doch."
„Nein!"
„Also was jetzt?"
„Wir haben damals von der Einleitung offizieller Schritte absehen müssen, um das Renommee unserer Anwaltskanzlei nicht zu gefährden". Die Mulattin dachte über den Satz längere Zeit nach und hatte dann eine für ihre Verhältnisse erstaunliche Idee: „Sie erwähnten Mandantengelder. Wenn die plötzlich weg waren, müssen doch die Geschädigten mal Ihre Behörden eingeschaltet haben."
„Haben sie nicht. Sie hatten das unserer Kollegin anvertraute Geld –", Lomer überlegte sich eine Formulierung, die sowohl wahr wie auch für sein Gegenüber nachvollziehbar war, „ – selbst illegal erworben."

„Haben Sie wenigstens das Ihren Behörden seinerzeit angezeigt?"
„Nein. Das ging nicht wegen der anwaltlichen Verschwiegenheitspflicht, der wir in Deutschland unterliegen. Die Gelder waren im weitesten Sinne im Zusammenhang mit der damals grassierenden Wiedervereinigungs-Kriminalität sozusagen ‚erwirtschaftet' worden."
Das hätte Lomer so nicht formulieren sollen. Die Polizistin schaute ihn lauernd an. Das Verhör überstieg inzwischen nicht nur das Fassungsvermögen des Formulars. „Ihnen wird der Verstoß gegen die Sicherheitsbestimmungen unseres Flughafens vorgeworfen. Sie haben den Abflugbereich widerrechtlich verlassen, haben deutliche Barrieren und Markierungen illegal überwunden, sind Anweisungen unseres Sicherheitspersonals am Flughafen nicht gefolgt, haben sich diesen Anweisungen widersetzt, haben entgegen unseren Bestimmungen Gepäckstücke im Abflugbereich unbeaufsichtigt zurückgelassen, in denen wir Sprengstoff vermuten mussten, was zu umfangreichen Kontrollen, Flugverspätungen und weiteren Folgen geführt hat, deren Kosten wir im Moment noch gar nicht beziffern können."
Lomer schluckte.
„Und im übrigen glaube ich Ihnen nicht." Die Vernehmungsbeamtin schob ihre Unterlagen zusammen. „Die Person, die Sie angeblich auf dem Flughafen verfolgt haben, diese Laureen Schworz, wohnt nämlich seit einer Woche im selben Hotel wie Sie."
Lomer schluckte nochmal.

2

Estella Laureen Schwartze warf ihre Jeans aufs Bett und drückte eine Taste ihres Cellphones, dann dieselbe Taste noch mal.
Es dauerte eine ganze Weile, bis die Verbindung hergestellt war. Im Fernsehen wurde von einem Attentat auf den US-Verteidigungsminister berichtet, jedenfalls entnahm Estella das den Durchlaufzeilen unten am Bildrand.
Endlich der erwartete Summton. Wieder die tiefe Stimme am anderen Ende. „Ja, bitte?"
„Ich bin's. Operation Brücke scheint funktioniert zu haben."
Die automatischen Telefonabhörsysteme verstanden „Brücke" als Brooke, sortierten den Anruf in die Kategorie höchster Wichtigkeit ein, zeichneten das Gespräch auf und leiteten die Aufzeichnung zeitgleich weiter an die nationale Abhörzentrale der National Security Agency NSA in Denver, Colorado.
„Weshalb rufst Du an, Schätzchen?"
Estella konzentrierte sich, konnte aber den Blick nicht vom Fernsehgerät nehmen. Ein Mann namens Kelley, Sicherheitschef der Minister-Crew, wurde gerade interviewt, aber sie hatte den Ton abgeschaltet.
„Die Sache läuft hier nicht mehr rund."
„Was ist passiert, Schätzchen?"
„Lomer sitzt ein. Er wurde gestern Abend festgenommen, keine Ahnung warum ..."
„Keine Namen, Dummchen! – Dann finde es heraus. Spiel' ihm einen Anwalt zu. Wo sitzt er?"
„Justizgebäude, Vernehmungstrakt. Ich habe mit dem Taxifahrer gesprochen, mit dem er mich verfolgt und den er auf mich angesetzt hat. So ein süßer kleiner Mulatte."

Laura am anderen Ende überlegte. „Transferiere alles Geld sofort nach Manhattan, Barclays Bank, Du hast die Daten und die erforderliche Unterschrifts-Mitberechtigung für Puerto Rico; ich verschicke heute Nacht noch eine Mail dorthin."
„Wirklich?"
„Sicherer ist es, mach' es so, sofort, sobald die Bank öffnet."
„Mach' ich doch glatt. Und tschüss."
„Halt! Und bleib an unserem Häftling dran und ruf hier spätestens in zwölf Stunden wieder an, hörst Du? Sobald Du Deine Spur nach New York gelegt hast, reise dorthin ab, verstanden?"
„Klar doch, mach' ich. Tschüss." Sie schaltete das Cellphone ab.
Im Fernseher wurde inzwischen ein Baseball-Match gezeigt.
Das aktivierte Abhörsystem beendete den Mitschnitt und warf ihn in den elektronischen Orkus der 1,7 Milliarden Aufzeichnungen, die bei der NSA auch an diesem Tag ihren Auswertungen entgegensahen.
Laureen rief die Rezeption an und teilte mit, sie würde morgen Mittag auschecken wollen.

3

Die zweite Vernehmung von Lomer fand am selben Nachmittag statt. Für sie stand das Office der Staatsanwaltschaft zur Verfügung, das im selben Trakt lag. Die Vernehmungsbeamtin vom Vormittag hatte eine junge Staatsanwältin angefordert, die Lomer freundlich begrüßte und ihn bat, ihr gegenüber am Schreibtisch Platz zu nehmen. „Der Officer, den Sie ja schon kennen, Lieutenant Baxevanos, wird die Protokollführung übernehmen." Lieutenant Baxevanos hockte sich an die Seite des großen Schreibtisches und wühlte in ihren Unterlagen.

Die Staatsanwältin mochte knapp über 30 sein, hatte kurz geschnittenes blondes Haar, das irgendwie zu ihrem Stupsnäschen passte, ein paar Sommersprossen zuviel und trug ein hellblaues Hosenkostüm. „Sie sind also Dr. Hannes Lomer, Rechtsanwalt aus good old Germany, Munich." Sie lächelte ihn freundlich an, und Lomer nickte brav.

„Ich muss Sie darauf hinweisen, dass alles, was Sie jetzt sagen, gegen Sie verwendet werden kann, und dass Sie ab sofort das Recht haben, einen Anwalt hinzuzuziehen. Sie können auch schweigen, wenn Sie wollen."

„Von diesen freundlichen Angeboten würde ich lieber Abstand nehmen. Ich würde es vorziehen, mich selbst zu verteidigen, wenn das denn überhaupt erforderlich sein sollte."

Die junge Staatsanwältin lächelte. „Das war kein Angebot. Ich bin verpflichtet, Sie über diese Möglichkeiten zu belehren. Mein Angebot steht draußen im Flur: ein in Puerto Rico zugelassener Rechtsanwalt, der zufällig in der Nähe war, Attorney-at-Law."

Lomer schüttelte den Kopf. „No, thank you. Bitte keine Zufallsfunde". Er war froh, mit jemandem auf seinem juristischen Niveau verhandeln zu können, und irgendwie stimmte ihn die Ouvertüre dieser Vernehmung optimistisch; das lag sicher auch an der Person dieser jungen Legal Attorney, Mrs. Keener.

Keener blätterte sich an das Ende der deutlich dicker gewordenen Akte vor. „Sie sind sich also sicher, dass Sie dieser Lady aus Ihrem Hotel, dieser Miss oder Mrs. Schwarzeer, nicht aus privaten, ich meine vor allem sexuellen, Gründen gefolgt sind, etwa, weil Sie ihr im ‚Esplanade' schon nachgestellt hatten, private Affäre, One-night-stand oder ähnliches? Miss Schwarzeer ist nämlich auch Deutsche, wie Sie wissen."

Lieutenant Baxevanos murmelte: „Es liegt keine Anzeige von ihr vor."
Lomer antwortete: „Nichts dergleichen, ich ..."
„Sie hatten also keine Affäre mit dieser Frau, die ja im selben Hotel wohnt wie Sie?"
Lomer fand, dass er durch die bisherige Vernehmung mehr erfahren hatte als die Staatsanwältin: Laura hatte ihn offensichtlich überhaupt nicht bemerkt, und sie wohnte offenbar immer noch im „Esplanade". Es wurde Zeit, hier 'rauszukommen.
„Ich hatte den Eindruck, Sie würden mich hier lediglich festhalten wegen einer überstürzten Flucht aus dem Flughafengebäude, nicht wegen sexual harressment –"
Die Staatswältin nickte. „Das ist richtig, aber wir sind verpflichtet, allen möglichen Rechtsverstößen nachzugehen, die sich aus der bisherigen Vernehmung und damit aus der Akte ergeben." Sie ließ die Blätter der Akte durch ihre Finger gleiten, offenbar den Teil mit dem Protokoll der Vernehmung von heute Morgen. „Sie geben also an, mit dieser Frau nie eine Affäre gehabt zu haben?"
„Nicht in Puerto Rico."
„Also doch?" Die Staatsanwältin schien verdutzt. Baxevanos machte sich Notizen.
„Vor 20 Jahren in München", erläuterte Lomer.
„Das ist eine Lüge, das kann nicht sein", fauchte Baxevanos von der Schreibtischseite. „Sie ..."
„War das denn doch der Grund Ihrer Verfolgung? Wiedersehensfreude über eine alte Bekannte oder so?" Das Stupsnäschen zog sich misstrauisch nach oben.
‚Jetzt nur keinen Fehler machen, keine Widersprüche aufkommen lassen zu seinen Aussagen heute Morgen, am besten dicht bei der Wahrheit bleiben', dachte Lomer und antwortete: „Wie ich bereits heute morgen zu Protokoll gegeben habe, sind wir seit 20 Jahren hinter Frau Laura Schwartze her, die damals aus der Kanzlei mit 2 Millionen von einem Tag auf den anderen verschwunden ist."
„Laura?"
„Laura ist der Nickname von Mrs. Laureen Schwartze."
„Ja, ja, so steht das hier." Die junge Frau stöberte wieder durch die Akte und überflog die letzten Seiten. „'Wir', das ist die Kanzlei in Deutschland, deren Partner Sie sind, richtig? Keine Staatsanwaltschaft, keine Polizei?"
Lomer nickte.
Keener wandte sich Baxevanos zu. „Ist die Kanzlei auch die Stelle, die die Kaution stellt?"
Lomer horchte auf. Er hatte bislang keinen Kontakt zu Kurlow & Konetzke Partner aufnehmen können. Kaution, welche Kaution?
Die Schwarze schüttelte den Kopf. „Anonyme Einzahlung bei dem Anwalt da draußen". Sie deutete Richtung Flur. „Wir prüfen noch den Einzahler."
„50.000 $, die wir für die Flughafengesellschaft, für Airlines und Sprengstoff-Experten und ich weiß nicht, für was im Einzelnen noch alles, pauschal als Schadensersatz bereithalten müssen. Also, die sind jedenfalls da."
Lomer grübelte, hörte aber der Staatsanwältin weiter interessiert zu.
„Dann geht es jetzt eigentlich nur noch um diese Treugeld-Unterschlagung, mutmaßlich durch diese Lady –", sie blätterte wieder an den Anfang der Akte zurück, „ – diese Mrs. Schwartzee, die wir übrigens noch nicht vernehmen konnten." Sie warf dem Officer einen fragenden Blick zu.
„Wir wollten erst seine Geschichte hören", erklärte Baxevanos.

„Here we go." Die Staatsanwältin klappte die Akte zu.

Lomer räusperte sich und fuhr da fort, wo er heute früh stehen geblieben war. „Laura, äh Miss Schwartze, äh, die damalige Miss Schwartze, kam nach ihrem Abflug nach Berlin, wo sie nie auftauchte, nie wieder zurück, und auf dem von ihr betreuten Treuhandkonto, zu dem dummerweise nur sie Zugang hatte, blieb nur Kleingeld zurück. Alle Nachforschungen blieben vergeblich, die Spuren von Laura und des Geldes verloren sich im Nichts."

„Keine Polizei, keine Anzeige, keine Staatsanwaltschaft, nichts Offizielles?"

„Nein, wie ich bereits Officer Baxevanos erläutern durfte, ..."

„Ich weiß, ich kenne die Akte." Keener klopfte kurz auf den Papierstapel vor ihr. „Dann sind doch inzwischen nach – wie Sie sagen – zwanzig Jahren wohl alle Ansprüche verjährt, vermutlich auch der Strafanspruch des Staates – ‚limitation', ‚prescription', so was gibt es doch in Ihrem Recht wahrscheinlich auch."

„Richtig. Deshalb sind wir auf anderem Wege hinter der Sache her."

„Detekteien, Private Eyes, so was?"

„Haben wir auch versucht, zumal ein Detektiv in die Angelegenheit sogar selbst verwickelt war, er hat damals ein weltweites Netz von Ermittlungsagenturen jahrelang tätig werden lassen, großvolumig, auch auf unsere nicht unerheblichen Kosten, alles ohne Ergebnis." Er dachte an den Detektiv, aber sein Name fiel ihm nicht ein.

„Und nun, nach zwanzig Jahren, entdecken Sie zufällig die Defraudantin in Puerto Rico?" Das Stupsnäschen kräuselte sich.

„Eine Spur führte hierher. Eine Bank-Spur. Ein auffälliger Bank-Transfer." Er musste doch noch etwas ausholen. „Dieser Detektiv machte auch Ansprüche auf das Treugeld geltend." Der Name fiel ihm wieder ein. „Max Möhring hieß er. Also ließen wir ihn zunächst allein ermitteln, er hatte die besseren Möglichkeiten dazu. Als er aber mit immer unverschämteren Forderungen – auch Erpressungsversuchen – an unsere Kanzlei herantrat, trennten sich unsere Wege. Wir mussten die Sache auf sich beruhen lassen. Er ermittelte allein weiter, wie wir später erfuhren."

„Wie kamen Sie an diese Informationen?"

„Möhring verstarb bei einem Einsatz vor ungefähr einem halben Jahr. Berufsrisiko, Berufsunfall. Seine Erben sichteten seinen letzten Nachlass, fanden das inzwischen ermittelte Material in der Akte Hallwig – so hieß unsere Akte damals – und gaben sie bei uns ab. Auch in der Erwartung, dass dabei für sie noch etwas rausspringen würde."

„Hallwig, wieso Hallwig?"

„Der Name eines in dieser Sache eingeschalteten Berliner Rechtsanwalts-Kollegen, damals Mandant unserer Kanzlei."

„Wie hing der in der Unterschlagungssache drin?"

Lomer zeigte auf die Akte und befürchtete, dass seine Aussage jetzt zu kompliziert werden könnte. Aber er musste ja ihre Frage beantworten. Er erinnerte sich an die Schilderung, die Laura ihm im Wohnzimmer am Abend vor ihrem Verschwinden von der *rettenden Idee* von Hallwig gegeben hatte. Er erklärte der Staatsanwältin, dass Rechtsanwalt Hallwig sich unmittelbar nach der Wiedervereinigung von zwei Schweizer Unternehmern hatte über den Tisch ziehen lassen, die ihrerseits zahlungsunfähig waren. „Seine ‚rettende Idee' bestand darin, diesen Detektiv Möhring zu veranlassen, den vorbestraften Schweizern Naef und Anax eine Wurst hinhängen zu lassen, in die die dann auch prompt reingebissen haben."

Baxevanos kam mit ihren Schreibversuchen kaum noch nach, aber Keener schien der Fall mehr und mehr zu interessieren. „Wie hat er das bewerkstelligt?"

„Hallwig ließ Möhring als Industriemakler unter der Legende auftreten, für ein US-amerikanisches Unternehmen, die Dupont-Gruppe, tätig zu sein, für die er Interesse an Patentlizenzen für medizinisch-technische Gerätschaften vorgaukelte. Die Schweizer hatten viel Geld – auch die 2 Millionen von Hallwig – für die Entwicklung und Produktion von Anti-Aids-Spritzen ausgegeben, europaweit Patente angemeldet, und stellten fest, dass sie das nicht auf die Reihe kriegten, auch nie kriegen würden, außer mit US-amerikanischen Patentlizenzen und noch mehr Millionen im mehrstelligen Bereich. Das Business war einfach mehrere Nummern zu groß für sie."

„Die Schweizer Unternehmer fielen auf die Legende rein?"

„Möhring in seiner Hauptrolle als Industriemakler bot einen Kaufpreis von 20 Millionen US-Dollar für diese Lizenzen an und verlangte 10 Prozent als Maklerhonorar, machte schlappe 2 Millionen, und wenn er die gehabt hätte, hätte er sie – nun wieder als von Hallwig beauftragter Detektiv – an Hallwig als seinen Auftraggeber weitergereicht, abzüglich seines Ermittlungshonorars oder wie immer Sie das qualifizieren wollen. Und Hallwig hätte sich schadlos gehalten."

Die Staatsanwältin schüttelte ihren Strubbelkopf. „Unglaublich, unwahrscheinlich."

Das schien aber ihr Interesse noch zu steigern. „Ihre Aussage wirft mehr Fragen auf als sie beantwortet:
- Wie kam Dupont dazu, 20 Millionen in diese ja offensichtlich nicht markttaugliche Spritze zu investieren? Doch wohl eher nicht.
- Wenn nein: Wie sollten diese beiden verrückten Schweizer 2 Millionen an Maklergebühr aufbringen, wenn sie insolvent waren?
- Und was hatte endlich Ihre Kanzlei mit diesem dirty Deal zu tun?

Uns interessiert nämlich nur eines: Ist dirty Money hier in Puerto Rico oder sonstwo in den USA, dann muss ich ermitteln, dann muss das Geld womöglich arretiert werden."

Lomer freute sich, dass die Staatsanwältin exakt die richtigen Fragen an ihn richtete.

„Erstens: Die Dupont-Gruppe wurde den Schweizern als Interessentin nur vorgegaukelt und war tatsächlich nie in diesen Deal involviert. Allerdings ließ sich Dupont, Wilmington, Delaware, damals von unserer Kanzlei in Deutschland vertreten, so dass unsere Sachbearbeiterin, Mrs. Schwartze, mit allen Hintergrundinformationen und mit dem Korrespondenzpapier des Dupont-Konzerns glaubwürdig so tun konnte, als habe sie mit Möhring diesen Giganten hinter sich. Und konnte erklären, wie Möhring an das Industrie-Vermittlungsmandat gelangt war, nämlich durch unsere Kanzlei, was – wie ausgeführt – natürlich nicht stimmte. Und konnte den völlig unbeteiligten und unwissenden Dupont-Konzern hinter ihrer anwaltlichen Verschwiegenheitspflicht verstecken und außen vor halten."

„Nicht schlecht, die Idee." Keener schmunzelte.

„Zweitens: Naef und Anax hatten wochenlang versucht, den ‚Industriemakler' Möhring dazu zu bringen, ihn doch bitteschön erst aus den 20 Millionen von Dupont bezahlen zu dürfen, hatten Schuldversprechen und Schuldscheine und ich weiß nicht, was alles, vorgelegt, was Möhring natürlich im Hinblick auf die Schadensersatzwiedergutmachung bei seinem Auftraggeber Hallwig ebenso ablehnen musste wie Laura, die in alle Machenschaften eingeweiht war. Schließlich trieben Naef und Anax – gierig geworden wegen der gigantischen Lizenzerlöse für ihre idiotischen Spritzen – einen wohlsituierten Landsmann aus

Zürich auf, der ihnen – mindestens ebenso gierig geworden auf die großzügigen Beteiligungen an diesen Erlösen – eben mal 2 Millionen als Maklerhonorar für Möhring vorstrecken konnte."

Dass der Züricher Darlehnsgeber die Valuta damals von einem Schwarzgeldkonto in Puerto Rico überwiesen hatte, ließ Lomer besser unerwähnt.

„Drittens ließ sich Laura dieses Geld – zur scheinbaren Absicherung der Schweizer Unternehmer, aber auch ihres Darlehnsgebers – auf ein von ihr eingerichtetes Treuhandkonto in München überweisen."

Lomer holte Luft und die Staatsanwältin fand seine Aussage plausibel.

„Und wie kam das Geld nach Puerto Rico?"

„Ich weiß nicht mal, ob es hier ist. Ich weiß aber noch aus eigener Erinnerung, dass der Mandant von uns, Rechtsanwalt Hallwig, seine Bemühungen, an seinen ‚Schadensersatz' zu gelangen, irgendwann eingestellt hat, zuletzt, weil er insolvent wurde und seine Anwaltszulassung verlor. Keine Ahnung, was aus ihm geworden ist. Die Schweizer unternahmen erst recht keine Schritte gegen uns, die Unternehmer nicht, weil sie zu verblüfft und zu blöd und zudem mittellos waren, und ihr Darlehnsgeber nicht, weil es erstens Schwarzgeld war, das er verloren hatte, und zweitens, er hatte offensichtlich noch genug davon."

„Sind alle Schweizer so dumm? Ich frage, weil ich war noch nie in Switzerland, und ich denke, das ist ein ganz kleines Bergland, die Schweizer also ein kleines Bergvolk."

„Nicht alle, weder dumm noch mittellos."

Baxevanos hörte erstaunt zu, von Switzerland hatte sie noch nie gehört.

„Können Sie, Mr. Lomer, uns nun vielleicht doch noch wegen der Berührung unserer staatlichen Interessen insofern helfen, als Sie doch irgendeinen Grund gehabt haben müssen, das Geld oder die Treuhänderin in Puerto Rico zu suchen?" Keener zog ihr Näschen kraus.

Lomer durfte nicht sagen, dass das Schwarz- und Treugeld vor zwanzig Jahren aus Puerto Rico abgeflossen war. Andererseits empfahl ihm seine berufliche Erfahrung, möglichst dicht an der Wahrheit zu bleiben. Er räusperte sich „In den Aufzeichnungen der Detektei Möhring, auf irgendeiner Diskette oder einem Stick, fanden die Erben die jahrelangen Ermittlungsbemühungen und -ergebnisse ihres Vaters, der sich in alle Bankverbindungen und -dateien eingeloggt hatte; mit so einem System – fragen Sie mich bitte keine Einzelheiten – können Sie jede Banküberweisung zurückverfolgen –, Ihre Behörden verwenden solche Systeme ja wohl auch, sogar in Europa, über SWIFT, soweit ich weiß. Jedenfalls stieß er irgendwann auf eine Überweisungs-Endstation, die hier in Puerto Rico liegt."

„Welche Bank?"

„Barclays."

„Officer!" Keener wandte sich Baxevanos zu. „Veranlassen Sie zwei Dinge, erstens: Festnahme Miss Schwartzee, Hotel Esplanade, Sie wissen schon, zur Vernehmung. Zweitens: Fordern Sie von Barclays eine Liste sämtlicher Konten über eine Million US-$ an, die für Nicht-Amerikaner geführt werden, und klären Sie das möglichst schnell vorab. Unseren Verbindungsmann bei Barclays finden Sie unter ‚B'."

Baxevanos raffte ihre Unterlagen zusammen und erhob sich.

„Und drittens: Schicken Sie diesen Anwalt da draußen wieder in sein Office, er wird hier nicht gebraucht, und wir haben hier seine Adresse."

Lieutenant Baxevanos meldete sich ab.

Keener fertigte einen knappen Aktenvermerk. „Wo kann ich Sie erreichen, Mr. Lomer, wenn ich das Geld für Sie gefunden habe? Sie bleiben doch sicher noch auf unserer schönen Insel." Sie schaute durch die großen Fenster ihres Büros auf einen stahlblauen Himmel.

„Hotel Esplanade. – Wie haben Sie mich dort überhaupt gefunden?"

„Sie hatten die Taxizentrale hier in San Juan informiert, und unsere Flughafenpolizei hatte Sie in ein zunächst unidentifizierbares Taxi springen sehen."

„Und wie ist Ihr Officer auf Laura Schwartze gekommen? Sie wusste heute früh schon, dass sie auch im ‚Esplanade' wohnt."

„Auch über die Taxler-Schiene. Schwartze hat wohl Kontakt zu ‚Ihrem' Taxifahrer aufgenommen, einem Mischling, ein Mr. – sein Name fällt mir nicht ein – Sunny ... – er steht hier irgendwo in der Akte".

Lomer überlegte, ob er nach dem Namen des Taxifahrers fragen sollte, um die Spur von Laura sofort wieder aufnehmen zu können, aber er wusste nicht, ob Keener mit ‚ihrem Taxifahrer' Lauras Chauffeur, diesen Krauskopf, gemeint hatte, oder mit ‚Ihrem Taxifahrer' seinen Chauffeur, der ihn vom Flughafen zum Hotel gefahren und den er mit 100 $ als Spitzel angeworben hatte; und außerdem wollte er hier jetzt sofort raus, so schnell wie möglich, deshalb jetzt keine Fragen mehr, keine einzige.

„Sie sind so unruhig, Mr. Lomer, lassen Sie uns nach draußen an die frische Luft gehen, da können Sie eine Zigarette rauchen. Ich entnehme nämlich Ihrer ausführlichen Akte –". Das Telefon klingelte.

„Keener." Sie hörte zu, ihre Miene verfinsterte sich. „Okay, kann man nichts machen. Ihr Bericht? – Okay. Veranlassen Sie die Entlassung von Mr. Lomer."

Sie legte auf und erhob sich. „Ich höre gerade, unser Verteidigungsminister hatte einen Unfall; er besucht gerade Ihr Land. Kommen Sie, wir gehen."

Draußen standen sie auf der Treppe vor dem Portal des Justizgebäudes von San Juan und rauchten.

„Ich weiß 'was Neues", meinte die Staatsanwältin und Lomer war ganz Ohr.

„Ihre Laura ist heute Mittag aus dem Hotel mit unbekanntem Ziel abgereist. Wir checken sämtliche Passagierlisten von sämtlichen Fliegern und Schiffen, die abgehen. Das Leben auf der Insel hat Vorteile, auch für einen Legal Attorney; sie wird uns nicht entkommen."

An der gegenüber liegenden Seite der Straße, vor einem Park, stand ein dunkelhäutiger Mann, den Lomer zu erkennen glaubte – zu erkennen hoffte. Er trug eine große Sonnenbrille, aber das machten hier fast alle. Der Mann wandte sich jetzt seitwärts und ging in den Park, wo er sich auf eine der ersten Bänke setzte, den Rücken ihnen beiden zugewandt. Hoffentlich würde er noch eine Weile da sitzen bleiben, dachte Lomer, als die Staatsanwältin sagte: „Was glauben Sie denn, Mr. Lomer, wieviel noch da ist von den 2 Millionen, nach zwanzig Jahren?" Sie schob ihre Zigarette in einen Standaschenbecher.

„Das hätte ich Ihnen lieber beantwortet, während Sie sitzen – aber ich will da auch nicht mehr rein." Er deutete hinter sich auf den Justizpalast. „Über 20 Millionen. Laura hat das Geld offenbar gut verwaltet."

„Wow. Und woher kennen Sie den Betrag?" Ihr Ton wurde kaum merklich offizieller.

„Die elektronischen Aufzeichnungen des verstorbenen Detektivs Möhring sagten das aus. Wenn Sie damals 2 Millionen konservativ und unauffällig angelegt haben, wurden nach dem ersten Jahr daraus ..."

„Das wundert mich." Die Staatsanwältin sah ihn nachdenklich an. „Der Betrag, den Ihre Laura heute früh bei der hiesigen Barclays entnommen hat, ist wesentlich geringer, 1,5 Millionen US-Dollar."

Jetzt staunte Lomer. „Entnommen?"

„Barabhebung."

„Und Kontoauflösung?"

„Bingo! Aber wir kriegen sie mit dem vielen Cash money noch leichter, vor allem, wenn sie einen Flieger nimmt."

„Dann wird sie keinen nehmen."

„Sie haben recht, sie ist offenbar very smart. Sie hatten damals eine Liaison mit ihr, sagten Sie, die vor zwanzig Jahren endete?"

„Sie war die Frau meines Lebens. Dachte ich vor zwanzig Jahren."

„Leider eine Defraudantin; kommen Sie, wir gehen rein und holen Ihre Entlassungspapiere. Sie müssen also leider doch noch mal mit rein. Tut mir leid, auch die sonstigen Unannehmlichkeiten, die wir Ihnen seit gestern Abend bereitet haben."

Sie drehte sich zum Eingangsportal und Lomer warf einen Blick auf den Mann auf der Parkbank. Der las Zeitung, hatte sich aber so umgesetzt, dass er ihre Unterhaltung hätte beobachten können. Während Lomer der Staatsanwältin durch das Portal folgte, hielt er mit ausgestrecktem Arm eine Zigarettenschachtel in die Luft und ließ sie dann fallen.

„Unsere Officers sind zuweilen etwas übereifrig, vor allem die jungen schwarzen Frauen."

‚Und immer etwas dumm', dachte Lomer und hörte das schwere Portal hinter sich ins Schloss fallen.

Als er eine Viertelstunde später als freier Mann wieder aus dem Justizgebäude trat, war der Mann mit der Sonnenbrille und der Zeitung immer noch da, aber nicht mehr auf der Bank, sondern am gegenüber liegenden Straßenrand, genau an der Stelle, an der er zuvor gestanden hatte, die Zeitung unter seinem Arm. Lomers Zigarettenschachtel lag nicht mehr vor dem Portal, wer immer sie auch weggenommen haben mochte.

Während Lomer den breiten Boulevard überquerte, erkannte er den Mann wieder: sein gestriger Taxifahrer, den Mrs. Keener als Sunny in ihrer Akte hatte. Sunny drehte sich zurück zum Park und ging langsamen Schrittes auf eine entferntere Parkbank zu.

Lomer setzte sich neben ihn. „Haben Sie eine Zigarette für mich?"

Der Taxifahrer grinste ihn durch einige Zahnlücken an und händigte ihm Lomers Schachtel aus. „Hatte ich gehofft, darin Information für mich zu finden", scherzte er „Toter Briefkasten auf offener Straße oder so."

„Hatte keine Zeit dazu, auch keine Gelegenheit. Hatte auch nicht mehr mit Ihnen gerechnet", erwiderte Lomer.

„You pay me, I serve you." Sunny hielt die Hand auf.

„Schon wieder? Wofür habe ich Ihnen gestern 100 Dollar gegeben?"

„Damit ich Sie aus Gefängnis hole und mehr Information verkaufen kann", schlug der Puertoricaner vor.

Das hatte Lomer kaum noch zu erhoffen gewagt. Seine zweite und allerletzte Möglichkeit, Laura auf den Fersen zu bleiben, war dieser spaßige Vogel, der natürlich über die Festnahme letzte Nacht und über seine Taxizentrale Lomers freudlosen Aufenthaltsort herausgefunden haben konnte; dass er ihn hier allerdings jetzt abpassen würde, war doch unwahrscheinlich. Aber diese Quelle war ihm viel lieber als die viel zuverlässigere Quelle der Staatsanwaltschaft, die sich auf Lauras Fährte gesetzt hatte, mit der wahrscheinlichen Folge, Laura weg, Geld weg, Laura in Haft, Geld für alle Zeiten arretiert. Wegen Money laundring oder wegen sonstwas.

„Nun spucken Sie's schon aus."

Der Farbige hielt immer noch seine offene Hand hin. Lomer legte 50 Dollar rein, von dem Geld, das sie ihm soeben im Justizpalast wieder ausgehändigt hatten.

„Show me better", empfahl Sunny.

Lomer legte einen Fünfziger nach und machte sich eine Zigarette an.

Sein Informant schien zufrieden. „Lady hat im selben Hotel gewohnt wie Sie, Mister, Hotel Esplanade, wo ich Sie gestern hingefahren habe."

Hat gewohnt. Das stimmte schon mal. „Und wo ist sie jetzt?"

„Auf Reisen." Sunny hielt wieder seine Hand auf.

Lomer ignorierte die Hand und fragte „Wohin?" Das konnte der Bettler vor ihm gar nicht wissen, denn das wussten bis eben nicht einmal Polizei und Staatsanwaltschaft. Lomer ergriff die Hand und begann langsam, sie zu drücken, dann zu quetschen. Der Mulatte veränderte seine Hautfarbe und japste. Von Ferne musste ihre Unterredung aussehen wie ein homosexuelles Stelldichein, dachte Lomer und schlug vor: „Wenn Du weißt, wohin sie verreist ist, kriegst Du noch ein Blatt."

„New York", jaulte Sunny, und Lomer ließ seine Hand wieder los. Den weiteren Fünfziger drückte er ihm vorsichtshalber in die andere Hand. „Und woher weißt Du das alles, Du Schlaumeier?"

Lomer hätte ihm auch Hundert gegeben, wenn er seine Informationen für glaubwürdig hätte halten können.

„Von Kollege Taxifahrer, der Lady vor uns zum Hotel gefahren und dort abgesetzt hat. Heißt Tony und ist Freund von mir."

„Und woher weiß Ihr Kollege von New York?"

„Hat Lady uns gestern Nacht erzählt."

„Ihr habt Euch zu dritt getroffen?" Das konnte doch alles nicht wahr sein.

„Tony rief mich an, hat sich wohl sehr gut verstanden mit Lady."

„Tony rief Dich an, nicht Du Tony?"

„Falsch. Ich ihn, aufgrund Ihrer Beschreibung, Taxinummer und Krauskopf, dunkelhäutig wie ich, RayBan wie ich, schmuckes Kerlchen wie ich, das konnte nur Tony sein."

Lomer glaubte ihm kein Wort: Erstens hatte Sunny sich ver- und widersprochen, zweitens, wie sollte Laura auf der Flucht dazu kommen, zwei Taxifahrern ihre nächsten Reiseziele zu offenbaren? Er musste den Lügen auf den Grund gehen.

„Sagen Sie, Mister, entschuldigen Sie, dass ich frage, aber ist Lady Ihre Frau?"

Lomer schüttelte den Kopf.

„Verlobte, Freundin oder so? Deshalb so großes Interesse an ihr?"

Lomer musste ihn jetzt irgendwie für sich gewinnen, wenn er weiterkommen wollte, und hielt Sunny seine Hand hin. „You pay me, I tell you."

Der Mulatte lachte und schlug in Lomers Hand ein. „Okay, okay, okay. Sie schulden mir kein Geld für eine private Information. Also: nicht Verhältnis mit Lady, nicht verlobt, nicht Freundin?"

„Mensch, Sunny, ich bin Rechtsanwalt und suche diese Dame für einen Mandanten von uns."

„Okay, okay, okay." Sunny war zufrieden „Hat Techtelmechtel gegeben in Hotel mit Lady. Lady, Tony, ich zusammen an der Lobby-Bar. Viel Rum, Lady sehr gesprächig und sehr –". Er stockte.

Lomer horchte auf. „Sehr was?"

„ – und wollte sehr viel wissen über uns."

„Du wolltest eben was anderes sagen."

Sunny war froh, von Lomer daran erinnert zu werden, denn sonst hätte er sich jetzt fast verraten, sich, seinen zweiten Auftrag und die Lady, und er hatte viel Geld für diesen zweiten Auftrag bekommen. „Ich wollte sagen – sehr scharf."

„Ach was?"

„Hat uns nach Barschluss auf letzten Drink auf schönes Hotelzimmer mitgenommen, haben Dreier gemacht, Lady war richtig gut drauf." Er wartete vorsichtig auf eine Reaktion von Lomer, der nun doch wieder Zweifel an der Glaubwürdigkeit seines Informanten hatte. Laura dürfte jetzt so um die – er rechnete kurz nach – fünfzig sein, Mitte, Ende vierzig, auch wenn man ihr das nicht ansah, aber so ein Dreier mit zwei Eingeborenen war denn wohl trotzdem etwas seltsam. Aber er wusste auch nicht, wie geil diese Mulatten waren, und wie attraktiv für das weibliche Geschlecht, und wenn Laura zu viel getrunken hatte...

„Hat Sie Ihnen auch erzählt, wo sie in New York wohnen will?"

„Lady nix gesagt, Lady Mund voll." Sunny lachte über seinen obszönen Scherz und schlug Lomer auf die Schulter wie einem alten Kumpel. „Wenn Verhör zu Ende, wo kann ich Sie hinbringen?" Er durfte jetzt unter keinen Umständen noch mehr erzählen. „Taxi steht dahinten am anderen Parkausgang." Sunny schien erleichtert, dass er seine Geschichte losgeworden war.

„Zum Hotel", sagte Lomer.

Auf der Fahrt zum ,Esplanade' lief das Radio, wie immer. Nachrichten, wie selten:

„US-Verteidigungsminister Brooke hat bei seinem Deutschlandbesuch unter noch ungeklärten Umständen einen Unfall beim Verlassen seines Militärflugzeugs erlitten und ist kurz darauf in einem deutschen Hospital unter Umständen verstorben, die ein Herzversagen vermuten lassen. Dies haben wir soeben aktuell erfahren. Die Nation ist entsetzt und in tiefer Trauer ..."

Sunny drehte das Radio auf einen Musiksender weiter und pfiff durch eine seiner Zahnlücken die Reggae-Melodie mit.

4

Der Fischkutter mit der jamaikanischen Flagge tuckerte in ost-nordostwärtiger Richtung in den frühen Abend, von der untergehenden Sonne weg, die sich langsam in den Horizont bettete. Mit Genugtuung sah Estella Laureen Schwartze, wie die Nordküste Puerto Ricos immer kleiner, immer schmaler, immer blasser wurde, jetzt nur noch ein Strich auf der Meeresoberfläche. Sie räkelte sich auf ihrem am Heck des Kutters aufgestellten Liegestuhl und fröstelte. Es war Zeit, sich wieder die fettig-ölige blaue Kluft der Matrosen überzuziehen; ihr hochgebundenes Haar verschwand unter einer dunkelblauen Schiebermütze. Den Stuhl verstaute sie in einer der festgezurrten Kisten. Sie griff sich ihr Satellitentelefon.

Es dauerte eine Weile, bis die Verbindung stand. Es dauerte eine weitere Weile, ehe die tiefe Frauenstimme sich meldete. „Ja, bitte?"

„Ich bin's, unterwegs."

„Schön, gibt's was Neues?"

„Nö, sollte mich aber melden."

„Gut so. Unterwegs nach November Yankee?"
„Genau."
„Wo ist Dein Schatten?"
„Wieder draußen."
„Etwa bei Dir?"
„Noch nicht; wenn alles planmäßig läuft, kommt er nach, voraussichtlich schon morgen."
„Es ist also alles in die Wege geleitet?"
„Alles."
„Du musst vorsichtig sein ..."
„Ich weiß."
„Du musst besonders vorsichtig sein. Der Unfall eures Ministers hier wird auch dort spezielle Sicherheitsvorkehrungen ausgelöst haben ..."
„Ich weiß – "
„ ... und deine Spur können auch andere verfolgen ... "
„Können sie nicht."
„Du warst doch bei Barclays?"
„Sicher. Aber ohne Spuren zu hinterlassen."
Die Frau am anderen Ende dachte kurz nach „Okay, dann sei besonders vorsichtig."
„Mach' ich. Gute Nacht."
„Melde Dich, wenn du am Ziel bist, spätestens."
„Mach' ich, gute Nacht", wiederholte Estella und drückte die rote Taste.

Der Sonnenball war eben im Meer ertrunken, es wurde jetzt schnell dunkel. Der Kutter tauchte in die frühe Abenddämmerung und hielt Kurs auf Anegada, das er in einem leichten Bogen morgen früh erreichen würde. Europäischer Boden. Von dort dürfte ihr mit ihrem Zweitpass eine Wiedereinreise gelingen. Die Gefahr, dass die US-Coastguard sie jetzt noch aufgreifen würde, wurde mit jedem Tuck-tuck-tuck-tuck-tuck der unter ihr vibrierenden Maschine geringer. Das war auch gut so, denn Estella hatte das Gefühl, dass sie nicht das einzige Schmuggelgut an Bord war. Der Kapitän, ein junger Jamaikaner, hatte zwar keine Andeutungen gemacht, aber sie hatte den Eindruck, dass illegale Transfers sein wesentlicher Geschäftsgegenstand waren. Ein netter Kerl, der Kapitän, gut gebaut, wie ein junger Gott, irgendwie noch ebenmäßiger und erhabener als die Puertoricaner. Estella genoss das gleichmäßige Vibrieren der Holzkiste unter ihren Schenkeln.

Es bedeutete ein erhöhtes Risiko, mit dem Kutter morgen noch weiter nach St. Martin zu schippern, auch wenn sie damit in der EU blieb. Andererseits war ein Flug als Touristin von St. Martin nach New York unauffälliger als von jeder anderen dieser Jungfern-Inseln. Aber das könnte sie ja morgen früh noch entscheiden. Mal sehen, was die Nacht so brachte.

5
Nach dem Frühstück machte Lomer von seiner Hotelsuite im „Esplanade" zwei Telefonanrufe.

Zunächst vergewisserte er sich bei Kurlow persönlich, dass es nicht die Kanzlei gewesen war, die seine Kaution gestellt hatte.

„Kollege Lomer, wie sollten wir, wir wussten ja nicht einmal, wo Sie sind?" polterte sein alter Chef ins Telefon.

„Ist mir klar."

„Tut mir leid, dass Sie solche Unannehmlichkeiten hatten. Aber Sie sagen, Sie haben sie gefunden? Sensationell!"

„Und wieder verloren – vorübergehend."

„Wie das?"

„Ich kenne ihr nächstes Ziel und will heute dorthin fliegen, New York, vorausgesetzt, die Behörden lassen mich hier weg."

„Kollege Lomer, wenn Sie irgendwelche Hilfe brauchen, dann sagen Sie uns das. Auch diese 50.000 können wir sofort per SWIFT oder Fax-Avis oder wie das geht in jeden Winkel dieses Erdballes transferieren –"

„Vielen Dank, aber das wurde bereits erledigt."

„ – wenn Sie schon Ihr Sabbatical opfern, um die Kanzlei nach zwanzig Jahren von dieser unsäglichen Geschichte schadlos zu halten. Und dann so dicht am Ziel, Donnerwetter!" Kurlows Stimme nahm noch ein wenig an Lautstärke zu. „Und was wollen Sie denn in New York mit ihr machen, ich meine, Ihr Vorgehen?" Seine Stimme schwoll an. „Und wie wollen Sie sie in diesem Heuhaufen überhaupt finden, oder haben Sie vielleicht sogar eine Adresse, Hotel oder so?"

„Laura hatte immer nur drei Hotels, in denen sie in Manhattan wohnte."

„Ja richtig, Sie kennen sie ja, ihre Gewohnheiten und lieben Angewohnheiten." Kurlow kicherte.

„Ich kannte sie."

„Also, good luck, und wenn Sie Hilfe brauchen –"

„Danke, Herr Kollege Kurlow. Grüßen Sie die Kollegen von mir."

Mit dem zweiten Anruf erreichte er Mrs. Keener, die Staatsanwältin.

„Lassen Sie mich weg oder muss ich den Rest meines Lebens hier im Hotel bleiben?"

Die Staatsanwältin lachte. „Wohin soll's denn gehen, Dr. Lomer?"

Seine nächsten Sätze hatte er sich beim Frühstück sorgsam zurecht gelegt. „Ich hätte in New York noch was zu erledigen. Und ich denke, dass die Suche nach Mrs. Schwartze bei Ihnen als Fahnderin in guten Händen ist, in den besten Händen. Was kann ich hier noch ausrichten, wenn der Vogel entwichen ist? Oder haben Sie sie etwa schon?"

„Sie muss noch auf der Insel sein. Sie ist weder abgeflogen noch hat sie abgelegt."

„Oder sie ist Ihnen durch die Lappen gegangen."

„Unwahrscheinlich. Unmöglich. Bei unseren Sicherheitssystemen, den besten der Welt."

„Dann suchen Sie jetzt also alle Hotels hier ab?"

„Meldeformulare etc., nicht nur Hotels."

„Darf ich Sie denn hin und wieder anrufen, um zu erfahren …"

„Noch habe ich Ihnen nicht gestattet, Puerto Rico zu verlassen." Sie lachte wieder. „New York, sagen Sie? Dahin wollten Sie ja wohl ohnehin, bevor Sie unseren Flughafen terrorisiert haben. Sie bleiben also in den Staaten?"

„Zunächst jedenfalls."

„Und Sie rufen mich auf jeden Fall noch mal an, bevor Sie New York verlassen?"

„Versprochen."

„Und wo wohnen Sie in New York?"

„Das werde ich Ihnen telefonisch sofort mitteilen, wenn ich dort Quartier gemacht habe. Ich weiß noch nicht …"

„Okay, dann fliegen Sie mal, heute Nachmittag geht ein Flieger so kurz nach zwei."

„Danke."

„Ja, nachdem Ihre Kaution hier hinterlegt ist, gibt es keinen Grund mehr, Sie hier länger festzuhalten, Mister Lomer." Sie zögerte. „Auch wenn ich wollte."

Lomer half ihr über den kurzen Moment ihrer Verlegenheit hinweg. „Gut, dass Sie das ansprechen: Wer war das noch, der diese Kaution für mich hinterlegt hat?"

„Dieser Anwalt, dieser Abogado, dieser Mister Juan ... . Ich kann Ihnen seine Kanzlei-Telefonnummer ins Hotel faxen lassen, wenn Sie wollen."

„Ja, gerne; und wer steckt dahinter, in wessen Auftrag, mit wessen Mandat –"

„Sagt er nicht. Er darf sich auf seine anwaltliche Verschwiegenheitspflicht berufen."

„Vielleicht sagt er's mir."

„Versuchen Sie's. Dann hätte ich es aber auch gerne erfahren."

„Abgemacht. Es sei denn, meine anwaltliche Verschwiegenheitspflicht stünde dem entgegen. Wem gegenüber rechnen Sie denn die Kaution eigentlich später ab, ich meine, wenn die ganzen Schadensersatzansprüche, Geldbußen, Ordnungsgelder und so weiter feststehen?"

„Gegenüber Mister Juan ... , ich habe seinen Namen nicht präsent, dem Einzahler."

„Das wird meine Kanzlei gewesen sein, Kurlow Konetzke Partner in München", schwindelte Lomer.

„Haben Sie die noch nicht gefragt?" Die Stimme der Staatsanwältin klang misstrauisch.

„Mach ich gleich als erstes, Mrs. Keener. Ich erwarte Ihr Fax und melde mich aus New York."

Keener legte auf und hob gleich wieder ab. „Hallo, Officer. Gibt's Neuigkeiten in Sachen Lomer/Schwartze, ist sie inzwischen aufgegriffen worden?"

Officer Baxevanos verneinte.

„Dann machen Sie Folgendes, erstens: Ich brauche die aktuellen Telefonlisten vom Esplanade, seit der Entlassung von Mister Lomer gestern Nachmittag. Zweitens: Lomer nimmt wahrscheinlich den Zwei-Uhr-Flieger San Juan - New York. Sie verifizieren das und sorgen dafür, dass er von Ihren Kollegen vom NYPD empfangen wird. Ich will wissen, wo er wohnt, besser noch, was er da so macht. Drittens: Faxen Sie ihm als erstes ins Esplanade die Angaben dieses Anwalts, der hier gestern Nachmittag die Kaution einbezahlt hat."

"Mister Juan Felix Camaron, Attorney-at-Law", murmelte Officer Baxevanos und machte sich Notizen. "Liegt nun gegen diesen Mr. Lomer doch was vor?"

„Nein, nicht ersichtlich, aber er könnte uns auf die Spur dieser Mrs. Schwartze, dieser Geldwäscherin, führen." Und außerdem, dachte die Staatsanwältin, würde ihr das vielleicht die Möglichkeit bieten, diesen charmanten deutschen Anwalt bald wieder zu sehen.

Kapitel IV

1

Für die Besprechung im Kanzleramt war das kleine Konferenzzimmer reserviert worden, das unmittelbar neben dem Vorzimmer zum Kanzlerbüro lag. Kleines Konferenzzimmer für die sogenannte „Kleine Sicherheitslage", zu der der Kanzleramtsminister für heute Morgen um neun Uhr im Auftrag des Bundeskanzlers der Bundesrepublik Deutschland geladen hatte.

Anwesend waren neben dem Kanzleramtsminister die Außenministerin, der Geheimdienstkoordinator, ein ehemaliger Diplomat, der Innenminister, der seine exotische Rasta-

Frisur heute mit kleinen Glöckchen gespickt hatte, und der Verteidigungsminister, mit ihm etliche hohe Uniformträger, die sich stehend dezent im Hintergrund hielten.

Der Kanzleramtsminister entschuldigte räuspernd den Kanzler, auf den fünfundzwanzig Minuten nach neun immer noch gewartet wurde. „Ich denke, wir fangen dann schon mal an", schlug er vor und schaute in die Runde, die sich um das lange Oval des polierten Eichentisches versammelt hatte. „Wie Sie sich ja denken können, ist Gegenstand dieser spontan angesetzten Besprechung und einziger Tagesordnungspunkt das Attentat auf den Verteidigungsminister der USA ..."

Verunsicherte Blicke der Teilnehmer rechts und links, Gemurmel der Umsitzenden, der Außenministerin sprang ein erstauntes „Wie? Was?" von den Lippen.

„ ... USA, der seinen Verletzungen ja noch am selben Tag erlegen ist, als wir noch alle davon ausgingen, die Todesursache sei sein Herzversagen gewesen."

Der Kanzler polterte fahrig aus seinem Vorzimmer und nahm neben der Außenministerin Platz. „'Tschuldigung, bitte fahren Sie doch fort, Elmar." Er strich eine ölige Haarsträhne aus dem Gesicht, der Blick erst über die Runde schweifend, dann auf seine Nachbarin, die Außenministerin, gerichtet.

Der Kanzleramtsminister fuhr fort. „Es liegen nämlich seit heute Nacht, äh, seit gestern Nacht neue Erkenntnisse vor, dramatische Erkenntnisse, die zumindest den Verdacht eines Attentats möglich machen, hmm, wahrscheinlich erscheinen lassen, wahrscheinlicher sozusagen. Die Einzelheiten haben wir aus dem Verteidigungsressort erfahren müssen, weshalb ich vorschlage, Ihr Einverständnis vorausgesetzt, Herr Bundeskanzler, dass wir uns das vom Kollegen Coenen vortragen lassen."

Der Bundeskanzler warf seinem Verteidigungsminister einen aufmunternden Blick zu, Verteidigungsminister Coenen ergriff das Wort: „Herr Bundeskanzler, liebe Kolleginnen und Kollegen, die Untersuchung landete in meinem Ressort, weil der verstorbene Kollege Brooke seine ärztliche Erstversorgung im militärischen Teil des Köln-Bonner Flughafens von Bundeswehr-Sanitätern erhielt, die ihn erst später in das dortige Zivilkrankenhaus überstellt haben. Dort konnte bis vorgestern Abend nur Herzversagen festgestellt werden. Einzelheiten folgen nun vom Generalinspekteur."

Der Generalinspekteur der Bundeswehr trat aus der Reihe der Uniformierten einen Schritt vor und bellte, dass seine Ausführungen vom Inspekteur Sanitätsdienst übernommen würden, der einem General an seiner Seite das Wort erteilte. „Herr Bundeskanzler, meine Damen und Herren Minister, aus bundeswehr-ärztlicher Sicht hat die Erstversorgung Oberstarzt der Reserve Dr. Mathias Müller geleitet. Hier sein Bericht!"

Hinter dem General trat ein uniformierter Arzt hervor, der hastig das Unfallgeschehen auf und an der Gangway, das sie alle immer wieder im Fernsehen gesehen hatten, die ergriffenen Notfall-Maßnahmen und Einzelheiten der medizinischen Erstversorgung herunterspulte.

Der Bundeskanzler beugte sich zu seiner Nachbarin. „Tolles Kostüm haben Sie heute an", flüsterte er, sein Blick kurz in ihr Dekolleté abtauchend, „wo kann ich so was für meine Frau kaufen, von der habe ich mir gerade am Telefon wieder mal die allergrößten Vorwürfe anhören müssen."

„Welche Frau?" gab die Außenministerin mit scharfem Zischen zurück und konzentrierte sich wieder auf den ärztlichen Bericht des Reserveoffiziers.

„ ... so dass wir davon ausgehen konnten und mussten, dass ..."

„Meine jetzige", kicherte der Kanzler seiner Ministerin ins Ohr.

„ ... auch wegen der Vorerkrankungen von Minister Brooke, ein natürliches Herzversagen." Der Oberstarzt knallte die Hacken zusammen und trat wieder hinter seinen General zurück.

„Und weshalb sitzen wir nun hier zusammen?" wollte der Koordinator der Geheimdienste wissen.

„Gute Frage." Der Kanzler schmunzelte. „Anschließend haben die Amerikaner ihren Chef noch mal untersuchen wollen, sie bestanden darauf, Elmar, war das nicht so?"

Der Kanzleramtsminister nickte „Dazu hören wir erneut den Kollegen Coenen, bitte sehr."

Der Verteidigungsminister wies auf seinen Generalarzt. Der trat vor. „Die Amerikaner fanden zu unserer Überraschung eine winzige Einstichwunde im linken Rippenbereich von Minister Brooke, ein Einstich, den wir offenbar übersehen hatten." Er warf einen vorwurfsvollen Blick auf Oberstarzt der Reserve Dr. Müller. „Oder den das US-amerikanische Ärzteteam ihm zugefügt hat, während ihrer Untersuchung", warf der Kanzler ein und blickte in die Runde. „Wäre doch denkbar, oder?", fragte er den Generalarzt. Seine Nachbarin warf ihm einen verächtlichen Blick zu.

Der Generalarzt widersprach „Herr Bundeskanzler, wenn Sie gestatten: Das würde nicht erklären, dass der gleiche Einstich auch beim Sicherheitschef des US-Ministers gefunden wurde, im Oberschenkel links, ebenfalls von uns übersehen." Sein vorwurfsvoller Blick richtete sich erneut auf den Oberstarzt der Reserve. „Ebenso erst von den Amerikanern entdeckt worden."

„Das schließt meine These nicht aus", murmelte der Kanzler ohne Überzeugung und sah seinen Amtsminister an. Der erteilte der Außenministerin das Wort.

„Dieser Sicherheitschef hat doch überlebt, oder?"

Der Generalarzt nickte. „Jawoll, gnädige Frau, Frau Ministerin! Bei ihm ist nur eine kurze Bewusstlosigkeit eingetreten."

„Woher können diese Einstiche kommen?", wollte die Außenministerin wissen.

„Spritzen", ließ sich der Oberstarzt der Reserve hinter dem Generalarzt vernehmen. „Einstiche wie von Spritzen, sagen die Amerikaner. Uns haben sie die aber nicht mehr untersuchen lassen."

Die Ministerin atmete hörbar aus. „Dann haben wir allerdings ein größeres Problem."

Der Kanzleramtsminister flüsterte dem Kanzler etwas zu.

„Wir haben mindestes zwei Probleme", sagte der Kanzler. „Sie, Frau Kollegin, müssen jetzt zunächst mal die diplomatischen Wellen glätten, Botschafter einladen und der ganze Schmus. Gehrke wird Ihnen dabei behilflich sein können." Er deutete auf den Geheimdienstkoordinator und dachte an dessen diplomatische Vergangenheit. „Und Coenen hat ein Problem – ein größeres." Er wandte sich dem Verteidigungschef zu. „Aber das trägt er am besten selbst vor." Erwartungsvoller Blick auf Minister Coenen. „Schließlich sind Sie – noch – der Inhaber der Befehls- und Kommandogewalt IBUK."

Der Generalinspekteur nickte, während der Verteidigungsminister noch nachdachte. „Ich sehe in der Tat Probleme in unseren gemeinsamen Einsatzgebieten mit den Amerikanern auf uns zukommen." Coenens hohe Stimme klang besorgt. „Schließlich sollte der Besuch von Brooke hier vor allem einer besseren gemeinsamen Abstimmung der Kommandostrukturen dienen, die ja vor allem in Afghanistan seit Wochen im Argen liegen; Sie alle kennen die jüngsten Probleme dort vor Ort: Die Amerikaner wollen uns ihre Strukturen aufzwingen, wir konnten bislang gegenhalten, der Besuch von Brooke hier wurde in den

Medien als die letzte Möglichkeit einer konstruktiven Annäherung unserer Standpunkte gesehen –"

Die Bürovorsteherin des Kanzlers platzte in die Verbindungstür zum Vorzimmer: „Ihre Frau, Herr Bundeskanzler! Ich habe ihr gesagt, ..."

„Komme schon." Der Kanzler sprang auf und stolperte aus dem Besprechungsraum.

„Fahren Sie ruhig fort, Herr Kollege", schlug der Kanzleramtsminister vor.

„Wenn diese Möglichkeit jetzt ausfällt, unwiederbringlich, schlimm genug." Der Bundesminister der Verteidigung hob sein Stimmchen an. „Wenn die aber jetzt – wie es scheint – deshalb nicht mehr besteht, weil der US-Verteidigungsminister auf unserem deutschen Boden Opfer eines Attentats geworden sein sollte –", er rang nach Luft „ – dann ..., dann hätte das kurzfristig sicher für unsere Truppen in Afghanistan unabsehbare Folgen und mittel- und langfristig wohl auch für unser gesamtes NATO-Engagement, aufgrund dessen wir unsere Truppen dort stationiert haben."

Der Generalinspekteur nickte.

„Mit unabsehbaren Folgen für unsere gesamte äußere Sicherheit", fügte der Minister hinzu.

In diesem Moment kehrte der Kanzler zurück, die linke Hand am Handy, mit der rechten warf er eine Haarsträhne zurück. „Die NATO wird ja in letzter Zeit immer mal wieder in Frage gestellt", murmelte er, während er seinen Platz neben der Außenministerin einnahm. „Aber wir werden ohne diese NATO in absehbarer Zeit nicht auskommen, wir brauchen sie, um unsere Sicherheitsinteressen weltweit wirksam schützen zu können." Der Kanzler schaute in die Runde. „Und wie soll es nun weitergehen?" Er ließ sein Handy in einer Jackentasche verschwinden. Sein Blick blieb am Kanzleramtsminister hängen, der ihm einen Zettel zuschob.

„Zunächst interessiert hier jetzt mal, ob unsere Truppen stabil sind, in den jetzigen erodierenden Befehls- und Kommandostrukturen, sagen wir mal so für die laufende und die nächste Woche. Ist das gewährleistet?"

Der IBUK schaute seinen Generalinspekteur an, der die Hacken zusammenschlug. „Jawoll, Herr Bundeskanzler, ist derzeit noch gewährleistet. Wie lange noch, wird geprüft werden."

Der Kanzler schien zufrieden und schaute auf seinen Zettel. „Und dann hätten wir von den Sanis gerne gewusst, mit welchen Mitteln – also was ist denn da eigentlich gespritzt worden, Sie haben doch von Einstichen gesprochen?"

Der Generalarzt trat vor. „Wissen wir nicht, Herr Bundeskanzler. Die Amerikaner verraten es uns nicht, behandeln die Frage als very top secret. Keine Erkenntnisse bis dato, aber wir bleiben dran, Herr Bundeskanzler."

Der Kanzler musterte die Knie seiner Außenministerin und sagte: „Und Sie bitte auch, Frau Kollegin."

Einige Teilnehmer machten sich Notizen, als der Geheimdienstkoordinator fragte: „Gibt es schon Erkenntnisse aus polizeilicher Sicht und/oder aus kriminaltechnischen Untersuchungen?"

Der Kanzler blickte zu seinem Innenminister. Wilfried Jemez Songar, seit seiner Geburt in Deutschland deutscher Staatsangehöriger, Mutter Türkin, Vater irgendwo aus der Karibik, Einzelheiten unbekannt, früher Migrationsbeauftragter, später Minister für Migrationsfragen, schüttelte den Kopf; die kunstvoll in seiner Rastamähne drapierten Glöckchen bimmelten dezent.

„Es sind mit polizeilichen Ermittlungen derzeit befasst die deutsche Kriminalpolizei, das Bundeskriminalamt, unsere Feldjäger sowie die Amerikaner mit ihrer Militärpolizei und dem CIA."

„Feldjäger?" tuschelte der Kanzler seinem Amtsminister zu.

„Deutsche Militärpolizei", wusste Elmar.

„Die Amerikaner sagen uns nichts, und eigene Ermittlungsergebnisse liegen noch nicht vor." Songar schüttelte den Kopf, seine Haarglöckchen bimmelten.

„Na, dann machen Sie mal." Der Kanzler erhob sich und zerrte sein Handy aus der Jackentasche. „Sonst noch was?" Er steuerte sein Vorzimmer an, während die Runde sich murmelnd erhob.

Der Verteidigungsminister gab seinem Generalinspekteur einen verabredeten Wink und eilte dem Kanzler hinterher. Ihnen folgten drei Offiziere, die der Generalinspekteur in den abhörsicheren Raum eingelassen hatte.

„Herr Bundeskanzler."

„Ja, was ist denn nun noch?" Der Kanzler drehte sich zurück und steckte sein Handy wieder ein. „Ach ja, Ihre Anhörung im Ausschuss – Sachstand?"

„Tagt in drei Wochen wieder, wenn es sich nicht doch noch verhindern lässt. Die Schweizer Zeugen sollen gehört werden. – Aber das war nicht der Grund ..."

„Sondern?"

„Ich wollte Ihnen bei dieser Gelegenheit Ihren Referatsleiter für Militärpolitik, Ihren neuen Verbindungsoffizier zur Bundeswehr vorstellen, Herr Bundeskanzler." Der Minister wies auf seinen Generalinspekteur, der auf den Inspekteur des Heeres, aus dessen Schatten ein Oberst und ein Oberstleutnant hervortraten.

„Oberst von Hallbeck kennen Sie ja, er geht ab morgen auf Urlaub. Ihn vertritt ab heute Oberstleutnant der Reserve Bloch, der damit Gelegenheit erhält, auf einer Oberstenstelle erstmalig zu üben; Oberstleutnant Bloch ist nämlich Reserveoffizier, im Zivilberuf ist er – "

„So, so", erwiderte der Kanzler, „angenehm, Herr Bloch, dann machen Sie mal. Verbindungsoffizier – dann verbinden Sie mal schön die nächsten Wochen. Verletzte und Tote haben wir ja mal gerade genuch". Dann verschwand er kieksend in seinem Vorzimmer.

2

Brigadegeneral von Beutler beendete seinen 5.000-Meter-Lauf. Blick auf die Stoppuhr: unter 30 Minuten – das war nicht schlecht für einen Fünfziger. Er lief in langsamer werdenden Schritten noch einige hundert Meter aus, dann entdeckte er seinen Fahrer am Eingang des Sportplatzes der Adenauer-Kaserne.

Der General trabte auf ihn zu. „Nolte – was gibt's?"

Der Obergefreite nahm Grundstellung ein. „Herr General, der Hauptfeld hat mich geschickt, ich soll Ihnen bestellen ..."

„Mensch, Nolte! Bestellen können Sie heute Abend Ihrer Nutte ein Bier – hier wird gemeldet!" Der General rubbelte sein Gesicht mit dem nato-olivgrünen Handtuch ab, das der Soldat ihm gereicht hatte.

„Herr General, ich melde, dass der Hauptfeld wichtige Neuigkeiten für Sie hat."

„Schon besser, Nolte. Auch Sie werden noch einmal ein richtiger Soldat. Bin in achteinhalb Minuten in meinem Dienstzimmer."

Fünf Minuten duschen, davon zwei heiß, drei kalt; zwei Minuten passgenaues Anlegen der Uniform, dann hetzte der General mit tigerhaften Sprüngen die Treppe zu seinem Dienstzimmer hinauf.

Hauptfeldwebel Renstorff wartete in Grundstellung vor der Tür und grüßte. Von Beutler winkte ihn rein. „Was gibt's?"

Sie nahmen in der Sitzecke Platz. Auf dem Besprechungstisch stand eine Flasche Mineralwasser.

„Meldungen aus dem Kanzleramt, Herr General, Stand: 9 Uhr 44. Erstens: Die Amerikaner haben bei beiden Opfern der Operation Brücke Einstiche entdeckt –"

Der General fuhr nach vorne und hätte dabei fast sein Wasserglas umgeworfen. „Scheiße! Weiter!"

„Zweitens: Wir erhalten keine weiteren Informationen von den Amerikanern. Nachrichtensperre. Alles very top secret."

„Also keine Informationen über Stoffe, Ermittlungen, Ergebnisse, Vermutungen, etc., die die Amerikaner haben könnten?"

„Derzeit nicht, Herr General. Drittens: In drei Wochen tagt der Untersuchungsausschuss zum Thema Homosexualität unseres Verteidigungsministers wieder; gehört werden sollen zwei Zeugen aus der Schweiz."

„Aus der Schweiz?" Der General horchte auf. Er ordnete ein Bündel Papiere. „Namen?"

„Nicht bekannt, Herr General."

„Will ich wissen. Bevor ich sie in der Zeitung lese."

„Jawoll, Herr General." Hauptfeldwebel Renstorff machte sich eine Notiz auf einem der Blattstapel, die der General aussortiert hatte.

„Und ich will noch mehr wissen. Erstens: Wem haben wir diese zeitnahen Informationen zu verdanken?" Der General sah auf seine Uhr. 11 Uhr 3. Die Stoppuhr war bei 29.42 stehen geblieben. Gute Zeit für sein Alter.

„Oberstleutnant der Reserve Bloch, übt derzeit für Oberst von Hallbeck, aktiv, als Verbindungsoffizier Bundeswehr im Kanzleramt, Wehrübungs-Dauer vier Wochen."

„Guter Mann, sollte Oberst werden."

Renstorff notierte.

„Zweitens: Was machen derzeit (a) dieser Unternehmensberater, dieser Oberst der Reserve, und (b) dieser Major, dieser Top-Journalist?"

„Zu (a): Oberst der Reserve Tocker, (b) Major der Reserve Stich, Zivilberuf Chefredakteur. Wird geprüft."

„Einberufen lassen!"

„Drittens: Wer hat die Scheiße mit den Einstichen versaut?"

„Der Hauptfeldwebel zögerte. „Also wie gesagt, die Amerikaner ..."

„Renstorff, Namen!"

„ ... haben die Zweituntersuchung durchgeführt und dabei festgestellt, ..."

„Renstorff, können Sie mich nicht verstehen, oder wollen Sie mich nicht verstehen?" Der General wurde laut. „Wer hat, zum Donner, nicht verhindert, dass die natürlich zweituntersuchenden Amerikaner die Einstiche entdecken konnten? Genau das war nämlich sein Auftrag!"

„Oberstarzt der Reserve Dr. Müller, Mathias, Mitglied unserer Gesellschaft seit 1985, war ..."

„Na also, geht doch". Der General nahm einen Schluck Wasser, setzte das Glas auf der Tischplatte ab und dachte nach.

„Laptop!"

Der Hauptfeldwebel sprang zum Schreibtisch und baute den Laptop vor seinem Vorgesetzten auf. Von Beutler richtete das Notebook parallel zur Tischkante aus und loggte sich ins Intranet der Bundeswehr ein. P für Personalabteilung, Personalstammamt der Bundeswehr, Streitkräftebasis, Oberstärzte der Reserve, Oberstarzt der Reserve Dr. Müller, Mathias, Zivilberuf Chirurg mit eigener Praxis, vier angestellte Ärzte, im Sauerland. Derzeit Wehrübung in Streitkräftebasis, Dauer: 4 Wochen. 473 Wehrübungstage. Von Beutler klappte das Notebook zu, nahm einen weiteren Schluck Wasser und sagte: „Liquidieren. Weiß zuviel. Versager."

Der Hauptfeldwebel kritzelte verschlüsselte Stichworte auf den Papierstapel vor ihm. Sein Gesicht war steinern, etwas grauer als vorher. „Werden Einzelheiten befohlen?" Seine Stimme war trocken.

„Afghanistan." Der General leerte sein Wasserglas. „Dr. Müller bemüht sich seit einiger Zeit darum, zu einer Wehrübung nach Afghanistan einberufen zu werden; seit hier die Reservelazarett-Regimenter aufgelöst werden und er ohne Planstelle ist. Afghanistan kann er jetzt haben; muss nur seine Wehrübung verlängern lassen. Bedarf an Ärzten hat die Truppe dort ohne Ende: Derzeit sind nur 40% der Planstellen besetzt."

„Weitere Einzelheiten?"

„Friendly fire. Oder ähnliches. Auftragstaktik. Sonst noch Fragen?"

Renstorff kritzelte auf sein Papier „Ist wunschgemäß für baldigen Afghanistan-Einsatz vorzusehen."

3

Geheimdienstkoordinator Gehrke, Staatsminister im Bundeskanzleramt, ließ sich mit dem Präsidenten des Bundeskriminalamts verbinden.

„Hier Gehrke."

„Hier Jischke. Was verschafft mir die Ehre Ihres Anrufs? Und dann auch noch auf der abhörsicheren Leitung."

Gehrke mochte diesen vertraulichen Ton nicht, ließ sich das aber – ganz ehemaliger Diplomat – nicht anmerken. „Herr Präsident, ich hätte da ein delikates Anliegen." Bei dieser Anrede müsste Jischke eigentlich merken, dass Gehrke einen offizielleren Ton bevorzugte.

Er merkte es. „Immer zu Diensten, Herr Koordinator."

Gehrke überhörte die Ironie. „Gestern wurde im vertraulichen Kreise im Kanzleramt bekannt gegeben, dass die Amerikaner bei den beiden Attentats-Opfern auf dem Köln-Bonner Flughafen Einstichwunden entdeckt haben und auch Ihr Amt in die Ermittlungen involviert ist."

„Das kann ich bestätigen."

„Und dass die Amerikaner keine Informationen weitergeben und die deutsche Seite im Unklaren über ihren Ermittlungsstand lassen – erklärlich wegen des aufgetretenen Misstrauens."

„Die Bewertung teile ich nicht, Herr Gehrke, wohl aber die bedauerliche Tatsache, dass die guten Freunde uns im Dunklen herumfummeln lassen, wir haben deshalb bislang auch keine weiteren Erkenntnisse, zumal –"

„Aber wir." Gehrke ließ das zunächst mal so im Raum stehen, ehe er fortfuhr. „Ich habe die alten Kontakte aus meiner Zeit in Washington aktiviert und konnte folgende interessante Details in Erfahrung bringen: Die eine Wunde ist deutlich tiefer als die andere, sie wird nicht von einem Stich, sondern nach CIA-Recherchen vermutlich von einem Abschuss herrühren."

Jischke musste diese Nachricht offenbar erstmal durch seinen Kopf gehen lassen, denn es dauerte, bis er reagierte. „Dann wurde Brooke Opfer eines Einschusses?"

„Nein, umgekehrt: Die tiefere Wunde ist die seines Sicherheitschefs im Oberschenkel", korrigierte Gehrke.

Wieder Erstaunen bei Jischke.

„Egal", fuhr Gehrke fort. „Jedenfalls wurde ein Einstich bei Brooke vorgenommen, was den Täterkreis deutlich einschränken dürfte. Und jedenfalls muss – von welcher Waffe auch immer – ein Schuss aus ca. 250 bis 300 Meter Entfernung – so die US-Recherchen – auf seinen Sicherheitsmann, diesen Mister Kelley, abgegeben worden sein. Und jetzt mein Anliegen: Kann Ihr Haus sich mal die erste Etage des Flughafengebäudes auf dem militärischen Teil vornehmen, von dort müsste der Schuss abgegeben worden sein?"

„Aber ja doch, werde ich sofort veranlassen, danke. – Aber wie begründe ich das?" Den letzten Satz hatte er, immer noch verwirrt, mehr so für sich dahingemurmelt.

„Behaupten Sie einfach, es sei Ihre polizeiliche Intuition gewesen", schlug Gehrke gönnerhaft vor, nicht ohne Arroganz.

„Genau so mach' ich das. Werde ich sofort veranlassen, und vielen Dank, Herr Kollege!"

Er wollte auflegen, aber Gehrke hatte noch was.

„Ihnen ist bekannt, dass Giftspritzen in 36 von 37 US-Bundesstaaten als Haupthinrichtungsmethode zum Einsatz kommen?"

Jischke schüttelte den Kopf. „Ja, ja. Wollen Sie damit andeuten, dass die Amerikaner selbst es gewesen seien ...?"

„Nein. Das hat bereits unser Bundeskanzler vermutet. Nein. Aber es gibt Parallelen –"

„Sie meinen zu diesem Giftanschlag in London auf diesen Alexander, wie heißt er doch gleich, der 2005 oder 2006 da ermordet wurde?"

„Wieder nein. Sie meinen Alexander Walterowitsch Litwinenko, ab 1988 Agent der Spionageabwehr des KGB, vom FSB später gegen Terrorismus und Organisiertes Verbrechen eingesetzt, zehn Jahre danach Kritiker von Putin und Genossen, am 23.11.2006 einer Polonium-Vergiftung erlegen; dem wurde Tee verabreicht, keine Spritze. Die einzige Parallele ist vielleicht, dass man zunächst von Thallium ausging."

„Ja, natürlich, rätselhafte, unglaubliche Geschichte, ist soweit ich weiß, nie aufgeklärt worden. Im Verdacht stand lediglich und natürlich der FSB. Aber es gab da noch eine andere Parallele, auch in London, auch Geheimdienst-Getue. Jahrzehnte früher, an die ich dachte, ich komme jetzt nicht drauf, aber wo Sie gerade ‚London' sagen, ich meine, da gab es doch mal einen Giftanschlag ..."

„1978, London, Waterloo-Bridge", unterbrach Gehrke. ‚Geheimdienst-Getue', wenn er das schon hörte: keine Ahnung, dieser BKA-Präsident, von dem er sich mit ‚Kollege' anreden lassen musste, und ‚Geheimdienst-Getue'. „Im Spätsommer 1978 wartete der bulgarische Regimekritiker Georgi Markow im Exil auf seinen Bus. Ein Passant mit Regenschirm rempelte ihn, eine Entschuldigung auf den Lippen, an, und verschwand in der Menge, die die Brücke überquerte. Markow verspürte ein Piksen in der Wade. Der Mann mit dem Regenschirm war vermutlich ein bulgarischer Agent, der ihm soeben mit dem Schirm eine winzige Kugel Rizin injiziert hatte; er wurde nie gefasst."

„Rizin mit z?"

„Oder auch Ricin mit c; extrem toxisches Lektin aus dem Samen eines Wolfmilchgewächses, Rizinus communis."

„Rizinusöl?"

„Wird daraus gewonnen, möglicherweise ist aber statt Rizin auch Botulinumtoxin in dem Platinkügelchen gewesen, etwa 1 mm groß, das Markow injiziert wurde, zusammen mit Zuckermasse, die das Gift, welches immer es auch war, kontinuierlich freisetzte. Jedenfalls verstarb Markow drei Tage später an Vergiftung." Gehrke redete, als habe er in einer Prüfung Fragen zu beantworten, aber das Halbwissen des BKA-Präsidenten brachte ihn auf neue Ideen.

„Dieser Fall von vor über dreißig Jahren ist da schon eher eine Parallele. Übrigens ist auch Rizin schon immer als Biowaffe versucht worden, von so unterschiedlichen Parteien wie den Briten, den Irakis im Golfkrieg, bei US-amerikanischen rechtsextremistischen Gruppen wie dem Patriot's Council und der Al-Qaida in Kabul."

„Das führt zurück zu meiner Idee von eben: Könnten es dann nicht doch die Amerikaner selbst gewesen sein – ?"

„Vergessen Sie's. Brooke ist nämlich möglicherweise der Wirkung eines anderen Giftes erlegen, eines Giftes, das seit Ende 2009 bei Hinrichtungen in Ohio eingesetzt wird."

Jischke schluckte und dachte ‚also doch die Amerikaner'. Dann fragte er: „Und der andere, dieser Kelley, der überlebt hat?"

„Dasselbe Gift wie Brooke, aber mit geringerer Dosis. Es führte ja auch nur zu kurzer Bewusstlosigkeit."

„Konnte das Gift identifiziert werden?"

„Wahrscheinlich Thiopental."

„Woher wollen die Amerikaner das alles wissen?"

„Toxologische Untersuchungen; was man noch nicht weiß, ist, wie jeweils e i n e einzige Spritze bzw. e i n einziger Einschuss wirken konnten. Bei den Exekutionen werden nämlich nacheinander drei Spritzen gesetzt."

„Aber bei Markow hat ja offenbar auch eine gereicht. Was Sie da sagen, gibt der Sache eine ganz neue Dimension. Bestehen Sie gleichwohl auf Geheimhaltung, Herr Gehrke?"

„Absolut. Sonst erfahre ich nie wieder was aus Washington. Denken Sie immer an Ihre begnadete Intuition!" Gehrke legte auf.

Kapitel V

1

Lomer hatte Fehler gemacht, mindestens einen. Wer immer diesem puertoricanischem Kollegen die Kaution mit dem Mandat überlassen hatte, ihm zu helfen, es war jedenfalls nicht seine Kanzlei in München gewesen, und mit der hatte er vor dem Telefonat mit Mrs. Keener gesprochen, ihr aber gesagt, er werde seine Kanzlei gleich anrufen, was er dann natürlich nicht mehr gemacht hatte. Ein Blick in die Telefonliste des Hotels und sie wusste, dass er sie angelogen hatte. Weshalb wohl? Sie würde mutmaßen, dass er mit Laura unter einer Decke steckte – eine wunderbare Vorstellung –, und dass er sie unmittelbar in New York suchen und treffen würde, wo er Mrs. Keener nun hinführen würde. Dazu war sie Legal Attorney, das war ihr Beruf, das war ihr Instinkt, und sie hatte an dem Geldwäscheaspekt seiner Schilderung Interesse gefunden, verstärkt noch einmal durch diese hohe Abhebung bei Barclays. Und dann hatte Lomer auch noch das Flugzeug genommen, dass sie ihm empfohlen hatte, Abflug San Juan 2:10 p.m., Ankunft New York, Newark, 6:10 p.m. local time. Einfacher hatte er es ihr nicht mehr machen können.

Lomer war entschlossen, ab jetzt keinen Fehler mehr zu machen. Aber wie sollte er Laura finden, ohne dass Keeners Hilfsbeamten in Manhattan sie auch fanden? Wie konnte er Laura vor einer möglichen Festnahme warnen, ohne Kontakt mir ihr aufzunehmen? Wie konnte er bei all dem verhindern, dass Laura – irgendwie durch ihn gewarnt – auch vor ihm sogleich wieder die Flucht ergriff, eine Flucht, die über zwanzig Jahre so erfolgreich verlaufen war? Fragen über Fragen, die vielleicht einfacher zu beantworten wären, wenn Gewissheit über den edlen Kautionsspender bestehen würde; aber Mr. Camarons Kanzlei hatte ihren Inhaber schlicht verleugnen lassen und Lomer selbstverständlich keine Auskünfte erteilt; Mister Camaron sei erst morgen wieder erreichbar, und telefonische Auskünfte gäbe es ohnehin nicht. Ob Camaron wusste, dass Lomer bereits heute nach New York flog? Auf dem Flughafen von San Juan war Lomer nichts Verdächtiges aufgefallen. Aber er war auch froh gewesen, dort selbst nicht aufzufallen und Puerto Rico so schnell wie möglich zu verlassen.

Lomer entschied, in New York von öffentlichen Telefonzellen die drei Hotels anzurufen, die in Betracht kamen, das East Gate Tower Hotel zwischen der zweiten und dritten Avenue in der Nähe des UNO-Gebäudes, das Waldorf Astoria, Midtown-Sutton, und die kleine französische Pension am Central Park, deren Namen er vergessen hatte, die er aber sofort wieder finden würde. Laura wusste, dass Ärger drohte – und das wusste sie offenbar, sonst hätte sie nicht exakt im richtigen Zeitpunkt ihr Konto bei Barclays in San Juan abgeräumt – und deshalb würde sie sowohl das East Gate Tower Hotel wie auch das Waldorf Astoria meiden: das East Gate Tower wegen der zahlreichen UNO-Angehörigen, die dort zu nächtigen und zu wohnen pflegten, was wegen der offensichtlich dramatischen Umstände des Todes von US-Verteidigungsminister Brooke zu verschärften Sicherheitskontrollen eben in diesem Hotel führen würde, und das Waldorf Astoria, weil es eine zu exponierte Adresse war.

Blieb die kleine Pariser Absteige mit dem Charme des Quartier Latin der siebziger Jahre. Ihr Name fiel ihm immer noch nicht ein. Sie war ebenso unscheinbar wie übersichtlich, und Lomer hatte schon so manche verwegene und unvergessene Nacht, Tage und Wochen dort mit Laura verbracht, auch sie würde sich diesen süßen Erinnerungen nicht entziehen können ... – ‚Quatsch', dachte Lomer, genau das hatte Laura in den letzten zwanzig Jahren erfolgreich gemacht, sich ihm entzogen, Erinnerungen hin oder her, wegen des schnöden Mammons, aus dem sie nun so viel Vermögen angehäuft hatte. Die Übersichtlichkeit des kleinen Häuschens am Central Park sprach natürlich dagegen, dass Laura es aufsuchen würde. Und unter welchem Namen eigentlich? Würde ein Anruf dort überhaupt Sinn machen? Ging ohnehin nicht, solange ihm der Name des Hauses nicht endlich einfiel. Er musste dort vorfahren, hinlaufen, das Haus beobachten wie ein billiger Schnüffler, hinter einer durchlöcherten Zeitung auf einer Parkbank im Central Park sitzend, lauernd, beobachtend – eine wenig verheißungsvolle Perspektive, aber er sah auch keine Alternative.

Plötzlich hatte er nicht einmal mehr die Hoffnung, Laura auf diesem Wege überhaupt wieder zu finden. Möglicherweise hing sie schon im Netz der Fahndung von Mrs. Keener, was weitere Probleme auslösen würde, aber dann hätte er sie wenigstens gefunden, wahrscheinlich aber ohne die Millionen.

Sie mit den Millionen zu finden, also ohne Mrs. Keener, war nur dann möglich, wenn Laura wollte, dass er sie fand, und dann würde sie eben doch in die französische Pension gehen, wahrscheinlich unter anderem Namen, aber dass Lomer sie fand, hätte sie nun wirklich auch einfacher haben können, in Deutschland, in Puerto Rico oder wo auch immer. Diese Überlegung führte zurück zu der Frage, ob sie die Kaution für ihn hatte hinterlegen lassen – der Kreis derer, die von seiner Inhaftierung in San Juan wussten, war übersichtlich, Laura war wahrscheinlich die Einzige, die über das gemeinsam bewohnte „Esplanade" von seiner Festnahme hatte Kenntnis erlangen können. Geld hatte sie auch genug für eine Kaution. Und dann diese Taxifahrer Sunny und Tony als Boten, Sunny als doppelt gekaufter Mittler, der die Information über ihr Reiseziel New York hatte, und das ohne Hotel-Adresse? Doch, ja, genau das würde Sinn machen, weder Tony noch Sunny könnten weder der Polizei noch der Staatsanwaltschaft irgendwelche Angaben über Lauras Verbleib machen, aber Lomer würde sie als Einziger in dem Ameisenhaufen New York finden können.

Ja, mit dieser kleinen französischen Absteige würde er anfangen, diese Möglichkeit war von den vielen unwahrscheinlichen noch die am wenigsten unwahrscheinliche.

Das Flugzeug setzte zur Landung auf Newark an.

Der Mann, der Lomer in einem zivilen Polizeifahrzeug downtown Manhattan folgte, hieß Pete O. Harrer, war achtundfünfzig Jahre alt und seit neununddreißig Jahren im Polizeidienst des NYPD tätig. Er hatte sich auf seinen Feierabend zu Hause mit seiner Frau Emily gefreut, die ihm homemade Pizza und einen Pitcher Bier versprochen hatte, und statt dessen kurvte er jetzt hinter diesem verrückten Europäer her, der seine Sightseeing-Tour durch Manhattan immer wieder durch Stops unterbrach, in denen er von öffentlichen Telefonboxen irgendwelche Gespräche führte; womöglich hatten diese rückständigen Menschen aus Old Europe nicht mal Mobiltelefone, jedenfalls keine, die hier in den Staaten funktionierten. Und das alles nur, weil diese schwarze Schlampe aus Puerto Rico angerufen, mit seinem Chef telefoniert und der ihn beauftragt hatte, diesen Mann zu beschatten, weil der sich angeblich hier in New York mit irgendeinem Geldwäscher treffen sollte. Gegen den Mann mit den geschmeidigen und eleganten Bewegungen, der so außerordentlich gut gekleidet war, Businessman vermutlich, lag nicht mal irgendwas vor, sonst hätte Sergeant Harrer ihn wenigstens festnehmen und ihn über Nacht wegsperren können.

Und das ging nun im abendlichen Berufsverkehr seit Stunden so, Taxi im Auge behalten, folgen, Ampel, Stau, stop and go, ohne dass dieser smarte White Collar Gangster, der er sicher war, irgendwelche Anstalten gemacht hätte, irgendwo Quartier zu nehmen. Das sollte Harrer nämlich dann dieser schwarzen Kollegin aus San Juan mitteilen, und dann hätte er endlich Feierabend, Bericht durchgeben, danach Pizza und Pitcher und Emily.

Endlich. Das Taxi hielt vor dem East Gate Tower Hotel, der elegante Scheißer verschwand in der Lobby, das Taxi fuhr mit einem anderen Gast davon.

Harrer parkte und pirschte in die Hotellobby. Er bahnte sich raubeinig seinen Weg durch das Gedränge der An- und Abreisenden und hielt nach dem Mann Ausschau. Der Typ war nirgendwo zu sehen. Harrer blätterte in seinen Papieren, fand den Namen „Lomer" und zeigte einer der Rezeptionistinnen seinen Dienstausweis. In einem angrenzenden

Büro bestätigte man Harrer, dass Lomer soeben für zwei bis drei Tage eingecheckt habe. Dr. Hannes Lomer, Rechtsanwalt aus Deutschland, aus Puerto Rico kommend.

Der Sergeant trug sein Anliegen vor.

„Ich sehe, er telefoniert gerade", meinte der junge Empfangschef.

„Mit wem?" knurrte Harrer.

„Eine Sekunde". Der junge Mann warf noch einen Blick auf den Polizeiausweis und wartete, bis Lomer sein Gespräch beendet hatte. Dann schaute er auf seinen Bildschirm. „Mit der Nummer ..."

„Können Sie mir die ausdrucken?"

„Na, klar doch." Der Empfangschef drückte eine Taste und hielt Harrer einen Ausdruck hin.

„Hat der Lommer sich hier nach einer Frau erkundigt, nach einer Deutschen namens ...", er blätterte wieder in seinen Unterlagen, „ – Schwartzee?"

Der junge Mann schaute die Rezeptionistin an. Die schüttelte den Kopf. Der junge Mann schüttelte den Kopf.

„Wohnt die hier?" Harrer blickte auf seine Unterlagen. „Estrella Lauretta Schwartzee oder so ähnlich."

Der junge Mann sah auf seinen Bildschirm und drückte ein paar Tasten. „No, sorry, Officer."

"Morgen lasse ich noch mal alle Telefonnummern, die dieser Mister Lommer angewählt hat, abfragen. Und wenn er sich irgendwie auffällig verhält, Mister, dann rufen Sie diese Nummer an." Harrer reichte ihm seine Karte und hoffte, dass er nie angerufen werden würde, jedenfalls nicht heute Nacht zu Hause. „Das gleiche gilt, sollte diese Deutsche hier auftauchen, diese Mrs. Schwartzee."

Der Empfangschef schrieb den Namen auf und reichte ihn seiner Mitarbeiterin.

In seinem Dienstwagen gab Harrer der Zentrale die Telefonnummer durch, die Lomer gewählt hatte, und wartete, den Blick auf die Hotelzufahrt gerichtet.

Zehn Minuten später kam der Rückruf. „Eine Nummer in San Juan, in Puerto Rico, eine Staatsanwältin namens Irene Keener."

„Danke." Harrer schüttelte den Kopf. Da konnte man mal sehen: Die Polizei in Puerto Rico ließ ihn hier im Kreis rumfahren, um den Aufenthaltsort eines angeblich unbescholtenen Anwalts in New York herauszufinden, und der rief anschließend deren vorgesetzte Dienststelle an, wahrscheinlich um mitzuteilen, dass er im East Gate Tower Hotel abgestiegen sei. Verrückt, diese Neger.

Harrer setzte den kurzen Bericht ab, um den sein Lieutenant ihn gebeten hatte, warf noch einen letzten Blick auf das Hotel und fuhr dann nach Hause, zu Pizza, Pitcher und Emily. Es war kurz nach zehn.

Kurz nach Mitternacht – Lomer hatte zwei köstliche Stunden geschlafen – verließ er das East Gate Tower Hotel durch einen Seitenausgang und nahm zwei Blocks weiter südlich ein Taxi. Am Central Park ließ er sich absetzen, verschwand im Dunkel der Bäume und kehrte nach einer knappen Viertelmeile wieder zurück ins Licht von Manhattan. Nach wenigen Schritten betrat er das Hotel „Le Cézanne" durch einen Hintereingang; die Holztür war offen, wie Jacqueline ihm heute Nachmittag bei seinem Anruf vom Times Square versprochen hatte.

Jacqueline wartete in der Lobby auf ihn, mit zwei Gläsern Champagner. „Wie schön, Dich nach so langen Jahren wiederzusehen, Hannes." Sie umarmte ihn, Lomer drückte sie fest an sich.

„Habt ihr hier ein Zimmer frei?"

„Eins ist noch frei, aber nur eine Nacht. Wir haben nicht expandiert."

„Gut so. Ich bleibe hier. Vielleicht gibt es noch Absagen, ich würde nämlich gerne länger bleiben, ein paar Tage vielleicht."

„Da wird sich was finden lassen. – Du reist ohne Gepäck?"

„Das lasse ich morgen nachkommen, wenn ihr ein Bett für mich habt."

Jacqueline nickte zuversichtlich. „Und Dein Problem? Du erwähntest heute Nachmittag ein Problem. Ist alles okay bei Dir?" Ihre schwarze Stirn legte sich in tiefe Falten.

Lomer nahm einen Schluck von dem Willkommens-Champagner und zündete eine Zigarette an. In diesem Hotel durfte man fast alles. Jacqueline nahm auch eine.

„Ich suche Laura."

„Laura Schwartze?" Jacqueline wedelte kichernd ihre üppigen Hüften, watschelte auf den Empfangstresen zu und blätterte in ein paar Papieren. „Die erwarten wir morgen. Unter dem Namen Mrs. Laureen, Vorname Estella. Der haben wir ab morgen das Zimmer 5 reserviert, in das ich Dich gleich bringe."

2

Nach dem kleinen französischen Frühstück am späten Vormittag stellte Jacqueline Lomer Tom vor. Tom kam wie sie aus Guadeloupe, hatte ihre Hautfarbe, war vor fünfzehn Jahren nach New York immigriert und überlebte seither mit Gelegenheitsjobs, Hundeherden spazieren führen, auf vorübergehend unbewohnte Appartements aufpassen, Hausmeister, Botengänge und -fahrten erledigen, was so anlag.

„Tom, ich möchte, dass Sie sich ein paar schicke Sachen kaufen, wie ich sie trage, und sie in mein Hotelzimmer im East Gate Tower Hotel, Zimmer 512, bringen." Er gab ihm die Schlüsselkarte. „Dann räumen Sie das Appartement dort leer und bringen mein Gepäck her, auf Zimmer 5, aber so, dass Ihnen keiner hierher folgen kann."

„Pas de probleme, Mister", meinte Tom, der eigentlich ganz anders hieß, sich aber diesen Namen schon vor fünfzehn Jahren zugelegt hatte. Er nahm die Karte entgegen.

„Im Hotel dürfen Sie gesehen werden, auch wenn Sie aus dem Hotel gehen und rein ins Hotel – nur nicht beim Betreten oder Verlassen von Appartement 512."

„Pas de probleme, Mister."

„Und im Zimmer dürfen Sie sich solange aufhalten, wie Sie wollen, und telefonieren sollten Sie von dem dortigen Apparat, so viel sie wollen. Die haben meine Kreditkarte, alles wird bezahlt. So für die nächsten zwei bis drei Tage."

Tom nickte. „Was ist, wenn der Zimmerservice mich dort sieht?"

Lomer freute sich, dass Tom mitdachte. „Dann sagen Sie, Sie sind mein Butler." Er überreichte Tom ein paar Dollarscheine und erkundigte sich, ob noch irgendwas unklar sei.

„Pas de probleme, Mister." Tom steckte das Geld ein und strahlte. „Bis heute Nachmittag, Mister."

Wann Laura kommen würde, wusste Jacqueline nicht. Lomer hatte sich den ganzen Tag mit Zeitungslektüre, einem französischen Lunch im Restaurant des Hauses, einem längeren Mittagsschlaf im Grand Lit, mit Füßevertreten im Garten und Beine-von-der-Bettkante-baumeln lassen vertrieben.

Am späten Nachmittag hatte Tom aus dem East Gate Tower Hotel angerufen, er sei von einer weiblichen Anruferin überrascht worden.

„Wer war es? Wie haben Sie reagiert?" Scheiße. Das konnte nur Keener gewesen sein, sonst wusste keiner, dass er dort abgestiegen war. Oder ließ Laura ihn beschatten?

„Wrong number, hab' ich gesagt, Mister, und aufgelegt."

„Shit happens. Hat sie noch mal angerufen?"

„No, Mister. Bin dann gleich weggegangen. Alles okay, Mister?"

„Alles okay, Tom, aber rufen Sie hier nie wieder an!"

„Comme vous voulez, Mister."

Eine Telefonüberwachung würde Mrs. Keener ja wohl nicht angeordnet haben, hoffte Lomer und ließ wieder die Beine baumeln.

Gegen Abend setzte er sich mit einer Flasche Rosé aus der Provence, Pampelone, in das kleine Bistro im Erdgeschoss und grübelte vor sich hin. Laura hatte das Zimmer nicht storniert, und er war sicher, dass Jacqueline sie auch nicht von seiner Anwesenheit informiert hatte. Es sollte schließlich eine Überraschung werden. Lomer war davon überzeugt, dass er sie heute Abend nach zwanzig Jahren wiedersehen würde. Endlich treffen würde.

Sie kam am späten Abend. Er hatte den ganzen Abend über das Kling-Klang-Klack der sich öffnenden und schließenden, immer wieder geöffneten und wieder zufallenden Eingangstür im Ohr gehabt, kling-klang-klack, und immer wieder aufgeschaut, vom Express, vom Le Point, vom New Yorker, vom Fernseher – Umweltkatastrophen, Attentat auf US-Verteidigungsminister Brooke in Deutschland? Gefallene Soldaten in Afghanistan – und vom Weinglas, immer wieder, und jetzt schaute er erst auf, als Laura schon auf dem halben Wege zur Rezeption war. Womöglich hatte dieser unnachahmliche Gang seine nachlassende Aufmerksamkeit wachgerufen – da war sie: Erst sah er den schwarzen Rollkoffer, den sie schon in Puerto Rico hinter sich hergezogen hatte, dann die großen silbrigen Ohrringe, die die Deckenbeleuchtung nach allen Seiten glitzernd zurückwarfen, schließlich die sich gleichmäßig und ruhig hebenden und senkenden Pobacken, wieder in Jeans verhüllt, wie auf dem Flughafen von San Juan.

Lomer ließ sein Journal auf die Tischplatte sinken. Er zitterte. Jacqueline begrüßte Laura und wirkte für den Bruchteil eines Augenblicks versteinert. Lomer setzte sich auf. Jacqueline entschied sich für ein Lächeln, sagte etwas zu Laura, was er nicht hören konnte, und schaute zu ihm herüber. Laura folgte ihrem Blick und drehte sich auf ihren hohen Absätzen langsam zu ihm um. Lomer stand auf. Ihre Blicke trafen sich, bohrten sich ineinander, und irgendetwas kam Lomer merkwürdig vor. Diese großen schwarzen Augen, die übergrelle Schminke – er wusste es nicht und er konnte auch nicht länger darüber nachdenken, denn Laura legte jetzt ihre Dokumente auf den Tresen vor Jacqueline ab, ohne den Blick von Lomer zu nehmen, und kam langsam auf ihn zu, mit diesen atemberaubend gleichmäßigen Bewegungen ihrer Hüften, bis sie vor seinem Tisch stand. Sie nahm sein Glas, trank einen Schluck Rosé und sagte: „Lomer, Du Lump, Du hast mich gefunden." Nicht ‚Hannes', sondern ‚Lomer'. Dann setzte sie sich ihm gegenüber hin. „Oder ist das ein Zufall?"

Lomer ließ sich auf sein Chaiselongue fallen. Er war sprachlos, ohne zu wissen, warum. Laura nahm sich eine von seinen Zigaretten und zündete sie mit seinem Zippo umständlich an, bevor er das tun konnte. Jacqueline brachte ein Tablett mit drei Gläsern

Champagner und ein leeres Weinglas. Sie setzte eilig das Tablett ab, warf Lomer einen kurzen Blick zu, dann Laura, dann wieder Lomer. Als keiner von beiden reagierte nahm sie ihr gefülltes Champagnerglas stirnrunzelnd wieder mit zum Tresen.

„Jacqueline, komm' her, wir trinken auf unser Wiedersehn zu dritt", rief Lomer ihr hinterher und nahm sein Glas auf.

„Ich trinke nicht durcheinander." Laura griff wieder nach Lomers Weinglas, und Jacqueline kehrte mit behäbigen Schritten zurück an ihren Tisch, die faltige Stirn wollte sich nicht aufhellen. Das Wiedersehen heute Nacht war irgendwie herzlicher gewesen. Die beiden Frauen umarmten sich zögernd, Jacqueline und Lomer umarmten sich noch einmal fast so herzlich wie heute früh, dann setzten Laura und Lomer sich wieder hin. Jacqueline war froh, mit dem restlichen Champagner wieder hinter ihrem Tresen verschwinden zu können.

„Gefunden Laura, gefunden. Es gibt im Leben keine Zufälle." Lomer brach das peinliche Schweigen, das sich über ihre Sitzecke gelegt hatte.

„Na gut, und was willst Du von mir?" Laura war die Situation offenbar weniger peinlich. Sie drückte ihre Zigarette aus und holte den Rollkoffer von der Rezeption.

„Weißt Du's inzwischen?"

„Besteht Fluchtgefahr?"

Laura lächelte. „Im Moment nicht. Darf ich?" Sie nahm eine weitere Zigarette.

„Aufgeregt?" Lomer schnipste sein Zippo an.

„Nicht halb so wie Du." Laura zeigte ihre perlweißen Ebenholzzähne, an denen er so oft genagt und gelutscht hatte. „Wenn Du mir bis downtown Manhattan folgst, willst Du wahrscheinlich Geld von mir, oder? Für Dich oder für Kurlow und Konetzke?" Ihr Lächeln war verschwunden, aber sie war immer noch sehr schön und sehr sinnlich, auch wenn sie ihn so skeptisch ansah wie jetzt.

„Ich bin Dir sogar über Puerto Rico hierher gefolgt."

„Was Du nicht sagst."

„Und Du wolltest, dass ich Dich finde."

„Was Du nicht sagst."

„Warum?"

„Warum was?"

„Warum diese Umstände? Du hättest mich einfacher finden können. Ich bin immer noch in unserer alten Kanzlei."

„Welche Umstände? Du warst offenbar vor mir im Cézanne."

Lomer goss Rosé nach. „Das vordringliche Motiv, liebe Laura, Dich um die halbe Welt zu verfolgen, war natürlich Sehnsucht, wie Du Dir denken kannst." Lomer setzte sein allerliebstes Lächeln auf und prostete ihr zu.

„Dann trifft es sich ja gut, dass im Cézanne hier heute Nacht nur noch Zimmer 5 für uns frei ist."

„Und ich dachte schon, Du hättest genau deshalb die anderen Zimmer für Phantomgäste fest gebucht, um endlich mal wieder eine Nacht hier alleine mit mir verbringen zu können. Am Geld sollte das ja nicht scheitern."

„Womit wir wieder beim Thema sind."

Lomers Augen verengten sich. Was ihn irritierte, war ihr Aussehen, ihre unvergangene Schönheit, das lange nachtschwarze Fell, das ihr anmutiges Gesicht umrahmte, in fahriglässiger Frisur, jugendlich-frech, die hohen Wangenknochen, die Herausforderung dieser tiefgründigen Augen, wie wenn 20 Jahre in einer Nacht verflossen wären. Sie war erstaunlich jung geblieben, irgendwie unverändert, sogar noch jünger geworden, gleichzeitig aber verlebt, verhärmt, irgendwie vorzeitig verbraucht, und kälter als der Hudson und der East River zusammen.

„Laura, Du wirst gesucht."

„Was Du nicht sagst."

„Nicht von mir. Nicht mehr. Vom Legal Attorney."

„Hab ich das Dir und Deiner Sehnsucht zu verdanken?"

„In gewisser Weise schon. Ohne dass ich das wollte. Eine Staatsanwältin Keener aus Puerto Rico will Dich sehen ..."

„Habe ich befürchtet."

„ ... und es könnte sein, dass sie die hiesige Polizei auf mich angesetzt hat, um Dich zu finden. Obwohl ich nichts Konkretes bemerkt habe."

„Weshalb sollten die mich suchen?" Laura senkte ihre Mundwinkel. „Gibt es Delikte, die noch nicht verjährt sind?"

„Money laundring, Barclays, San Juan."

„Das Geld ist da drin." Sie deutete auf ihr Köfferchen. „Willst Du es haben?"

„Später, vorher brauchen wir einen Fluchtplan."

„Fluchtplan. Ich bin doch gerade erst angekommen. Und ich bin müde. Die werden doch vom ‚Le Cézanne' nichts wissen, oder?" Sie richtete sich auf.

„Hoffentlich nicht. Aber das könnte eine Frage der Zeit sein. So sehr ich die Erinnerungen an diesen Platz genieße, jetzt wo ich Dich wieder gefunden habe, Laura, so sehr – "

„Hör' auf mit dem Gesülze. Erklär lieber Deinen Fluchtplan."

„Wir müssen hier so bald wie möglich weg, Laura. Spätestens morgen. Weg aus den USA. Und das so, dass Du mir nicht wieder entwischen kannst. Zum Beispiel mit dem Auto nach Kanada, Montreal ist nicht weit, oder Toronto oder noch besser Kingston, am Ontario-See, das dürfte das nächste sein, ich kenne da ein Hotel, aber kein Mietwagen ..."

„Ist mir klar. Überredet." Laura beugte sich vor und ergriff seine Hand. „Das schließt aber nicht aus, dass wir heute Nacht oben erstmal ficken, oder?"

3

Am nächsten Morgen, am Freitag, suchte Lomer an der Ecke East 59th/Grand Armee Plaza eine Telefonzelle auf und wählte die Nummer von Staatsanwältin Keener.

Sie war sofort dran. „Hello, Dr. Lomer, how are you today?" Sie schien überrascht. „Wo sind Sie? Immer noch New York?" Sie suchte auf ihrem Schreibtisch nach den Berichten des New York Police Departements, die Lieutenant Baxevanos ihr vorgelegt hatte.

„Ohne Ihre Genehmigung würde ich mich hier nicht wegtrauen", säuselte Lomer. „Grund meines Anrufs ist aber nicht, dass ich weg will; ich wollte fragen, ob Sie Laura gefunden haben."

„Dann hätte ich Sie informiert. So hatten wir das vereinbart."

„Vielen Dank, ich weiß das zu schätzen. Haben Sie mich nicht angerufen? Ich war nicht immer auf meinem Zimmer."

„Das denk' ich mir." Verdammt, wo hatte Baxevanos diesen fucking Report hingelegt? „Und Sie haben keine Reisepläne?"

„Nicht diese Woche. Heute habe ich noch einen Termin, morgen will ich ins MoMa und abends ins Metropolitan, Sonntag ausschlafen ..."

„Klingt gut. Klingt besser als das Programm in San Juan."

„Ja, dann kommen Sie doch einfach rauf über's Wochenende, Mrs. Keener." Mein Gott, sie würde doch nicht zusagen?

„Dr. Lomer, Sie sind überaus charmant, aber da kann ich jetzt nicht spontan ‚ja' sagen. Aber ich darf Sie sicher wieder unter Ihrer Nummer – ", endlich hatte sie diesen nichtssagenden Report gefunden, – „im East Gate Tower Hotel anrufen – sollte ich so verrückt sein, Ihre Einladung anzunehmen." Sie strahlte.

„Jederzeit, Mrs. Keener." Er hätte ‚Irene' sagen sollen, zur Abschreckung, aufgedrängte Vertraulichkeit, aber sie hätte es auch als sexuelle Belästigung empfinden und ein Vorverfahren wegen sexual harassment einleiten können.

„Und wann werden Sie New York verlassen?"

„Hängt von dem heutigen Termin ab."

„Und wohin?"

„Hängt von dem heutigen Termin ab, möglicherweise Guadeloupe."

Keener fummelte sich durch den Bericht des NYPD und erwiderte: „Wir telefonieren wieder, ich rufe Sie an."

Lomer legte auf und bestieg in der 57. Straße den alten Cadillac, den er heute Morgen mit Toms Hilfe gekauft hatte.

Staatsanwältin Keener blätterte den Bericht eines Sergeant Harrer vom NYPD durch. Irgendetwas stimmte da nicht. Rechtsanwalt Lomer hatte seit zwei Tagen sein Appartement im East Gate Tower Hotel nicht verlassen, jedenfalls stand davon nichts im Bericht, und häufig telefoniert, zunächst am Abend seiner Ankunft aus öffentlichen Telefonzellen, ab gestern Nachmittag in alle Welt, vor allem nach Pointe-à-Pitre auf Guadeloupe, nur einmal innerhalb New Yorks, mit einem Hotel am Central Park, also eher nicht beruflich – keine Anrufe bei Kanzleien oder Firmen, keine Besprechungstermine bei Kanzleien oder Firmen. Nur seine Reisepläne nach Guadeloupe machten Sinn. Aber deshalb hatte er nicht über New York fliegen müssen. Ob Mandanten ihn dort im Hotelzimmer zur Besprechung aufgesucht haben mochten? Keine Anhaltspunkte dafür im Report, wäre auch ungewöhnlich. Und dann dieser komische Typ mit dem französischen Akzent an seinem Telefon, der sie mit ‚falsch verbunden' belogen hatte. Steigerte sie sich jetzt in diesen Fall hinein, weil Lomer ihr privat gefiel? Sollte sie ihn am Wochenende tatsächlich besuchen? Sie war lange nicht in New York gewesen, aber mehr als ein One-night-stand würde dabei wohl nicht herauskommen. Oder vielleicht doch? Weil er nächste Woche in Guadeloupe zu tun hatte vielleicht, nur eine Flugstunde von San Juan entfernt? Den Flug nach New York könnte sie sogar als Dienstreise abrechnen. Anrufen könnte sie ihn ja mal, so in zwei oder drei Stunden.

Als Mrs. Keener sich drei Stunden später mit New York, East Gate Tower Hotel, Appartement 512, verbinden ließ, teilte man ihr mit, Mister Lomer sei heute Morgen abgereist, ‚Destination Pointe-à-Pitre'. Entweder sein morgendlicher Termin hatte diese plötzliche Abreise erforderlich gemacht, oder er hatte sie angelogen und getäuscht. Wenn er sie getäuscht hatte, konnte das nur einen Grund haben, nach seinem offen gelassenen Angebot, mit ihr ein dirty Weekend in Manhattan zu verbringen: Er hatte sich mit dieser Geldwäscherin getroffen, der es doch noch gelungen war, Puerto Rico irgendwie zu verlassen. Verdammt!

Eine Viertelstunde später wusste sie, dass ein Flieger von New York nach Pointe-à-Pitre erst am späten Nachmittag abheben würde, 5.15 p.m. Also hätte er sie noch stundenlang zurückrufen können. Jetzt war es nach 2 Uhr nachmittags. Er hatte sie nicht nur als staatliche Ermittlerin ausgetrickst, er hatte vor allem ihre weibliche Eitelkeit verletzt. Fuck it!

Sie griff zum Telefon.

Zur selben Zeit bestaunte Laura die Niagara-Fälle und Lomer fuhr auf der Interstate 87 nach Norden. Der alte Cadillac-8-Zylinder-Motor brummte bei gleichmäßigen 60 Meilen vor sich hin und fraß das endlos monotone Band der Asphaltplatten auf, um es hinter sich in einer weißgrauen Abgaswolke wieder auszuspucken. Seit Stunden ging das so, und Lomer hoffte, die Maschine würde wenigstens bis zur kanadischen Grenze durchhalten.

Am frühen Nachmittag wurde Lomer müde und hing seinen Gedanken nach. Die Erinnerungen an die letzte Nacht hielten ihn wach. Heute früh hatte sich Laura einer von Jacqueline in aller Eile aufgespürten Touristengruppe angeschlossen, die einen Wochenendausflug zu den Niagara-Fällen machte. An der kanadischen Grenze würde sie sich abseilen und entweder über Toronto oder auf dem Seeweg über den Lake Ontario Kingston erreichen. Dort würden sie sich am späten Sonntag im Imperial-Hotel treffen.

Wenn sie kam. Aber davon ging er aus. Nicht wegen der letzten Nacht, Männer überschätzten ihren sexuellen Erinnerungswert ja gelegentlich – nein, Laura hatte Probleme, das sprach sie nicht nur an, das spürte er, und diese Probleme mussten so komplex sein, dass sie ein längeres oder gar mehrere Gespräche erforderlich machten, für die gestern Nacht keine Zeit mehr gewesen war. In Kingston hätten sie genug Zeit dafür, Tage würden sie brauchen, hatte sie gemeint, und sie würde auch telefonisch Rücksprache mit Deutschland nehmen müssen, gegebenenfalls mehrfach, und das war von Kanada weit sicherer als von den USA aus. Sie hatten auch kurz erwogen, gemeinsam bis zur Grenze zu fahren und Laura die Thousand-Islands-Tour auf irgendeinem Touristendampfer mitmachen zu lassen, eine Tagesschiffsreise durch die angeblich tausend Inseln, die der St. Lawrence Strom auf den ersten gut fünfzig Kilometern flussabwärts übrig gelassen hatte. Einige dieser Inseln, an denen die Dampfer anlegten, waren noch US-Territorium, andere gehörten schon zu Kanada. Auch dort dürfte ein Grenzübertritt unauffällig gelingen, und Lomer hätte sogar die ganze Zeit auf Laura aufpassen können, wenn er sie auf diesem Cruise begleitet hätte. Aber wenn man sie beide suchte, dann sicher Richtung Kanada, da war die nächste grüne Grenze, genau an der Mündung des St. Lawrence in den See, und Lomer konnte nicht mal ausschließen, dass er immer noch unter Beobachtung stand, zumal er vor ein paar Stunden noch die Staatsanwältin genarrt hatte, die hoffentlich nicht noch mal im East Gate Tower Hotel anrufen würde. Es war besser, getrennt zu reisen.

Hin und wieder schaute er in die blinden Rückspiegel, sah aber immer nur diese besorgniserregenden blassgrauen Abgaswolken, die der Auspuff rausblubberte, kein Verfolgerfahrzeug, jedenfalls kein auffälliges, zumindest bis jetzt.

Hinter Albany legte er eine Rast ein. Er spülte ein kleines Rindersteak und zwei Eier mit Kaskaden von Kaffee herunter und wunderte sich, wenn er an das pétit Déjeuner von heute Morgen dachte, dass die Franzosen vom amerikanischen Frühstück so wenig abgeguckt hatten wie die Amerikaner von der französischen Kaffeezubereitung.

Später fuhr er wieder so vor sich hin, Richtung Westen, Interstate 90, wurde erneut müde und dachte an Laura. Sie würde also sicher kommen, nicht wegen der eineinhalb Millionen, die ihn im rostigen Kofferraum begleiteten, die hatte sie ihm ohnehin großzügig überlassen – ‚für Deine Aufwendungen' – , nein, er, Lomer, sollte diese ganzen Probleme für sie lösen, die in Deutschland auf sie lauerten, Probleme, die sie zwar angerissen, aber mit keinem Wort, auch nicht ansatzweise, erläutert hatte. Das einzige, was er aus ihr herausgekitzelt hatte, war, dass irgendein Zusammenhang mit dem Attentat – sie hatte ‚Attentat' gesagt und nicht ‚Herzversagen' oder ‚Unfall' – auf den US-Verteidigungsminister in Deutschland letzte Woche bestand – ein Hinweis, der ihre Probleme besonders rätselhaft erscheinen ließen. Was konnte Laura mit diesem Attentat zu tun haben, wenn es eines war? Es musste sich um Probleme handeln, die er als Anwalt zu lösen hätte, um ein größeres Mandat also, für das er sozusagen seinen Vorschuss schon kassiert hatte, immerhin fast drei Viertel des vor zwanzig Jahren unterschlagenen Betrags. Auch wenn er das Mandat nicht annahm, könnte er Kurlow Konetzke Partner zumindest einen Großteil des Schadens wieder gutmachen. Wenigstens ein kleiner Erfolg seiner Mission, sogar, wenn Laura es sich anders überlegen würde. Würde sie aber nicht, sie brauchte ihn. Aber für was? Sonntag würde er es erfahren.

An einem Drive-in hinter Utica holte er sich am späteren Nachmittag noch mal einen großen Pappbecher Kaffeeplörre, fuhr aber gleich weiter, die Interstate 81 gen Norden.

Ob Mrs. Keener wohl noch mal im Hotel angerufen hatte? Ob sie seiner Einladung nach New York gefolgt wäre? Er schmunzelte und verschüttete Kaffee. Ob sie zu ihm ins Appartement gezogen wäre, das Stupsnäschen mit ihm im King-Size-Bett, er oben, sie unten, oder sie oben und er unten?

Das grelle Blau-rot-weiß-Licht riss ihn aus seinen Träumen. Es war schon so dicht hinter ihm, dass er es in allen drei blinden Rückspiegeln sehen konnte, blau-rot-weiß-blau, trotz der Rauchwolke, durch die er fuhr. Eine ohrenbetäubende Sirene setzte ein. Der Polizeiwagen hielt sich jetzt unmittelbar hinter ihm und fuhr weit rechts. Lomer nahm den Fuß vom Gas, die Rauchwolke verpuffte, er ließ den Cadillac auf dem grün bewachsenen Seitenstreifen ausrollen. Jetzt bloß nichts falsch machen. Geschwindigkeitsüberschreitung? Geldwäsche? Irreführung von US-amerikanischen Strafverfolgungsbehörden? Sexuelle Belästigung einer sommersprossigen Staatsanwältin, am Telefon, in Gedanken?

Der junge Officer wollte zunächst nur seine sämtlichen Papiere sehen. Lomer hätte ihn gerne an seinen Fragen teilhaben lassen, aber der Officer winkte ab. „Wohin fahren Sie?"

„Kanada."

„Zweck der Reise?"

„Tourismus."

„Gepäck dabei?"

„Im Kofferraum."

„Aufmachen!"

Während er den Kofferraum öffnete, sagte Lomer: „Gut, dass Sie da sind, Officer."

Der junge Mann musterte Lomers Reisetaschen, zog eine von ihnen hervor und fragte: „Weshalb? – Aufmachen!"

„Ich wollte Anzeige erstatten." Lomer zog den Reißverschluss der ersten Reisetasche auf. „Ich bin reingelegt worden."

Der Beamte schaute sich Lomers gepackte Hemden und Hosen an. „Sie wollen Anzeige erstatten. Grund? Gegen wen?"

Lomer wedelte mit dem Kaufvertrag des Cadillac. „Schauen Sie, den habe ich heute Morgen in Manhattan gekauft, für meinen Kanada-Trip, wissen Sie, ich mag keine Mietwagen, sind ja auch entsetzlich teuer, und nun stinkt und faucht dieses Ding und verpestet die Umwelt, und ich ..."

„Das ist der Grund, weshalb wir Sie angehalten haben, Sir. Zeigen Sie mal." Der Polizist nahm den Kaufvertrag entgegen, schaute auf seine Uhr und ging zurück zu seinem Kollegen. Der steckte seine Waffe wieder ein, und beide unterhielten sich.

Der junge Polizist gab Lomer den Kaufvertrag zurück. „Sir, wir müssen in einer halben Stunde wieder in Watertown sein."

‚Dienstschluss', dachte Lomer.

„Wenn Sie wollen, können Sie Ihre Anzeige dort auf der Station erstatten."

„Und wenn nicht?"

„Dann nicht oder woanders. Aber ich würde einen Anwalt nehmen. In Ihrem Vertrag steht ‚gekauft wie besichtigt und probegefahren', also das sieht ohnehin nicht vielversprechend aus."

Lomer wirkte betroffen und schluckte.

„Tut mir leid für Sie, Sir. Sie fahren jetzt direkt zur Grenze?"

„Ja, Officer, wenn die Karre das durchhält."

„Noch knapp dreißig Meilen, wird er schon schaffen. Good luck, Sir, and – take care."

4

Laura fröstelte. Auf dem Ontario-See war es kühler als in der kuschelig-warmen Karibik. Sie zog sich ein Sweatshirt über. Die fahle Sonne stand noch eine Handbreit über den Wellen des Sees, und sie würden Kingston noch bei Helligkeit erreichen, fahrplanmäßig.

Sie saß alleine auf einer Schiffsbank auf dem Vorderdeck neben ihrem schwarzen Rollkoffer und aktivierte ihr Telefon.

„Ja, bitte." Die tiefe Stimme klang verschlafen.

„Ich bin's."

„Wo bist Du? Warum erst jetzt?"

„Kanada. Du hast selbst gesagt, ich sollte   b e s o n d e r s…" – sie zog das Wort lang –

„… vorsichtig sein. War ich. Das kostet Zeit."

„Schön, Schätzchen. Und weiter?"

„Ich sehe ihn heute Abend. Seinen Vorschuss hat er schon mal."

„Brennt er damit durch?"

„Keine Angst, er will mehr. Und er ist ganz heiß auf mich."

„Wie meinst Du das?" knurrte die tiefe Stimme.

„Auf meine Informationen. Bis jetzt hat er nur Bröckchen, die ihn heiß machen, er glaubt an ein großes Mandat."

„So könnte man es nennen." Die Stimme am anderen Ende klang nachdenklich. „Reist Ihr zusammen?"

„No, Madam. Getrennt war sicherer."

„Und wenn er mit der Kohle abhaut?"

„Macht er nicht. Morgen weiß er alles, was er wissen muss."

„Du kannst hier jederzeit anrufen, egal, welche Uhrzeit. Welche Zeitzone?"

„Wie November Yankee."

„Wir müssen seine Reaktion so schnell wie möglich wissen, asap."

„Okay. Sagen wir, spätestens in 24 Stunden. Schlaf weiter."

„Mach's gut." Die Stimme erstarb.

Laura sah die frühen Lichter von Kingston, irgendwo da würde er jetzt auf sie warten.

Vom Hafen nahm sie ein Taxi. „The Imperial" lag am Ufer des Sees, und sie fand Lomer auf der Terrasse in einem Liegestuhl. Er las, wie immer. Er schlug die karierte Decke zur Seite und erhob sich. „Alles gut?" Das war keine Frage. „Willst Du was essen?"

Sie aßen draußen unter Heizstrahlern. Laura erzählte von den Niagara-Fällen und wie sie ihrer Reisegruppe entkommen war. „Und was hast Du so gemacht? Seit wann bist Du hier?"

„Seit Freitagabend. Heute habe ich an der Eintausend-Inseln-Tour teilgenommen, als Tourist. – Können wir nach dem Dessert bitte zur Sache kommen. Oder bist Du wieder müde? Oder geil?"

Laura schmunzelte. „Wir können sofort zur Sache kommen. Du willst das Geld, oder? Sei beruhigt, es ist genug da. Drei Viertel hast Du ja schon. Den Rest kriegst Du auch noch."

„Der Rest müsste nach unseren Recherchen knapp fünfzehn mal so viel betragen. Du schuldest nämlich auch die gezogenen Früchte."

„Früchte?" Laura überlegte. „Das könnte mathematisch sogar hinkommen."

„Zinsen, Zinseszinsen, alles Vermögen, das Du aus den veruntreuten zwei Millionen gezogen hast."

„Aha. Das Problem ist: Die Masse ist weg."

„Verbraten?"

„Sagen wir: angelegt."

„Wo?"

„Das ist das zweite Problem."

„Wo?"

Laura zögerte. „In einer politischen Organisation."

„Das ist nicht Dein Ernst. Bist Du verrückt geworden? Oder gewesen?"

„Verliebt."

„In einen Politiker? In wen? Ich könnte mir jetzt keinen vorstellen."

„Das ist eine lange Geschichte." Die Desserts wurden serviert. Heiße Pflaumen auf Himbeereis. „Ich erzähl' sie Dir nach dem Essen."

Der Wind, der vom Ontario-See herüberwehte, frischte auf. Die Terrasse lag im Dunkeln, und als sie ihr Menu beendet hatten, wurden die letzten Lichter gelöscht. „The Imperial" war mäßig besucht am Sonntagabend, die Wochenendgäste waren schon heute Nachmittag in großer Zahl abgereist. Die beiden fanden eine gemütliche Ecke im Kaminzimmer, in dem Lomer auch den gestrigen Abend herumgelungert hatte.

Als ihre Manhattans serviert waren, saßen sie alleine in dem dunklen holzgetäfelten Raum.

„Laura, Deine private Vergangenheit mag bewegt gewesen sein, aber erzähl' mir doch bitte einfach nur, wie diese verdammten Millionen wieder zu beschaffen sind." Er prostete ihr zu.

Sie reagierte nicht. „Das dritte Problem", sagte sie dann, „ist, dass Du sie Dir sozusagen noch mal verdienen kannst, diese Millionen. Einen Vorschuss hast Du ja schon. Du sollst für uns tätig werden, in Deutschland."

„Uns?"

„In dieser Organisation, in der dieses Vermögen steckt ... oder sagen wir mal so: Jahrelang war das Geld da sehr gut angelegt, was wir, was ich auch diesem besagten Mann zu verdanken habe, in erheblichem Maße sogar."

„Der Mann, in den Du Dich vernarrt hattest oder hast?"

„Eben der."

„Und jetzt hat der Schluss gemacht, und ich soll Euch wieder zusammen bringen? Als Mediator oder zum Händchenhalten?"

„Lomer, sei nicht albern." Die alte Laura hätte vor zwanzig Jahren ‚Hannes' und ‚Witzbold' gesagt, dachte Lomer und hörte weiter zu.

„Seit langen Jahren habe ich keine private Beziehung mehr zu ihm. Aber wir sind in dieser Organisation miteinander verbunden, und er schert aus. Er ist gefährlich."

„Wer ist er? Wie heißt diese Organisation?"

Laura kicherte. „Die arbeitet im Untergrund. Kennst Du nicht und erfährst Du später – vielleicht."

„Vielleicht? Machst Du Witze?"

„Wenn Du das Mandat annimmst."

„Lass uns zu dem Mann zurückkehren."

„Für den gilt das gleiche."

„Natürlich auch im Untergrund?"

„Nein, aber – irgendwie natürlich schon, aber Einzelheiten erfährst Du erst in Deutschland. Aus Sicherheitsgründen."

Lomer schüttelte den Kopf und klingelte nach der Bedienung. Er brauchte dringend noch einen Manhattan. „Laura, mein Schatz, was hindert mich eigentlich daran, mit Dir noch einen schönen Abend und einen geilen Fick zu haben und ab morgen mit den anderthalb Blättern, die Du mir überlassen hast, ein paar friedliche Monate Sabbatical zu genießen?"

Ihre Antwort kam schnell. „Drei Gründe: Erstens habe ich Dich neugierig gemacht. Zweitens darfst Du nicht glauben, hier einfach wieder raus zu kommen. Und drittens wirst Du die Kohle ja wohl brav bei Deinen Partnern in München abgeben, oder? Gewissenhaft wie Du bist? Die das dann ordnungsgemäß wieder in die Schweiz zurücktragen oder in Berlin abgeben, bei diesem Anwalt …" Ihr fiel der Name ihres ehemaligen Mandanten nicht ein. Rechtsanwalt Hallwig, Berlin.

Der Ober stellte zwei Drinks vor ihnen ab und schwebte geräuschlos davon. Die Servierpause war angenehm, Lomer musste Lauras Worte erstmal verdauen. Er prostete ihr nicht mehr zu, bevor er an seinem Glas nippte, auch nachher nicht. Er machte eine Zigarette an und pustete den Qualm genüsslich in den rauchfreien Raum.

„Stress?" erkundigte sich Laura besorgt. „Ganz Kanada ist smoke-free."

Lomer reagierte nicht. Laura nahm eine Zigarette und sein Zippo.

„Ich soll also ein sogenanntes Blindmandat übernehmen? Mit allen Ungewissheiten, Fallen überall, Tretminen rechts und links, Stolperdrähte – ?"

„Nein. Du erfährst alles, was Du wissen musst. In Deutschland. Scheibchenweise. Wenn Du zusagst, das Mandat zu übernehmen."

„Und wenn nicht?"

„Erfahren Deine Partner in München von Deiner Unterschlagung von anderthalb Millionen US-Dollar, man könnte auch fünfzehn daraus machen, und diese Schweizer und dieser Berliner Anwalt erfahren es auch."

„Auch der Detektiv, Möhring, Max Möhring?"

„Der nicht. Den gibt's nicht mehr, der hat vor einem halben Jahr etwa die Grätsche gemacht."

Woher wusste sie das?

„Dir wird man nicht glauben, mein Schatz", wandte er ein. „Und Du hast keine Quittung."

„Dass wir uns zweimal getroffen haben, wird nachweisbar sein. Und dass wir nicht nur gefickt haben und Du das Geld im ‚Le Cézanne' übernommen hast, dafür werde ich der deutschen Staatsanwaltschaft eine wertvolle Zeugin sein. Jacqueline kann das bestätigen, und Tom, dass Du Dich vor der New Yorker Polizei versteckt hast. Vergiss nicht: Gegen mich ist alles verjährt, auch strafrechtlich."

„Und Ihr glaubt, dass Nötigung eine gesunde Geschäftsgrundlage ist?"

„Gesund oder nicht, hin oder her." Laura sah auf ihre Rolex Oyster Perpetual Lady Day Just. „Sag' mir, was Du noch wissen musst, um Dich zu entscheiden, und ich sage Dir alles, was Du derzeit wissen d a r f s t."

Lomer saugte an seiner Zigarette, die in diesem Nichtraucher-Kaminzimmer besonders gut schmeckte. „Okay. Welche Probleme sind das, die ihr mit diesem Mann habt, diesem Mitglied Eurer sagenhaften Untergrund-Organisation, der so gefährlich ist? Und was hat das Attentat auf Mister Brooke damit zu tun? Du erwähntest es vorgestern." Er schnippte seine Zigarette in den Kamin.

Laura warf ihren Stummel hinterher. „Vorvorgestern. Vor Mitternacht." Sie schmunzelte. „Geht auf das Konto dieser Organisation. Auf sein Konto, unglaublich, nicht wahr? Er läuft aus dem Ruder. Brooke war nur der Anfang. Der Mann plant noch mehr. Derzeit ist er dabei, auch den deutschen Verteidigungsminister abzuschießen. Er plant noch viel mehr. Er muss gestoppt werden, bevor er weitere Schäden anrichtet. Und bevor er weiteres Geld ausgibt."

„Und das soll ich machen? Wieso gerade ich?"

Laura griff nach seiner Hand, aber Lomer nahm lieber das Glas mit dem Drink auf.

„Lomer, Du bist der einzige Mann in meinem Leben, dem ich jemals vertrauen konnte und hoffentlich immer noch kann."

Lomer glaubte ihr kein Wort. „Und was soll ich tun? Wie stellst Du Dir das vor? Und was habe ich davon?"

„Die Organisation hat immer noch die Masse des Vermögens. Wird die Organisation aufgelöst, wird das Geld frei. Die Organisation zerfällt, sobald dieser Mann unschädlich gemacht worden ist. Du könntest Dir einen Namen machen."

„Lächerlich! Und wie soll ich diesen gefährlichen Gegner unschädlich machen? Verklagen? Oder erst Vergleichsgespräche versuchen?" Er schüttelte den Kopf.

„Erfährst Du in Deutschland. Aber Du könntest das, da sind wir uns sicher. Bin ich mir sicher."

„Ich müsste Kurlow und Konetzke davon berichten. Ich denke, Eure Aktion, die Ihr für mich ausgedacht habt, ist doch wohl streng vertraulich, oder?"

„Du musst Deine Partner nicht informieren. Du hast doch noch fünf Monate Sabbatical vor Dir. Und Du könntest das Vermögen für Dich behalten."

„Wer hat Zugang zu dem Geld? Wie ist es angelegt?"

„Eine Handvoll Leute, ich glaube, nur drei. Angelegt? Keine Ahnung, musst Du rausfinden. Wir helfen Dir."

„Idiotisch", murmelte Lomer und schlurfte die Angostura-Kirsche aus seinem Glas. „Mission impossible."

„Aber interessant, oder? Tom Cruise hat es auch immer geschafft. Schlaf' eine Nacht drüber. Morgen brauche ich Deine Entscheidung. Und zwar die richtige."

Der Ober kam und nahm erschrocken Witterung auf. Laura machte sich eine Zigarette an und lächelte ihm zu. „Keine Sorge, wir rauchen bloß. Und hätten gern noch zweimal dasselbe."

„Und ein extra Zimmer für Mrs. Schwartze, bitte", ergänzte Lomer.

**Teil 2
Die Mandatierung**

Kapitel I

1

Brigadegeneral Berndt von Beutler lag auf dem Rücken und machte Situps. 89-90-91, die Beine auf dem Boden seines Dienstzimmers gerade ausgestreckt, in dunkelblauer Trainingshose, weißes T-Shirt, nass geschwitzt, 92-93-94. Er wurde immer langsamer, und das ärgerte ihn, 98-99-100. Geschafft. Von Beutler sprang auf und griff zu Handtuch und Trainingsjacke. Noch immer schwer atmend baute er sich vor einem gerahmten Katalog von Punkten auf, der an einer Längswand inmitten von sportlichen und militärischen Auszeichnungen, Erinnerungen aus den über dreißig Jahren seiner Dienstzeit bei der Bundeswehr, Manöveraufnahmen aus dem In- und Ausland, zwischen Fotos aus dem Kosovo, Somalia und Afghanistan hing.

„Die Merkmale einer Eliteorganisation von Günter F. Gross (1978)
1. *Elite ist das Ergebnis von Qualität. Qualität ist das Ergebnis von Fleiß.*
2. *Die Elite leistet aus eigenem Antrieb mehr als erwartet wird. Sie leistet mehr als von ihr als Gegenleistung erwartet wird.*
3. *Die Elite weiß, was Qualität ist. Sie verfügt über Beurteilungsmaßstäbe."*

Er murmelte die Punkte halblaut vor sich hin und ging an seinen Schreibtisch. Dort lag eine Meldung von Hauptfeldwebel Renstorff, die er heute früh vorgefunden hatte.

„Die beiden Schweizer Zeugen, die für den Untersuchungsausschuss im Bundestag vorgesehen sind, heißen Rüdiger Naef und Harry Anax. gez. Renstorff"

Er entnahm seiner Schreibtischschublade einen Schlüssel, mit der er eine Kommode an der Querwand, unterste Schublade, öffnete. Ihr entnahm er eines von neunzehn Mobiltelefonen und wählte eine Nummer, während seine linke Hand das Haar mit dem Handtuch trocken rubbelte.

Es meldete sich die tiefe Stimme einer Frau. „Ja, bitte?"

„Kannst Du reden?" erkundigte sich der General.

„Ach, Du bist's! Lange nichts gehört."

„Ob Du reden kannst?"

„Ja, ja, nur zu. Was gibt's?"

„Bist Du allein?"

Die Frau verließ das Gewächshaus des Schlosses Hirschesruh und war froh, der Hitze zu entkommen. „Jetzt."

Von Beutler hörte, wie hinter ihr die schwere Tür quietschend in den Metallrahmen zurückfiel. „Okay, ich höre von zwei Schweizer Zeugen, die demnächst im Untersuchungsausschuss gegen Charly aussagen sollen. ‚Operation Charly', Du weißt schon!"

„Ja, so ist das vorgesehen." Die Frau zupfte nervös an einem ihrer großen Ohrringe.

„Doch nicht etwa Deine beiden Freunde aus Deiner Anwaltszeit, November und Alpha?"

Die Frau zögerte. „Auf die Schnelle haben wir niemand anderen gefunden, die beiden sind stockschwul und haben zudem den Vorteil ..."

„Egal, sie haben vor allem den N a c h t e i l, dass sie Dich hinhängen können. Vergiss nicht, was Du ihnen vor zwanzig Jahren angetan hast. Du hast sie schäbigst reingelegt. Du hast sie alle reingelegt, und mit den beiden Clowns willst Du jetzt diese Homo-Nummer durchziehen? Das kann doch nicht Dein Ernst sein!"

„Ich war – "

„Operation Charly sofort abbrechen! Lass' mir die Koordinaten zukommen – die ‚ladungsfähigen Anschriften', würdest Du sagen –, und ich erledige das, ich betone: ich!"
„Was hast Du vor?"
„Ich wiederhole: Ich erledige das, Du schickst mir nur die Koordinaten. Den beiden passiert nichts, nichts, was nicht so schlimm wäre wie das, was ihnen bereits passiert ist. Ich ziehe sie nur aus dem Verkehr, vorübergehend. Sie werden zum Zeitpunkt ihrer Zeugeneinvernahme verhindert sein, wichtige Geschäftstermine im Ausland. Ich habe befürchtet, dass Du auf diese beiden Pappnasen zurückgreifen würdest. Ich habe bereits einen Plan. Wieviel hast Du Ihnen geboten?"
„Zwanzig Blätter."
„Für einen oder für beide?"
„Für einen."
„Ich biete mehr, und die beiden werden verreist sein."
„Du gehst mit meinem Geld wie immer großzügig um."
„Dein Problem."
„Was wird aus Charly?"
„Mein Problem. Wenn ich Dich zu seiner Lösung brauche, erfährst Du's."
„Muss ich jetzt ‚danke' sagen?"
„Ende der Durchsage."
Laura warf ihr Mobiltelefon in den Komposthaufen, der heute Nachmittag abgebrannt werden würde und öffnete die schwere Metalltür zum Gewächshaus. Die Tropenluft raubte ihr den Atem. Das Quietschen weckte den Alten in seinem Rollstuhl auf. „Wer war's?" krächzte er.
„Er. Er geht mir immer mehr auf die Nerven."
Von Beutler jagte durch die langen trostlosen Flure des Heeresamtes, warf sein Handy in einen abholfertigen Müllcontainer auf dem Kasernenhof und ging duschen.
Neun Minuten später betrat er sein Dienstzimmer in frisch gebügelter Flecktarnuniform und erwartete seinen ersten Besucher. 9 Uhr 24. Zeit für einen weiteren Blick auf „die Merkmale einer Eliteorganisation":

„ ... *5. Die Elite ist außergewöhnlich sorgfältig bei gewöhnlichen Dingen.*
6. Die Elite glaubt nicht nur, sie prüft, kontrolliert und vergewissert sich.
7. Die Elite hat einen ausgeprägten Sinn für Dringlichkeit. Sie redet nicht nur. Sie handelt. Sie denkt und verhält sich ergebnisorientiert. Sie fängt nicht nur etwas an, sondern sie beendet es auch."
Auf dem Flur bog ein junger Mann in Zivil um die Ecke und steuerte von Beutlers Vorzimmer an. Er stellte sein Gepäck unter dem Schild „Hauptfeldwebel Renstorff – Vorzimmer ZbV" ab und trat ein, ohne anzuklopfen.
„Morgen, Hauptfeld Renstorff. Wie geht's denn so? Heute schon gebeutelt worden?" Er grinste und hielt dem Unteroffizier seine Rechte entgegen. Unteroffizier Renstorff sprang auf, nahm Grundstellung ein und schmetterte seine rechte Hand gegen die Schläfe. „Täglich mehrfach, Herr Major. Willkommen an Bord!"
„Kann ich rein?" Der Zivilist nahm die ausgestreckte Hand ungenutzt wieder an sich und deutete auf die gepolsterte Verbindungstür.
Renstorff blickte auf die Schreibtischuhr. 9 Uhr 29. „In einer Minute, Herr Major."
Als der Sekundenzeiger senkrecht auf der 12 stand, griff Renstorff zum Hörer. „Herr General, Major der Reserve Stich, in Zivil."

„Soll trotzdem reinkommen!"

Renstorff riss die Tür auf und klackte die Hacken zusammen. Dann ließ er die beiden allein.

General von Beutler wies seinem zivilen Besucher einen der tiefen Sessel in der Sitzecke zu. Er selbst lief auf und ab. „Stich, ich will Sie hier nicht lange mit Vorreden aufhalten, zumal Sie offenbar noch durch die Kleiderkammer geschleust werden müssen. Aber ich kann nicht verhehlen, dass wir uns freuen, Sie ab jetzt im Boot zu haben. Offiziell sind Sie – das ist Ihr Zivilberuf – während Ihrer Wehrübung der hiesigen Pressestelle zugeordnet, wo Sie sich bei deren Leiter bis 10 Uhr melden. In Uniform. Inoffiziell werden Sie da so viel Leerlauf haben, wie wir alle hier in diesem Amt, was Sie in die Lage versetzen wird, mir und unserer Gesellschaft weitestgehend zur Verfügung zu stehen, uneingeschränkt. Am Ende des Flures ist Stube 15 für Sie und Ihre Pressearbeit – ich wiederhole: für unsere Gesellschaft – eingerichtet. Sie werden zudem viel Urlaub für externe Pressearbeit von mir über den Leiter Pressestelle erhalten, weil Sie voraussichtlich viel unterwegs sein müssen. Vergessen Sie Reisekosten-Abrechnungen, Ihre Kosten trägt die Gesellschaft."

„Herr General –"

„Unterbrechen Sie mich nicht. Bis dahin irgendwelche Fragen?"

„Keine, Herr General."

„Gut. Bevor Sie gehen, habe ich eine: Ihre Boulevard-Blätter haben sich in den letzten Wochen und Monaten immer wieder ausführlich mit der Homosexuellen-Affäre unseres Verteidigungsministers befasst."

Der Reserveoffizier nickte stolz.

„Was würde aus dieser bislang so erfolgreichen Kampagne, wenn die beiden Zeugen aus der Schweiz im Untersuchungsausschuss nicht antreten?"

Major der Reserve Stich legte die Fingerspitzen zusammen und dachte nach, ganz Chefredakteur. Von Beutler hielt in seiner Wanderung inne und schaute ihn an.

„Wir würden Probleme bekommen, die Schmutzkampagne gegen Coenen überzeugend rüberzubringen. Immerhin wartet die ganze Nation jetzt auf die Aussagen dieser beiden Belastungszeugen. Wir haben sie auch schon gefunden, sie heißen Naef und Arnax."

„Anax, ohne ‚r' ", korrigierte von Beutler. „Ergebnis Ihrer Lagebeurteilung?"

„Das Mindeste, was geschieht, ist, dass wir die Kampagne dann irgendwann in drei oder vier Wochen einstellen müssen, wenn sich keine neuen Belastungsmomente gegen den Minister ergeben."

„Wird's auf die Schnelle nicht geben. Reicht mir für's erste. Interesse an einer neuen Geschichte über die beiden Zeugen?"

„Immer. Gibt's eine?"

„Noch nicht. Es ist 09.47. Jetzt sehen Sie zu, Mann, dass Sie in Ihre Uniform kommen, damit Sie wie ein Mensch aussehen. Abflug."

Stich sprang auf und nahm Grundstellung ein. Auch in Zivil.

Der nächste Besucher kam um zehn, Oberst der Reserve Lothar Tocker, im Zivilberuf Unternehmensberater, Chef der Unternehmensberatungsgesellschaft „Omega", zweiundvierzig Mitarbeiter, ein Unternehmen mit erstaunlichen und rätselhaften Verbindungen in die deutsche und internationale Wirtschaft, dessen Gründer und erster Mann seine Uniform nur noch anzog, wenn er Abwechslung oder Erholung brauchte. Oder wenn General von Beutler ihn rief. Der Reserveoffizier grüßte: „Oberst der Reserve Tocker meldet sich wie befohlen zur Wehrübung."

„Mit Wehrübungsbeginn sind Sie nicht mehr Oberst der Reserve, Tocker, sondern Oberst. Setzen." Von Beutler wies ihn in seine Sitzecke. „Wir werden Ihnen in dieser Wehrübung militärisch nicht viel bieten können. Dafür aber delikate Aufgaben für unsere Gesellschaft." Von Beutler setzte sich zu ihm.

„Wieder Vermögensanlagen?" Tocker schmunzelte.

„Warten Sie's ab. Haben Sie Verbindung zu Libyen, wirtschaftlich, Industrie, irgendwie?"

Tocker nickte gelangweilt.

„Könnten Sie es arrangieren, dass zwei Schweizer Unternehmer, die seit Jahrzehnten erfolglos Spritzenpatente zu vermarkten suchen, ein Angebot und eine entsprechende Einladung nach Libyen erhalten, die so attraktiv sind, dass beide in spätestens zwei Wochen dort hinreisen?"

Tocker dachte nach. „Müssen das Anfragen nach Spritzen sein?"

„Nicht unbedingt. Die Schweizer gehören seit Jahren wegen nachhaltiger Armut vorbestraft und sind kurz vorm Verhungern; die können nichts, nehmen aber alles. Spritzen wären vorteilhaft, da kennen sie sich aus, zumindest meinen sie das, da wissen sie wenigstens seit fünfundzwanzig Jahren, was nicht geht."

„Kann ich versuchen, aber nicht zusagen. Zweites Problem: Seit Hanibal el Gaddafi in Genf von der Schweizer Justiz festgesetzt wurde, reist kein vernünftiger Schweizer mehr nach Libyen, die Schweizer Regierung hat sogar eine Reisewarnung ..."

„Genau deshalb sollen die beiden dort einreisen. Und sei es auf dem Landweg über Tunesien, Algerien, Niger, Tschad, Ägypten, egal. Und dann werden sie dort festgehalten, sei es durch Geschäfte oder durch Muhammar el Gaddafi, durch einen Unfall oder was auch immer."

„Dann müssen die beiden entweder auch wegen Dummheit vorbestraft oder das Angebot muss entsprechend attraktiv sein."

„Die geforderten persönlichen Voraussetzungen bringen die beiden mit. Und das Angebot – beide sind nachweislich käuflich – sollte spürbar über 20.000 pro Mann liegen, sagen wir fünfzig. Schaffen Sie das?"

„Wenn das befohlen wird, Herr General." Tocker grinste ihn mit sämtlichen Zähnen an.

„Dann machen Sie sich mal 'ran. Telefonate mit einem Ihrer Mobiltelefone, Kosten trägt die Gesellschaft."

„Kosten trage ich."

„Widersprechen Sie nicht, Tocker. Wenn Sie Auslauf brauchen, auch in Zivil, soweit erforderlich, Abmeldung bei Renstorff, der Sie während Ihrer Wehrübung ständig erreichen können muss. Die Operation heißt ‚Operation Omega'. Noch Fragen?"

„Keine, Herr General."

„Wir sehen uns heute Abend im Kasino, 19 Uhr. Das ist das Gebäude 18, bei dem über dem Eingang ‚Offizier-Betreuungsheim' steht."

Tocker schüttelte in Erinnerung an alte Offizierskasinozeiten traurig den Kopf. „Fallen wir damit jetzt eigentlich unter das Betreuungsgesetz, Herr General?"

„Noch nicht, Tocker, noch nicht. Aber unsere Politiker arbeiten gerade daran. – Abflug."

Nach seinem mittäglichen Geländelauf schaltete von Beutler den Fernseher in seinem Dienstzimmer an und rubbelte sich den Schweiß ab. Für die Abendnachrichten war ein

Interview mit Verteidigungsminister Coenen angekündigt. Er sollte zur aktuellen Situationsentwicklung bei der NATO und zu den Vorwürfen in seiner Homosexuellen-Affäre Stellung nehmen. In Afghanistan stand eine Aufstockung der Truppenkontingente kurz bevor. Im Bundeskanzleramt wurden Vorbereitungen für das Sommerfest getroffen; der Bundeskanzler persönlich würde –

Das Telefon klingelte.

„Von Beutler."

„Major Stich."

„Was gibt's?"

„Aussichtslos, Herr General. Ohne Zeugen wird der Untersuchungsausschuss ..."

„Kommen Sie in zwanzig Minuten zu mir."

„Zu Befehl, Herr General, in zwanzig Minuten."

Nachdem er geduscht hatte, hörte sich von Beutler den Bericht des Presseoffiziers an. „Wenn die Zeugen nicht aussagen, wird der Untersuchungsausschuss vor sich hinplätschern. Wie lange und mit welchen Ergebnissen, wissen wir nicht. Lässt sich auch nicht einschätzen oder steuern."

„Doch: wird im Sande verlaufen."

„Davon kann man ausgehen. Das heißt für unsere journalistische Arbeit, wir werden nicht mehr über Coenen berichten, weil es nichts zu berichten gibt. Fragen wie ‚Hat Coenen den Ausschuss oder das Parlament belogen?' oder ‚Ist Coenen Opfer einer Intrige oder Kampagne?' oder auch allgemeine Betrachtungen wie ‚Muss man als erfolgreicher Politiker eigentlich schwul sein?' oder ‚Braucht die Bundesrepublik Deutschland wirklich einen homosexuellen Verteidigungsminister?' werden kein öffentliches Interesse mehr finden und unsere Leser nicht mehr bewegen. Nicht wirklich."

Der General saß an seinem Schreibtisch und schob auf der ledernen Platte einige Bleistifte so lange hin und her, bis sie nach Größe geordnet, links die langen, rechts die kurzen, vor ihm lagen. Ein überlanger Stift störte die Ordnung, von Beutler zerbrach ihn zwischen zwei Fingern und schnipste die Reste in den Papierkorb. „Was wäre denn, wenn die beiden Schweizer Zeugen nicht nur nicht erscheinen, sondern entführt würden – sagen wir zum Beispiel in Libyen. Könnten Sie daraus für unsere gemeinsame Sache Honig saugen?"

„Oh ja." Stichs Journalistenmiene hellte sich auf. Er saß in der Sesselecke und machte sich eine Notiz.

„Keine Notizen! Wäre es für Ihre Medien ein gefundenes Fressen, wenn – unaufklärbare – Umstände den – unbeweisbaren – Verdacht aufkommen lassen, die deutsche Regierung könnte der Drahtzieher dieser Entführung – zum Beispiel in Libyen – sein? Etwa um sie als Belastungszeugen zu beseitigen?"

„Das wird ja immer besser." Der Journalist strahlte. „Auch wenn es schwer vorstellbar ist."

„Nicht wichtig. Darstellbar muss es sein. Ist es das?"

„Und wie! Und verkäuflich. Und wie!"

„Dann bereiten Sie Ihre Berichterstattung mal auf diese Entwicklung vor, ohne aber die Katze vorzeitig aus dem Sack zu lassen. Bleiben Sie spekulativ, bis zum Tag ‚Omega'. Die Operation heißt ‚Operation Omega'. Einen Tag vorher werden Sie von mir informiert. Das dürfte in spätestens zwei Wochen sein."

„Wunderbar, dann haben wir genug Zeit."

„Nächster Punkt: Was planen Ihre Medien für die Zukunft mit unserem Bundeskanzler? Sie haben da doch mal diese erfolgreiche Serie ‚Bundeskanzler Gerd Piper genannt ‚die Pfeife', in die Welt gesetzt oder so ähnlich –"

„Und ‚Piper ohne e wie Ehre'; beide sehr erfolgreich. In diesen Serien haben wir seine sämtlichen politischen Fehler und sonstigen Peinlichkeiten aufgelistet und abgehandelt."

„Lief das gut? Aus Ihrer Sicht?"

„Ja, aber es gibt nichts Neues mehr zu berichten, seit er in absoluter Untätigkeit verharrt, gar nichts mehr tut und deshalb auch keine Fehler mehr begeht. Und das Volk liebt ihn ja, so wie er ist, er menschelt so sympathisch, sie haben alle ihre Fehler und Unzulänglichkeiten, die Bevölkerung erkennt sich spiegelhaft in ihm wieder, seine Popularitätskurve ist ungebrochen, auch wenn das kein vernünftig denkender Wähler mehr nachvollziehen kann."

„Welcher Anlass wäre Ihnen denn für weitere Berichterstattungen über ‚die Pfeife' willkommen?"

„Politisch macht er nichts, und das wird sich bei den derzeitigen Ohnmachtsverhältnissen auch in dieser Koalition nicht ändern."

„Und menschlich? Privatleben? Skandale? ‚Die Pfeife' ist als Womanizer gefürchtet und soeben in der vierten Ehe verheiratet."

„Natürlich würden wir das in unserem Blätterwald sofort auf Seite eins heben."

Der General erhob sich, Major Stich sprang auf.

„Abflug."

Von Beutler griff zum Telefon. „Renstorff, nehmen Sie mal Verbindung auf zu diesem Verbindungsoffizier Bundeskanzleramt, den Sie neulich erwähnt haben, zu diesem Oberstleutnant, der sich gleich so hervorgetan hat, dass ich empfohlen habe, sollte zum Oberst heranstehen ..."

„Oberstleutnant der Reserve Bloch."

„Genau zu dem. Zeitfenster: persönliches Treffen in spätestens einer Woche, mindestens zwei Wochen vor dem Gartenfest im Bundeskanzleramt. Einzelheiten folgen. – Zweitens: Was macht die Wehrübung von Oberstarzt Müller?"

„Ist veranlasst, Herr General: Der Oberstarzt kann sich für weitere vier Wochen frei machen und ist schon beim nächsten Afghanistan-Kontingent dabei. Ist begeistert. Lässt sich auch in dieser Zeit von seinen Kollegen vertreten –"

„Interessiert mich nicht. Wann wird das Kontingent mit Müller in Marsch gesetzt?"

„Schon nächste Woche, Herr General. Freitag."

Die Zeit drängte. „Arrangieren Sie Anfang der nächsten Woche eine Dienstreise ganztägig nach Calw, Teilnehmer: General von Beutler, Oberst Tocker, Major Stich, Obergefreiter Nolte."

„Jawoll, Herr General, ganztägige Dienstreise zur DSO."

„Ende."

Um 19 Uhr schauten sich General von Beutler und Oberst Tocker auf der Terrasse des Offizierskasinos des Heeresamtes gemeinsam die ersten Abendnachrichten an. Zwischen Ihnen stand eine Flasche australischer Chiraz Cabernet 2009, Forest Hill.

„Zwischen den Verbündeten herrscht eisiges Schweigen, seit die Amerikaner die Ermittlungen zum Tode ihres Verteidigungsministers auf deutschem Boden an sich genommen haben. Der Sicherheitschef des Pentagon, Kelley, ist mit den sterblichen Überresten seines Ministers in Washington weiteren medizinisch-pathologischen und wohl auch toxikologischen Untersuchungen unterzogen worden, die wohl noch andauern

und über die strengstes Stillschweigen bewahrt wird. Diplomatische Annäherungsversuche der deutschen Außenministerin gegenüber der US-amerikanischen Regierung sind bisher in erfolglosen Terminabsprachen stecken geblieben. Aus informierten Kreisen ist zu hören, dass Außenministerin Gravell auf diplomatischem Wege bemüht ist, die Kontakte zur US-Regierung über Drittländer zu aktivieren, dem Vernehmen nach über Bern. Dass unter diesen Umständen eine Absprache zwischen den Regierungen über eine weitere Zusammenarbeit der Truppenkontingente in Nord- und Südafghanistan erreicht werden könnte, halten Beobachter für eher unwahrscheinlich, was nach Einschätzung von Verteidigungsstaatssekretär Jaeger, den wir noch für diese Sendung um ein Statement gebeten hatten, verheerende Folgen für das Aufstockungskontingent der Bundeswehr haben könnte, das nächste Woche Freitag nach Afghanistan aufbricht. Staatssekretär Jaeger verwies uns auf ein Interview seines Verteidigungsministers Coenen, das in einer Stunde live gesendet werden sollte, aber nun erfahren wir, dass sich Coenen bei diesem Interview wegen anderer wichtiger Termine, die sicher mit dieser Problematik zusammenhängen, von seinem Staatssekretär vertreten lassen will. Bleiben Sie dran."

Von Beutler wies die Ordonnanz an, den Fernseher auszuschalten, und prostete Tocker zu. „Was macht die Operation Omega?"

„Ist angeschoben, Herr General. Die beiden Zielpersonen werden in diesen Tagen ein unwiderstehliches Angebot erhalten."

„Tocker, disponieren Sie so, dass diese beiden Idioten Mitte nächster Woche, spätestens Ende nächster Woche nach Afrika aufbrechen. Und zwar über Tunesien oder Ägypten, besser Tunesien, notfalls auch Algerien, und von dort auf dem Landweg ins Zielgebiet geschleust werden."

„Wird veranlasst, Herr General. Die beiden würden dann in knapp zwei Wochen libyschen Boden betreten."

„Sie würden nicht, Sie werden." Der General erwiderte den Gruß von Major Stich, der es sich im Salon des Kasinos an der Bar bequem gemacht hatte. Eine Besprechung zu dritt wäre ökonomischer gewesen, aber auch gefährlicher: Zwar war auf alle diese Kameraden unbedingt Verlass, aber jeder sollte nur den Ausschnitt der Operation kennen, der ihn unmittelbar betraf. Compartment-Wissen hatte sich bewährt.

Von Beutler wechselte das Thema. „Was macht eigentlich unser Giftmischer? Sie sollten doch Kontakt zu ihm halten."

„Flottenapotheker der Reserve Ripp?" Tocker lachte und hätte dabei fast Rotwein auf seine Uniform verschüttet. „Der kommt in diesen Tagen oder Wochen von einer Studienreise aus China zurück. Und mischt und mischt und verfeinert und verfeinert. Er ist ganz stolz auf die Operation Brücke."

„Stolz?"

„Seinen Teil hat er doch überzeugend geleistet."

„Nur leider die anderen nicht." Der General dachte an Oberstarzt der Reserve Müller, der nächste Woche in Afghanistan die letzte Wehrübung seines Lebens absolvieren würde. Er ließ die Ordonnanz antreten. „Einschalten. Erstes Programm." Er wandte sich seinem Gesprächspartner zu. „Wir schauen uns das Interview mit Staatssekretär Jaeger an."

2

Ohrenbetäubender Lärm. Discomusic aus zimmerhohen Lautsprechern, dumpfes Gewummer, schrille Sirenenklänge, alles durcheinander, dazwischen Kreischen, menschliche Schreie, markerschütternde Tierlaute, die das Zwerchfell quälten, alles untermalt durch Gefechtslärm, Kanonendonner, das Wuff-wuff explodierender Granaten, grell dazwischen peitschende Gewehrschüsse und das Klack-klack-klack von Pistolenfeuer.

Oberst Tocker und Major Stich trennte eine schussfeste Glasscheibe von dem über 100 Quadratmeter großem Raum, in dem zwischen Leuchtfeuer, das in allen Farben aufblitzte, und unter einem Spektralscheinwerfer-Ungetüm, das diese Farborgie immer wieder durchquirlte, sechs oder sieben schwarze Pappschatten zu erkennen waren, mit unterschiedlichen Markierungen an der Stirn oder auf der Brust. Nebel schoss aus allen Ecken des Raumes, und Stich rieb sich die Augen. Wo mochte der General geblieben sein?

Ein Lautsprecher, der nur in diesem Vorraum zu hören war, ertönte. „Übungsbeginn". Das Chaos hinter der Scheibe nahm zu. Irgendjemand sang ein Klagelied, ein anderer fetzigen Rock, ein Mudzahedin plärrte das Abendgebet. Dazu jetzt auch noch das Wummwumm-wumm-wumm-wumm eines sich nähernden Hubschraubers, immer lauter werdend.

Die beiden Reserveoffiziere erstarrten. In die nervenfressende Hölle vor ihnen sprangen vier oder sechs Soldaten, man konnte es nicht genau erkennen, einige ließen sich an Seilen in den Raum herab, alle trugen schwarze Uniformen. Eine oder mehrere Granaten gingen hoch, Maschinenpistolen bellten auf, auch zwei, drei knallharte Pistolenschüsse – dann Stille. Absolute Stille. Totenstille. Kein Laut mehr. In den verfliegenden Nebel schnarrte der Lautsprecher: „Übungsende." Dazwischen hatten vielleicht zwanzig Sekunden gelegen, vielleicht auch nur zehn oder noch nicht mal.

Die Offiziere nahmen ihre Ohrenstöpsel raus. Von den schwarzen Pappkameraden in dem Übungsraum vor ihnen standen nur noch vier. Bei denen, die nicht mehr standen, sammelten die Soldaten mit den schwarzen Uniformen Markierungen ein, entsicherten ihre Handfeuerwaffen und verließen einer nach dem anderen den Raum durch eine Stahltüre, die sich bei „Übungsende" geöffnet hatte. Eine der vier stehen-gebliebenen Figuren entfernte eine gelbe Stirnmarkierung und folgte den Soldaten durch diese Tür. General von Beutler.

Der Lautsprecher über ihnen knackte „Trefferaufnahme: alle drei Terroristen ausgeschaltet, keine Verletzten. Alle vier Geiseln: gerettet, keine Verletzten. Trefferquote demnach: einhundert Prozent. Ausfallquote: null. Keine besonderen Vorkommnisse."

„Na, meine Herren, wie finden Sie das?" Von Beutler trat zu ihnen und zog sein schwarzes Overall aus.

„Sehr beeindruckend, Herr General, beängstigend gut", meldete Major Stich.

„Beängstigend fand ich vor allem Ihren Leichtsinn, sich da so unauffällig zwischen diesen Pappkameraden zu positionieren; wussten die Übungsteilnehmer das?" Oberst Tocker klang besorgt. „Das verstößt doch wahrscheinlich gegen jede Sicherheitsbestimmung."

„Mache ich immer mal wieder. Eine Angewohnheit aus meiner Zeit hier als stellvertretender Kommandeur beim KSK. Kommando Spezialkräfte – die können das. Da muss man sich drauf verlassen können. Die Amerikaner haben bei ihren Gefechtsübungen schon vor Jahrzehnten beste Erfahrungen damit gemacht, in ihrer Übungsmunition jeden zehnten Schuss scharf zu machen. Hat erheblichen erzieherischen und Ausbildungswert."

„Ihr Wort in Gottes Ohr", murmelte Tocker.

„Meine Herren, Sie nehmen jetzt stellvertretend für mich an der Übungsbesprechung teil, ich habe hier noch was zu erledigen. In einer halben Stunde sehen wir uns im Kasino, in einer Stunde Rückmarsch zum Heeresamt. Fragen?"

Von Beutler verließ das Schießausbildungszentrum und hielt inne.

„Schön, Dich zu treffen" prangte auf einem Schild über dem Eingang. Die Graf-Zeppelin-Kaserne lag in sommerlicher Abendschwüle auf der Anhöhe oberhalb der Nagold. Auf seinem Weg zum Betreuungsheim für Offiziere dachte er mit Wehmut und Sehnsucht an seine Dienstzeit zurück, die er hier vor Jahren als Oberst verbracht hatte. Aufbau und Strukturierung des KSK, das war sein Auftrag gewesen, erster Kommando-Offizier der Bundeswehr. Und die Kameraden konnten es immer noch. Seine Schule, wunderbar.

Er sprang die Stufen zum Kasino hinauf, bestellte zwei Kaffee und trat in den verabredeten Nebenraum, der so selten benutzt wurde.

Der Oberleutnant wartete schon auf ihn und nahm Haltung an. „Oberleutnant Sassen, Sa wie SA, ss wie SS, e wie Elite, n wie national, meldet sich wie befohlen zur Einsatzbesprechung."

Der General schmunzelte. „Nun lassen Sie mal Ihre Sprüche, Sassen, und setzen Sie sich."

Die Ordonnanz brachte den Kaffee. „Möchten nicht mehr gestört werden", befahl der General. Die Ordonnanz zog die gepolsterte Tür fest hinter sich zu.

„Sassen, Sie gehen mit Ihrem Trupp nächste Woche nach Afghanistan, richtig?"

„Jawohl, Herr General."

„Seit vier Jahren sind Sie Mitglied unserer Gesellschaft, wird mir gemeldet."

„Jawohl, Herr General."

„Habe da für Sie einen Spezialauftrag."

„Dafür bin ich ausgebildet, Herr General." Die hellblauen Augen des jungen Offiziers leuchteten. „Darf ich mir Notizen machen, Herr General?"

„Natürlich nicht. Zuhören sollen Sie, konzentriert zuhören. Sie hören es nur einmal, und zwar hier und jetzt."

„Jawohl, Herr General."

„In Ihrem Kontingent befindet sich ein Oberstarzt Mathias Müller, Dr. Mathias Müller, der eine vierwöchige Wehrübung für Afghanistan drangehängt hat. Es wird seine letzte sein."

„Verstehe, Herr General."

„Nächste Woche wird Hauptfeld Renstorff mit Ihnen Verbindung aufnehmen, irgendwie, und Ihnen die Einzelheiten der Auftragsdurchführung befehlen, Zeitpunkt, Gelegenheit, Art und Weise der Durchführung, und so weiter. Die Operation heißt ‚Operation Mühle'. Soweit klar?" Der General nahm einen Schluck Kaffee.

„Renstorff, okay, alles klar. Soweit."

„Rückmeldung oder Meldung über Auftragsausführung entfällt. Ich will die Nachricht in spätestens fünf Wochen in der Tagesschau sehen." Von Beutler leerte seine Kaffeetasse.

Der junge Offizier strahlte. „Jawohl, Herr General, Tagesschau."

3

Der Präsident des Bundeskriminalamtes, Jochen Jischke, ließ sich mit dem Staatsminister im Bundeskanzleramt, Geheimdienstkoordinator Dr. Udo Gehrke, verbinden.

„Gehrke."

„Guten Morgen Herr Dr. Gehrke, hier ist Jischke, BKA."

Warum konnte dieser Mensch ihn nicht mit ‚Herr Staatsminister' anreden, wie sich das gehörte? „Sie wissen, Herr Präsident, dass Sie auf einer nicht abhörsicheren Leitung anrufen?"

Jischke bejahte. „Was ich Ihnen zu sagen habe, Gehrke, werden Sie ohnehin in den nächsten Tagen den Medien entnehmen können."

„Sie machen mich neugierig. Hat Ihr Amt etwa seit unserem letzten Telefonat irgendetwas Zielführendes herausgefunden?"

„Ja – aufgrund meiner kriminalistischen Intuitionen. Sie werden sich wundern."

„Ich höre."

„Zunächst einmal hat sich Ihr Verdacht bestätigt, dass Kelley Opfer eines Einschusses, nicht eines Einstiches, geworden ist."

„Wodurch bestätigt?"

„Wir konnten keine Spuren im engeren Sinne im Gebäude des Abflughafens sichern, aber drei Zeugen vom Reinigungspersonal haben, einer davon unabhängig von den beiden anderen, zwei verdächtige Personen zum Tatzeitpunkt gesehen, eine dieser Personen sicherte die andere."

„Das war alles? Na ja, immerhin etwas."

„Recht hatten Sie, Herr Gehrke, ferner mit der Annahme, dass sich beim letalen Einstich zu Lasten Verteidigungsminister Brooke der Täterkreis natürlich auf nur zwei Personen reduziert hat –"

„Wahrscheinlich doch nur auf eine: Erinnerlich hat nur einer der beiden Begrüßungsoffiziere, ein Major der Feldjäger, als erster unmittelbaren physischen Kontakt zu Brooke gehabt; ich sehe noch die Fernsehbilder vor mir, wie er neben Brooke kniet, sich über ihn beugt –"

„In der Tat: ein Major der Reserve, wird überprüft."

„Ist der MAD informiert?"

„MAD?"

„Militärischer Abschirmdienst."

„Selbstverständlich."

„Dann wird mir das auch sicher in den nächsten Stunden oder Tagen noch auf dem Dienstweg bestätigt. Kommen nach Ihren Erkenntnissen noch weitere Täter zum Nachteil Brookes in Betracht?"

„Wir ermitteln noch; aber der Fokus ist nunmehr auf diesen Feldjägermajor gerichtet."

„Was gedenken Sie, Herr Präsident, mit diesen Informationen zu tun? Aus meiner Sicht sollten die Amerikaner das nicht in unseren Zeitungen lesen."

„Dass wir gegen einen deutschen Reserve-Major ermitteln, und dass der MAD ermittelt, werden weder Sie noch die Amerikaner aus unseren Medien erfahren. Ich habe Geheimhaltung angeordnet, und das LKA Nordrhein-Westfalen berichtet exklusiv und unmittelbar an mich."

„Das bedeutet nicht, das wir den Amerikanern nicht Schein-Informationen zukommen lassen, die sie von uns ablenken. Das müsste ich allerdings noch zumindest mit der Außenministerin absprechen. Aber die hört auf mich. Weiß meine längere Erfahrung mit dem diplomatischen Dienst zu schätzen. Ich bedanke mich für Ihre Informationen."

„Mich würde auch noch etwas interessieren, Herr Gehrke. Sie erwähnten bei unserem letzten Telefonat, dass die Amerikaner sich ebenso wenig wie Sie bis dato erklären konnten, wie die Wirkung des Giftes – des Todes bei Brooke, der Bewusstlosigkeit bei Kelley – mit nur einer Spritze hervorgerufen werden konnte; Sie sagten seinerzeit, dass Ihres Wissens bei den Gift-Exekutionen nacheinander bis zu drei Spritzen gesetzt werden müssen. Wir haben in Deutschland einen Parallelfall."

„Gut, Herr Präsident, dass Sie das ansprechen, ich weiß da inzwischen mehr: Normalerweise und nach bisherigen Erkenntnissen verläuft eine tödliche Injektion in drei Schritten: Im ersten Schritt wird das Opfer betäubt; allerdings ist die Dosis des Betäubungsmittels schon so hoch, dass sie allein bereits tödlich wirken könnte. Dieses Mittel ist ein Barbiturat und heißt Thiopental, ich erwähnte das wohl schon und komme gleich darauf zurück. Das zweite Mittel wird als Muskelrelaxantium eingesetzt; man kann hierzu entweder Pancuroniumberomid, Suxamethoniumchlorid oder auch Tubocuraranchlorid verwenden. Damit werden sämtliche Muskeln im Körper mit Ausnahme des Herzmuskels gelähmt, und die Erstickung beginnt. Mit dem dritten Mittel, Kaliumchlorid, wird auch das Herz gelähmt, es hört auf zu schlagen."

Jischke hörte fasziniert zu. „Und wie will man alle diese Wirkungen mit nur einer Spritze bewerkstelligen können?"

„Indem man lediglich das Narkotikum Thiopental, also das erste Mittel, als alleinigen Wirkstoff einsetzt – zum Teil führt bereits der Bolus von Thiopental dazu, dass ein Opfer äußerlich bewusstlos erscheint, gleichwohl aber bei vollem Bewusstsein ist. Wir vermuten, dass dies bei Kelley der Fall gewesen sein könnte. Und jetzt noch etwas: Nach unseren Erkenntnissen verwendet die Volksrepublik China seit 1997 eine Spritze, mit der sämtliche gemischten tödlichen Substanzen, aber auch Thiopental allein, mit einer einzigen Spritze verabreicht werden können, wobei der Tod des Opfers schon nach dreißig bis sechzig Sekunden eintreten soll."

„Donnerwetter! Das würde einiges erklären, auch in unserem deutschen Parallelfall. Und woher wissen Sie dies alles, Gehrke?"

„Ich bin Koordinator unserer Geheimdienste. – Sie erwähnten einen Parallelfall in Deutschland."

„Ja, im Zusammenhang mit den hier seitens meines Amtes angestellten Untersuchungen ist mir ein Fall aus Nordrhein-Westfalen, vom dortigen LKA, mitgeteilt worden: Dort ist vor gut einem halben Jahr ein Detektiv unter zunächst rätselhaften Umständen ums Leben gekommen. Das LKA dachte zunächst an einen berufstypischen Schockunfall durch Herzversagen. Allerdings fand sich im pathologischen Abschlussbericht auch die Erwähnung einer Einstichwunde, die vom zunächst untersuchenden Arzt wohl bei der Erstaufnahme übersehen worden war."

Gehrke zog einen Notizblock heran. „Können Sie mir Namen nennen? Ist das Landesamt für Verfassungsschutz NRW informiert worden?"

„Noch nicht. Das sollten Sie veranlassen. Ich stelle anheim. Der verstorbene Detektiv hieß Möhring."

„Und der erstermittelnde Arzt?"

„Ein Chirurg aus dem Sauerland war zufällig in der Nähe, als dieser Detektiv seinen Herzinfarkt erlitt, hat die Erstversorgung übernommen und dann gleich seinen Tod festgestellt. Ein Dr. Müller, Mathias Müller."

Gehrke schrieb die Namen mit. „Was werden Sie, Herr Präsident, wenn Sie diese Frage gestatten, nach diesen ja doch überraschenden Erkenntnissen nun weiter veranlassen?" Gehrke mochte den Parallelfall in Nordrhein-Westfalen nicht glauben.

„Die Ermittlungen macht das LKA NRW. Exhumierung der Leiche, möglicherweise finden wir da ja noch Reste dieses Barbiturates ..."

„Thiopental."

„Kann man da nach einem halben Jahr noch etwas finden?"

„Das kann ich nicht beurteilen. Erfahre ich die Ergebnisse des LKA?"

„Kann ich Ihnen zusagen, Herr Gehrke. Und das LKA ermittelt natürlich auch gegen diesen Dr. Müller. Das gestaltet sich insofern etwas schwierig, als dieser gerade zu einer Wehrübung eingerückt ist."

„Wehrübung?"

„Dr. Mathias Müller ist Oberstarzt der Reserve."

„Lobenswert, stellt ihn aber noch nicht außer Verdacht. Wo übt er?"

„Soweit wir das herausfinden konnten, bei einer Spezialeinheit. Die Bundeswehr ist da sehr geheimnisvoll."

„Wann ist der MAD eingeschaltet worden?"

„Keine Ahnung, wollten Sie das nicht veranlassen?"

Es war zum Verzweifeln. „Dieser Dr. Müller muss doch auf einer Wehrübung zu finden sein. Wo übt er denn?"

„Wir vermuten, Afghanistan."

Kapitel II

1

Lomer hatte möglicherweise schon wieder einen Fehler gemacht, nämlich den, am Montag zu lange geschlafen zu haben. Laura war weder auf der Frühstücksterrasse noch in ihrem Zimmer zu finden gewesen, und an der Rezeption hatte man ihm schließlich ihre verschlossene Nachricht übergeben.

„Hallo, Lomer, musste dringend und plötzlich und überraschend sofort nach Europa. Das Wesentliche Deines Mandats kennst Du, auch wenn für Dich viele Fragen offen sein mögen, noch. Ich bin sicher, Du hast richtig entschieden. Den Rest erfährst Du im Schloss Hirschesruh, südlich Kassel, in Borken. Melde Dich vorher an: 0160-7324615. Aber erst, wenn Du in Deutschland bist. Benutze die Nummer <u>nur</u> für Deine Termin-Vereinbarung. Das muss noch in dieser Woche sein, also spute Dich.

War schön mit Dir.

Deine Laura

P.S.: Habe mir zum Flughafen Deine Blechkiste ausgeliehen. Zeitnot, ging nicht anders. Sorry."

Auf nüchternen Magen war das etwas heftig gewesen, und Lomer hatte erstmal eine Zigarette geraucht, dann aber trotzdem auf der sonnigen Terrasse ein köstliches kanadisches Frühstück eingenommen, mit Lachs und scrambled Eggs.

Er legte Lauras Abschiedsbrief auf das aufklappbare Tischchen des Erste-Klasse-Abteils zurück. Wahrscheinlich war es doch kein Fehler gewesen auszuschlafen: Laura wollte weg und war vermutlich schon in aller Früh aufgebrochen. Im „Imperial" konnte oder wollte ihm das keiner sagen, der Nachtportier war längst von der Tagesschicht abgelöst worden. Verwunderlich fand Lomer auch, dass sie trotz ihrer Vorankündigungen in New York zwischendurch keine Gespräche mit Deutschland geführt hatte, keine Rücksprachen hatte nehmen müssen – oder doch? in der Nacht von ihrem Zimmer? –, und dass sie es bei ihren vagen Andeutungen hatte bewenden lassen. Eines der seltsamsten Mandatsanbahnungsgespräche seiner Laufbahn.

Er hatte sich sogar kurz gefragt, ob Laura angenommen haben könnte, er habe die anderthalb Millionen Dollar im Cadillac versteckt, im Reserverad oder in einer Türverkleidung, diesen Gedanken aber sogleich wieder verworfen.

Beim Frühstück waren ihm alle diese Gedanken noch durch den Kopf geflossen, stundenlang, er hatte ja Zeit, Gedanken mit all dem Für und Wider, Hin und Her und Auf und Ab zu der Frage, was nun eigentlich zu tun war: Er konnte das Mandat, diesen rätselhaften Auftrag, annehmen oder nicht – das war die entscheidende Weichenstellung, entscheidend nicht nur für die nächsten Wochen und Monate, womöglich für sein weiteres Leben, das – nach Lebenserwartungsstatistik – noch knapp dreißig Jahre weiter laufen sollte, und das möglichst schmerzfrei und lustvoll.

Gut, er könnte jetzt mit anderthalb Millionen Dollar, die er unter seinen Hemden und Hosen in der Reisetasche versteckt hatte, nach Westen fahren, Rocky Mountains, Vancouver, in der Hoffnung auf eine junge Collegestudentin als Anhalterin und Begleiterin, anschließend mit oder ohne sie nach Hawaii, Japan oder auch die Südsee, Moorea, Samoa reisen, und er würde von seinem Sabbatical immer noch eine Menge Geld mit nach Hause bringen. Aber prickelnder war dieses Borken, dieses geheimnisvolle Schloss. Als er sein gedankenversunkenes Frühstück schließlich beendet hatte, hatte er gewusst, dass er diese Mobiltelefonnummer anrufen würde: Er wollte Laura wiedersehen, auch wenn sie sich bemerkenswert verändert hatte, er musste Laura helfen, zumindest brauchte er weitere Informationen, auf deren Details er neugierig brannte, er würde mit Laura zusammen – ‚Wir helfen Dir' – ihre Probleme lösen, und fühlte sich auch als Anwalt verpflichtet und herausgefordert. ‚Mission impossible' hatte es in seinem Berufsleben noch nie gegeben, und so sollte es bleiben. Und schließlich könnte er, sollten die weiteren Informationen, die er auf diesem Schloss erhalten würde, unerträglich sein, sich immer noch aus dem Staub machen, Samoa und Moorea ließen sich auch eastbound anfliegen.

Wenn da nicht sein Anruf bei Jacqueline in New York im „Le Cézanne" gewesen wäre. Der hatte ihn doch irritiert, auch wenn er später wieder darüber hinweggekommen war. Verdrängt? Bevor er aus dem Hotel „Imperial" ausgecheckt war, hatte er Jacqueline noch einmal angerufen und gefragt, ob Laura im „Cézanne" aufgetaucht war, er habe sie zwar inzwischen getroffen, vielen Dank noch mal für Ihre Hilfe, auch an Tom, aber nun sei sie seit heute Morgen wieder verschwunden, vielleicht zurück nach New York?

„Non", hatte Jacqueline mit weinerlicher Stimme geantwortet, und dann, nach einigen Zögern: „Hannes, das war doch gar nicht Deine alte Laura, irgendwas muss mit ihr passiert sein, mon Dieu."

Die anderthalb Millionen hatte er zunächst zur Royal Bank of Canada getragen, aber er hatte schon erwartet, dass er diesen Betrag dort bar nicht einzahlen konnte. Sollte Laura, diese Verstellungskünstlerin, nicht abgereist sein und ihn stattdessen beschatten, um ihn später noch besser nötigen oder erpressen zu können, sollte sie mindestens mit einer vermuteten Hinterlegung des Geldes bei einer Bank oder einer Überweisung von dort nach Deutschland oder sonst wohin in´s Leere laufen.

Mit einem gekauften Cellphone hatte er ein paar Mal mit Deutschland telefoniert und das Geld schließlich am Nachmittag einem Hawalar in Montreal anvertraut. Das Geld würde er in Frankfurt am Flughafen von einem deutschen Hawalar unter Nennung des Codeworts „Hirschesruh" bei seiner Ankunft wieder ausgehändigt bekommen, wunschgemäß in Euro und unter Abzug des üblichen Hawala-Agios.

Seine Kanzlei hatte sich dieses großartigen Hawala-Systems immer mal wieder gerne bei delikaten internationalen Geldtransfers bedient, seit die Bankgeheimnisse abgeschafft waren und alle Welt einem in die Kontoauszüge gucken konnte, per MRS-Abkommen oder durch das Terrorist Finance Tracking Program TFTP oder mit anderen Mitteln, die der Öffentlichkeit vorsichtshalber gar nicht erst bekannt gemacht worden waren. Ausländische Mandantschaft hatte die Kanzlei schon vor Jahren auf diese Möglichkeit der spurenlosen Blitzüberweisungen aufmerksam gemacht. Sehr praktisch, auch jetzt für Lomers Zwecke.

Anschließend war er in seinen Atlantikflieger gestiegen und hatte in der ersten Sitzreihe genüsslich zu Abend gegessen. Je mehr er von den kleinen Rotweinfläschchen – Merlot Vino Tinto seco, Chile 2009, aus dem Valle Central – trank, desto neugieriger wurde er und desto sicherer war er, die richtige Entscheidung getroffen zu haben. Womöglich hatte er doch keinen Fehler gemacht; so sollte es bleiben. Er döste vor sich hin. Was Mrs. Keener wohl jetzt machte? Lomer schmunzelte angetrunken. Das Leben bot so viele verlockende Möglichkeiten – schade, dass man nicht alle mitnehmen konnte. Versunken schlief er ein.

Stunden später wartete er in der Lobby des Hotels Sheraton am Frankfurter Flughafen auf seinen Hawalar. Der kleine Mann mit der Hakennase und den buschigen schwarzen Augenbrauen musste es sein, der scheinbar interessiert die Auslagen des Blumenstandes prüfte. Lomer nahm Blickkontakt mit ihm auf. Der alte Mann wieselte auf ihn zu. „Goldstein, guten Morgen, kennen wir uns nicht?" Er streckte Lomer seine fleischige Rechte entgegen.

„Ja, doch, natürlich", erinnerte sich Lomer, „vom Schloss Hirschesruh." Er vermied den Handschlag. „Wo können wir unsere Erinnerungen in Ruhe austauschen?"

„Ich habe für heute Vormittag das Zimmer 308 gemietet, 3. Etage, dort hinten ist der Aufzug." Der Alte zog seine rechte Hand zurück und deutete mit derselben Bewegung quer durch die Lobby in die hintere Ecke der Eingangshalle. „Muss nur noch meine Aktentasche holen, bin gleich oben. Hier ist die Zimmerkarte."

Oben blätterte ihm Goldstein 1.196.973 Euro und ein paar Cent hin, die er seinem schwarzen Köfferchen entnommen hatte. „Quittung? Oder wollen Sie den Koffer nicht? Habe ich abgezogen. Auch die Kosten für das Zimmer hier bis heute Mittag."

Lomer behielt das Köfferchen, bedankte sich bei dem Juden und legte sich zwei Stunden schlafen.

Danach duschte er und nahm sich unten in der Tiefgarage bei EuropCar einen Mietwagen, einen schwarzen Audi-Kombi mit Frankfurter Kennzeichen. Mit dem fuhr er auf der Autobahn Richtung Kassel und konnte es kaum abwarten. Eine gute Stunde würde er bis Kassel brauchen und noch einige Zeit, um das Schloss Hirschesruh bei Borken zu finden.

2

Der weiße Opel aus dem „Fuhrpark Bundeswehr" mit dem Y-Kenn-zeichen des Militärs machte auf der Strecke Kassel-Berlin an der Tankstelle hinter dem Autobahnkreuz Kassel-West Halt. Die beiden Offiziere betraten die Toilette mit leichtem Handgepäck und verließen sie nach acht und nach zehn Minuten wieder, nach acht Minuten Oberst der Reserve Tocker durch den Vordereingang, zwei Minuten später Brigadegeneral von Beutler durch den Hinterausgang, jetzt beide in Zivil. Von Beutler ging stracks an den Diesel-Zapfsäulen

67

und einem tankenden Sattelschlepper vorbei auf einen grauen Volvo zu, in dem Tocker schon auf ihn wartete. Den Wagen hatte ihnen ein Mitglied der Gesellschaft, ein Stabsunteroffizier der Reserve, Kommandosoldat und ausgebildeter Scharfschütze, überlassen, der hier in der Gegend ein kleines bäuerliches Anwesen betrieb. Den Schlüssel hatte Tocker wie vereinbart in einem kleinen Kuvert angeklebt unter dem letzten Waschbecken von Sanifair gefunden.

„Schloss Hirschesruh", rief von Beutler und knallte die Seitentür zu. Tocker beobachtete im Rückspiegel den weißen Bundeswehr-Opel, der ihnen in wechselnden Abständen folgte. „Nolte ist dran, Herr General."

Von Beutler knurrte und schaute sich die hügelige Landschaft an.

Sie verließen die Autobahn hinter Fritzlar und steuerten an der Ausfahrt Wabern das Waldgelände um Trockenerfurth an.

Nolte blieb bis zur Ausfahrt Borken auf der Autobahn. Nach der Abfahrt fuhr er Richtung Trockenerfurth und dann im Kreis über Nassenerfurth, Pfaffenhausen und Borken erneut nach Trockenerfurth, jetzt von Norden kommend. Den grauen Volvo entdeckte er an einem Wanderweg zum Borkensee an der verabredeten Stelle. Er nahm seine Rundstrecke wieder auf, jetzt langsamer, in unregelmäßigen Abständen immer wieder anhaltend, nach hinten abwartend, ob ihm jemand folgte, nach vorne und zur Seite beobachtend, ob sich Auffälliges ereignete. Aber auch durch sein Fernglas sah er nur Bauern bei ihrer Erntearbeit. Nolte bezog eine halbverdeckte Stellung an einem Waldrand, in der er von der Umgehungsstraße nicht zu sehen war. Später fuhr er seinen Rundkurs im Uhrzeigersinn noch mal. Wieder nichts als Bauern, Erntehelfer, Rinder, Pferde. Neben ihm auf dem Beifahrersitz lag das Handy, das ihm der General überlassen hatte.

Von Beutler und Tocker hatten das Waldstück in einem kurzen Fußmarsch durchquert. Vor ihnen tauchte das grüne Tor von Schloss Hirschesruh auf. Von Beutler tippte eine Nummer in sein Mobiltelefon und brummte: „Wir sind hier."

Das Tor öffnete sich Sekunden später. Die beiden Offiziere schritten über den grob gepflasterten Innenhof auf die steinerne Brücke zu, die über den Flussgraben führte, und hinter der sich ein gewölbeartiger Durchgang zum Schloss auftat. Rechts von ihnen schlummerte das Gästehaus, links wucherten üppige Gartenanlagen, im Hintergrund konnte man die Silhouette eines alten Garten- oder Gewächshauses erkennen. Tocker mühte sich, mit dem General Schritt zu halten.

Von dem Eingangsportal führten drei Stufen rechts hinunter in einen Flur, von dem eine Holztreppe in die oberen Etagen entschwand. In dem Flur dösten zwei riesige Hunde. Einer knurrte sie ein bisschen an, der andere machte sich sogar die Mühe, sich schwanzwedelnd von seiner Decke zu erheben.

Von Beutler ging zwischen den Hunden hindurch geradeaus drei weitere Stufen hinab in einen großen Raum, die Schlossküche, mutmaßte Tocker, denn sie standen zwischen einem alten Herd, einem Arbeitstisch aus dicken Eichenbohlen und einem gemütlichen runden Esstisch unterhalb des Fensters zum Schlosshof, umgeben von Pfannen, Schöpflöffeln, Spießen, Gabeln, Messersets und anderen Küchengerätschaften, Weinregalen und einem schwarzen Kamin. In der Mitte der Küche eine Frau wie eine Statue, langes schwarzes Haar, große Ohrreifen, silbern, schwarze Reithosen, hochhackige Stiefel. Sie hielt ein großes Küchenmesser in ihrer rechten Hand und starrte sie unbewegt an.

„Hallo, Laura."

„Willst Du uns nicht vorstellen?" Die Frau legte das lange Küchenmesser auf die Arbeitsplatte.

„Besser nicht."

„Dann schick' ihn raus." Laura würdigte Tocker keines Blickes.

„Ich ziehe es aus Sicherheitsgründen vor, unsere Besprechung im Garten zu führen", erwiderte von Beutler.

„Aus Sicherheitsgründen wird diese Besprechung ohne Sie stattfinden." Laura sah Tocker an. Sie hatte eine tiefe, sinnliche Stimme, der selten widersprochen worden war. „Ich unterhalte mich nicht vertraulich mit Fremden. Schon gar nicht mit Zeugen. Ich gehe davon aus, dass Sie das verstehen." Sie lächelte so wenig wie möglich. „Wenn nicht, gibt es keine Besprechung."

Von Beutler knickte ein. „Laura, das ist Oberst Tocker. Und das ist die Schlossherrin, Frau Laura Schwartze. Tocker, vertreten Sie sich draußen die Beine, bis ich Sie rufe, und verlassen Sie den Bereich des Schlosses nicht."

Tocker hätte fast die Hacken zusammengeknallt, was mit seinen hellbraunen Slippern nicht funktioniert hätte. Er deutete gegenüber der schönen Schlossherrin eine Verbeugung an, schlich an den beiden Hunden vorbei und entschwand durch das Eingangsportal in den sonnigen Innenhof des Schlosses.

Von Beutler und Laura gingen durch den Torbogen in den Schlossgarten. Tocker sah ihnen nach und atmete tief durch. Mann, hatte diese Frau einen erhabenen Gang – das musste an ihren hohen Stiefeln liegen, an den eng sitzenden Reithosen oder an der Schlossherrin selbst oder an allem zusammen; einen so fraulichen Gang hatte Tocker noch nie in seinem Leben gesehen.

Die beiden verschwanden aus seinem Sichtfeld hinter dem Torbogen und setzten sich auf bequeme grünbezogene Gartensessel, die im Schatten einer Pergola standen.

„Hast Du einen Knall mit Deinen ‚Sicherheitsgründen', eine Neurose, oder ist es schon schlimmer?" erkundigte sich Laura.

Von Beutler griff nach einer Flasche Wasser, die in einem Eiskübel vor sich hinschwitzte, und schenkte sich und Laura ein. „Was willst Du denn hören?"

„Ich will wissen, was dieses Theater soll, ich will wissen, aus welchen Gründen Du diese Figur hier reinschleppst, die ich nicht kenne, was gegen unsere Sicherheitsbestimmungen verstößt. Und ich will bitte drittens wissen, was die Sache so eilig macht. Mein Verdacht ist, dass Dich nicht Sicherheitsüberlegungen leiten – sonst wärst Du alleine gekommen, wie immer – sondern ein krankhaftes Misstrauen, und deshalb bist Du in Begleitung hier aufgetaucht." Sie zündete sich eine Zigarette an.

Von Beutler verzog das Gesicht und versuchte, dem Rauch auszuweichen. „Lass uns zur Sache kommen."

„Nur zu."

„Ich will bitte zwei Dinge von Dir –"

„Erstens?"

„Unsere Bemühungen, den Verteidigungsminister unglaubwürdig zu machen, indem wir ihn überführen, das Parlament belogen zu haben, als er in Abrede stellte, homosexuell zu sein und entsprechende Kontakte zu pflegen oder zumindest jüngst noch gepflegt zu haben, dürften scheitern. Sie werden scheitern, weil wir nicht zulassen können, dass die beiden von Dir gekauften Zeugen aus der Schweiz, deren Koordinaten Du mir übrigens bis heute trotz meines telefonischen Befehls nicht mitgeteilt hast, wie ursprünglich geplant vor dem parlamentarischen Untersuchungsausschuss aussagen."

„Ach?"

„Es wäre zu gefährlich, weil die Fragen, die insbesondere von den Vertretern der Regierungskoalition im Untersuchungsausschuss zu befürchten sind, in Deine Vergangenheit als Rechtsanwältin führen könnten, denn ich bin sicher, dass die Vertreter der Regierungskoalition das Vorleben der beiden Schweizer Herren genau unter die Lupe genommen haben und nehmen werden."

„Na und?"

„Ich denke da insbesondere an unseren Geheimdienstkoordinator, einen Dr. Udo Gehrke, der nach unseren Informationen mit allen Wassern gewaschen ist."

„Das sind wir auch. Ich zumindest."

„Egal. ‚Operation Charly' ist abgeblasen."

„Jawoll, Herr General, abjeblasen. – Leben meine ehemaligen Mandanten eigentlich noch?" Laura betrachtete die Kronen der Obstbäume.

„Sie erfreuen sich bester Gesundheit und bereiten nach meinen Informationen sogar eine lukrative Geschäftsreise nach Afrika vor." Der General rückte die beiden Gläser mit dem Eiskübel in der Mitte in eine Linie, die parallel zur Tischkante verlief.

„Dein Versuch, mit einer zweiten Kießling-Affäre die NATO auseinanderzubrechen, ist demnach gescheitert. Wie schade für Dich. Bist Du traurig?"

„Nein, ich verfolge einen anderen Plan und dasselbe Ziel weiter."

„Ich höre." Laura versenkte ihre Zigarette in einem tiefen Steinaschenbecher.

„Unser nächstes Ziel ist der Kanzler selbst. Seine öffentliche Demontage wäre noch weit wirkungsvoller. Fällt der Kanzler, fällt die Regierung, weil die Pfeife aus den eigenen Reihen unersetzlich ist. Fällt die Regierung, kommen die Linken –"

„Weshalb fiele die Regierung? Rücktritt?"

„Ein konstruktives Misstrauensvotum würde erfolgreich sein, bei Neuwahlen noch in diesem Jahr hätten die Roten die Mehrheit." Von Beutler schaute Laura an, als erwarte er Applaus.

„Kann sein, muss nicht sein", erwiderte sie und schenkte Wasser nach. Im Teich weiter hinten im Garten quäkten Enten.

„Sind die Roten dran, vor allem zusammen mit den Knallroten, womöglich mit Hilfe der Hell- und Dunkelgrünen, zieht sich die Bundeswehr aus Afghanistan zurück, sei es durch Kündigung des UN-Mandats ISAF, sei es, dass wir die Führung der NATO nicht mehr länger akzeptieren, was mein Ansatzpunkt sein wird, oder die zunächst rechtsgrundlose Beendigung weiterer Beteiligung wird diese eine oder andere Konsequenz nach sich ziehen."

„Und so weiter, und so weiter. Und zweitens?"

Von Beutler goss sich Eiswasser in den Hals. „Für die Operation Kanzler brauche ich Deine Hilfe."

„Das wäre – ich habe mitgezählt und mitgedacht – immer noch erstens, vielleicht eins (b)?" schlug Laura vor. „Aber egal. Wieviel?"

„Kein Geld. Dafür brauche ich Deine Tochter."

Laura nahm sich eine weitere Zigarette und schlug die Beine übereinander. Sie wippte mit den Spitzen ihrer schwarzen Stiefel und zündete sie an. Den Rauch blies sie beiläufig in

Richtung ihres Gesprächspartners. Irgendwo über ihr plärrten Krähen. „Was hast Du mit ihr vor?"

„Ich will sie auf die Pfeife ansetzen. Die Pfeife ist soeben in vierter Ehe verheiratet, und schon kriselt es dem Vernehmen nach auch in dieser Ehe. Unser Kanzler ist haupt- oder nebenberuflich ein ganz ordinärer Weiberheld, und wenn Deine Tochter –"

„Berndt, Du lebst in einer Welt von gestern, und wenn Du noch ein bisschen so weiter machst, von vorgestern. Kein Verteidigungsminister müsste heute wegen Homosexualität zurücktreten, die Kießling-Affäre, die Du da nachbauen wolltest, ist ungefähr dreißig Jahre alt, eine verdammt lange Zeit heutzutage, für viele gar nicht mehr vorstellbar. Die Abberufung von Generaloberst Freiherr von Fritsch, der homosexueller Neigungen bezichtigt wurde – vielleicht ebenso unberechtigt, das damalige Offiziers-Ehrengericht hat ihn freigesprochen – ist sogar schon ein dreiviertel Jahrhundert her."

„Weiß ich alles", knurrte von Beutler. „Nicht Coenens Homosexualität war der Ansatz, ihn wegzuschießen, Homosexualität und andere Perversitäten sind ja heute geradezu Voraussetzung für eine erfolgreiche politische Karriere – nein, seine Lügen wären es gewesen, seine Lügen gegenüber dem Parlament, gegenüber seinem Regierungschef und gegenüber der Öffentlichkeit. Außerdem hat Coenen bei einem Notar eine eidesstattliche Versicherung abgegeben –"

Laura winkte ab. „Permanentes Belügen nach allen Seiten ist erst recht Grundlage für das politische Geschäft. Schon General Charles de Gaulle kannte die semantischen Wurzeln des Parlaments: parler et mentir. Vergiss es."

Von Beutler verschluckte sich an einem kräftigen Schluck Wasser. „Es existiert noch ein Ersatzplan, sollte die Pfeife nicht anbeißen."

„Der wird auch erforderlich sein, denn eine weitere Affäre unseres Kanzlers würde nur seine Popularität steigern. Vor allem, nachdem er sonst nichts tut. Ich meine, politisch."

Von Beutler erläuterte seinen „Plan B".

„Du bist inzwischen bei eins (c)", korrigierte Laura und warf ihren Zigarettenstummel weg. Dann hörte sie aufmerksam zu.

„Frag' sie", schlug sie vor, als von Beutler geendet hatte. „Sie war ja auch mal Deine Tochter, vorübergehend." Laura erhob sich „Sonst noch was? Eins (d)?"

Von Beutlers Mobiltelefon surrte.

Tocker war dran. „Nolte meldet soeben ein besonderes Vorkommnis, verdächtiges Fahrzeug, schwarzer Audi-Kombi mit polizeilichem Kennzeichen Frankfurt, ein Mann Besatzung, kurvt in rätselhaften Schleifen im Gelände um das Schloss herum, immer wieder. Fahrer hat Kfz soeben abgestellt und nähert sich Schloss im Fußmarsch, langsamer als Spaziergänger, aus südlicher Richtung, Wald."

Von Beutler warf einen Blick auf Laura. „Erwartest Du Besuch?"

„Heute nur Dich, mein Schatz."

Von Beutler nahm sein Telefon wieder ans Ohr: „Laufen lassen, Kennzeichen und Halter feststellen. Ende."

Sie gingen in den schattigen Torbogen zurück. In der Küche klingelte es. Laura sprang die Stufen hinunter, die beiden Hunde hinter sich, und griff sich ein auf dem Herd liegendes Telefon.

„Ich sollte diese Nummer anrufen", sagte der Anrufer.

„Versuchen Sie es in einer halben Stunde wieder." Laura legte das Satellitentelefon auf dem Arbeitstisch ab und wandte sich von Beutler zu, der ihr bis in die Küche gefolgt war.

„Doch Besuch?"

„Neugierig? Doch misstrauisch? Oder beides? Ich erwarte nur Reinigungskräfte, die die politischen Schmutzspuren entfernen sollen, wenn Du gleich gegangen bist."

„Diese politischen Spuren haben wir früher gemeinsam gelegt, Laura. – Wie geht es dem Alten?"

Laura zuckte mit den Schultern. „Unverändert. Schön, dass Du fragst. Soll ich was ausrichten?"

Von Beutler überhörte ihre Frage und sah ihr in die dunklen Augen. „Schlafen wir mal wieder miteinander?"

„Das Gästehaus ist frei. Du kannst Dir da jetzt gerne in jedem der fünf Zimmer einen runterholen. Ich werde inzwischen Herrn Tocker was zu trinken anbieten." Sie ging auf Tocker zu, der im Innenhof in der Sonne auf dem heißen Pflaster verharrte.

Von Beutler folgte ihr.

Als sie wieder in ihrem Volvo saßen, rief Tocker Nolte an. „Wir fahren los. Treffpunkt wie vereinbart. Zeit: X minus 15. Haben Sie schon was rausbekommen?"

Er hörte zu und erwiderte: „Romeo soll über Quelle Foxtrott-Romeo-Alpha Lima-Kilo-Alpha Feldwebel Ucker Mieter orten."

„Sie sollten keine Namen nennen", brummte von Beutler.

„Keine Namen nennen, Herr General. Nolte meldet: Halter des verdächtigen Audi ist ein Kfz-Vermieter, EuropCar, Frankfurt, Mieter wird Renstorff über unseren Feldwebel Ucker beim LKA Hessen feststellen."

Von Beutler nickte. „Fahren Sie schon los. Treffpunkt Nolte."

Tocker kurvte den schweren Volvo über den Waldweg auf die Landstraße zurück. „Gestatten Sie eine Frage, Herr General?"

„Welche?"

„Bin wie befohlen im Schlossgelände herumgelaufen. Naherkundung. War auch an einem Gewächshaus." Tocker zögerte.

„Ihre Frage?"

„Kann es sein, dass ich da einen älteren Mann in einem Rollstuhl, zugedeckt, gesehen habe, markantes Gesicht, kam mir nicht unbekannt vor?"

„Wenn Sie es sagen. Sie müssen doch wissen, was Sie beobachtet haben."

„Wer ist das?"

„Keine Ahnung. Vielleicht der Gärtner."

„Sah krank aus und bewegte sich nicht."

„Vermutlich Mittagsschlaf." Warum hatte er diesen neugierigen Oberst eigentlich mitgenommen? „Was macht ‚Operation Omega'?"

Tocker sah auf die Uhr am Armaturenbrett.

„Die beiden Zeugen dürften schon ihre Koffer gepackt haben."

Von Beutler nickte zufrieden.

Hinter einer Waldecke trafen sie Nolte, der in seiner gedeckten Stellung auf sie wartete. Sie wechselten die Fahrzeuge. Während die Offiziere sich umzogen, klebte Nolte den Schlüssel des Volvo an die vereinbarte Stelle auf den rechten Hinterreifen und rief von seinem Handy eine Nummer an. Er gab dem Stabsunteroffizier der Reserve die Koordinaten seines Volvo durch und setzte sich ans Steuer des Opels der Bw-Fuhrpark Service GmbH.

„Marsch!" dröhnte von Beutler von der Rückbank. „In dreieinhalb Stunden will ich am Kanzleramt sein. Habe da um 16 Uhr 30 den Kameraden Bloch einbestellt."

Der Rückruf von Renstorff erreichte sie zwischen Braunschweig und Magdeburg. Tocker nahm ab und hörte zu. Er drehte sich zu seinem General um. „Renstorff. Wollen Sie ihn selbst sprechen?"

Von Beutler nahm das Telefon entgegen. „Was gibt's Neues?"

„Herr General, ich melde, Zielperson ist ein Dr. Hannes Lomer, Rechtsanwalt aus München, hat den Audi heute Morgen –"

„Sonst noch was?"

„Sonst keine besonderen Vorkommnisse."

„Ende."

Von Beutler reichte Tocker das Telefon zurück. Lomer? Dr. Lomer? Dr. Hannes Lomer? München?

„Tocker, rufen Sie Renstorff noch mal an. Ich will wissen, in welcher Kanzlei dieser Kamerad arbeitet. Entweder über Anwaltskammer oder über unseren Verbindungsmann in München, wir haben da ein Mitglied, das Rechtsanwalt ist, Oberstleutnant glaube ich, er ist sogar führend im Vorstand der Rechtsanwaltskammer tätig. Ergebnisse, bevor wir in Berlin sind und den Kameraden Bloch treffen."

Es war doch vorteilhaft, auf Reisen Stabspersonal mitzuführen.

Tocker griff in die Tasten.

Der nächste Anruf erreichte von Beutler am Berliner Ring, es war kurz vor Vier. Der Anruf erreichte ihn auf dem Mobiltelefon, das er in seinem blauen Kurzhemd in der Außentasche trug.

„Von Beutler."

„Renstorff, Herr General – "

„Weshalb rufen Sie mich auf diesem Apparat an? Wir sind in Eile. Was ist mit diesem Dr. Lomer?"

„Die Kanzlei heißt Kurlow Konetzke Partner. Aber deshalb – "

Von Beutler richtete sich auf. „Aha, also doch." Aber es sollte noch schlimmer kommen.

„ – aber deshalb rufe ich nicht an. Herr General, es gibt ein Problem: Anruf LKA NRW hier vor zwei Minuten, unser Verbindungsmann teilt mit, dass gegen Rinzen ermittelt wird."

„Rinzen?"

„Major der Feldjäger, Flughafen Köln-Bonn – "

„Ziel erkannt. Verdammt." Von Beutler war jetzt hochkonzentriert. Sie fuhren mit 80 km/h durch den Grunewald, links hinten tauchte die Avus-Tribüne mit dem Messegelände auf. „Übt der noch?"

„Nein, Herr General, Ende Wehrübung vor einer Woche."

„Renstorff, veranlassen Sie Folgendes, erstens: Kontaktaufnahme MdR Rinzen sofort auf Weg Alpha. Zweitens: Möglichkeit einer neuen Wehrübung, Einberufung nach Afghanistan, überprüfen, unter Einschaltung Papa. Falls negativ, Rückruf bei mir auf diesem Apparat ab 17.15. Falls positiv: Einberufung noch heute veranlassen, über unseren Mann bei P. Ziel: Aufnahme ins nächste Kontingent Afghanistan, habe da sogar Auftrag für ihn. Verstärkt regionales Feldjägerkontingent. Abflug nächsten Freitag. Drittens: Reserveoffizier morgen früh ins Amt einbestellen. Dringlichkeitsstufe: Alpha."

Renstorff wiederholte seinen Auftrag.

„Ende." Von Beutler knipste grimmig sein Telefon aus. Der Opel nahm die Ausfahrt Ku'damm. Es war 16 Uhr 17.

3

Lomer hatte einen ausgedehnten Spaziergang durch die kühle Waldluft unternommen. Er sah nicht ein, die Telefonnummer seiner neuen Mandantschaft genau in einer halben Stunde wieder anzurufen; das entsprach nicht seinen – vielleicht antiquierten – Standesgepflogenheiten. Er lief durch den sommerlich schönen Wald, der an den Borken-See grenzte, und nahm sich die Zeit, die er brauchte, wenngleich es ihn immer mehr fieberte, die Nummer erneut anzuwählen: Denn er wollte Gewissheit, Gewissheit über sein neues Mandat, über seine neue Mandantschaft, über seine Zukunft. Dieses Verlangen wurde noch dadurch verstärkt, dass ihm die tiefe Stimme der Frau, die vor über einer Stunde ans Telefon gegangen war, bekannt vorkam – sie erinnerte ihn an jemanden, wahrscheinlich an Laura, aber konnte die schon in Europa sein, vor ihm oder zeitgleich mit ihm? Natürlich konnte sie.

Irgendwann am Nachmittag griff er zu seinem Telefon, wählte 0160 - 7324615 und wartete. Er saß in einem ländlichen Gasthof im Freien und hatte sich einen eiskalten Apfelwein kommen lassen.

Nach einer geraumen Weile krächzte am anderen Ende eine gebrochene Stimme: „Hallo?"

„Lomer. Ich soll mich bei Ihnen melden."

„Danke. Vielen Dank! Gut, dass Sie es erneut versucht haben. Bedauerlicherweise müssen wir Sie etwas vertrösten." Der alte Mann hustete. „Können Sie uns morgen früh wieder anrufen?"

Lomer zögerte.

Der alte Mann schien seine Stimmung zu spüren. „Oder können Sie uns ein Quartier mitteilen, wo wir Sie morgen früh erreichen können? Spätestens morgen Mittag."

Lomer überlegte. Eine – auch nur vorübergehende – Adresse bekanntzugeben, war ihm zu riskant. Was sollte dieses Theater überhaupt? Laura machte es dringend, und hier hielt ihn irgendein Altersheiminsasse hin. „Ich rufe Sie morgen wieder an. Letztmalig. Vielleicht." Verärgert brach er das Gespräch ab.

Der alte General beendete die Funkpeilung, beugte sich über die aufgenommenen Daten und verglich sie mit einer Landkarte, 1:50.000, die er auf seiner Wolldecke ausgebreitet hatte. „Trockenerfurth, Gasthof ‚Grüne Linde'. Ruft morgen Vormittag wieder an." Langsam drehte er seinen Kopf zurück zu Laura, und ergriff ihre Hand. „Vielleicht."

„Wenn er so weit gereist ist, ruft er auch noch mal an", meinte Laura. „Sicher."

4

Die Joggergruppe trabte durch den Kölner Stadtwald, Stadtteil Braunsfeld, zwischen Militärring und Maarweg, etwa zwanzig Personen unterschiedlichen Alters, dunkelblaue Trainingshosen, die hellblauen T-Shirts trugen den einheitlichen Aufdruck „MIL", und jeder der Läufer hatte eine eigene Nummer, schwarz eingebrannt auf Vorder- und Rückseite des Hemdes. Vögel zwitscherten ihr morgendliches Begrüßungskonzert, es klang wie Beifall für die Läufer, und aus der Ferne hörte man den Autoverkehr vom Militärring oder von der Autobahn. Einer der Läufer hatte mit Abstand die Spitze übernommen. Sein Hemd war weiß und hatte nur den Aufdruck „MIL", ohne Nummer.

Der Läufer schwenkte, nunmehr rückwärts trabend, auf eine Wiese zwischen den geräumigen Parkwegen, rief „dranbleiben!" und blieb dann auf der Wiese stehen. Die Gruppe nahm vor ihm Aufstellung, schwer atmend, einige keuchend, der Rest trottete langsam herbei. Als die letzten sich in Reih' und Glied aufgestellt hatten, kündigte der Läufer mit dem weißen MIL-Hemd an: „Das war zum Warmwerden. Jetzt erstmal schön durchschnaufen, Beine auslockern." Er machte das vor, es sah aus wie ein kleines Tänzchen. „Es folgen sechs basic Exercises. Zunächst gehen wir in die Hocke. Aufstehen, rechtes Bein hoch, Knie an die Brust, Hocke, aufstehen, linkes Bein hoch, soweit vorhanden." Er machte die erste Basisübung vor, die Gruppe versuchte ächzend, im Takt zu bleiben, runter in die Hocke, aufstehen, rechtes Bein hoch, Hocke, aufstehen, linkes Bein hoch. „Wir machen zehn Stück: sieben – sechs – fünf – vier – drei – zwei – eins – zwei – drei – zehn habe ich gesagt! – fünf – sechs – Nr. 13: Knie höher! – acht – neun – Nr. 3: Arsch weiter runter!"

Zwei andere Jogger, ein Mann und eine junge Frau, beobachteten die Gruppe aus einem gegenüber liegenden Waldstück durch Ferngläser. „Er ist nicht dabei. Das muss so ein ganz Großer sein. Oder hast Du ihn gesehen?"

Die Frau hatte den Leiter der Gruppe mit dem weißen Hemd im Visier, setzte ihr Fernglas ab und schüttelte den Kopf. „Können wir jetzt einen gemütlichen Spaziergang zum Einsatzwagen machen, oder müssen wir etwa die ganze Strecke zurück laufen?"

„Die ersten fünfhundert Meter laufen wir." Der Polizist versteckte sein Glas unter der durchgeschwitzten Trainingsjacke, und beide trabten los.

Zur selben Zeit ordnete Erwin Rinzen in seinem Büro Am Heumarkt Unterlagen.

Ein junger Mann im Sportanzug trat durch die offene Tür. „Heute früh nicht beim Lauftraining? Schon wieder Wehrübung, höre ich?"

„Richtig gehört. Freitag geht's los, Kontingent-Aufstockung Afghanistan. Tolle Sache!" Rinzen sortierte weiter kleine und größere Akten und schob seinem Junior-Partner einen Stapel Papiere zu. „Das hier ist für Dich, Routine. Muss gleich zu 'ner Einsatzbesprechung in die Adenauer-Kaserne. Bin heute Nachmittag noch mal kurz da und Morgen nur noch stundenweise. Muss noch einiges vorbereiten, auch privat. Am besten übernimmst Du gleich. Du weißt, wie positiv diese Wehrübungen, insbesondere bei den Feldjägern, sich auf unser Unternehmen auswirken." Er sah auf die Uhr.

Eine gute Stunde später saß er General von Beutler gegenüber.

‚Imposante Erscheinung', dachte der General, sehr muskulös, sehr kräftig, geschätzte Größe 1,95 m, Bilderbuchathlet, Idealtyp Feldjäger. Flößte schon Respekt ein, bevor er handgreiflich wurde. „Schön, Rinzen, dass Sie gleich wieder zur Verfügung stehen. Wie machen Sie das mit Ihrem Zivilberuf?" Er musste das Vertrauen dieses jungen Reservemajors gewinnen.

„Kein Problem, Herr General. Selbständiger Unternehmer. Habe vor anderthalb Jahren nach dem Vorbild von BMF MIL gegründet ..."

„BMF? MIL?"

„British Military Fitness. Hat vor drei Jahren ein ausgedienter englischer Major der SAS gegründet, der nach seiner aktiven Dienstzeit natürlich weiter Sport machen wollte und diese ganzen Fitness-Studios abscheulich fand. British Military Fitness war von Anfang an ein Riesenerfolg, er beschäftigt nur Mitarbeiter, die gedient haben, Dienstgrad mindestens Sergeant, und der Kerl hat einen unglaublichen Zulauf von Sportinteressierten, die sich nicht für teures Geld in verschwitzten Studios an deren Folterwerkzeugen abarbeiten wollen. Vergibt auch Franchisen. Hat auch schon welche in Europa, und so weit ich weiß, auch in Deutschland. Aber da bin ich ihm zuvor gekommen."

„Mit MIL."

„Militärisches Institut für Leibesübungen. Läuft hervorragend, habe inzwischen dreizehn Angestellte und freie Mitarbeiter, bereits zehn Franchisenehmer. Werden jede Woche mehr. Die Hauptarbeit macht inzwischen mein Juniorpartner, Oberleutnant der Reserve der Gebirgstruppe, und jede Wehrübung, die wir ableisten dürfen, steigert unsere persönliche Glaubwürdigkeit und das Renommee unseres jungen Unternehmens. Wir –"

„Weitermachen." Der General kam zur Sache. „Renstorff hat Ihnen eröffnet, dass wegen des Brooke-Attentats gegen Sie ermittelt wird."

„Er rief mich gestern Nachmittag an, streng vertraulich. Das macht mir Sorgen. Darf ich mich erkundigen, Herr General, was unsere Gesellschaft da zu meinem Schutz zu unternehmen gedenkt?"

Von Beutler stand auf. „Bleiben Sie sitzen, Rinzen. Zunächst ziehen wir Sie aus dem Verkehr; Afghanistan, da sind Sie erstmal einen Monat sicher, mindestens einen Monat."

„Wieso konnte es überhaupt zu Ermittlungen kommen? Ich habe doch angenommen, …"

„Dazu später". Der General lief mit ruhigen großen Schritten in seinem Dienstzimmer auf und ab. „Jedenfalls hat unser Frühwarnsystem funktioniert, und ich denke, dass Ihre Büro- und Privaträume inzwischen sauber sind." Er hielt inne.

Der junge Major dachte an eine der Spritzen, die er noch in seiner Garage in Junkersdorf versteckt hatte, nickte aber.

Von Beutler glaubte ihm nicht und nahm seine Zimmerwanderung wieder auf. „Habe da in Afghanistan sogar noch einen Spezialauftrag für Sie. Passt gut. Aber vor allem ist Ihre Verlegung in den Einsatzort Afghanistan derzeit überlebensnotwendig – für Sie und für die Organisa-tion. In Afghanistan im Einsatz kann ich Sie schützen. Der Arm der deutschen Staatsanwaltschaft reicht nicht bis dorthin, es sei denn, Ihre Vorgesetzten würden Sie dort ablösen lassen. Wird nicht stattfinden, dafür sorge ich."

„Irgendwann ist aber meine Wehrübung zu Ende, Herr General", gab Rinzen zu bedenken.

„Bis dahin ist das Ermittlungs- oder Vorverfahren politisch erstickt. Dafür sorge ich persönlich."

„Danke, Herr General."

„Soldat bedankt sich nicht. Nun zu Ihrem Sonderauftrag." Von Beutler setzte sich zu seinem Besucher an den Besprechungstisch.

„Herr General, Sie wollten mir erläutern, wie es überhaupt zu diesem Vorermittlungsverfahren kommen konnte. Wir haben doch alle angenommen –"

„Dazu komme ich jetzt: Hauptverantwortlich für diese Panne ist ein Oberstarzt der Reserve, Dr. Mathias Müller, der in Ihrem Kontingent nach Afghanistan verlegt."

„Unglaublich", entfuhr es Rinzen.

„Eben deshalb habe ich seine Beseitigung befohlen." Jetzt hatte er das Vertrauen seines Untergebenen. Und seine Aufmerksamkeit. „Die Operation heißt ‚Operation Mühle' und wird vor Ort durchgeführt von einem KSK-Offizier, Oberleutnant Sassen. Wurde von mir persönlich in Calw eingewiesen."

Der Major hörte gespannt zu. „Und meine Beteiligung?"

„Warten Sie's ab: Sie unternehmen gar nichts. Sie überwachen lediglich die Operation. Sie werden von deren Ausgang in Ihrem Feldjägerkommando als einer der ersten erfahren. Dann melden Sie sofort hierher. Ich möchte von der erfolgreich abgeschlossenen Operation wissen, bevor ich sie als Falschmeldung aus den Tagesthemen erfahre."

„Das ist alles?"

„Das ist alles; Auftragserweiterung vorbehalten bei Lageänderung. Wünsche viel Soldatenglück." Von Beutler erhob sich.

Rinzen sprang auf.

Als es am nächsten Morgen um zehn vor sechs in Rinzens Haus in Junkersdorf klingelte, sah es eher nach Unglück aus. Rinzen hatte die halbe Nacht über private Unterlagen sortiert, vernichtet, geordnet, versteckt, seinen Seesack gepackt, seine Freundin Elvira getröstet. Sie würde ihn heute in sein Büro und dann zu seiner Dienststelle fahren. Sein Golf stand bereits fertig beladen und marschbereit in der Garage nebenan.

Und nun lauerten zwei Uniformierte vor seinem Haus, ein Polizist, eine Polizistin, und beide schauten erwartungsvoll um sich, insbesondere auf seine Haustür. Wieder erschallte die Klingel.

Rinzen ließ den Schlafzimmervorhang vorsichtig zurückfallen und sagte, ohne sich umzudrehen: „Elvira, zieh' Dir was über, mach' auf, sei freundlich, entspannt und sag', ich sei in der Garage. Führe sie über den Flur durch die Seitentür dorthin. Lass Dir Zeit."

Seine Freundin warf einen Kimono über, Rinzen sprang alarmmäßig in die bereitliegende Tropenuniform.

Beide gingen nebeneinander die Treppe hinunter, sie hüpfend wie immer, er leise, er über den Flur in die Garage, sie langsam Richtung Haustür. Es klingelte erneut.

„Komme schon", flötete Elvira und ging noch etwas langsamer.

„Herr Rinzen? Erwin Rinzen? Ja, natürlich wohnt der hier. Ich bin seine Freundin, Sie entschuldigen. Im Bett war er nicht mehr. Wahrscheinlich in der Garage. Packen. Er muss nämlich nach Afghanistan, Wehrübung, als Feldjäger, Militärpolizei – also gewissermaßen ein Kollege von Ihnen. Kommen Sie doch rein, hier geht's lang."

Die Beamten zögerten. Der Polizist zog seine gesicherte Waffe, und Rinzen konnte durch die offene Seitentür aus der Garage hören, wie er seiner Kollegin etwas sagte, was wie ‚sichern von außen' oder ‚Außensicherung' klang. Das hätte Rinzen genauso gemacht.

Die Haustür fiel zurück ins Schloss.

„Da wird er nicht drin sein, die Garage ist dunkel", meinte der Polizeibeamte, der sich durch den hell erleuchteten Flur langsam der Seitentür zur Garage näherte. Rinzen konnte seine Silhouette messerscharf sehen, dahinter Elvira in ihrem halboffenen Kimono.

„Der Lichtschalter ist rechts, warten Sie, ich helfe Ihnen", rief sie.

Hoffentlich sprang sie jetzt nicht vor den Polizisten, dachte Rinzen und hörte, wie die Polizistin mit ihrer Waffe gegen das hölzerne Garagentor schlug. Wie konnte man nur so lieblos mit seiner Waffe umgehen?

„Bleiben Sie hinter mir", empfahl der Polizist Elvira und langte in der Garage nach dem Lichtschalter.

Rinzen zog den Mann an dessen suchendem Arm in die Garage und versetzte ihm mit dem rechten Ellenbogen geräuschlos einen kräftigen Stoß in den Solarplexus, während er mit seiner linken Hand den sprachlos geöffneten Mund seines Opfers versperrte.

Das Hämmern an dem Garagentor wurde heftiger. „Aufmachen, Polizei!" Wumm – wumm – wumm!

„Komme gleich", rief Rinzen laut, während er seine Spritze setzte. Er schaltete die Garagenbeleuchtung ein, gab Elvira, die in der offenen Seitentür auftauchte, ein Handzeichen und betätigte den Garagenöffner. Elvira zog die Seitentür lautlos hinter sich zu. Das Garagentor hob sich, und das frühe Tageslicht vermischte sich mit der flackernden Neonbeleuchtung.

Rinzen sah zwei uniformierte Beine vor dem sich zentimeterweise hebenden Tor stehen, breitbeinig, Knie vorgebeugt, also mit Dienstwaffe im Anschlag.

„Kommen Sie, kommen Sie, schnell, was ist denn mit Ihrem Kollegen los? Elvira!"

Die schlanke Polizistin zwängte sich gebückt unter dem Tor durch, Waffe im Anschlag, wie Rinzen vermutet hatte, aber durch die grätschende Kriechstellung nicht auf ihn gerichtet. Bevor die Polizistin sich aufrichten konnte, hatte Rinzen sie am Arm gefasst, ihr die Pistole entwunden und sie in Richtung auf ihren Kollegen geschleudert, der neben dem Golf auf dem Boden lag.

Das Tor schloss sich wieder, während Rinzen dem zappelnden Leib unter sich die Spritze setzte.

Elvira erschien in der Seitentür.

„Thiopental, Dosis wirkt etwa zweieinhalb bis drei Stunden", sagte Rinzen, ohne zu ihr aufzuschauen.

„Das dürfte reichen. Anschließend wird keiner mehr wissen, was hier im Einzelnen passiert ist. Außerdem denke ich, bei den Lichtverhältnissen hat keiner von beiden mich erkannt."

„Und weshalb hast Du die Neon-Beleuchtung angemacht?"

„Sonst wäre sie nicht reingekommen oder mit Taschenlampe."

„Und dafür hast Du nun Deine Uniform angezogen?"

„Ich hatte auf mehr Gesprächsbereitschaft gesetzt. Und außerdem war ich hoheitlich tätig."

Kapitel III

1

Die Einreise nach Tunesien war so unproblematisch verlaufen, wie es nicht anders zu erwarten gewesen war. Die beiden Schweizer Touristen hatten für zwei Wochen ein Doppelzimmer in einem international beliebten Hotel auf Djerba gebucht und am Nachmittag ihres Eintreffens sogleich eine geführte Sahara-Tour mit einem Toyota, der sie auf einer lineal gezogenen Asphaltpiste gen Süden fuhr.

Am Steuer saß ein ortskundiger Fahrer aus El Kantara, auf dem Beifahrersitz ein libyscher Handelsagent aus Tripolis, mit dem man sich überaus interessant auf Französisch unterhalten konnte. Eine offizielle Einreise an der Grenze bei Alouet El Gounna hätte für die beiden Schweizer Geschäftsleute zu Problemen geführt, bekräftigte er, womöglich hätte man sie wegen der diplomatischen Spannungen zwischen ihren beiden Ländern nicht mal einreisen lassen.

Das dampfende Asphaltband lief in Remada aus, der Toyota schlingerte auf einer komfortablen Sandpiste weiter nach Süden der Dämmerung entgegen.

Zu dieser Zeit wurde das Doppelzimmer der beiden Touristen in Houmt Souk telefonisch storniert; die Herren hätten entschieden, ihren Wüstencruise auf eine Woche auszudehnen, das wenige Gepäck, das sie zurück gelassen hatten, würde noch am selben Nachmittag gegen Bezahlung einer großzügigen Stornogebühr abgeholt und nachgeführt, und in der zweiten Woche würden sie dann gerne wieder in ihr gebuchtes Appartement auf Djerba zurückkehren.

Ali steuerte den schweren Landcruiser mit großem Geschick durch den immer sandiger werdenden Untergrund auf Gadamès zu, das im Dreiländereck zwischen Tunesien, Algerien und Libyen bereits auf libyschem Boden liegt. Die offene Grenze, erläuterte Abdul in makellosem Französisch, sei nur auf algerischer Seite durch den Militärposten in Deb Deb gesichert, aber der sei mobil und deshalb müsse man den Einbruch der Dunkelheit abwarten.

Zu dieser Zeit wurde das Zimmer der Reisenden auf Djerba geräumt.

Bei Anbruch der Dämmerung machten sie in einem Wadi noch auf tunesischem Territorium Rast und verschlangen ihr Lunchpaket. Die Sonne küsste den endlosen Sand und verschwand in einer atemberaubenden und viel zu kurzen Zeremonie hinter der Kante des Horizonts. Als sie fünfzehn Minuten später die letzten Bierdosen zerknickt hatten, herrschte bereits tiefste Finsternis. Ein die ganze trostlose Welt umspannendes Sternennetz glimmte auf.

Ali ließ den Wagen wieder an, und Abdul meinte: „Alors, Messieurs, jetzt geht es über Gadamès noch gute eineinhalb Stunden nach Osten. Dann erreichen wir mitten im Gelände eine Wegespinne, wo wir drei abgeholt werden." In etwa drei Stunden auf ruhiger Sandpiste würden sie also erlöst sein. Die verschwitzten und erschöpften Geschäftsleute nahmen ermattet aber gestärkt wieder auf den abgewetzten Plastiksitzen im Fond Platz und nickten zuversichtlich. Ihre Anti-Aids-Spritze für ganz Afrika, Ausgangsbasis Libyen – was für eine Perspektive nach über zwanzig Jahren voller Fehlschläge und Misserfolge, nach Millionen von aufgehäuften Schulden!

Die Panne hatten sie weit hinter Gadamès, noch westlich von der Hamada el Hamra nach über zwei Stunden Fahrt durch dieses schwarze Nichts, das die Nacht von der Wüstenlandschaft überließ. Der Motor stotterte und erstarb. Ali öffnete die Kühlerhaube, Abdul griff nach seinem Satellitentelefon. Das Mondlicht ließ schemenhaft Dünenkämme und die Silhouetten großer Felsbrocken erkennen. Schleier legten sich über den blassen Mond.

Abdul beugte sich mit Ali über den dampfenden Motorblock. Ali sagte etwas. Dann kam Abdul mit einer Thermoskanne und zwei Decken auf Naef und Anax zu. „Trinken Sie einen Schluck Tee, Messieurs, und entspannen Sie sich. Ali hat das Problem in einer Stunde gelöst. Keilriemen, meint er. Ich habe gerade unsere Freunde angerufen, die sind schon im Ziel, die warten auf uns. Im Morgengrauen werden Sie Richtung Norden die erste Oase erreichen, sicher mit einem Toyota, der in besserer Verfassung ist." Er lächelte zuversichtlich und gab jedem eine Decke. „Am besten schlafen Sie ein bisschen, am besten dort zwischen den grauen Felsen. Hier ist eine Taschenlampe."

Dort zwischen den grauen Felsbrocken wachten Anax und Naef am nächsten Morgen Händchen haltend in beißend hellem Sonnenlicht auf, noch leicht betäubt von dem Schlafmittel im Tee. Der Toyota war weg. Nur die Taschenlampe und die leere Teekanne lagen noch zwischen ihnen. Und unter ihnen die sandigen Wolldecken.

2

Lomer verbrachte den lauen Sommerabend dösend im Biergarten der „Grünen Linde". Die Zeitverschiebung machte sich bemerkbar. Aus dem Gastraum drangen Nachrichtenfetzen an sein Ohr. Er trank sein Glas leer, stand auf und bestellte ein neues, ein letztes Glas Bier oder ein zweitletztes. Während er im Türrahmen auf seine Bestellung wartete, nahm er mit halbem Ohr wahr, dass die Regierungskoalition unter Kanzler Piper immer noch unter heftiger werdendem Beschuss der Opposition stand, was eigentlich nichts Neues war. Es ging um Vorwürfe, die das Verhältnis der Bundesrepublik Deutschland mit den Vereinigten Staaten betraf, das unter dem Attentat auf Verteidigungsminister Brooke und die mangelhafte Aufklärungsarbeit der deutschen Sicherheitsorgane litt.

Lomer horchte auf. Sein Bier kam.

In die Bemühungen der deutschen Außenministerin um eine Entspannung der verfahrenen Situation habe sie die Schweiz eingeschaltet, die aber diplomatisch auch auf der Stelle trete, weil die Amerikaner immer noch ein Geheimnis um die Einzelheiten des Attentats machten, das sie ihrerseits inzwischen wohl weitgehend aufgeklärt hätten; mittlerweile gingen die Amerikaner nach ihren Ermittlungen von einem gezielten Anschlag einer europäischen oder deutschen Terrorgruppe aus.

Lomer wurde hellwach und nahm einen kräftigen Schluck Bier.

„Die deutsche Regierung hingegen vermisst jegliche Zusammenarbeit mit den US-amerikanischen Ermittlungsbehörden und wähnt sich im Unklaren gelassen."

Ein Außenamtssprecher mahnte die internationale Zusammenarbeit der Ermittlungsbehörden diesseits und jenseits des Atlantiks an, während der Oppositionsführer der Meinung war, den Amerikanern sei bei Terrorverdacht aus verständlichen Gründen eine Zusammenarbeit mit der noch amtierenden deutschen Regierung schlichtweg nicht zuzumuten.

„Unsere Regierung, früher sklavischer Freund der Regierung der Vereinigten Staaten von Amerika, hat es weit gebracht, wenn unsere amerikanischen Verbündeten und ehemaligen Befreier uns der mangelnden Aufklärung eines feigen Attentats, ja, unterschwellig der Kollaboration mit deutschen oder europäischen Terrorgruppen verdächtigen können, ohne dass wir auch nur ein Argument, geschweige denn ein Aufklärungsergebnis, dem entgegensetzen können", fauchte der Oppositionsführer in den Plenarsaal.

„Politischen Beobachtern zufolge könnte sich die Entwicklung nachhaltig negativ auf den Bestand des ohnehin in letzter Zeit fragilen NATO-Bündnisses auswirken", fügte der Nachrichtensprecher an und zitierte anschließend den deutschen Generalinspekteur, der die Zusammenarbeit der transatlantischen Partner bei der Operation ISAF in Afghanistan in Gefahr sah.

‚Ein vielseitiges Mandat, das da auf mich zukommt.' Lomer wandte sich kopfschüttelnd wieder dem Biergarten zu. Ein junger Mann hatte sich dort inzwischen an einem der Tische niedergelassen.

„Hingegen entspannt sich die Lage für unseren Verteidigungsminister Coenen, nachdem die beiden Schweizer Belastungszeugen gestern ihre Zusage zurückgezogen haben, gegen ihn im sogenannten Homosexuellen-Untersuchungsausschuss auszusagen."

Lomer blieb ruckartig stehen. ‚Derzeit ist die Gesellschaft oder ihr Führer dabei, den deutschen Verteidigungsminister abzuschießen', hatte Laura im Kaminzimmer am Ontario-See berichtet.

„Wie gewöhnlich gut informierte Boulevard-Blätter in ihren heutigen Ausgaben berichten, sind die beiden Schweizer Zeugen bereits vorgestern zu einer angeblich beruflichen Geschäftsreise mit zunächst unbekanntem Ziel aufgebrochen, sodass sie für einen Interview-Termin nicht zur Verfügung stehen konnten. Die Regierung verlangt nun die Absetzung des Zeugentermins des Untersuchungsausschusses, die Opposition fordert die Aufklärung der Hintergründe dieser unerwarteten Wende im Verfahren gegen Verteidigungsminister Coenen."

Es folgte eine weitere Nachricht über geplante Truppenkonzentra-tionen in Afghanistan nach Zuführung eines Aufstockungskontingents an diesem Wochenende und über die

Vorbereitungen des Sommerfestes im Kanzleramt, die Bundeskanzler Pipers volle Aufmerksamkeit erforderlich machten.

„Schließlich erreicht uns die Nachricht einer spektakulären Festnahme aus Köln: Bei dem Versuch, einen wegen Mordes Verdächtigen in Junkersdorf bei Köln festzunehmen, wurden zwei Polizeibeamte unter bislang rätselhaften Umständen in einer Garage außer Gefecht gesetzt, in der sie erst nach Stunden wieder zu Bewusstsein kamen." Das Fernsehbild zeigte die Garage eines Einfamilienhauses in einer langweilig aussehenden Vorortstraße.

„Die Verlobte des flüchtigen Verdächtigen wird derzeit von der Staatsanwaltschaft Köln vernommen. In diesem Zusammenhang wird nach einem Mitglied der Militärpolizei der Bundeswehr gesucht, der seit heute unbekannten Aufenthaltes ist. Näheres hoffen wir, Ihnen bereits in der Spätausgabe unserer Nachrichten um 23 Uhr 30 berichten zu können. Wir freuen uns auf Sie."

Lomer hörte schon nicht mehr hin und äugte über den Rand seines Bierglases auf den neuen Gast auf der anderen Seite des kleinen Gartens.

Der junge Mann aktivierte sein Telefon und murmelte. „Er sitzt hier immer noch rum und hat sich gerade noch ein Bier geholt. Der reist hier heute jedenfalls nicht mehr ab."

3

Das monotone Brummen der vier Propeller der C 160 TRANSALL war beruhigend und einschläfernd.

Aber Major Rinzen schlief nicht. Dafür waren die letzten Stunden in Köln zu aufregend gewesen; in dem Airbus Jet, der sie auf dem Lufttransportstützpunkt Termiz in Usbekistan abgesetzt hatte, war er für ein paar Stunden immer wieder in unruhigen Schlaf gefallen. Ab jetzt war es wichtig für ihn, möglichst wach zu sein.

Unter den circa fünfzig Soldaten des ersten Aufstockungskontingents, die an den Seitenwänden der C 160 festgeschnallt auf und neben ihren Seesäcken, Rucksäcken, Stahlhelmen und ihrem sonstigen Gerödel vor sich hin dösten, hatte er Oberstarzt Dr. Mathias Müller schnell ausgemacht: ein gedrungener Mann Mitte, Ende 50, agil, quirlig, mit wachen und intelligenten Augen, die immer unruhig hin und her huschten und ab und zu den Inhalt seiner Arzttasche auf Vollständigkeit überprüften. Er war der höchste Dienstgrad an Bord.

Oberleutnant Sassen zu identifizieren war ungleich schwieriger. Im vorderen Teil der Maschine lümmelten fünf Soldaten in schwarzen Uniformen herum, umgeben von Stapeln mit Ausrüstungsgegenständen, alles geheimnisvoll verpackt. Diese Soldaten trugen keine Dienstgradabzeichen, gehörten also dem KSK an. Einer von ihnen musste es sein. Die beiden jungen schieden auf Grund ihres Alters aus. Zwei der älteren ordnete Rinzen als Unteroffiziers-Dienstgrade ein, die auch immer mal wieder den Worten des fünften Mannes lauschten, seinen Anweisungen folgten oder ihm zunickten. Der fünfte Mann, etwas jünger als diese beiden, musste es sein: Totalglatze, stechender gerader Blick unter buschigen Augenbrauen, verzog keine Miene. Dieser Soldat beobachtete auch immer wieder unauffällig den Oberstarzt, vor allem dann, wenn der in seiner Arzttasche kramte. Der musste es sein: Oberleutnant Sassen.

Major Rinzen schloss die Augen und dämmerte vor sich hin. Das schwere Transportflugzeug schaukelte leicht, sein Rumpf vibrierte gleichmäßig. Rinzen hing dösend seinen Gedanken nach. Seine weitere Zukunft – nicht nur seine militärische – hing jetzt allein an diesem General von Beutler. Wichtig war, dessen Anweisungen nun präzise zu befolgen. Was da wohl auf ihn zukäme in Afghanistan mit dieser ‚Operation Mühle'?

4

Als Lomer am nächsten Morgen in der „Grünen Linde" aufwachte, wusste er immer noch nicht, ob er die 0160-7324615 noch mal anwählen sollte. Er würde das nach einem ausgiebigen Frühstück im Biergarten entscheiden. Möglicherweise sollte er, wenn er noch mal anriefe, als erstes Bedingungen für das weitere Procedere stellen, auch wenn Laura ihn gebeten hatte, die Telefonverbindung nur für die Verabredung eines Termins zu nutzen.

„*Benutze die Nummer <u>nur</u> für Deine Termin-Vereinbarung; ...* "

Er rief nicht mehr an. Laura wartete im Biergarten auf ihn. Sie saß mit übereinander geschlagenen Beinen an dem Tisch, an dem er gestern Abend sein letztes, sein allerletztes Bier getrunken hatte. Sie schien auf ihn gewartet zu haben. Also hatten sie ihn beobachtet. Ihm fiel der junge Mann von gestern Abend wieder ein. Aber wie hatten sie ihn hier gefunden? Dieses Scheiß-Telefon. Er ging mit weichen Knien auf Lauras Tisch zu.

Laura lächelte ihn an, ernst, aber irgendwie aufmunternd.

Lomer setzte sich zu ihr, fummelte sein Telefon aus der Hosentasche und sagte: „Entschuldigung, ich muss mal gerade telefonieren, diese Nummer hier, 0160- , wie war die doch gleich noch?"

„Scherzkeks." Vor zwanzig Jahren hätte sie ihn bei solchen Gelegenheiten ‚Witzbold' genannt.

Laura legte einen langen braungebrannten Arm auf seine Hand und drückte die rote Taste. „Guten Morgen, Hannes. Gut geschlafen? Schön, dass Du gekommen bist."

„Du bist gekommen."

„Ich habe Frühstück bestellt, zweimal. Magst Du immer noch Eier mit Speck? Bist Du deshalb in die Staaten gereist?"

Das hätte sie ihn auch in Kingston schon fragen können, dachte Lomer und machte sich eine Zigarette an. Verrückte Situation. Er sollte sich auf nichts mehr einlassen. „Gute Idee, das mit dem Frühstück." Er wollte sich Kaffee einschenken, aber Laura nahm ihm das ab. Ungewohnte Fürsorge.

„Laura, Du bist so gut zu mir. Was willst Du von mir?"

„Das haben wir Dir ja in Ansätzen schon am Ontario-See erläutert."

‚Wir?' Wieso ‚wir' und nicht ‚ich'? Pluralis maiestatis oder modestiae? Lomer betrachtete sie genauer.

„Hannes, lass uns erst mal in Ruhe frühstücken. Den Rest besprechen wir später im Schloss. Wenn Du magst."

Ein aufwendiges Frühstück wurde serviert. Laura sah verändert aus, reifer, faltiger, älter, fraulicher, der jugendliche Elan war verblasst, ja verschwunden. Das konnte nicht am Jetlag liegen. Ihre Augen strahlten unvermindert intensiv. Gesichtspuder oder Reste irgendeiner Paste konnten ihre fast fünfzig Lebensjahre nicht verbergen, aber das war ja auch klar, nach zwanzig Jahren, die er sie nicht gesehen hatte. Außer in New York und Kingston letzte Woche.

Die Bedienungen wünschten guten Appetit und entfernten sich mit den leeren Tabletts.

„Wir?" erkundigte sich Lomer, „wieso ‚wir'? nicht ‚ich'?"

Laura schien irritiert. „Wir sind eine Organisation. Das habe ich Dir aber schon erklärt."

Also nun doch ‚ich'.

„Aber jetzt frühstücken wir. Speck oder Schinken?"

„Speck."

Ihre Ohrringe baumelten lustig, als sie ihm seinen Teller füllte.

Nachdem sie gegessen hatten, fragte Lomer: „Wer war die junge Frau, mit der ich in Kanada verhandelt habe?"

„Unser Lockvogel". Laura nahm sich eine Zigarette. „Meine Tochter."

Lomer stellte seine Kaffeetasse vorsichtig auf die Untertasse zurück und verschluckte sich. „Du hast eine Tochter?" Er griff nach den Zigaretten. Er rechnete. „Du hattest vor unserer Zeit eine Tochter? Ja, zum Teufel, weshalb – ?"

„Während unserer Zeit." Laura zündete ihm seine Zigarette an. „Erinnerst Du Dich an mein frühes Sabbatical, meine Aus-Zeit damals in der Kanzlei, als Kurlow mich ein halbes Jahr freistellte?"

Lomer konnte es immer noch nicht fassen. „Kurz nachdem wir unsere längere Krise hatten, damals im späten Sommer oder frühen Herbst, unsere größte und längste Krise?"

„Genau. Deshalb ist Dir meine Schwangerschaft entgangen. Und besonders aufmerksam und ausgeschlafen warst Du ja damals auch nicht gerade." ‚Hoffentlich bist Du es jetzt', dachte sie.

Lomer rechnete immer noch. „Sie wurde also während unserer Zeit – sieht man von unserer Krisenzeit ab – nicht nur geboren, sondern auch gezeugt. Gut zu wissen." Er musste jetzt cool bleiben, nahm er sich vor und hörte sich fragen: „Wer ist ihr Vater?"

„Ich habe Estella Laureen leider ständig sehr vernachlässigt. Das lag an den Umständen. Junge Rechtsanwältin, ehrgeizig, Du kennst mich, Hannes, ich wollte bis dreißig die Welt erobert haben, wenigstens eine. Dann kamen zeitgleich Schwangerschaft und unsere Krise. Ich sah meine Zukunft als allein erziehende Mutter, die von der staatlichen Fürsorge lebte, das schied aus. Aber ich wollte auch dieses Kind, ich habe mich auf Estella gefreut. Sie wuchs bei meiner Mutter auf, Gott hab' sie selig. Leider lief die Erziehung naturgemäß nicht vorbildlich. Estella hat ihre Defizite, neben anderen ist sie pathologisch nymphoman."

„Aber ein ausgesprochen schönes Kind", unterbrach Lomer, „wie die Mutter."

„Ein Ei wie das andere."

„Und weshalb hast Du sie vorgeschickt?"

„Wir wussten nicht, wie Du reagieren würdest. Du hättest durchdrehen und die Behörden einschalten können. Was Du ja unfreiwillig auch beinahe getan hast. Dann hätten sie mich am Wickel gehabt. Bei Laura der Jüngeren war das weit ungefährlicher – sie konnte allein wegen ihres Alters meine Untaten nicht begangen haben." Laura nahm einen Schluck Kaffee.

„Und das ganze Theater ebenfalls aus Sicherheitsgründen dann lieber im Ausland, vermute ich."

„Richtig. Und außerdem warst Du gerade dort, und ich wurde und werde hier gebraucht."

„Von der Organisation."

„Unter anderem". Laura machte eine anmutige Kopfbewegung in die Richtung, in der Hannes Lomer das Schloss vermutete." Sonst noch Fragen?"

„Oh ja. Wer ist der glückliche Vater dieses schönen Kindes?"

Laura setzte langsam ihre Tasse ab. „Nur selten habe ich Estella besuchen können, der Beruf war mir dann doch wichtiger, und er ließ mir kaum eine Wahl. Das weißt Du ja noch, wir waren ja dann auch wieder zusammen, nicht nur als Anwaltskollegen in derselben Kanzlei."

Sie nahm einen Schluck Kaffee, und Lomer ersparte sich die Frage, weshalb sie ihm denn später nichts von ihrer Tochter erzählt oder berichtet oder gebeichtet hatte – klar, sie wollte ihm den Seitensprung verheimlichen, nachdem ihre Krise endlich beigelegt war.

„Und jetzt zu Deiner Frage? Estellas Vater bist Du."

Lomer fiel die Kaffeetasse aus der Hand, sie zerbarst scheppernd auf den Steinfliesen. Lomer hatte in New York mit seiner leiblichen Tochter geschlafen.

Kapitel IV

1

Staatsminister im Bundeskanzleramt Dr. Udo Gehrke, Geheimdienstkoordinator der Bundesrepublik Deutschland, legte den Telefonhörer zurück. Was Jischke, der Präsident des Bundeskriminalamts, ihm da soeben auf der abhörsicheren Leitung mitgeteilt hatte, war außerordentlich beunruhigend, ja besorgniserregend: Diese gescheiterte Festnahme in Junkersdorf bei Köln, laienhaft durchgeführt, hatte dem Mann gegolten, der den letzten körperlichen Kontakt zu US-Verteidigungsminister Brooke gehabt hatte, als der noch lebte, nämlich am Fuße der Gangway vor der Militärmaschine, die kurz zuvor auf dem militärischen Teil des Köln-Bonner Flughafens gelandet war.

Gehrke legte die Videokassette noch mal ein. Die beiden Bundeswehr-Offiziere, die die Gäste als erste begrüßen sollten, springen plötzlich auf die Gangway zu, auf der dieser Kelley – durch den Einschuss im Oberschenkel getroffen – ins Stolpern geraten ist, Halt suchend den Mantel des ihm folgenden Minister ergreift – in diesem Moment springen die salutierenden Offiziere, Angehörige der Feldjäger, vor. Der Minister stolpert über den hinter sich greifenden und gleichzeitig fallenden Sicherheitschef – in diesem Moment fangen die beiden Offiziere die Taumelnden auf, vergeblich, Kelley geht, die Hände am Oberschenkel, in die Knie, der Minister fällt über ihn der Länge nach auf die Piste, wo sich einer der beiden Offiziere, ein Major – der Gesuchte – fürsorglich über den Minister beugt, während der andere, ein Oberstleutnant, mit seiner Walther P1 die Nahsicherung übernimmt.

Gehrke ließ die letzten Minuten des Bandes noch einmal im Zeitraffer durchlaufen. Der Oberstleutnant hob seine heruntergefallene Schirmmütze schnell wieder auf, der Major fummelte an dem gestürzten Minister herum – da wäre eine Möglichkeit gewesen, Brooke eine Spritze zu setzen, aber Einzelheiten waren bei der schlechten Bildqualität und dem Chaos der Herumstehenden nicht auszumachen. Gehrke ließ das Band noch einmal ablaufen, die entscheidenden Sekunden wieder im Zeitraffer.

Nur dieser Major konnte dem amerikanischem Gast – wie auch immer er das im Einzelnen angestellt haben mochte – die letale Spritze gesetzt haben, und dieser Offizier war als Reserveoffizier und Major der Feldjäger plötzlich nach Afghanistan einberufen worden, herausgerissen aus seinem Fitness-Unternehmen MIL, ohne Einberufungsfrist, ohne nachvollziehbare Formalitäten beim Personalamt, einfach so. Ungewöhnlich.

Was Gehrke noch nachdenklicher machte: Das war nun bereits der zweite Reserveoffizier, der in einen mit einer Spritze durchgeführten Giftmord oder Totschlag oder Attentat – auf jeden Fall in eine toxische Tötung – verwickelt war, nach Oberstarzt der Reserve Dr. Müller, und beide waren für die deutschen Ermittlungsbehörden vorübergehend nicht greifbar, weil beide eine Wehrübung in Afghanistan angetreten hatten, beide auch noch im selben Flieger.

Und dann waren die beiden Polizisten in Junkersdorf auch noch so professionell überwältigt worden, dass sie keine verwertbaren Aussagen hatten machen können, als sie nach drei Stunden aus ihrer Ohnmacht wieder aufgetaucht waren, nachdem die Wirkung des offenbar wohl dosierten Thiopental nachgelassen hatte. Die von der Lebensgefährtin des Majors alarmierten Notärzte hatten zunächst nichts feststellen können außer Bewusstlosigkeit; erst eine spätere medizinische Untersuchung hatte Reste von Thiopental und – Gehrke hörte und staunte erneut – bei jedem der Polizisten eine winzige Einstichwunde ergeben, wie bei Brooke, wie bei diesem exhumierten Detektiv Möhring, irgendwo im Sauerland. Und dieses Fräulein Elvira in Junkersdorf hatte überzeugend nichts als ihre Ahnungslosigkeit zu Protokoll gegeben.

Die Verkettung war es, die Gehrke zu denken gab. Er schaltete den Videorecorder aus, der die letzten Minuten nur noch schwarz-weiße Streifen in sein Dienstzimmer geflackert hatte.

Sein Telefon läutete. „Die Außenministerin, Herr Staatsminister."

„Stellen Sie doch bitte durch."

„Störe ich Sie, Herr Kollege?" Ministerin Gravell war hörbar nervös. „Ich befürchte, ich brauche Ihre Hilfe. Mal wieder."

„Aber ich bitte Sie, gnä' Frau, dazu bin ich doch da." Er liebte Understatement. „Geht es um die Vereinigten Staaten?"

„Nein, Herr Dr. Gehrke, diese Beziehung ist – ach, ich weiß gar nicht, was ich sagen soll." Sie seufzte, und Gehrke dachte: ‚ – nicht mehr zu retten.'

„Nein, jetzt haben wir das Problem, dass die Bundesrepublik Deutschland verdächtigt wird, mit Bern eine Übereinkunft getroffen zu haben ..."

„Vermittlung gegenüber Washington?"

„Ja, das einerseits. Andererseits sollen wir im Gegenzug zwei Schweizer Bürgern über unsere Botschaft in Libyen geholfen haben, dort einzureisen, was unmittelbar zwischen Bern und Tripolis derzeit nicht funktioniert hätte, Sie wissen schon, al Ghadafi, Abbruch der diplomatischen Beziehungen, keine Visa-Erteilungen mehr – "

„Davon habe ich natürlich gehört und gelesen", unterbrach Gehrke. „Nur dass Ihr Auswärtiger Dienst hier involviert gewesen sein soll, ist mir neu."

„Mein diplomatisches Korps hat nichts damit zu tun."

„Und wer behauptet das Gegenteil?"

„Die Boulevardpresse, diese Schmutzblätter von diesem Boulevard-Zampano Stich."

„Lese ich nicht. Was ist so schlimm daran, Frau Kollegin?" Das Gespräch fing an, Gehrke zu langweilen. Er blätterte in einer Unterschriftsmappe.

„Die Veröffentlichungen haben schon zu einer parlamentarischen Eilanfrage der Grünen Fraktion geführt. In drei Tagen ..."

„Na und? Die stören doch nur den politischen Betrieb, nur deshalb sitzen sie doch im Parlament. Das kann uns, Frau Kollegin, doch nicht ernsthaft von unserer politischen Arbeit abhalten."

Stich. Sebastian Stich. Inhaber zahlreicher Presseverlage, Chefredakteur bei verschiedenen seiner Blätter, die wie Schmierpapier über die Republik verteilt wurden und immer mal wieder im Visier des Verfassungsschutzes standen. Neulich hatte er ein Feature über diesen Kerl gelesen, dienstlich. War der nicht auch Reserveoffizier?

Gehrke hatte der vor sich hin plappernden Außenministerin nicht weiter zugehört. Als sie Atem holte, unterbrach er sie schnell: „Gnä' Frau, können Sie mir Details über diese Libyen-Geschichte schildern? Möglicherweise können wir Ihnen dann weiterhelfen."

Frau Gravell atmete schwer. „Na klar, können Sie fast überall nachlesen: Wir sollen diesen Schweizern über unsere deutsche Botschaft in Tripolis bei der Einreise nach Libyen geholfen haben, was einfach so nicht zutrifft. Die beiden Schweizer wollten in Libyen offenbar Geschäfte machen, Schweizer Unternehmer, die ihre Spritzenpatente oder so etwas ähnliches in Afrika vermarkten –"

„– Spritzen?" Gehrke war hellwach. „Haben Sie ‚Spritzen' gesagt?"

„Ja, ganz spezielle medizinisch-technische Spritzen, weltweite Neuheit, und so weiter, sagt meine Botschaft in Tripolis. Und diese beiden Herren sind nun auch noch seit Tagen verschwunden, zumindest sind sie in ihrem Feriendomizil auf Djerba nie wieder aufgetaucht."

„Auch nicht bei der deutschen Botschaft? Tunis, Tripolis?" Gehrke war jetzt hochkonzentriert.

„Das wüsste ich. Unser Problem ist jetzt ein zusätzliches: Das deutsche Außenministerium und damit die deutsche Regierung wird nicht nur der Umgehung von Visa-Abkommen bezichtigt, sondern soll nun auch noch für das Verschwinden dieser Schweizer Unternehmer verantwortlich gemacht werden und sich an deren Suche beteiligen. Die Grünen ..."

„Die Grünen haben doch selbst die meisten Erfahrungen im Bruch von Visa-Abkommen – denken Sie an die Ukraine und an die damaligen Legislatur-Perioden, 2000 folgende, als Ihr Vorgänger im Amt unser Land 2005 mit Ukrainerinnen und Ukrainern überschwemmte, denen ein Einreisevisum in die Bundesrepublik Deutschland schon erteilt wurde, wenn sie auch nur in die Nähe der deutschen Botschaft in Kiev gerieten! 'Deutschland muss von ... innen durch Zustrom heterogenisiert, quasi verdünnt werden', soll er damals gesagt haben."

„Gutes Argument, Herr Kollege, sehr gutes Argument, das lasse ich mir hier aufbereiten." Gravell atmete erleichtert auf. „Sie haben mir schon sehr geholfen, Herr Dr. Gehrke, vielen Dank."

„Würden Sie mich denn auf dem Laufenden halten, Frau Kollegin? Ich denke, dass ich Ihnen auch in der Sache werde noch weiterhelfen können." Libyen? Spritzen!

„Aber selbstverständlich. Wir sehen uns spätestens beim Gartenfest in Ihrem Amt." Die Außenministerin legte auf.

Gehrke rieb sich die Augen. Libyen, Afghanistan, und überall diese Spritzen. Zufall? Zwei Verdächtige auf Wehrübung im Einsatz. Das Problem war seine Machtlosigkeit: Im Inland musste er die Polizeiarbeit diesen Laien vom LKA und BKA überlassen, dem Bundesamt für Verfassungsschutz und den entsprechenden Behörden auf Landesebene waren wegen Unzuständigkeit die Hände ge- und wegen partieller Inkompetenz die Augen verbunden, der BND war mit der nutzlosen Aufarbeitung seiner NS-Geschichte, seinem Umzug nach Berlin, der Trennung der Behörde von Pullach und Berlin und im übrigen mit seinen jetzt in Mode gekommenen Public-Relations-Kampagnen beschäftigt, und er als Koordinator hielt alle Strippen in der Hand, die überall im Nichts endeten. Er, der Geheimdienstkoordinator, umgeben von Kollegen, denen er ab und zu hilfreich zur Seite stehen durfte, wenn sie nicht weiter wussten, und über sich Herrn Piper, der mit der Vorbereitung seines Kanzlerfestes beschäftigt war. In drei Jahren würde Gehrke, wenn alles gut ging, pensioniert. Zu kurz die Zeit, um seine Dienste auf Effektivität zu takten, zu lang, um nichts zu tun als die nächsten Wahlen auszusitzen.

Afghanistan. Er würde den MAD einschalten.

2

Der schlaksige schwarz uniformierte Soldat ohne Dienstgradabzeichen war Oberstarzt Dr. Mathias Müller schon in der TRANSALL während des Herfluges unangenehm aufgefallen. KSK, Kommando Spezialkräfte, keine Dienstgradabzeichen, keine Namensschilder, keine Manieren, insbesondere keine soldatischen.

Müller war überrascht, diesen Kameraden im Feldlager Kundus wieder zu sehen, und dann auch noch im „Hauptbahnhof Lummerland", dem kleinen Biergarten, in dem die Soldaten sich am Abend von ihrem Einsatz entspannten. Denn dieser Flegel musste Offizier sein, wahrscheinlich Oberleutnant oder Leutnant, so wie er sich in seinem Trupp in der TRANSALL aufgeführt hatte, und dieses KSK war – soweit Müller wusste – bei der Operation Enduring Freedom eingesetzt, also schwerpunktmäßig im Süden des Landes, nicht bei den International Security Assistance Forces ISAF.

Müller holte sich ein Bier und behielt den Mann im Auge. Der ihn auch. „Is' was?" wollte der Schnösel wissen.

Ungehörig, fand Müller, einen Oberstarzt so anzusprechen. Müller winkte den jungen Mann an seinen Holztisch und nahm sich vor, seine Vorbildfunktion und seinen Ausbildungsauftrag gegenüber jüngeren Offizieren wahrzunehmen. Außerdem könnte sich ja vielleicht sogar ein interessantes Gespräch ergeben. „Kommen Sie, Kamerad, ich lade Sie auf ein Bier ein."

Der KSK-Soldat schüttelte den Kopf. „Bedaure, meine Kameraden kommen noch."

„Na also, kommen Sie schon: ein Bier."

„Überredet. Hole ich mir selbst." Er kam mit dem Bier und hockte sich ans andere Tischende.

Müller prostete ihm zu. „Wir waren im selben Flieger."

„Ach ja? Aber wir haben offenbar unterschiedliche Aufträge." Der junge Mann warf einen geringschätzigen Blick auf Schlange und Äskulabstab auf den Schulterklappen des Oberstarztes und öffnete ein Schweizer Offiziersmesser.

„Sie hoffen offenbar, dass Sie mich nie brauchen werden. Ich bin Chirurg. Auch im Zivilberuf. Dr. Müller. Wie möchten Sie angesprochen werden?"

‚Als ob ich nicht lesen könnte, und als ob ich das nicht ohnehin längst wüsste'. Der Kommandosoldat schaute auf das Namensschild seines Gegenübers. „Herr Oberstarzt, am besten gar nicht, Sie wissen schon, unsere Sicherheitsbestimmungen, keine Namensschilder, keine Dienstgradabzeichen. Bleiben Sie am besten einfach bei ‚Kamerad'." Er begann, Holzspäne von der Tischkante abzusäbeln, mit gleichmäßig gekonnten Bewegungen und ausdruckslosem Gesicht.

„Ihre Offiziersmanieren, Kamerad, unterscheiden sich ebenfalls deutlich von denen anderer Truppenteile."

„Wie auch unsere Kleidung, Herr Oberstarzt." Der Kommandosoldat steckte sein Messer weg und fegte die Holzsplitter vom Tisch. „Nichts für ungut. Aber die nächsten Tage werde ich wohl als Talib rumlaufen, und die haben keine Ahnung von Stil und Form, wenn Sie das meinen." Er nahm einen Schluck Bier und fläzte sich auf die Holzbank. „Herr Oberstarzt." Mit einem Satz sprang er auf, hielt sich den Bierkrug mit angewinkeltem Arm vor die Brust, knallte die Hacken seiner Stiefel zusammen und meldete: „Herr Oberstarzt, bitte mich zu entschuldigen, meine Kameraden kommen. Einsatzbesprechung."

Müller nickte und schmunzelte. Na also, ging doch. Ausbildungsziel für heute Abend erreicht.

Die drei Kommandosoldaten nahmen an einem anderen Tisch Platz.

Müller würde morgen Früh seinen Dienst im OP antreten und den aktiven Oberstarzt dort für eine Zeitlang ablösen. Wenn die Verletzten- und Verwundetenzahlen weiter so anstiegen wie in den letzten Wochen, dann würden sie ohnehin bald Schichtdienst leisten müssen.

Müller war müde von dem langen Anmarsch, aber ein Bier würde er sich noch gönnen. Mehr als zwei wurden hier im Feldlager ohnehin nicht gern gesehen, wer betrunken auffiel, wurde sofort nach Hause geschickt, Disziplinarverfahren wegen Verstoßes gegen die Lagerordnung inbegriffen. Und das bei der trockenen Hitze hier am Hindukusch. Aber das sollte seine Genugtuung darüber, zu einer seiner letzten Wehrübungen doch noch mal in den Auslandseinsatz nach Afghanistan gekommen zu sein, jetzt nicht trüben. Außerdem musste er bei seinem Dienstgrad ohnehin Vorbild sein, auch beim Alkoholkonsum.

Er hatte sein zweites Bier fast ausgetrunken, Müdigkeit und Wohlbefinden rangen immer noch miteinander, da trat der junge Kommandooffizier wieder an seinen Tisch. Er roch nach Alkohol, nicht nur nach Bier. „Herr Oberstarzt, ich habe da soeben die Einsatzbesprechung mit meinem Trupp beendet. In den nächsten spätestens drei Tagen müssen wir raus, je nach Lage. Dabei ist uns eine Idee gekommen."

„Nehmen Sie doch wieder Platz, Kamerad." Müller deutete auf die Holzbank. Einsatzbesprechung bei Alkohol – das wurde ja immer schöner.

„Nein, vielen Dank, besser nicht."

„Und Ihre Idee?"

„Der Einsatz wird nur kurz sein, aber nicht ganz ungefährlich. Wir wollten Sie dabei haben, wenn Sie das dienstlich einrichten können."

Müller schluckte.

„Es wäre von Vorteil, Herr Oberstarzt, wenn wir einen weiteren Mann dabei hätten, vor allem, da Sie medizinische Vorkenntnisse haben, sollte was schief gehen. Sie sind Notfall-Chirurg, sagten Sie."

„Chirurg."

„Und", der Offizier lächelte, „es würde dazu beitragen, dass wir gegenseitig mehr Respekt voreinander hätten, vor unseren unterschiedlichen Truppengattungen und unseren unterschiedlichen Aufträgen."

„Vor allem, wenn was schief geht", ergänzte Müller.

„Was kommt da auf mich zu?" Er trank seinen letzten Schluck Bier.

Der Truppführer runzelte die Stirn. „Über den Auftrag kann ich Ihnen natürlich nichts sagen. Frühestens wenn ich den Einsatzbefehl habe. Morgen oder übermorgen."

Müller stand auf. „Was muss ich vorbereiten, mitnehmen?"

„Vorbereiten: keine festen Dienstzeiten im OP, mitnehmen: Ihre Arzttasche." Die aus dem Flieger, hätte Oberleutnant Sassen beinahe gesagt.

„Ich bin dabei, Kamerad", meldete Müller tapfer.

„Dann nehmen Sie das mal in Ihre ärztliche Schweigepflicht auf, Herr Oberstarzt."
Sassen drehte sich zum hinteren Teil des Biergartens um. „Sehen Sie den da, mit der Nickelbrille, zweiter Tisch rechts?"

Der schmächtige Unteroffizier, der unter Akne zu leiden schien, war Müller schon aufgefallen, als er vor einer knappen Stunde den „Hauptbahnhof Lummerland" betreten hatte. Die bollerige Tropenuniform wollte so gar nicht zu ihm passen, und auch die Kampfstiefel würden aus ihm keinen Killer machen, auch kein Stahlhelm und nicht einmal eine Handfeuerwaffe. Dieser Unteroffizier hatte Müller in der letzten Stunde immer wieder intensiv durch seine dicken Brillengläser gemustert; war vermutlich kurzsichtig. „Ziel erkannt. Wer ist das?"

„Unteroffizier Krause, MAD."

3
Über die Bundeshauptstadt senkte sich abendliche Dämmerung in den sommerlichen Dunst der Plätze, Straßen und Häuser. Auf der Gartenterrasse des „Quasimodo" in Berlin-Charlottenburg verzehrten die Yuppis Currywurst oder Steaks mit Champagner oder Bier. In Marzahn dösten Hartz-IV-Empfänger zwischen leeren Bierkästen und flimmernden Fernsehgeräten auf abgewetzten Sofas einem neuen ereignislosen Tag entgegen. In Neukölln wurden die ersten Luxuskarossen des Abends abgefackelt, und im Tiergarten huschten schwule Pärchen durchs Gebüsch.

Im Kanzleramt brannte noch Licht. Zur „Großen Sicherheitslage" des Bundessicherheitsrates tagten die Bundesminister, die ständiges Mitglied dieses Gremiums sind, das bis 1969 Bundesverteidigungsrat hieß, und der Bundeskanzler. Der Generalinspekteur war hinzu gebeten worden, ohne Stimmrecht.

Der Bundeskanzler hatte ein paar einleitende Worte verloren. Jetzt war der Generalinspekteur dran: „Die Situation der NATO-Kommandostruktur hat sich heute Nachmittag dramatisch verschärft, wie der Herr Bundeskanzler das soeben angesprochen hat. Kurz zur Historie: Das derzeitige strategische Konzept der NATO stammt aus dem Jahre 1999, ist also bereits über ein Jahrzehnt alt. Angesichts des 11.09.2001, unserer Einsatzerfahrungen in Afghanistan, aber auch bereits im Kosovo, besteht hier aktueller Handlungsbedarf. Deshalb wird auch in der NATO über deren Kommandostruktur intensiv nachgedacht und zwar mit dem Ziel eines NATO-gemeinsamen Level of Ambition aus 28 Mitgliedstaaten. Bislang wurde übereinstimmend lediglich festgelegt, und zwar durch die Außenminister der NATO-Staaten, und zwar am 4.12.2009, dass die Operation in einem Counter-Insurgency-Umfeld stattfindet, an das die aktuelle Kommandostruktur angepasst werden muss." Der General blickte rundum in ratlose Gesichter.

„Counter was?" fragte die Bundesministerin für wirtschaftliche Zusammenarbeit und Entwicklung, die nur vier Jahre Schulenglisch gehabt hatte.

„Counter-Insurgency: Die NATO benötigt noch eine einheitliche Definition und ein einheitliches Verständnis hierüber."

Allseits Kopfschütteln.

„Um zum Punkt zu kommen, meine sehr verehrten Herrschaften: Die genannten Unzulänglichkeiten haben heute dazu geführt, dass der Kommandeur der Afghanistan-Schutztruppe ISAF, Vier-Sterne-General van Cliburn, auf Grund einer diesbezüglichen Meinungsverschiedenheit unseren deutschen General von Geltenburg – Chef des Stabes der Schutztruppe ISAF – mit sofortiger Wirkung von seinem Dienstposten entbunden hat, woraufhin wir veranlasst haben, dass der Befehlshaber des NATO Allied Joint Force Command in Brunssum, der deutsche Vier-Sterne-General Fricke, General van Cliburn zum sofortigen Rapport einbestellt hat. Sie werden das vielleicht durch unsere Pressestelle ansatzweise schon gelesen oder gehört haben."

Die Minister schauten verwirrt in die Runde.

„Wer entlässt und befiehlt und einbestellt da eigentlich wen?" erkundigte sich Bundeskanzler Piper, dem die Befehlsstränge nicht so geläufig waren.

„Die NATO-Kommandozentrale unter unserem General Fricke in Brunssum ist für die Planung, Organisation und Durchführung unter anderem des gesamten ISAF-Einsatzes zuständig, und deshalb ist General Fricke Vorgesetzter des US-Generals van Cliburn und dieser wiederum Vorgesetzter unseres Generals von Geltenburg, der van Cliburns Stabschef ist."

„Aha". Der Kanzler nahm Blickkontakt zur Justizministerin auf, die gelangweilt durch eine Unterschriftsmappe blätterte. Was sollte sie auch hier? Sicherheitspolitik war noch nie ihr Ding gewesen. Jahrzehntelang hatte sie sich hochgearbeitet, vor dem Abi, das sie auf dem zweiten Bildungsweg schließlich gemacht hatte, als Klassen- und Schulsprecherin, als Sachbearbeiterin im Deutschen Patentamt, dessen Personalrat sie tatkräftig angehört hatte, in Ortsvereinen der Partei, in Frauengruppen und Ausschüssen, ihre Ehe mit dem Porno-Verleger war dabei auf der Strecke geblieben, und nun war sie endlich als Quoten-Ministerin viel weiter gekommen, als das jemals zu erwarten gewesen war, nach Abendschule und Fernstudium, und jetzt hatte sie sich diesen Ministerstuhl endlich ersessen, was bösen Zungen zufolge auch zu ihrem selbst für Politikerinnen ungewöhnlich kräftigen Hinterteil beigetragen haben mochte. Justizministerin Gruber fühlte sich vom Blick des Kanzlers erwischt. „Und wer führt jetzt unsere Soldaten?" wollte sie wissen.

Der Kanzler sah seinen Verteidigungsminister an, der seinen Generalinspekteur.

„Das macht von Geltenburgs Stellvertreter schon, aber das ist nicht das Problem."

„Was ist das Problem?" Piper wurde ungeduldig.

„Erstens ist das keine Dauerlösung. Zweitens hat diese NATO-Krise damit eine Dimension angenommen, die zur Auflösung unseres Bündnisses führen könnte, was das sofortige Ende unseres Afghanistan-Einsatzes zur Folge haben müsste. Für einen sofortigen Abzug unserer Truppen hingegen fehlen uns Transportkapazitäten. Und drittens steht eine große Offensive der Taliban bevor; deswegen haben die Amerikaner und wir ja jüngst unsere Truppenkontingente aufgestockt, bzw. wir sind gerade dabei, unsere Truppenstärken hochzufahren."

„Aber das ist doch ein UN-Mandat", warf Verteidigungsminister Coenen ein.

„Ach, machen Sie die Sache nicht noch komplizierter", bat der Kanzler.

Es trat eine peinliche Pause ein.

„Das alles eskalierte doch mit diesem unseligen Attentat in Köln-Bonn", erinnerte der Kanzleramtsminister. Er vermisste den Geheimdienstkoordinator, der kein Mitglied des Bundessicherheitsrates war.

Coenen und der Generalinspekteur nickten.

„Wie weit sind denn die kriminalistischen Erkenntnisse über die Hintergründe dieses Anschlags inzwischen gediehen?"

„Gute Frage." Piper sah zu seiner Justizministerin hinüber, die aber bereits wieder in ihre Unterschriftsmappe vertieft war.

Der Innenminister meldete sich mit einem dezenten Bimmeln seiner Haarpracht zu Wort. „Ja, in der Tat wird mir berichtet, dass konspirative Elemente dahinter stecken könnten."

„Dann mal raus damit."

„Dem Vernehmen nach stecken kriminelle Elemente hinter diesen feigen Anschlägen." Songar schüttelte angewidert seinen Kopf, bimmel-bimmel, kling-kling.

Dem Kanzler ging dieser Exot auf die Nerven. „Welche? Aus welchen Quellen beziehen Sie Ihre mageren Erkenntnisse, Herr Innenminister? Einzelheiten? Kein Krimineller bringt doch den US-Verteidigungsminister um, ohne damit politische Absichten zu verfolgen."

„Unser Präsident des Bundeskriminalamts, Herr Jischke, hat mir entsprechende Unterlagen vorgelegt."

„Welche Unterlagen?"

„Habe ich nicht dabei. Komme gerade aus dem Migrationsausschuss, der gleich im Anschluss an die Islam-Konferenz – "

„Wo ist Jischke?"

„Gehört dem Bundessicherheitsrat nicht an, Herr Bundeskanzler." Der Kanzleramtsminister zuckte bedauernd die Schultern.

„Dann muss er dazu geladen werden."

„Das sehen weder der Kabinettsbeschluss vom 6.10.1955 noch der Beschluss vom 29.10.1969 vor. Dieses unser Gremium tagt geheim."

„Dann sollte uns unsere Justizministerin diese Informationen vortragen."

Songar fiel etwas ein. „Der BKA-Bericht bezieht sich auf dubiose Geheimdienst-Quellen. Der MAD ist eingeschaltet. Bereits vor Ort in Afghanistan, fällt mir jetzt ein."

„MAD?" erkundigte sich die Außenministerin, die heute einen rosafarbenen Hosenanzug angelegt hatte.

„Militärischer Abschirmdienst", erklärte Coenen.

„Na wenigstens etwas. Beruhigend." Der Kanzler dachte nach. „Wo ist Staatsminister Gehrke, Elmar?"

„Gehört ebensowenig zum Bundessicherheitsrat, Herr Bundeskanzler."

„Mit anderen Worten", fasste der Kanzler zusammen, „erste Aufklärungsmaßnahmen sind ergriffen, und weitere Aufklärungsergebnisse bitte ich Sie, Herr Songar und Frau Gruber, von diesen Schlapphüten in Erfahrung zu bringen und hier vorzutragen. Denn von den einzigen Personen, die uns hier jetzt weiterhelfen könnten, ist keine da. Dann vertagen wir uns erstmal. Schluss für heute. Und denken Sie an mein Sommerfest." Er stand auf.

Die Mitglieder des Bundessicherheitsrats erhoben sich. Papiere wurden zusammen geschoben, Sessel gerückt. Außenministerin Gravell verließ als erste den Sitzungssaal. Piper steuerte auf seine Justizministerin zu, die ihre Unterschriftsmappe zusammenklappte.

„Spät geworden, Frau Gruber. Haben Sie heute noch was vor?"

Kapitel V

1

Lomer saß im Garten von Schloss Hirschesruh und studierte Akten. Im Schlossteich hinter ihm schnatterten Enten. Vögel zwitscherten, und weiter entfernt im Forst hörte man einen Specht Holz hacken. Mücken summten und versuchten, die beiden Hunde zu ärgern, Laslo und Harras, die sich neben Lomers Stuhl in den Schatten der Pergola gelegt hatten. Aus der

Küche hörte er Laura mit irgendwelchem Küchengerät hantieren. Er klappte einen Aktendeckel zu und lehnte sich zurück. Was für eine friedliche Welt hier auf Schloss Hirschesruh. Und welch Kontrast zum Inhalt dieser aufwühlenden und zersetzenden Akten und Ordner, mit denen diese idyllische Welt neu geordnet werden sollte.

Lomer stand auf und spazierte aus dem Schatten der Obstbäume in die Sonne. Für einen Moment wurde ihr Strahl aus dem Waldstück oberhalb des Schlosses reflektiert, ‚ein Wanderer', dachte Lomer und setzte sich wieder an den Gartentisch. Er nahm einen Schluck Tee und räumte die Aktenberge zurück in die Obstkisten.

Gerade rechtzeitig. Laura erschien mit einem kühlen Sherry und einer geeisten spanischen Tomatensuppe. „Na, was hälst Du von Deinem neuen Mandat?" erkundigte sie sich, nachdem sie die würzige Suppe gegessen hatten.

„Schwer verdaulich."

„Die Akten oder das Gazpacho?"

„Beides. Vor allem die Akten." Er reichte ihr eine Zigarette. „Ich fasse zusammen: Nach vollendeter Tat vor zwanzig Jahren bist Du nicht etwa in irgendeinen entlegenen Winkel dieser Welt entflohen, wo wir Dich alle vermutet haben, Costa Rica, Panama, Cayman Islands – nein, Du hast Dich in der geographischen Mitte der neuen Republik in diesem Schloss versteckt, eingemietet in eine Etage des Gästehauses nebenan, hast dort Pläne geschmiedet und über Dein weiteres Leben nachgedacht."

Laura zog an ihrer Zigarette und lächelte, irgendwie selbstgefällig.

„Irgendwann lernst Du diesen jungen erfolgreichen Generalstabs-Offizier kennen, Berndt von Beutler, und Ihr beginnt ein Verhältnis. Deine Tochter – unsere Tochter lebt bei Deiner Mutter. Von Beutler ist viel unterwegs und muss ständig umziehen. Als Ihr Euch kennenlernt, kommt er gerade als frisch gebackener Generalstabs-Offizier von der Führungsakademie in Hamburg, es folgen Auslandsverwendungen in Rom, Washington und Teheran, alles in schneller Folge, und Du begleitest ihn. Als Sohn des ehemaligen Generalinspekteurs wird er national und international gefördert – außerdem ist er gut, sehr gut sogar, militärisch, sportlich, intellektuell. Ein Offizier, der bereits als Oberstleutnant zum künftigen Generalinspekteur ausgeguckt ist. Du begleitest ihn, als Frau Laura von Beutler, womit Du Dich gut verstecken kannst, und lernst über ihn eine Menge interessanter Leute im In- und Ausland kennen. Von Beutler weiß von Deinem Vermögen, er weiß auch, wie Du da dran gekommen bist, was Dich ihm ausliefert – jedenfalls, so lange noch keine Verjährung eingetreten ist. Diese Abhängigkeit stört Dich nicht. Denn von Beutler hat in seinem Reserveoffiziers-Korps einen Vermögensberater, der es über die Jahre hinweg vortrefflich versteht, das von Dir unterschlagene Vermögen mit Hilfe von Beutlers strategisch so zu verwalten, dass es mehr und mehr wird. Und Du liebst von Beutler. Der hängt sich im Überschwang seiner überaus erfolgreichen Karriere mit seinen reaktionären politischen Ansichten immer mehr aus dem Fenster, bietet Angriffsflächen und gerät in die Kritik nicht nur seiner Vorgesetzten, die vergeblich versuchen, ihn zu mäßigen."

„Politische Ansichten hat Berndt eigentlich nie gehabt."

„Nenn´ es, wie Du willst. Er lässt rechte Parolen der ihm unterstellten Truppenteile durchgehen, ohne sie disziplinarisch zu ahnden, er hält in konservativen Kreisen Vorträge, zu denen er immer wieder eingeladen wird, ja, er tritt sogar mit entsprechenden Veröffentlichungen auf. Dabei bleibt er ein gnadenloser militärischer Führer, seine Untergebenen auf allen Ebenen würden ‚mit so einem Kerl gern in den Krieg ziehen', aber bei seinen Vorgesetzten – und wohl auch in der Politik, im Verteidigungsministerium – gerät er mehr und mehr ins Visier von Andersdenkenden –"

„So könnte man das nennen."

„ – die nicht lange warten müssen, bis von Beutler Fehler macht. Wer viel macht, macht auch viel Fehler, von Beutler nur einige wenige, aber die reichen, um ihn als Brigadegeneral und Stellvertretenden Divisionskommandeur DSO abrupt auszubremsen: U.a. wegen nicht zeitgemäßer Menschenführung erhält er dort vor gut einem Jahr seinen Edeka-Orden."

„Edeka-Orden?"

„Ende der Karriere."

„Was Du alles weißt. Weißt Du auch, was DSO bedeutet, oder hast Du das nur abgelesen und auswendig gelernt?"

„Division Spezielle Operationen. Zu diesem Verband gehören u.a. zwei Fallschirmjäger-Brigaden, die ständig abwechselnd im Auslandseinsatz sind, derzeit vor allem in Afghanistan, und das KSK in Calw, das von Beutler übrigens mit aufgebaut hat."

„Kommando Spezialkräfte." Laura dachte für einen Moment an die gemeinsame Zeit mit Berndt von Beutler im Schwarzwald zurück.

„Von Beutler wird ans Heeresamt abgeschoben, zbV – zur besonderen Verwendung –, was bedeutet, dass man dort für ihn überhaupt keine Verwendung hat, und er jetzt dort in einer Art vorgezogenem Vorruhestand vor sich hin dämmern könnte – wenn er nicht Berndt von Beutler wäre. Er verurteilt seit Jahren die deutsche Politik, die europäische Politik, die Strategie der NATO, das Engagement der UNO, er verschmäht einen Politiker nach dem anderen, Politikerinnen sowieso, und stellt sein Leben in die Idee eines Umsturzes, eines Staatsstreichs, der vor allem seine geliebte Bundesrepublik Deutschland, sein Vaterland, retten soll, entweder ohne Europa oder – noch besser – als Zentrum eines europäischen Kontinents."

„So ähnlich verschroben sind seine Pläne, aber er würde sie immer noch nicht als Politik bezeichnen. Er hasst Politik."

„Egal. Für seinen neuen Lebensinhalt braucht er zweierlei: Unterstützer, das sind im Wesentlichen die Leute, die er während seines bewegten Lebens kennengelernt hat, einflussreiche Leute, die seine ‚politischen' Ansichten, die keine politischen Ansichten sein sollen, teilen, Leute, die er ‚anständige Leute' nennt oder einfach ‚Männer'. Und zweitens braucht er Geld, das er im Überfluss von Dir erhält. Dabei blieb für Dich immerhin noch so viel übrig, dass Du dieses Schloss erwerben und restaurieren konntest, in dem ich jetzt gerne den Hauptgang serviert bekommen würde."

Laura erhob sich. „Dein schöner Aktenvortrag ist mir heute eine Lammkeule wert. Dazu gibt es französischen Rosé Bordeaux, Mouton Cadet, acht einhalb Grad kalt."

„Zu kalt."

Am Waldrand oberhalb von Schloss Hirschesruh setzte Stabsunteroffizier Kirchbaum sein Fernglas ab und griff zum Handy. „Hallo?"

„Renstorff."

„Hier Sierra-Uniform-Kilo. Zulu-Papa seit Stunden im Objekt Sierra-Hotel-Romeo. Es sieht so aus, als wolle der dort Wurzeln schlagen."

Renstorff überlegte. „Kilo, bringen Sie ein Funkpeilgerät am Audi an. Weitere Befehle folgen."

„Wagen steht im Schlosshof, abgesperrt."

„Um so einfacher für Sie. In sechs Stunden wird es dunkel. Wir müssen dranbleiben."

„Verstanden, Ende." Der Reservist klappte das Handy zu, bestieg seinen grauen Volvo und fuhr zurück auf seinen Bauernhof.

2

Renstorff hätte die Meldung gleich an seinen General weitergegeben, aber der wollte heute Nachmittag nicht gestört werden, nur in Alpha-Fällen.

Von Beutler wartete in einem kleinen Besprechungsraum des Flughafen-Hotels Sheraton Frankfurt. Er trug Zivil. Draußen vor den matten Scheiben der großen Fenster erstreckte sich ein Netz von Rollbahnen und weiß und gelb aufgepinselten Zubringerwegen, auf denen sich Busse, kleine Lkws und weiter hinten am Horizont Flugzeuge im Zeitlupentempo bewegten.

Der Raum war karg ausgestattet. Zeitloser Holztisch mit zwei Telefonen und einer Blumenvase, sechs Sessel mit glatten Lederbezügen, die üblichen technischen Geräte und ein Flipchart, alles, was man heutzutage für eine Besprechung so benötigte, waren in eine Ecke geschoben.

Es war Viertel nach vier. Wo blieb sie denn nun? Von Beutler sah auf seine Omega Mark I, 'The first and only watch worn on the moon'. 'Verdammte Unpünktlichkeit, kein Verlass auf diese Zivilisten.' Er kümmerte sich um das Blumenarrangement. Die drei gelben und die sechs blauen Blüten passten irgendwie überhaupt nicht zusammen, ganz zu schweigen von diesen grünen Stengeln dazwischen. Er ordnete die gelben nach links, die blauen nach rechts und versuchte, die grünen Stengel in der Mitte aufzurichten. Ging nicht. Außerdem passten eben just blau und grün nicht zusammen, jedenfalls nicht unmittelbar nebeneinander. Von Beutler versuchte etwas anderes: die gelben Blüten zwischen den blauen Blüten links und den grünen Stengeln rechts. Ging auch nicht, alle Blumen fielen übereinander her, die größeren über die kleineren, jetzt stimmte auch die Abstufung zwischen den einzelnen Längen nicht mehr, das Chaos war total. Von Beutler packte den ganzen Strauß und warf ihn zerknüllt in den Papierkorb unter dem Besprechungstisch. Die leere Vase taumelte in kleiner werdenden Kreisen über die Tischplatte.

In diesem Moment öffnete sich die Tür und Laura Estella trat ein.

„Hallo, Daddy, was randalierst Du denn hier rum?"

Von Beutler deutete auf einen der Sessel auf der anderen Seite des Tisches und setzte sich. „Hallo, setz Dich doch. Wo warst Du denn so lange?"

„Probleme mit der Autobahnausfahrt. Hab' das Sheraton einmal verpasst. Was ist das überhaupt für eine lieblose Begrüßung?"

Sie kurvte um den Besprechungstisch herum und drückte ihm ein Küsschen auf die Stirn, als er gerade wieder aufstehen wollte. „Bist Du etwa sauer wegen dem bisschen Verspätung? Wie spät ist es überhaupt?" Sie nahm ihm gegenüber Platz und öffnete ihre Handtasche. „Auf Dich und Mum habe ich in meiner Kindheit und Jugend sicher schon länger warten müssen." Sie entzündete eine Zigarette.

„Rauchverbot", meinte von Beutler.

„Egal."

„Kein Aschenbecher."

„Blumenvase. Also, was willst Du von mir?"

„Du warst in den Staaten? Hat Laura mir neulich erzählt."

„Dann weißt Du's ja."

„Wo da?" Er hätte den small Talk anders anfangen sollen.

„Hier und da. Rumgetingelt. Weshalb fragst Du? Interessiert Dich das wirklich?"

„Seit wir uns kennen, habe ich Dir mehr Interesse entgegengebracht als Du jemals gespürt hast."

„Ist mir nicht so aufgefallen."

„Laura, mach mich bitte nicht verantwortlich für die Probleme, die Du mit Deiner Mutter hast. Immerhin verfolgen wir eine gemeinsame Sache."

„Aber nicht gemeinsam. Also, was willst Du von mir? Gibt's hier was zu trinken?"

Von Beutler deutete auf die Minibar. „Seit wann bist Du zurück?"

Laura Estella goss sich einen Gin Tonic ein. „Auch einen?"

„Nur Wasser."

„Weichei. Seit ein paar Tagen. Sonst noch was?"

„Hättest Du Lust auf eine Einladung zum Sommerfest des Bundeskanzlers?" Er nippte an seinem Wasser.

„Warum nicht? Sicher geile Leute da. Wann ist das?"

Die Wendung des Gesprächs schien ihr zu gefallen.

„Knapp zwei Wochen. Ich kann das arrangieren. Wenn Du willst."

„Okay, wenn das da nicht zu langweilig wird. Mit wem ... ?"

„Bei meinem Auftrag für Dich wird das sicher nicht langweilig." Von Beutler schaute ihr in die Augen. Sie hatte die Augen von Laura. Derselbe Blick, wunderbar, unwiderstehlich, wie ein Traum.

„Auftrag? Ach so. Für die Gesellschaft, nehme ich an." Sie nahm einen Schluck Schweppes und warf ihre Zigarette in die leere Vase.

„Ziel erkannt. Es gibt einen Plan A und einen Plan B. Ich erläutere sie Dir genau."

Laura Estella hörte aufmerksam zu.

Nachdem er seinen Plan A erläutert hatte, fragte sie: „Weißt Du was besseres? Ich mag nämlich keine Männer, die ihren Friseur nur zum Ölwechsel aufsuchen."

Von Beutler schluckte und erklärte seinen Plan B.

Über den musste Laura einige Zeit nachdenken. Sie rauchte eine Zigarette, und von Beutler bemühte sich vergeblich, irgendeines der Fenster zu öffnen. Auch die zweite Kippe landete in der Vase. In dem Blumenwasser konnte sie wenigstens nicht weiterglimmen, dachte von Beutler und nahm eine längere Wanderung durch den Besprechungsraum auf.

Laura süffelte ihren Gin Tonic. Dann, abrupt: „Muss ich mit Mama besprechen." Fast hätte sie ‚und mit Lomer' gesagt, aber dann wäre sie womöglich nicht mehr lebend aus diesem abscheulichen Raum heraus gekommen.

Von Beutler blieb stehen. „Mama? Mit der habe ich das vorbesprochen, die letzten Tage. Sie hat mich gebeten, D i c h zu fragen, sie hat vorgeschlagen, unmittelbar mit D i r zu sprechen. Du bist doch schon groß, Laura." Er setzte sich wieder in den Ledersessel.

„Und ich sage Dir, ich rede mit ihr. Ich will ihre Meinung dazu hören, dazu habe ich schließlich eine Mutter. Und das bleibt sie, bis einer von uns die Grätsche macht. Einladung zum Sommerfest – dass ich nicht lache!" Laura zog ihre Mundwinkel nach unten.

„Du kannst aus Deiner Haut auch nicht ´raus, oder?"

„Wer kann das schon?" Von Beutler war enttäuscht und ließ sich das anmerken.

Laura kam um den Tisch herum. Wieder spürte er ihre feuchten Lippen auf seiner Stirn. „Nun nicht gleich flennen, Mann. Sollte ich mich nicht für Plan B entscheiden können, erledige ich auf jeden Fall Deinen Plan A. Könnte ja sogar ganz lustig werden."

„Bist Du sicher? Ich muss planen, wir brauchen einen Vorlauf. Die Operation Kanzler trägt übrigens die Tarnbezeichnung ‚Operation Papa', wegen P wie Piper."
Laura nahm ihre Handtasche auf. „'Operation Papa', das macht Sinn." Sie schmunzelte. „Sicher, Dad. Du kannst Dich auf mich verlassen. Lädst Du mich nun zum Essen ein?"
Von Beutler nickte.
„In ein Raucherlokal?"
Er nickte nochmal. Dieser Frau konnte man sich so wenig entziehen wie ihrer Mutter.

3

Lauras Mutter Laura hatte im schattigen Schlossgarten zum Five-o'clock-Tea gebeten. Lomer erschien erst um kurz vor sechs. Er rieb sich die Augen.
„Ausgeschlafen?"
„Jetlag." Er ließ sich in einen Gartenstuhl fallen und kraulte Harras.
„Dann lass mich jetzt mal fortfahren mit dem Aktenvortrag, das wird Dich schon wachmachen."
Heißer Earl-Grey-Tee prasselte auf den Kandis in die hauchdünnen Tassen mit den Mustern von zarten chinesischen Pastellfiguren und -pflanzen. „Also, irgendwann lief das aus dem Ruder. Berndt agierte immer selbstständiger, ohne Rückfragen, ohne Besprechungen, spontan, militärisch kurz, schnell und verletzend. Mein Vertrauen schwand. Das lag nun natürlich auch daran, dass unsere Beziehung sich abkühlte und schließlich zu Ende ging. Aber auch andere Mitglieder der Gesellschaft fühlten sich zunehmend befremdet, brüskiert, und entzogen ihm ihr Vertrauen. Was seine Entwicklung verstärkte. Hinzu kam ein Machtzuwachs innerhalb der Gesellschaft, die ihn trotz seiner negativen Entwicklung immer autarker werden ließ. Diese Tendenzen schaukelten sich – man könnte auch sagen: ihn – gegenseitig hoch, bis er einsame Entschlüsse fasste, die ich nicht mehr mittragen wollte. Und dabei hing er von meinem Geld ab, von dem er immer weniger benötigte, je stärker er wurde, und ich von seinem Vermögensberater, der nach wie vor die Masse verwaltet."
Lomer goss sich Tee nach. „Darf ich?"
„Sei nicht so förmlich. Warte, ich mach´ das schon. Du musst zuerst den Kandis in die leere Tasse geben. Aber woher solltet Ihr Bayern das wissen?" Der Earl Grey sprudelte auf den knackenden Zucker. „Und dann wird Sahne zugegeben. So gehört sich das."
„Darf ich auch was fragen? Wer ist Dein Vermögensverwalter und welche Beziehung hat von Beutler zu ihm?" Er kramte in seinen müden Erinnerungen nach den Gesprächsfetzen, die ihm Laura, die Jüngere, zu diesem Thema am Ontario-See hingeworfen hatte: ‚Jahrelang war das Geld da sehr gut angelegt, was ich auch diesem besagten Mann zu verdanken habe ...'.
„Gute Frage. Eine merkwürdige Geschichte –"
„Die Geschichte ist in ihrer Gesamtheit merkwürdig. Außerordentlich merkwürdig sogar."
„Mag sein. Aber hör' Dir trotzdem diese Episode an: Von Beutler erfährt irgendwann von meinem kleinen Vermögen, denkt nicht eine Sekunde daran, das irgendwie für sich oder uns haben zu wollen – abgesehen vom Nötigsten ..."
„... wie dem Schloss hier ..."
„... sondern plant mit mir, es sofort für die Zwecke der Gesellschaft, ihre Organisation, ihre Bestrebungen und Pläne zu verwenden. Dazu reicht es aber nicht. In seinem Netz hat er einen Vermögensberater, natürlich Reserveoffizier, den er um Rat und Hilfe

bittet, und dieses Genie hat jahrelang die unglaublichsten Tips, jedes Mal erfolgreich, jeder Tip lukrativ, häufig erstaunlich lukrativ. Zu Deiner Frage: Dieser Kontakt kam also durch Berndt zustande, und der Kontakt wird durch Berndt aufrecht erhalten und gepflegt. Oder befohlen."

„Das heißt, Du hast keinen unmittelbaren Kontakt zu Deinem Vermögensverwalter?"

„Doch, in jüngster Zeit schon."

„In jüngster Zeit?"

„Hannes, Du verwirrst mich, weil Du alles gleichzeitig wissen willst." Sie leerte ihre Teetasse. „Während unsere Beziehung okay war, habe ich es begrüßt, dass Berndt den Kontakt zu diesem Vermögensverwalter unterhielt – was kümmerte mich dieser schnöde Mammon, ich war reich. Inzwischen bin ich vermögend. Außerdem verwaltet dieser Reserveoffizier ja auch das Vermögen der Gesellschaft, ebenso erfolgreich."

„Hoffentlich vermischt er die Vermögensmassen nicht."

In der Ferne grummelte es. Ein Gewitter zog auf.

„Vor einigen Tagen meldet sich hier telefonisch eine anonyme Vermögens- und Unternehmensberatung, eine Frau, und behauptet, sie würde diesen Kontakt nun lieber unmittelbar führen, auch aus Haftungsgründen, und ob ich damit nicht auch einverstanden wäre; natürlich war ich, weil die Beziehung zu Berndt schon längst zu Ende war. Aber sie stellte zwei Bedingungen."

„Erstens?"

„Erstens: von Beutler dürfte nichts von diesem unmittelbaren Kontakt wissen. Zweitens: Sie wolle mir gegenüber anonym bleiben."

„Rief aber aus Haftungsgründen an? Da hast Du sie ausgelacht, oder?"

„Hab' ich nicht. Denn die Gründe waren einleuchtend: Anonymität kann aufgedeckt werden, womit wir der realisierbaren Haftung näher kommen, für die übrigens nie ein Anlass bestand oder besteht. Und die Umgehung von Berndt kam mir natürlich in dieser Phase sehr entgegen. Ich habe also ‚ja' gesagt."

Das Grollen des Himmels wurde stärker. Dunkle Wolkenfetzen jagten über die Obstbäume.

„Kannst Du diese obskure Vermögensverwaltung irgendwie erreichen? Ich meine, wenn Du mal Taschengeld brauchst oder ein neues Schloss erwerben willst?"

„Über eine englische Mobil-Telefonnummer."

„Und die tun dann, was Du sagst?"

„Hab' ich ausprobiert. Mit Code-Wort. Funktioniert."

„Trotzdem wäre gut zu wissen, wer diese Vermögensverwaltung ist. Denn die oder der scheint ja auch zu von Beutler auf Distanz zu gehen."

„Finde es raus." Laura stellte das Geschirr auf das Tablett. „Komm, lass uns reingehen."

Die ersten Tropfen klatschten auf die Pergola und den Tisch.

Wenig später wurde es dunkel, schneller als zu dieser Jahreszeit üblich. Kirchbaum kam das gelegen. Kaum war die Dämmerung von dem tiefen Schwarz der Nacht aufgesogen, machte er sich daran, die Sicherheitsanlagen von Schloss Hirschesruh zu überwinden. Inzwischen prasselte der Gewitterregen monoton auf das Gelände; das würde noch länger so bleiben. Auch das gefiel Kirchbaum. Mit ruhigen Bewegungen schwamm er durch den Schlossgraben und den Teich direkt auf den Hof zu, das Gesicht geschwärzt wie die Nacht. Nicht einmal die Enten bemerkten ihn.

4

Der ICE „Rheingold" rumpelte im Schritttempo über eine der Baustellen der Trasse Frankfurt-Köln nach Norden, immer noch parallel zur B3, auf der von Beutler aus dem Abteilfenster beleuchtete Autoschlangen im Stau stehen sah. Er griff sich die erste der Zeitungen, die er sich auf dem Frankfurter Hauptbahnhof besorgt hatte. Das war immer noch informativer als auf der B3 Nummernschilder zu studieren oder sich auf ein Gespräch mit den Untermenschen einzulassen, die in seinem Abteil Platz genommen hatten; unglaublich, was sich in unserer klassenlosen Gesellschaft alles Erste-Klasse-Fahrkarten leisten konnte. Wahrscheinlich von seinen Steuergeldern.

Auf Seite vier fand er sogleich, wonach er gesucht hatte:
„Wie lange macht unsere Regierung noch (so weiter)?"
Der Untertitel lautete:
„Kein Gedeih, viel Verderb: Nekrolog auf eine Regierung, die von Anfang an keine war.
Noch nie in der bundesdeutschen Geschichte gab es eine so schlechte Bundesregierung wie heute. Und Gott sei Dank stand eine Bundesregierung noch nie unter einem solchen multimedialen Beobachtungsdruck wie heute. Das ist auch gut so: Sie muss jetzt entweder handeln oder Neuwahlen ansteuern.
... Der Regierungszusammenhalt besteht derzeit nur noch in fehlenden Alternativen.
... Diese Regierung des Verderbens wird sich nun mangels Alternativen weiter dahinschleppen, der Kanzler wird auf die Ausdauer seiner untätigen Minister setzen und auf die Hoffnung, dass es hoffnungsloser kaum noch werden kann. Das wird dann wohl reichen, um noch weiter dahin zu wanken bis zum bitteren Ende. Das Land hätte Besseres verdient."

Und zwei Seiten weiter:
„Politik Inland:
Mögen andere Medien sich an das stillschweigende ‚Berliner Abkommen' halten, Privates und Intimes von Politikern, auch solchen, die als Spitzenpolitiker im Fokus der Öffentlichkeit stehen, unter Verschluss zu halten, auch wenn über sie juristisch als Personen der Zeitgeschichte berichtet werden dürfte: Der BUNDESKURIER nimmt an dieser selbst auferlegten Zensur nicht teil und fürchtet auch den Presserat nicht: Bundeskanzler Piper, über den wir schon in unserer Serie ‚Die Pfeife' ausführlich berichtet haben, scheint auch in seiner neuen Ehe – es ist die vierte – wieder Probleme zu haben. Seine Ehefrau Gabriele, 34, berichtet in einem Interview von Ausfällen und Eskapaden und sogar von einer Affäre mit Justizministerin Gruber (siehe hierzu unter ‚Vermischtes', Seite 9, und ‚Leute heute', Seite 14; das Interview mit Frau Piper finden Sie in der morgigen Ausgabe). In der Tat trafen sich der Bundeskanzler und seine Ministerin dieser Tage, aber nicht tagsüber, sondern nachts im ‚Einstein' Unter den Linden ...".

Auf seinen neuen Presseoffizier Stich war Verlass: Pünktlich und mit den gewünschten Inhalten zog er die befohlene Kampagne hoch.

Von Beutlers Gegenüber schnarchte, seine Nachbarin setzte ein Fläschchen Jägermeister an. Von Beutler griff zur nächsten Zeitung und blätterte schnell durch.
„Ausland:
Das Verschwinden der Schweizer Staatsangehörigen Rüdiger N. und Harry A. – wir berichteten in unserer gestrigen Ausgabe – wird immer rätselhafter: ...". Der letzte Absatz lautete: *„Die Verstrickung der deutschen Bundesregierung ist evident: Beobachter auch aus dem Ausland machen darauf aufmerksam, dass die deutsche Regierung ein erhebliches Interesse daran haben könnte, just die beiden Zeugen verschwinden zu lassen, die in den nächsten Tagen im Untersuchungsausschuss des Deutschen Bundestages Verteidigungsminister Coenen und seine Glaubwürdigkeit erheblich, wenn nicht vernichtend, belasten können. Ausländische Kommentatoren – vor allem aus den USA und aus der Schweiz – sehen voraus, dass für die deutsche Regierung hierdurch weitere Erklärungsnot entstehen könnte. Hinzu kommt, dass*

Außenministerin Gravell die Einbindung Berns in ihre Versuche, die seit dem immer noch unaufgeklärten Attentat auf US-Verteidigungsminister Brooke stillstehenden Gespräche mit den Amerikanern wieder in Gang zu bringen, bislang weder erklären noch zum Erfolg führen konnte. Sollten sich diese Vermutungen als zutreffend herausstellen, wäre auch Gravell nach übereinstimmender Meinung von Beobachtern nicht mehr zu halten, und das wäre dann wohl das Ende –"

Im Lautsprecher wurde Köln angekündigt, „in fünf Minuten".

Von Beutler legte die Zeitungen sorgfältig zusammen und hinterließ sie gefaltet, Kante auf Kante, auf seinem Sitz.

„Hey, Alter, kann ich haben, lesen?" Der Punker mit der niedlichen kleinen Ratte in der Halskrause grabschte von seinem Fensterplatz aus nach dem Zeitungsstapel.

Von Beutler bestrafte ihn mit einem vernichtenden Blick und verließ angewidert das Abteil.

Anderthalb Stunden später betrat er sein Dienstzimmer. Er legte Uniform an und ging die Zeitungsartikel durch, die Renstorff ihm auf den Schreibtisch gelegt hatte; er kannte sie schon. Unter dem Zeitungsstapel fand er eine Notiz, die ihn viel mehr interessierte.

„1605Z: Zp hält sich nachhaltig im Schloss auf und plant offenbar längeren Aufenthalt. Liest Unterlagen und intensives Gespräch mit Lima. Überwachung sicher gestellt.

gez. Renstorff"

Scheiße. Das hätte er gern früher gewusst. Wie konnte er jetzt diesen Unteroffizier mit dem grauen Volvo erreichen? 23 Uhr 17. Zu spät. Auch Renstorff war nicht mehr im Dienst.

Von einem seiner verbliebenen neunzehn Mobiltelefone versuchte er, den Wehrübenden Tocker zu erreichen. Der war vierundzwanzig Stunden im Dienst.

5

Sie saßen gemütlich in der Schlossküche. Hannes hatte eine Flasche Wein aufgemacht, Scheurebe, Bürgerspital Würzburg, 2009, trocken. Er machte sich eine Zigarette an. „Und der Tropfen, der das Fass bei Dir zum Überlaufen brachte, war das Attentat auf Brooke." Das war eigentlich mehr als Frage gedacht.

„Schon vorher kamen Unstimmigkeiten auf, fehlende Absprachen, Einzelaktionen von Berndt, eigenmächtiges Handeln. Aber ja, Du siehst das richtig: Das war wohl der entscheidende Tropfen."

Laura nahm einen Schluck der prickelnd kühlen Scheurebe.

„Aber sein Konzept, die Strategie dahinter – das ist doch gar nicht so schlecht." Hannes dachte nicht daran, von Beutlers Partei zu ergreifen, aber er wollte und musste sachlich bleiben.

„Irgendwas muss aber schief gelaufen sein. Vorgestern war er hier und irgendwie genervt. In Begleitung eines Typen; hat er vorher nie gemacht. Und erzählte was von einem Ersatzplan. Mit A und B und so."

„Wer war der Typ?"

„Irgend so ein Reserveoffizier von ihm."

„Ersatzplan? Was war der ursprüngliche Plan?"

„Als nächstes nach Brooke sollte Coenen fallen, und zwar über seine Homo-Affäre." Laura hielt inne und griff zur Zigarettenschachtel. Über den Abbruch der „Operation

99

Charly" wollte sie Hannes eigentlich nicht informieren, denn dann wären sie früher oder später bei den Zeugen Naef und Anax gelandet, wahrscheinlich früher, und diese Namen kannte Hannes nach über zwanzig Jahren sicher noch.

Hannes half ihr, indem er fragte: „Coenen?"

„Unser Verteidigungsminister – noch."

„Ach der; der ist doch schwul, oder?"

„Ich war nie dabei."

„Wo ist der Zusammenhang zwischen diesem Brooke-Attentat und der Coenen-Geschichte?"

„Berndt versucht, mit beiden Operationen die Regierung zu Fall zu bringen und die Bundesrepublik Deutschland aus dem NATO-Bündnis herauszulösen. Mit allen Konsequenzen für den Bundeswehr-Einsatz in Afghanistan, den er ablehnt. Mit den nationalen Zielen konnten wir uns noch identifizieren, aber die internationalen Konsequenzen führen zu weit, weil sie weder steuerbar noch auch nur kontrollierbar sind; nicht mal vorhersehbar. Da war dann für mich Schluss."

Hannes hörte aufmerksam zu. „Und der Neuanfang für uns? Weshalb hast Du mich Deine – unsere Tochter finden lassen?"

„Weil wir Deine Hilfe brauchen, mein Gott, wie oft willst Du das denn noch hören?"

„Als ich in Puerto Rico über Laura stolperte, war das Attentat gerade erst im Fernsehen, es muss etwa zeitgleich gewesen sein. Und die Affäre Coenen –"

„Die Pläne kannte ich doch Wochen vorher." Ihr ging dieses Verhör auf die Nerven. Sie beruhigte sich mit einem Schluck Wein und Hannes mit einem liebevollen Blick.

Die Hunde im Flur wurden unruhig. Laslo bellte sogar ein bisschen. Laura horchte auf. Irgendein Geräusch im Innenhof. Hannes hörte es auch. „Was war das?"

Laura stand auf und folgte Laslo, der sich schwanzwedelnd Richtung Torbogen bewegte. Harras schlummerte wieder ein.

Zwei Minuten später kam Laura zurück. „Keine Ahnung, hier im Dschungel gibt es nachts schon mal ungewöhnliche Geräusche."

Zur Bestätigung kam aus dem Schlosshof ein nie gehörter Laut, der von Laslo stammen konnte. Laura setzte sich. „Der kommt gleich wieder. Hat wahrscheinliche eine Ratte gesehen. Die schwimmen hier in den Teichen natürlich auch. Leider."

Hannes machte noch einen Bocksbeutel auf und griff in die Schale mit den Erdnüssen. „Vorausgesetzt, ich glaube Dir und Deiner – unserer Tochter: Wie stellt Ihr Euch Hilfe von mir vor? Was könnte ich als einfacher Advokat schon ausrichten, um Deinen Ex-Mann von einem Staatsstreich abzuhalten?" Er ließ die diffusen Andeutungen seiner Tochter im Kaminzimmer des „Esplanade" noch mal an seinem Ohr vorbeiziehen. „Da könnte man ja zum Beispiel auch die zuständigen Behörden einschalten, Polizei, Staatsanwaltschaft, Verfassungsschutz ..."

„Bei meiner Vergangenheit als Anwältin, bei meinen bisherigen Tatbeiträgen? Witzbold!"

„Und was wisst Ihr eigentlich aus welchen Quellen über diesen kürzlich zu Tode gekommenen Detektiv Möhring?" Laura die Jüngere hatte Hannes am Ontario-See mit ihrer Kenntnis über Möhrings Tod überrascht: *‚Der hat vor einem halben Jahr die Grätsche gemacht'*, hatte sie gesagt, oder so ähnlich.

Laura goss sich Wein nach. „Zuerst zur letzten Frage: Der Tod Möhrings ist Berndt von Beutlers Werk. Möhring war nicht nur Kurlow Konetzke Partner auf der Spur, sondern auch mir und damit uns. Das wurde Berndt auf die Dauer zu gefährlich."
„Wie macht der Kerl sowas?" Den Anflug von Bewunderung, der da mitschwang, hatte Hannes so nicht beabsichtigt.
„So löst Berndt seine Probleme. Eine militärische Lösung nennt er sowas."
„Und die Polizei?"
„Stellte Herzversagen durch Schock fest, beruflicher Stress."
„Und wie hat er das geschafft?"
„So löst Berndt seine Probleme. Das nennt er die G2-Lösung."
„G2?"
„Führungsgrundgebiet 2: militärische Sicherheit und Feindlage."
„Aha. Ach so." Hannes gähnte. „Na ja. Du wolltest meine erste Frage beantworten."
„Morgen nach dem Frühstück. Du bist müde. Schlaf' Dich erst mal aus." Sie prostete ihm zu. „Wenn Du willst, bring ich Dich ins Bettchen. Du kannst hier im Hause schlafen oder nebenan im Gästehaus." Das Frühstücksgespräch morgen würde sicher einfacher sein, wenn er sich entschlösse, im Haupthaus zu bleiben, gleich neben ihrem Schlafzimmer.
„Ich gehe ins Gästehaus, wo ich hingehöre." Hannes gähnte wieder.
Sie standen auf. „Ich bring Dich rüber. Im ersten und zweiten Stock stehen insgesamt vier Zimmer zur Auswahl. Nur das Erdgeschoss ist belegt."
Im dunklen Innenhof wollte Hannes sie noch fragen, wer denn im Erdgeschoss wohnte. Da stolperte er über die Reste von Laslo.

Kapitel VI

1

Zwischen der Anfahrtszone des Adlon-Hotels Unter den Linden 77 und dem Brandenburger Tor hatte sich eine Horde von jungen Menschen zusammengerottet, die lautstark skandierten

„Weg mit den Pipers und Gravells - wir wollen Führung und zwar schnellst!"

Der immer lauter dröhnende Reim drang bis in die Lobby, in deren kalter Pracht irritiert gaffende Touristen Schutz suchten.

Hier würde niemand Notiz von den beiden Herren in ihren Sommerschlussverkaufsanzügen nehmen. Sie saßen in einer palmenverdeckten Nische in weichen kackfarbenen Fauteuils und nippten an ihren Cappuccini.

„You must be tired." Irgendwie musste Gehrke das Gespräch ja beginnen.

„No problem, habe die ganze Zeit im Flieger geschlafen. I'm fine." Der Amerikaner strahlte von Ohr zu Ohr und haute sich auf die Schenkel. „Schön, wieder in Berlin zu sein, und schön, Dich altes Haus wiederzutreffen." Er klatschte Gehrke freundschaftlich auf die Schulter.

Der deutsche Geheimdienstkoordinator lächelte gequält. „Das letzte, was ich über Dich erfahren hatte, war Deine Beförderung vor einem halben Jahr." Gehrke erinnerte sich an eine kleine Notiz, die er damals gelesen hatte: *‚Des Präsidenten neuer Mann für's Grobe – John Epstein wird Chef-Spion der CIA'.*

„Tja, Dein alter Freund aus dem Kalten Krieg ist jetzt der Chef des Unternehmens. Hättest Du vor fünfundzwanzig Jahren auch nicht gedacht, oder? Ich auch nicht." Es folgte ein weiterer Schlag auf Gehrkes Schulter, etwas heftiger, noch etwas freundschaftlicher.

Gehrke fielen einige Passagen der Notiz wieder ein:

„ ... *einer der erfahrensten Geheimdienstler in den Vereinigten Staaten ... kennt die Welt der verdeckten Arbeit außergewöhnlich gut ... . Schwerpunkte seiner Tätigkeiten damals: Afrika und Pakistan ... . Später als Chef der paramilitärischen ‚Einheit für Sonderaktivitäten' hat Epstein die Ausdehnung von Al-Qaida in den neunziger Jahren mitgemacht ... . Aufenthalt in Islamabad, wo er hunderte Angriffe gegen pakistanische Taliban geführt hat ... . Anerkannte Leistung bei Operationen mit der Drohne ‚Predator' ... . Während Sicherheitsexperten der USA eine beunruhigende Nähe zwischen dem pakistanischen Geheimdienst ISI und den Taliban vermuten, hat der Geheimdienst immer wieder versucht, Verbindungen zu Islamisten zu pflegen, um seinen Einfluss in der Region zu stärken, und Epstein war derjenige, der sich als Stationschef in Pakistan um bessere Beziehungen zur Regierung in Islamabad bemüht hat ... .*"

"Ich bin stolz auf Dich. Und freue mich auch, Dich wiederzusehen. Auch wenn der Anlass dienstlich ist, zumindest für Dich."

Epsteins Lächeln erstarb. „Für Dich auch. Lass mich berichten. Kurz. Lang können wir uns hier nicht aufhalten, ohne aufzufallen. Und ohne dass meine Dienststelle mich vermisst. Ich bin aus einigen Gründen hier. Der wichtigste Anlass sind die Ermittlungen gegen die Attentäter auf unseren Minister und seinen Sicherheitschef. Diese Ermittlungen führen seit einigen Tagen unmittelbar in deutsche Kreise, genauer: in Eure Armee, noch genauer: zu zwei Offizieren Eurer Armee und zwar zu ..."

Gehrke nickte. „Das deckt sich mit unseren – äh, meinen Erkenntnissen." Er war schuldbewusst und setzte gleich hinzu: „Zu zwei Reserveroffizieren: Bei beiden sind uns neben dem Tatverdacht Unregelmäßigkeiten im Einberufungsverfahren aufgefallen: Während das bei Selbständigen, wenn es schnell geht, zwei bis drei Wochen dauert, ist das hier innerhalb von Stunden geschehen, und es lag nicht einmal die dazu erforderliche Sondergenehmigung durch das Bundesverteidigungsministerium vor."

„Wir hatten bislang nur einen im Visier: ein Militärpolizist namens Reinzen; wer ist der andere?"

„Rinzen. Der zweite ist ein Oberstarzt, Dr. Müller, Dr. Mathias Müller. Beide sind im ISAF-Einsatz." Erst jetzt fragte sich Gehrke, ob es richtig war, diesen zweiten Namen zu nennen. Aber John Epstein war ein langjähriger Freund und Vertrauter. „Und wen hattet ihr als zweiten ausgeguckt?"

„Den zweiten Komitee-Offizier. Stand wie Reinzen unten an der Gangway. Auch Militärpolizist."

„Rinzen", wiederholte Gehrke. „Der ist von der nordrhein-westfälischen Polizei und vom MAD mehrfach vernommen worden. Keine Anhaltspunkte für einen Anfangsverdacht. Schwärmt in den höchsten Tönen von diesem Major Rinzen, der ihm für die Dauer der Wehrübung im Feldjäger-Kommando unterstellt war."

„Interessant." Der CIA-Chef schaute auf seine Uhr und beugte sich vor. „Wenn Ihr die Buben kennt, weshalb unternehmt Ihr dann nichts gegen sie?"

„Weil beide derzeit in Afghanistan üben und deshalb vorübergehend für die deutsche Justiz nur schwer erreichbar sind. Erspare Dir und mir Einzelheiten."

„Ihr mit Eurer fucking Wehrpflicht und Euren fucking Reservisten. Haben wir trotz Verherrlichung unserer Veteranen 1977 abgeschafft."

„Wir sind dabei", seufzte Gehrke.

Epstein rückte näher. „Weil Ihr Eure eigenen Soldaten von good old Germany aus nicht erreichen könnt, d e s h a l b bin ich hier. Wir können es nämlich." Er lehnte sich zurück, ein triumphierendes Grinsen im feisten Gesicht.

„Ich habe bereits die MAD-Gruppe in Kundus angesetzt", verkündete Gehrke.
„Und: Ergebnis?"
„Der MAD ist in dieser Sache erst seit wenigen Tagen im Einsatz."
„Ich bin seit gestern im Einsatz, und was wetten wir, wer die ersten Resultate hat?"
„Was habt Ihr vor?"
„Udo, my friend, ich muss jetzt gehen. Sorry. Ein Punkt ist mir noch wichtig: Unser Treffen war natürlich rein privat, alte Freunde aus den Zeiten des Eisernen Vorhangs in Berlin, bla, bla, bla, etc., etc. Deshalb treffen wir uns heute Nacht auch noch mal. Jetzt mein Punkt: Lasst Eure offiziellen Stellen aus dem Deal raus, die können es eh nicht und tragen es bloß an die Öffentlichkeit. Die schläft ruhiger, je weniger sie weiß."
„Was ist mit Euren offiziellen Institutionen?"
„Auch die erfahren es erst, wenn der CIA positive Ergebnisse hat."
„Und in der Zwischenzeit marodieren die diplomatischen Beziehungen unserer Länder weiter."
„Um diese alte Freundschaft zwischen unseren Nationen noch zu retten, muss das Pentagon zum Beispiel nach meiner persönlichen Einschätzung nicht unbedingt wissen, dass Eure Armee – Eure Reserveoffiziere – die Attentäter auf unseren Minister waren. Oder siehst Du das anders?"
Gehrke sah es nicht anders. „Willst Du wissen, weshalb wir diesen Müller im Tatverdacht haben?"
Epstein stand auf und trank den Rest seines Cappuccino im Stehen. „Sorry, keine Zeit mehr. Ich verlasse mich da voll und ganz auf Dich, old friend. Er wird es uns bei seiner Vernehmung schon sagen. Und jetzt zu heute Abend: Wie hieß dieser Schuppen mit den Tabledancers, Ecke Ku'damm irgendwo?"
„ ‚Archimedes', Ecke Ku'damm / Fasanenstraße." Zuletzt waren sie 1988 da gewesen.
„Bingo. Heute elf p.m.. Abgemacht?"
„Abgemacht."
„Vielleicht weißt Du bis dahin noch ein bißchen mehr." Epstein zwinkerte seinem alten Freund zu und knallte ihm zum Abschied noch einmal seine rechte Pranke gegen die Schulter.

2

Die US-Militärpolizei fuhr in einem Jeep vor und ließ sich vom Wachhabenden am Haupteingang des Feldlagers Kundus einweisen. Mit Hilfe des Lagerkommandanten suchten sie Oberstarzt der Reserve Dr. Mathias Muller, der eigentlich Müller hieß, zunächst im Feldlazarett, dann im Verpflegungs-Container, und schließlich fanden sie ihn im „Bahnhof Lummerland" an einem der Holztische vor einer Tasse Kaffee sitzend. In einer Viertelstunde würde er seine nächste OP-Schicht übernehmen, aber vorher würde dieser rätselhafte KSK-Soldat ihm noch eine Nachricht zukommen lassen, jetzt gleich, noch während seiner Kaffeepause.
Als der Lagerkommandant mit den beiden US-Militärpolizisten im Eingang des Verpflegungs-Containers erschienen war, hatte Major der Reserve Rinzen seinen Löffel zurück in die lauwarme Suppe sinken lassen. Als Zivilist musste man sich an die Truppenverpflegung erst wieder gewöhnen; normalerweise dauerte dieser Prozess bis zum Wehrübungsende. US-Militärpolizei in seinem Feldjäger-Bereich? Das konnte nichts Gutes bedeuten; da war irgendwas an ihm vorbei gelaufen. Er war den drei Soldaten nicht weiter

aufgefallen, weil er zur Einnahme der Mittagsverpflegung natürlich seine Feldjäger-Mütze abgelegt hatte. Er war aufgestanden, hatte das aufgeklebte Namensschild über seiner linken Brusttasche entfernt und war den US-Soldaten und dem Lagerkommandanten gefolgt. Wieso hatte der ihn nicht informiert? Und nicht gesehen?

Rinzen trat zeitgleich mit den dreien am Holztisch von Müller ein.

Müller erhob sich. „Meine Herren, kann ich irgendetwas für Sie tun? Ein Notfall?"

Einer der Militärpolizisten, ein Captain, fingerte in seinen Unterlagen herum. „Wir würden Ihnen gerne ein paar Fragen stellen."

Der Lagerkommandant – Dienstgrad: Oberstleutnant, Status: Berufsoffizier und Verteidigungsbeamter, Dienstzeit: noch zweieinhalb Jahre – nickte Müller aufmunternd zu, wurde aber trotz seiner beachtlichen Leibesfülle in diesem Moment von Rinzen beiseite geschoben. „Captain, was gibt's? Ich bin der für dieses Feldlager zuständige Feldjäger-Kommandant, und die von Ihnen an die meiner militärpolizeilichen Verantwortung unterstehenden Soldaten zu richtenden Fragen laufen dienstlich über mich. Ihre Fragen?"

Der Captain schien allein durch die ihm gegenüber stehenden 1,95 Meter verunsichert. „Your name?"

„Ihre Fragen?"

Der Captain fing den Blick des Lagerkommandanten auf, der wieder nickte; jetzt schien dies zu bedeuten: Recht hat er, dieser deutsche Feldjäger.

Rinzen schickte den Lagerkommandanten mit einem Blick zurück in seinen Container und sah den Captain von oben herab an. „Ihre Fragen?"

„Wir sollen diesen Muller mitnehmen zum Verhör."

„Wenn das Ihre Frage war: No; no way." Rinzen lächelte. Müller fiel blass auf die Holzbank zurück. Irgendwas war da schief gelaufen. Und wer war überhaupt dieser schneidige Feldjäger-Major, der ihm in der TRANSALL auf dem Flug schon aufgefallen war, allein schon wegen seiner Größe? Und weshalb war er gerade jetzt rechtzeitig hier? Und jetzt schlurfte auch noch dieser kleine MAD-Unteroffizier in den Biergarten, die zu große Tropenuniform hinter sich herziehend, und beäugte die Situation an Müllers Tisch misstrauisch durch die Glasbausteine vor seinen Augen. Das verhieß alles nichts Gutes.

Die KSK-Nachricht kam aus der Kantine in Gestalt dieses rätselhaften Kommandosoldaten, der ihn für einen Spezialeinsatz vorgesehen hatte. Der junge Mann lümmelte sich an den Nachbartisch und schnitzte ihn kleiner. Einen Tisch weiter nahm der Unteroffizier Platz.

Der US-Captain zückte sein Funkgerät, sein Partner, ein Leutnant, fummelte an seinem Koppel herum, offenbar wollte er die Pistole aus der Ledertasche ziehen.

„Stop it! Denken Sie nicht mal dran." Rinzen hatte seine P 8 wie beiläufig im Anschlag und entsicherte sie hörbar. Und dann, wieder in fließendem Amerikanisch: „Ich weise Sie ausdrücklich darauf hin, dass dieser Offizier unter meinem persönlichen Schutz als Feldjäger-Kommandant dieses Lagers der deutschen Bundeswehr steht. Dieser Oberstarzt ist hier für wichtige Aufträge im Dienst und unabkömmlich. Ich mache darauf aufmerksam, dass ich Befehl habe, seine Einsatzbereitschaft unter allen Umständen, notfalls mit Waffengewalt, zu gewährleisten." Er zog den Schlitten seiner Pistole zurück, die damit fertig geladen war. Klack.

„Ich rufe meine vorgesetzte Dienststelle an. Wir suchen nämlich noch einen." Der Captain bedeutete dem Leutnant, seine Hände unter Kontrolle zu halten.

Rinzen lächelte. „Tun Sie das, solange ich Sie auf unserem Gelände dulde. – Kaffee?" Er nickte dem Leutnant aufmunternd zu.

Während der Captain eine Verbindung suchte, meinte Müller, er werde gleich im OP erwartet.

In diesem Moment klappte Oberleutnant Sassen am Tisch nebenan sein Schweizer Offiziersmesser zusammen. „Captain, lassen Sie mich das machen." Und dann, die stechenden Augen auf Rinzen gerichtet: „Wenn Sie gestatten, Herr Major."

Das musste dieser Sassen sein, fuhr es Rinzen durch den Kopf. Er steckte seine Pistole zurück, ließ aber die Koppellasche noch offen.

„Ich kriege da eher 'ne Verbindung." Der Kommandosoldat hielt ein Funkgerät hoch, das die anderen Soldaten so noch nicht gesehen hatten.

„Wir können das ja parallel versuchen." Der US-Captain hatte wohl soeben seine vorgesetzte Dienststelle erreicht.

„Gehen Sie in Ihren OP", forderte Rinzen Müller auf.

Müller erhob sich zögernd.

Sassen winkte ab, und Müller setzte sich wieder hin. Sassen telefonierte.

Der Captain hatte per Funk neue Instruktionen bekommen. „Wir sollen hier bleiben und neue Befehle abwarten." Er reichte sein Funkgerät an den Leutnant weiter. „Die Angelegenheit wird erst vom Legal Advisor überprüft." Er setzte sich zu Müller an den Holztisch. „Kaffee wäre eine gute Idee."

Sassen setzte sich neben ihn. „Hier sind Ihre neuen Befehle." Er hielt dem Militärpolizei-Offizier sein Cell-Phone hin und sagte zu Oberstarzt Dr. Müller: „Jetzt ist Zeit für Ihren OP. Heute Nacht geht's los. Rock and Roll. 2300 LVU, 2400 Abmarsch. Und vergessen Sie Ihre Arzttasche nicht."

Müller stand kerzengerade und warf mit erhobenem Kopf einen fragenden Blick auf den Feldjäger-Offizier. Rinzen nickte. Müller verschwand Richtung Feldlazarett.

Der US-Captain gab Sassen das Telefon zurück. „Thank you. We can go. Thanks for the coffee." Sie würden alleine aus dem Camp finden.

Rinzen bat sie, wieder Platz zu nehmen, der Kaffee sei unterwegs. Er konnte die beiden Kameraden unmöglich ohne Begleitung im Lager umherlaufen lassen. „Und wen wollten Sie noch interviewen?"

Der Captain setzte sich hin und fummelte durch seine Unterlagen. „Einen Major Reinzen."

Rinzen grübelte. „Not familiar in this camp. Sorry, I'll be with you in a second."

Er bat den Kommando-Soldaten an den Nebentisch und flüsterte: „Schönen Gruß von General von Beutler. Großartig haben Sie das gemacht. Oberleutnant Sassen, richtig?"

„Roger. Sie waren aber auch nicht schlecht."

„Zufall. Und wie haben Sie das gemacht?"

„Tango Foxtrott 373 angerufen, meine Kumpels."

„Tango Foxtrott 373?"

„Task Force 373. Offiziell gibt's die gar nicht, aber die US-Militärpolizei hat Kenntnis, dass da was läuft. Dieser Captain offenbar auch. Und diese Task Forces unterstehen weder dem Kommando von ISAF noch dem amerikanischen Befehlszentrum Centcom. Ihnen darf ich das sagen, wenn General von Beutler Sie schickt. Gruß zurück."

„Und dieser Oberstarzt geht heute Nacht mit Ihnen in den Einsatz?"

Sassen nickte und zückte sein Schweizer Offiziersmesser. Er klappte es auf, fuhr damit ansatzweise über seinen Hals, wie um einen Moskito zu verscheuchen oder zu vierteilen, und rammte es senkrecht in den Holztisch. „Alles darf ich nicht mal Ihnen sagen, Major." Er warf das Offiziersmesser in seine schwarze Kommando-Uniform zurück.

Der Kaffee wurde an den Nachbartisch gebracht.

„Ich kümmere mich mal um unsere verbündeten Kameraden. Läuft ja jetzt wohl alles auf Linie." Rinzen stand auf.

„Machen Sie mal." Sassen legte die Beine auf die Holzbank und zwinkerte dem Unteroffizier vom MAD zu, der einen Tisch weiter eifrig Notizen machte. „Sie machen die Honeurs, ich mache die Arbeit."

3

Oberstarzt der Reserve Mathias Müller hatte sich seinen ersten Fronteinsatz spannender vorgestellt. Gestern um 23 Uhr hatte er eine kurze Einweisung in die aktuelle Lage erhalten, LVU, Lagevortrag zur Unterrichtung, nannten sie das, und eine Stunde später waren sie in den ATF 2 Dingo geklettert, mit dem sie stundenlang nach Westen gefahren waren, die vier KSK-Soldaten unter Führung dieses Offiziers, und er mit seiner Arzttasche und dem kleinen Sturmgepäck mit dem Nötigsten. Den Fahrer kannte er nicht.

Soweit er das verstanden hatte, bestand ihr Auftrag darin, in die Black Box Delta zu marschieren, um dort ein Talib Nest auszuheben. In dem feindlichen Stützpunkt sollte sich nach jüngsten Meldungen des militärischen US-Nachrichtendienstes ein High Value Target aufhalten, das irgendwo oben auf der Joint Prioritized Effects List stand, die sie schlicht JPEL nannten; die Zielperson war zum Abschuss freigegeben worden. Die Task Force 373, mit der sie gemeinsam diesen Auftrag durchführen sollten, unterstand unmittelbar dem Pentagon. Und was Müller auch nicht gewusst hatte: Diese aus Elitesoldaten verschiedener Teilstreitkräfte zusammengesetzte Einheit – Navy Seals, Ranger und Delta Forces, die er bislang nur aus Kino- und Fernsehfilmen kannte – operierten in Operationsräumen, die für die Dauer ihrer Operation für andere Truppenteile gesperrt waren. Sobald sie diese Black Box Delta erreichten, waren sie also auf sich allein gestellt, bis sie die Kameraden der Special Forces oder der Marines oder der Green Berets an verabredeten Punkten zu verabredeten Zeiten trafen. Und das hier im von Taliban beherrschten Gebiet um Gul Tepa. Kein Wunder, dass sie einen erfahrenen Arzt dabei haben wollten. Müller wischte sich den Schweiß von der Stirn; seine Bristol-Splitterschutzweste drückte ihn. Und deswegen hatte er nun seine Schicht vorzeitig an den aktiven Oberstarzt übergeben.

Der Dingo wurde noch langsamer, legte immer häufiger Stopps ein und bewegte sich danach zögernd weiter vor. Wenn man wenigstens was von der Landschaft sehen könnte.

Es war kurz vor vier, als es in der Funksprechanlage knackte. „Ein Uhr, 400, verdächtige Bewegungen, vermutlich Unterstand."

„Elf Uhr 300 Deckung hinter Sanddüne." Das war die Stimme des Offiziers.

„Jawohl, Herr Oberleutnant."

Der Truppführer war also Oberleutnant. Na immerhin. Müller würde ihn ab jetzt mit seinem Dienstgrad anreden. Form, Stil und Ausbildung mussten auch im Felde sein. Seine eigenen Dienstgradabzeichen hatte Müller im Camp zurücklassen müssen, auch sein Namensschild: Dr. M. Müller. Sollten Sie in Feindeshand geraten, durfte der Feind nicht zwischen höheren und niedrigeren Dienstgraden unterscheiden können.

Der Dingo rumpelte in die befohlene Deckung hinter der Düne. Oberleutnant Sassen sprang vom Fahrzeug, robbte bäuchlings bis knapp hinter den Dünenkamm und brachte sein DF in Stellung. Er beobachtete knapp zwanzig Minuten lang das Gelände auf der anderen Seite der Piste, insbesondere einen kleinen Geländeabschnitt auf der höchsten Erhebung einer Geröllhalde, auf der er immer wieder Bewegungen wahrnahm: auf und ab hüpfende Zigarettenglut, leicht auszumachen in der noch herrschenden Dunkelheit, klar konturierte Metallteile in den weichen Formen des Geländes, ein zwei bis drei Meter langes waagerechtes Holzbrett oder Pistenblech, wie zur Befestigung eines Unterstandes, Kampfstandes oder Beobachtungspostens. Dann war er sicher: Das war ein kleiner Gefechtsstand, von dem üblicherweise die Sprengfallen ausgelöst werden, über die ihr Dingo gleich rumpeln sollte.

Er kroch schlangenhaft und wieselflink die Düne wieder runter. „Alles absitzen. Fahrer bleibt an Bord. Schlafen. Trupp zu mir, Halbkreis."

Müller kroch als Letzter aus der Seitentür. Als er in niedriger Gangart, die Arzttasche hinter sich herziehend, bei Oberleutnant Sassen eintraf, hatte der schon mit seiner Befehlsausgabe begonnen. Die KSK-Soldaten hockten um ihren Führer herum im Halbkreis.

„ ... Bravo Stellung wie ich zeige fünfzig, Charly diese Richtung 150, übernehmen meine Sicherung. Wirkungsrichtung feindlicher Gefechtsstand wie beschrieben. Feuer frei erst bei Schusswechsel."

Sassen nahm den Oberstarzt wahr. „Sie bringen Ihre Tasche an Bord und sichern den Dingo wie folgt." Er befahl Einzelheiten. „Fragen?"

„Mit meiner Dienstpistole?"

„Alpha übergibt Ihnen G 36. Alpha, meine Ausrüstung!"

Einer der Soldaten kramte weitere Ausrüstungsgegenstände aus dem Dingo, die der Oberleutnant sich umhängte. Handgranaten, Handflammwerfer, Magazintaschen. „Sind Sie sicher, Herr Oberleutnant, dass Sie das allein machen?"

„Sicher." Sassen kroch Richtung Piste, dann verschluckte die Dunkelheit ihn.

Der wolkenverhangene, düstere Himmel war für sein Vorhaben günstig. Er brauchte vorsichtige vierzig Minuten, bevor er sich dem feindlichen Gefechtsstand von hinten bis auf zehn Meter genähert hatte. Die Dämmerung brach an. Höchste Zeit.

Aus Richtung des Gefechtsstands hörte er zwei Männer schnarchen. Nach seinen Beobachtungen und Schätzungen mussten es vier sein, wo mochten die zwei anderen sein? Mindestens einer würde die vor ihnen liegende Piste beobachten, dazu war der Stand ja eingerichtet. Der vierte ...

Eine Gestalt in einem Umhang, schemenlos, langes Haar unter dem Turban, das konnte Sassen erkennen, krabbelte aus dem Unterstand auf Sassen zu, mit ruhigen, schlurfenden Bewegungen.

Er konnte Sassen unmöglich entdeckt haben. Sassens schwarze Kampfkombi mit den daran befestigten bauschigen Ausrüstungsgegenständen waren eins mit dem dunklen Gerölluntergrund.

Der Afghane kam weiter auf ihn zu. Noch fünf Schritte, noch drei. Dann drehte er sich um und ging in die Hocke.

Sassen wartete, bis die Hose auf die Knöchel gefallen war. Dann setzte er sich im Zeitlupentempo auf, machte einen behutsamen Schritt und stand unmittelbar hinter dem Mann. Er fasst mit seiner linken Hand dessen Stirn, mit der rechten das Kinn, den Daumen abgewinkelt auf die rauhen Lippen gepresst, und ruckte den Kopf des Afghanen zur Seite, soweit es ging. Das Knacken war fast lautlos und würde im Kampfstand vor ihnen nicht zu hören sein.

Sassen stieg über den Körper des Gefallenen hinweg aufrecht auf den Kampfstand zu, in der rechten Hand seine P 8, in der linken eine GV 30 Spreng-Splitter-Handgranate. Es wurde jetzt schnell heller. Er nahm wahr, dass zwar wie vermutet einer der Männer mit einem Fernglas die Piste vor ihnen beobachtete, aber sie mussten zu fünft gewesen sein, denn ein weiterer schien die Nahsicherung übernommen zu haben. Der Afghane schaute immer wieder unberechenbar nach links und rechts, dann wieder nach vorne, dann wieder nach rechts und links; es war eine Frage von Sekunden, dann würde er nach hinten schauen, vielleicht nach seinem scheißenden Kameraden. In seiner rechten Hand hielt er eine Pistole.

Sassen steckte die Handgranate wieder ans Koppel und zückte sein Kampfmesser. Eine Sekunde später sprang er vor und stach es dem Afghanen links oben in den Rücken, zwischen die Rippen hindurch und exakt so tief, dass er die hintere Herzwand traf. Mit der Rechten gab er einen Schuss auf den Pistenbeobachter ab, Hinterkopf, mittig. Der Mann ging geräuschlos zu Boden, während der Kamerad, dem er das Kampfmesser aus dem Rücken zog, unverständliches Gebrabbel von sich gab, zwischen seinen Worten schossen Blutfetzen aus dem Hals.

Das Schnarchen hörte abrupt auf, und rechts und links von Sassen kam Bewegung in den Kampfstand, den er sich viel kleiner vorgestellt hatte. Sassen drückte zweimal ab, einmal nach links und einmal nach rechts. Die beiden würden nie wieder schnarchen.

Der erste Teil seines Jobs war getan. Sassen wischte das Kampfmesser an einem Kaftan ab. Den Turban eines seiner Opfer wickelte er sich um den Kopf. Scheiße, dieser Talib hatte ihm doch bei seinem Spatengang ohne Spaten tatsächlich auf den linken Stiefel geschissen. Widerlich. ‚It's a dirty job, but someone has to do it', hatte ihm mal einer von den Navy Seals verraten.

Der zweite Teil seines Jobs war der einfachere. Sassen nahm sich eine der Kalaschnikows, auf die ein Zielfernrohr montiert war, eine Waffe, die er seit seiner Ausbildung zum Kommandosoldaten sicher beherrschte. Er beobachtete die Sanddüne, auf und hinter der seine Kameraden ihn und den Dingo sicherten. Sie machten das gut – sie waren nicht zu sehen.

Oberstarzt Dr. Müller war zunächst froh gewesen, der Enge des rumpelnden Dingo entkommen zu sein, aber nach über einer Stunde fand er seine jetzige Situation mindestens ebenso unerträglich. Ob es richtig gewesen war, seinen Wehrübungsplatz im OP, wo es ja immer wieder was zu tun gab, vorzeitig zu verlassen? Ob das bei seinem aktiven Kameraden und Kollegen, der deswegen nun die unangenehmere Nachtschicht hatte, und die auch noch eine Stunde länger, den erwünschten positiven Eindruck hinterlassen hatte? Müller hatte ihm geheimnisvoll erklärt, in einer Kommandosache zu einem Spezialeinsatz angefordert worden zu sein. Der Aktive hatte die Augenbrauen hoch gezogen. Ob sich Müllers Verhalten, seine Abenteuerlust, irgendwie nicht doch auf seine Beurteilung auswirken würde? Egal, Generalarzt konnte er ohnehin nicht werden; das sahen die Laufbahnbestimmungen nicht vor für einen Reserveoffizier.

Aber dieses ständige Liegen in dem rauen Sand war er nicht gewohnt. Wenn er doch wenigstens mal ein paar Schritte auf und ab gehen könnte. Für einen Soldaten seines Alters waren solche Einsätze eben nicht gedacht, grübelte er und streckte Arme und Beine aus. Und wenn dieser Oberleutnant nun nicht zurückkäm, unter dessen Kommando er stand?

Auch das fand er misslich; schließlich war er Oberstarzt, Rang Oberst. Der Flegel war nun schon gut anderthalb Stunden unterwegs, mit seiner schwarzen Kombi in der schwarzen Nacht verschwunden, und seitdem hatte sich nichts getan, nur Liegen, möglichst bewegungslos, Liegen in dieser ungemütlichen Sanddüne, und jetzt wurde es schon hell, ja, es war schon hell, und immer tat sich noch nichts. Ob er das Kommando übernehmen sollte, wenn der Oberleutnant ausfiele oder nicht zurück käme? Immerhin war er dann der einzig verbleibende Offizier auf diesem Scheiß-Dingo. Er würde die Operation JPEL oder wie das hieß sofort abbrechen, Befehl für den Rückmarsch geben und im Container im Camp erst mal heiß duschen und dann ausschlafen.

Von jenseits der Sanddüne gegenüber vernahm er ein „Plopp", das sich anhörte wie ein unterdrückter Pistolenschuss, es hätte auch ein lauter Sektkorken sein können. Das Geräusch wiederholte sich in kurzem Abstand noch zweimal.

Und wenn dem Kameraden was passiert war? Weshalb durfte er seine Arzttasche nicht in der ihm zugewiesenen Stellung neben sich liegen haben? Er schob sein Sturmgepäck wieder auf den Rücken. Diese Scheiß-Schutzweste zwickte ihn. Er drehte sich zur Seite und zog das Sturmgepäck auf die andere Seite. Außerdem war das ja wohl ein blöder Auftrag, hier aufzupassen, dass die Taliban ihnen den Dingo nicht wegnahmen. Drinnen konnte der Fahrer wenigstens schlafen.

Die drei anderen Kameraden waren nicht zu sehen, nicht zu hören, nicht zu ahnen. Ob die eingepennt waren? Mussten die nie pinkeln, trinken, essen? Ans Pinkeln hätte er nicht denken sollen, denn dieser Drang wurde nun immer stärker. Auch ein Frühstück könnte jetzt nicht schaden, wenigstens ein Frühstückchen. Er erinnerte sich an den halben Bounty-Riegel in seinem EPA und wurde immer hungriger. Gleichzeitig wurde der Urindrang unerträglich.

Er würde beides miteinander verbinden, pissen, Bounty-Riegel aus dem Dingo holen und dabei dann noch seine Arzttasche mitbringen. Bei der Gelegenheit könnte er sich dann auch gleich vergewissern, wo die drei KSK-Kameraden eigentlich rumlagen. Müller verließ seine Stellung also sozusagen aus dienstlichem Anlass.

Auf diesen Moment hatte Oberleutnant Sassen gewartet. Er richtete das Fadenkreuz auf die Mitte der Stirn und tätigte den Abzug der Kalaschnikow einmal. Langsam ließ er die Waffe nach unten sinken, wickelte den Turban ab und entsicherte die GV 30, die er dem Turban hinterher warf. Dann wuchtete er sich nach vorne aus dem Kampfstand und lief zu seinen Männern zurück.

Die Handgranate explodierte, als er schon den Fuß der Geröllhalde erreicht hatte.

Teil 3
Das Mandat

Kapitel I

1

Die Sache mit dem Hund hatte Lomer zu denken gegeben. Wie konnte man einem so liebenswerten Tier mit einem Messer die Kehle durchtrennen? Einem Hund wie Laslo, der sich kaum zu knurren traute, geschweige denn zu bellen? Mit welchen Typen hatte er es da zu tun? Laura war sicher, dass das Soldaten aus Beutlers Truppe waren, eiskalte Killer, er hatte sie ja in Calw, als die beiden dort zusammen lebten, selbst ausgebildet, ‚abgerichtet', wie er das damals genannt hatte.

Als Laura Hannes beim Frühstück am nächsten Morgen berichtete, dass von Beutler als nächstes einen finalen Anschlag auf den Kanzler, diesen Piper, plante, und das mit Hilfe von Laura der Jüngeren, mit Hilfe s e i n e r   T o c h t e r , war Lomers Entsetzen endgültig. Mit seiner Tochter! Plan A wie Anmache, Plan B ein Plutonium-Attentat, nach dem Muster Litwinenko: Tee trinken, dieses atomare Gift beimischen, mit dem sie dann zwangsläufig in Kontakt kommen müsste, und anschließend unter Mordverdacht stehen. Wie irre musste dieser Kerl eigentlich sein? Und mit dem hatte seine Laura, die Ältere, die besten Jahre ihres Lebens verbracht? Und weshalb hatte sie diesen Irren nicht früher entlarvt? Warum ihn, Hannes Lomer, nicht früher alarmiert, um Hilfe gebeten? Jetzt war es höchste Zeit, etwas zu unternehmen, keine Frage. Das einzige, was Lomer immer noch nicht wusste, war: Weshalb er? Aber diese Frage traute er sich inzwischen nicht mehr zu stellen. Weil er nämlich wusste, dass er dieses ‚Mandat' annehmen würde, um jeden Preis, auch auf die Gefahr hin, dass er es nicht überleben würde. Er dachte an die sterblichen Überreste von Laslo, das Frühstück schmeckte ihm nicht mehr, aber er dachte vor allem an seine Tochter, dieses hinreißende Mädchen, das er erst jetzt kennen lernen würde und wollte – lieben gelernt hatte er es irrtümlich schon – , und dass dieses Mädchen vor diesem Schuft irgendwie gerettet werden musste, egal wie, aber sicher von ihm, ihrem Vater, und wenn das das einzige war, was er jemals für sie tun könnte. Seine väterliche Absenz, wenn auch unverschuldet, war schließlich dafür verantwortlich, dass sie männermordend durch die Kontinente zog, schließlich auch dafür, dass sie miteinander Inzest begangen hatten. Mit ihrer Nymphomanie wollte sie sämtliche Sehnsüchte nach einem Mann verwirklichen, den sie als Vater nie hatte haben können.

Hannes Lomer wollte vor sie hintreten, sagen ‚ich bin Dein Vater' und ‚ich war es, der Dich gerettet hat, gerettet vor Deinem ‚Dad', von dem Du immer wusstest, dass er es nicht ist, auch wenn Du nie wissen konntest, dass ich es bin'. Dann würde sie es wissen, sie würde ihn umarmen – anders als in New York –, sie wäre eine für immer dankbare Tochter, und sie würde als gutes Mädchen vielleicht nicht mehr überall hin, aber in den Himmel kommen. Und er hätte für den Rest seines Lebens eine Tochter. Wunderbar.

„Laura", sagte er, mehr zu sich als zu Laura, die den Sitz eines ihrer Ohrreifen überprüfte, „ich habe Euer Mandat längst angenommen, ich habe es bisher nur noch nicht gewusst."

Laura atmete tief durch und legte das Frühstücksbesteck zusammen. „Dann stelle ich Dir jetzt jemanden vor."

„Wen?"

„Den Bewohner des Parterre im Gästehaus. Er wartet auf uns."

Laura stolzierte mit ihren italienischen Pumps souverän über die groben Pflastersteine des Schlosshofes. „Während Du hier das erste Mal anriefst, war er übrigens gerade hier."

„Wer?"
„Berndt von Beutler."
„Wie bitte?"
„Er war angemeldet und hatte einen seiner Reserveoffiziere dabei. Er hat bei Deinem Anruf sofort Verdacht geschöpft, misstrauisch wie er ist. Und Dich wahrscheinlich bis hierher observieren lassen."
„Der junge Mann im Biergarten der ‚Grünen Linde'. War der nicht von Dir?"
„War er nicht. Ich war sicher, Du würdest noch mal anrufen oder kommen."
„Und dass ich observiert werde und wahrscheinlich mir als Nächstem die Kehle durchgeschnitten wird, das sagst Du mir erst jetzt? Welche Überraschungen erwarten mich noch?"
Sie näherten sich dem Gewächshaus, das im Dunst des hinteren Gartenteils vor sich hindampfte.
„Wart's ab. Du hast Dein neues Mandat ja gerade erst angenommen."
Die schwere Metalltür quietschte, als Laura sie aufzog.
Sofort erschlug sie eine beklemmende Hitze. Hinter ihnen knallte die Tür ins Schloss. Vor ihnen und um sie herum ein Dschungel von Bäumen, Palmen, Pflanzen, Farnen, Dickicht, wohin Lomer auch schaute. Schweiß brach aus. Am Ende des mittleren Ganges, auf den Laura zusteuerte, sah er die Rückseite eines Rollstuhls, umgeben von etlichen Kästen und Armaturen. Auf diesen Rollstuhl gingen beide zu, Lauras Pumps klackten auf dem erhitzten Steinboden, und Hannes wartete auf die Stimme aus dem Altersheim, die ihn unter 0160-7324615 vorgestern so freundlich vertröstet hatte.
In diesem Moment fuhr der Rollstuhl um hundertachtzig Grad herum, und vor ihnen saß ein Häufchen Elend, das im Moment der vollendeten Drehung wie auf Knopfdruck Haltung annahm. Knöpfe gab es ja genug an diesem High-Tech-Stuhl, dachte Lomer und sah im Hintergrund zwei Bildschirme, die jetzt erloschen. Zwischen den Bildschirmen hing ein großes Thermometer. Lomer wollte gar nicht wissen, was es anzeigte, die Hitze war unerträglich, die Feuchtigkeit auch.
Auf ihn waren stahlgraue Augen gerichtet, kalt wie Eis, stechend wie Strahlen, sie schienen ihn durchbohren zu wollen, aber sie sahen ihn an, fixierten ihn. Diese Augen waren hellwach und voller Leben, im Gegensatz zu der übrigen Erscheinung dieses alten Mannes. Hannes warf einen Seitenblick auf Laura, die aber ging weiter und baute sich neben dem Alten auf, als ob sie dessen Partei ergreifen wollte. Hannes wartete, dass sie einander vorstellen würde, aber der Alte kam ihr zuvor. „Ich habe mit Euch gerechnet."
Er wandte sich Lomer zu. „Gut, dass Sie da sind, Dr. Lomer. Sehr gut sogar. Schön, dass Sie es einrichten konnten."
Kannte der Alte denn die ganzen Umstände überhaupt nicht, oder verstellte er sich höflich? Lomer blickte sich nach einer Sitzgelegenheit um, sah aber keine.
„Entschuldigen Sie die misslichen Umstände unserer Zusammenkunft, es tut mir leid, dass ich Ihnen nichts Komfortableres offerieren kann."
Lomer überlegte, ob er diese markant zerknitterten Gesichtszüge nicht schon mal irgendwo gesehen hatte, irgendwann, als sie noch nicht so zerknittert waren.
Der Alte fuhr fort: „Aber diese Unterredung wird nur von kurzer Dauer sein –"
‚Und ich werde dabei wohl auch nicht zu Wort kommen', befürchtete Lomer.
„ – , weil meine Gesundheit nichts anderes zulässt. Deshalb auch diese angenehme Wärme hier im Tropenhaus, das ich tagsüber gerne zu meinem Refugium wähle."

Lomer dachte sich für einen Moment die Knitterfalten im Gesicht des Alten weg und war sich sicher, ihn wiederzuerkennen: vor vielen Jahrzehnten im Fernsehen oder in der Presse.

„In meinen alten Adern fließt das Blut nicht mehr wie es sollte. Aber genug der Vorrede: In Ihren Adern fließt das Blut noch, junger Mann, Sie haben die Kraft – und Laura sagt: auch die Qualifikationen –, ein großes Problem für uns und unser Land zu lösen, ein Problem von historischer Dimension, zu dessen Beseitigung ich mich nicht mehr in der Lage sehe, aus unterschiedlichen Gründen. Wir haben eine Bewegung initiiert – Laura wird Ihnen Details erzählt haben –, die wir nicht mehr beherrschen, aber irgendwie wieder einfangen müssen. ‚Besen, Besen, seid's gewesen', Sie kennen Goethes Zauberlehrling. Sie haben sich nun dafür entschieden, bei dieser Aktion die entscheidende Rolle zu spielen. Anerkennung für Ihren Mut und Lob für Ihren Einsatzwillen. Alle Hilfe, die wir Ihnen geben können, erhalten Sie von uns." Er sah zu Laura auf, die Hannes unverwandt anschaute. „Laura hat mir viel über Sie erzählt und oft von Ihnen geschwärmt. Sie meint, Sie können das, Sie als Einziger. Ich teile ihre Einschätzung." Der Alte tastete vorsichtig nach Lauras Hand. „Und jetzt würde ich gerne meinen Mittagsschlaf halten." Seine andere Hand zitterte auf das Wasserglas zu, das auf den Armaturen abgestellt war.

Lomer zückte sein Taschentuch und wischte sich den Schweiß von der Stirn. Es wäre jetzt wirklich gut, hier bald rauszukommen, aber noch nicht sofort. „Mit wem hatte ich die Ehre?" hörte er sich fragen.

Der Alte nippte an dem Wasserglas. „Bitte, sehen Sie meiner Schwiegertochter diesen Lapsus nach." Die stahlgrauen Augen richteten sich für einen Moment vorwurfsvoll auf Laura. „Sie wird Ihnen auch unseren Plan erläutern und die Legende erklären, unter der wir beabsichtigen, Sie auf meinen Sohn anzusetzen. Ich bin Burgislav von Beutler, General a. D.; Berndt ist mein Sohn. Er ist mir entwachsen, leider. Mea Culpa."

General a. D. Burgislav von Beutler sank in sich zusammen und setzte unbeholfen sein Wasserglas wieder zwischen die Armaturen.

Laura half ihm.

Lomer drehte sich um.

„Und viel Soldatenglück, junger Mann", krächzte von Beutler hustend hinter ihm her, „und Glück ab!"

‚Also ehemaliger Fallschirmjäger', dachte Lomer auf seinem Weg den Mittelgang entlang. Hinter sich hörte er das schnelle Klack-klack-klack von Lauras Pumps auf den Steinplatten.

Draußen empfing sie angenehm kühle Sommerhitze. Die Tür fiel kreischend in den Metallrahmen zurück. Hannes machte sich eine Zigarette an. „Woher kenne ich General von Beutler?"

Laura nahm ihm seine Zigarette ab und zog daran. „Vier-Sterne-General Burgislav von Beutler war zuletzt Generalinspekteur der Bundeswehr, bis zu seinem Ausscheiden Mitte der siebziger Jahre."

Hannes machte sich eine neue Zigarette an. Laura nahm sie ihm weg und gab ihm die angerauchte zurück. „Lass uns im Garten was trinken. Eistee? Campari? Prosecco? Was soll es sein?"

Sie gingen schweigend durch den Schlosshof zurück. Hannes wurde das Bild des alten Generals nicht los. „Und wann erfahre ich Euren Plan und meine Legende?"

„Gleich beim Eistee, wenn Du willst."

„Und was hat Vater und Sohn entzweit?"

„Danach beim Prosecco. Im Wesentlichen war es der Edeka-Orden seines Sohnes. Der hat nicht dem Alten, aber Berndt zu schaffen gemacht."

Sie hatten den Torbogen zum Schlossgarten erreicht.

2

Der Anruf aus Tunis ging bei der Zentrale von Omega-Enterprices in München ein und wurde von dort an die persönliche Assistentin von Lothar Tocker durchgestellt. Sie rief sofort ihren Chef auf einem seiner Satellitentelefone an, das im Kölner Heeresamt auf Tockers ungemütlichem Schreibtisch lag. Als es summte, machte Tocker erstmal die sperrigen alten Holzfenster zu.

„Tocker."

„Ihr Anruf aus Tunis ist hier gerade eingelaufen. ‚Operation finie et accomplie', hat der Anrufer gesagt. Abdul Alpha hat er sich genannt und dann gleich aufgelegt. War auch 'ne schlechte Verbindung."

‚Wahrscheinlich hat er mich deshalb nicht auf meinem Cell-Phone angerufen', dachte Tocker. „Schön, Madeleine, sehr schön. Sagen Sie, was macht eigentlich unsere Lieblingsmandantin – hat sie sich inzwischen mal gemeldet?"

„Welche Ihrer Lieblingsmandantinnen meinen Sie, Herr Tocker?"

„Diese Anonyma, zu der wir erst seit kurzem unmittelbaren Kontakt über die englische Telefonverbindung haben."

„Die läuft hier unter dem Decknamen Lima Sierra."

„Ja, richtig."

„Hat sich seit Ihrer Abwesenheit nicht mehr gemeldet, Herr Tocker."

„Haben Sie sie mal angerufen?"

„Nicht, seit Sie weg sind. Es lag nichts an. Ihr Depot legt zu."

„Okay, sobald was zu veranlassen wäre, bitte Meldung an mich, suchen Sie mir schon mal die Geheimnummer raus, ich rufe Lima Sierra dann persönlich an. Bin ohnehin bald wieder zurück in München. Sonst was von Wichtigkeit?"

„Keine besonderen Vorkommnisse, Herr Oberst."

Tocker meinte, Madeleine schmunzeln zu sehen. „Braves Mädchen".

Er legte auf und schaute auf seine Breitling. Der General würde bei seinen Leibesübungen nicht gestört werden wollen, nicht mal durch gute Nachrichten. Die Schlossherrin ging Tocker nicht aus dem Kopf. Diese große schlanke Frau mit den überdimensionierten Ohrreifen, dieses lange schwarze Haar, gepflegt und wild zugleich, der durchdringende Blick aus diesen dunklen Augen, die trotzdem irgendwie sinnlich waren, mindestens so sinnlich wie die vollen roten Lippen, diese schwarzen Stiefel an den langen schlanken Beinen – und vor allem dieser leicht wiegende Gang, er sah sie jetzt noch durch den Torbogen in den Schlossgarten entschwinden. Und von Beutler schien sie es so richtig gegeben zu haben, bevor sie Tocker in der Hitze des Schlosshofes Wasser angeboten hatte; wie ein Schuljunge hatte der General in diesem Hof herumgestanden, wie auf einem Schulhof, nachdem er soeben einen verschärften Verweis von seiner Direktorin hatte wegstecken müssen. So hatte er den General noch nie gesehen. Wenn Tocker doch ihr Angebot angenommen hätte, nicht nur, weil er Durst gehabt hatte nach seiner Schlosserkundung, nein, er hätte wenigstens noch zweimal ihren unnachahmlichen Gang miterleben dürfen, einmal in die Küche und einmal mit dem Wasser wieder zurück zu ihm.

Die Auseinandersetzung der beiden war auch wohl der Grund für die schlechte Laune des Generals auf dem Weg nach Berlin gewesen. Tocker machte das Fenster seines Amtskäfigs wieder auf und sog frische Morgenluft ein. Ob der General was mit der Schlossherrin hatte? Hatte nicht so gewirkt, kein Bild von ihr in seinem Dienstzimmer, also eher nicht. Oder gehabt hatte? Danach hatte es auch nicht ausgesehen. Aber, na wenn schon; irgendeine Gelegenheit, diese schöne Frau wieder zu sehen, würde sich finden oder herbeiführen lassen. So Anfang vierzig schätzte er sie, aber so streng wie sie geguckt hatte, könnte sie auch Mitte oder Anfang dreißig sein. Phantastisch.

Tocker rieb sich die Hände und griff nach seinem Diensttelefon.

Dann hielt er inne. Weshalb hatte der General ihm nicht gesagt, dass der alte Mann im Gewächshaus sein eigener Vater war, General Burgislav von Beutler, Jahrgang 1915, Ritterkreuzträger im II. Weltkrieg, Ostfront, Westfront, Afrika, goldene Nahkampfspange, als Oberstleutnant der Wehrmacht zwei Jahre britische Gefangenschaft, Flucht aus England, 1950 als Oberst im Generalstab German-Liasons-Director der Amerikaner, danach Aufbau erst des deutschen Bundesgrenzschutzes BGS, dann der Bundeswehr, als deren späterer Generalinspekteur er nach mehrfachen Verlängerungen seiner regulären Dienstzeit Mitte der siebziger Jahre in Ehren ausgeschieden war? Das Große Bundesverdienstkreuz und den Großen Zapfenstreich hatte er damals bemerkenswerterweise kurz vor seiner Entlassung abgelehnt, was dann durch alle Medien gegangen war, daran konnte sich Tocker noch erinnern, er war damals Oberleutnant gewesen. Das Bild, auf dem er den Alten aus dem Gartenhaus wiedererkannt hatte, und seine Vita waren in „Die Ritterkreuzträger in der Bundeswehr" und in „Elite im Halbschatten – Generäle und Admiräle der Bundeswehr" nachzublättern gewesen. Wer so einen Vater hatte, musste sich dessen nun wirklich nicht schämen; als ‚Gärtner beim Mittagsschlaf' hatte er ihn verleugnet, und das am frühen Vormittag. Geschmacklos. Unerklärlich. Was hatte von Beutler junior zu verbergen? Was mochte da vorgefallen sein in der Familie von Beutler? Rätselhaft und geheimnisvoll, dieser Brigadegeneral. Ob er ihn beim Rotwein mal darauf ansprechen sollte?

Tocker verwarf den Gedanken, bevor er ihn zu Ende gedacht hatte, und griff zum Telefon.

Renstorff nahm ab. „Renstorff, Vorzimmer General von Beutler."

„Morgen, Renstorff, hier Tocker."

„Guten Morgen, Herr Oberst."

„Ist der General zu sprechen?"

„Macht Sport. Will nicht gestört werden. Was kann ich melden?"

Tocker überlegte. Gute Nachrichten überbrachte er am liebsten persönlich. „Wann kann ich ihn sprechen?"

„Heute Abend im Kasino. Hat den ganzen Tag Termine."

Andererseits war diese Info wichtig. „Melden Sie ihm, Operation Omega sei erfolgreich abgeschlossen. Hat der General noch Aufträge für mich?"

„Nichts bekannt, Herr Oberst."

„Schönen Tag noch."

Tocker war verärgert. Für diesen einen Auftrag und für zwei Dienstreisen hatte der General ihn nun zu einer Wehrübung einberufen lassen? Operation Omega hätte er telefonisch auch von seinem Chefsessel in München erledigen können, und jetzt hatte der General nicht mal Zeit für ihn; konnte der keine Aufgaben auf seine Untergebenen delegieren, wenn er den ganzen Tag zuterminiert war? Das freie Unternehmertum war dem Verteidigungsdienst eben doch überlegen. Immerhin war Calw interessant gewesen, und auf der Dienstreise nach Berlin hatte er seine Mandantin Lima Sierra persönlich kennengelernt – besser: gesehen, kennenlernen würde er sie schon noch, und sie ihn.

Die enge Amtsstube ging ihm auf die Nerven, ebenso dieses unsägliche Sperrmüll-Mobiliar. Ach, diesen Oberstleutnant der Reserve Bloch im Kanzleramt könnte er mal anrufen, diesen Rechtsanwalt aus München, und später würde er sich bei Renstorff ins Kasino abmelden, zu einem zweiten Frühstück.

Von Beutler machte Liegestütze. Bei dreißig hörte er auf. War nicht sein Tag heute, dachte er, als Renstorff eintrat und ihm einen Stapel Meldungen und Tageszeitungen auf den Schreibtisch packte. Oberst Tocker meldete erfolgreichen Abschluss der Operation Omega und würde ihn heute Abend gerne im Kasino sehen. Major Rinzen meldete, die US-MP hätte sich nach diesem Oberstarzt Dr. Müller und nach ihm erkundigt, und wartete auf die Anweisungen des Generals, wie er sich verhalten sollte, wenn die erneut aufschlagen würden.

Ob die amerikanischen Ermittler dahinter steckten, fragte sich von Beutler und legte sein schweißnasses Handtuch weg. Offensichtlich, denn Oberst der Reserve Müller hätten sie mitgenommen, wenn Rinzen und das KSK das nicht verhindert hätten, fuhr die Meldung fort. Scheiße: Es gab einige Gründe, aus denen Rinzen keinesfalls in die Hände der Behörden fallen durfte – Brooke, Müller und zwei Polizisten in Junkersdorf. Zum Teufel, statt dass die Nebenkriegsschauplätze weniger wurden, nahmen sie zu: Nach dem überschaubaren Problem Müller, das immer noch nicht begradigt war, nun das komplexere Problem Rinzen. Von Beutler schlug mit der Faust auf den Tisch.

Renstorff riss die Verbindungstür auf. „Herr General?"

„Zwei Infos, eine für Rinzen, eine für Sassen, beide Kundus. Erstens – Rinzen: Camp nicht verlassen und sich bei nächster Gelegenheit Sassen anschließen. Verlassen des Camps nur im Rahmen eines KSK-Einsatzes, den nächsten soll Rinzen mitmachen. Zweitens – Sassen: (a) aktueller Stand ‚Operation Mühle'?, (b) Auftragserweiterung: Soll Rinzen aufnehmen und nicht aus den Augen lassen; beim nächsten Einsatz einplanen und mitnehmen. Einzelheiten folgen. Drittens: beides verschlüsselt und sofort."

Renstorff hatte mitnotiert. „Jawoll, Herr General, verschlüsselt und sofort. – Die Tagesordnung für die Hauptversammlung der Gesellschaft in Hamburg ist zur Abzeichnung fertig, wollen Sie die jetzt – ?"

„Ich sagte: s o f o r t ! Wegtreten."

Verdammt, jetzt musste gehandelt werden.

„Nehmen Sie sich Zeit beim Überlegen, verlieren Sie keine Zeit beim Handeln."

Während von Beutler überlegte, sortierte er den Zeitungsstapel nach Größe und Alphabet. Einige fette Überschriften sprangen ihm ins Auge:

„Amerikaner verlieren mit den Deutschen die Geduld"

„Konfrontation zwischen deutscher und US-amerikanischer Militärpolizei im Feldlager Kundus"

Diesen Artikel würde er nach dem Duschen als ersten lesen. Er legte das Blatt quer oben auf und blätterte weiter.

„Gabriele will gehen – dauert Kanzlerehe nur drei Monate?"

„Gabriele Piper reicht Kanzler noch einmal die Hand"

„Gabriele trotz Krise zurück?"

„Wie lange wird die 4. Ehe unseres Bundeskanzlers halten?"

Der Untertitel lautete: „*Eine Trennung nach drei Monaten hätte wohl inzwischen auch politische Folgen*"

„*Opposition feixt*"

Stich sollte seine Boulevard-Kampagne jetzt eheförderlicher gestalten, nahm von Beutler sich für die anschließende Besprechung um zehn Uhr dreißig vor. Dann würde Plan A noch durchschlagender sein, und ihre Mitwirkung an Plan A hatte seine Stieftochter ihm ja als mindestes in Frankfurt versprochen. Und nach bestätigtem Erfolg der Operation Omega sollte Stich jetzt die entsprechenden Gerüchte in die Welt setzen: ‚Steckt Bundesregierung hinter rätselhaftem Verschwinden der beiden Schweizer Zeugen aus dem Untersuchungsausschuss Coenen?' So oder so ähnlich sollte die Überschrift lauten, die er noch diese Woche lesen wollte.

Er rief Laura Estella an. Das dauerte alles zu lange. Mailbox. Er brauche ihre Entscheidung innerhalb von vierundzwanzig Stunden und einen weiteren Besprechungstermin in Berlin binnen drei Tagen, ordnete er an und legte auf.

Danach ging er duschen, zwei Minuten heiß, drei Minuten kalt.

Wenige Minuten später fand er auf seinem Schreibtisch die Meldung von Rinzen; Renstorff hatte sie ihm hingelegt:

„*Operation Mühle erfolgreich abgeschlossen. Rinzen.*"

Von Beutler faltete die Notiz nachdenklich zusammen, Kante auf Kante, bevor er sie in den Reißwolf warf.

3

Rinzen und Sassen saßen einander gegenüber im Feldjäger-Container im Camp Kundus, zwischen ihnen ein Feldbett, das Rinzen zum Schreibtisch umfunktioniert hatte, indem er zwei Bretter über die Bettpfosten hatte legen lassen. Vor einer guten halben Stunde hatte Rinzen seine Meldung an General von Beutler über Satellit abgesetzt, vor zwei Stunden hatte Sassen seinem Kommandoführer Meldung erstattet.

„Damit ist unser offizielles Verhör beendet, Oberleutnant Sassen." Rinzen raffte seine handschriftlichen Notizen zusammen. Ein Verhör hatte nicht stattgefunden. Rinzen hatte sich lediglich Sassens Geschichte angehört und das mitskizziert, was Sassen bei seinen weiteren Vernehmungen übereinstimmend aussagen würde. Rinzen sah auf die große Normaluhr, die an der Stirnseite des Containers hing. „Jetzt wartet MAD-Krause auf Sie."

Sassen erhob sich. „Der ist doch sicher T 7."

„T 7?"

„Geringste militärische Tauglichkeitsstufe; ich zum Beispiel als Kommandosoldat habe T 1, Sie als Feldjäger vermutlich T 2."

„Kann sein – nun gehen Sie mal rüber."

Sassen meldete sich ab und verließ den Container.

Elf Minuten später erreichte Rinzen die Nachricht von General von Beutler:

„*Camp nicht verlassen stop sofort Verbindung zu KSK-Sierra aufnehmen stop Camp nur mit KSK verlassen stop nächsten KSK-Einsatz durch Teilnahme unterstützen stop gez. Romeo im Auftrag Golf Ende.*"

Rinzen sprang irritiert auf. Die Normaluhr zeigte 15:32. Das Verhör von Sassen durch Krause würde spätestens um 16.15 Uhr beendet sein, weil es dann Abendverpflegung gab. Bis dahin würde er sich gedulden müssen, wenn er keinen Verdacht erregen wollte. Und in der Zwischenzeit würde er seinen Operationsplan entwickeln.

Sassen hatte auf der Besucherseite des kleinen Plastik-Schreibtisches Platz genommen und sah Krause gelangweilt zu. Der hatte seine Brille neben einem kleinen Stoß Papier abgelegt, aus dem er vorlas: „Dienstgrad: Oberleutnant, Name: Sasse. Funktion: Kommandosoldat KSK, derzeitiger Auftrag: ..."

„Richtig, falsch, richtig."

„Falsch? Was?" Krause sah auf.

„Sassen – Sa wie SA, ss wie SS, e wie Elite, n wie national."

Krauses Akne spannte sich. ‚N wie neurotisch', dachte er. Auch gefiel ihm die Sitzposition nicht, die dieser Oberleutnant in seinem Container-Büro gewählt hatte; es fehlte nur noch, dass dieser Schnösel ihm gleich seine Stiefel auf den Schreibtisch legte. Und dabei fand diese Vernehmung auf Befehl seiner allerhöchsten Dienststelle statt. Unerhört! „Was war Ihr Auftrag?"

„Kein Kommentar. Hat mir mein Kommandoführer noch mal ausdrücklich untersagt. Wegen der Sicherheitsbestimmungen. Kennen Sie ja. Wenn nicht, rufen Sie ihn an." Sassen hielt ihm sein futuristisches Cell-Phone hin.

Unteroffizier Krause schüttelte den Kopf. Ratlos.

Sassen wählte eine noch komfortablere Sitzposition.

„Aber Folgendes davon kann ich zu Protokoll geben. Wenn Sie wollen."

Krause ergriff einen schmuddeligen Kugelschreiber. „Nur zu! Ich höre."

Sassen spürte die Vibration seines Cell-Phones und würde die Nachricht gleich nach seiner Vernehmung anschauen.

„Wir hatten den Auftrag, in einer Blackbox Verbindung zur TF 373 aufzunehmen. Das war in der Nacht nach dem Nachmittag, an dem wir zwei uns im Biergarten gesehen haben."

„TF 373?"

„Eine amerikanische Spezialeinheit – Task Force 373."

„Welche Blackbox?"

„Blackbox Delta."

„Wo liegt das?"

„Koordinaten kann ich Ihnen nicht geben. Westlich Gul Tepa. Von Talib beherrschtes Gebiet zwischen Kundus und Masar-i-Scharif."

„Aber Sie haben das Einsatzgebiet nie erreicht?"

„Wären zu spät zur Verbindungsaufnahme gekommen. Hatten eben diesen Zwischenfall auf dem Weg ins Operationsgebiet."

„Schildern Sie den Zwischenfall."

„Feindberührung. Beobachter meldete feindlichen Kampfstand, wir haben Deckung bezogen und wollten Kampfstand vernichten, um Auftrag weiter auszuführen."

„Mir wurde gemeldet, Sie seien alleine vorgegangen. Weshalb alleine?"

„Kräfte sparen, Reserven bilden. Ein Mann reicht gewöhnlich für diese Tabakfresser."

„Was haben die anderen gemacht?"

„Dem Fahrer hatte ich Ruhe befohlen. Meine drei Soldaten haben mich gesichert. Der gefallene Arzt unser Einsatzfahrzeug."

„Weshalb war der denn überhaupt dabei?"

„Feindberührung hatten wir befürchtet. Sicher ist sicher. Außerdem war der Gefallene interessiert. Aber entscheidend war, dass die Amerikaner uns das nahegelegt hatten."

Krause machte sich eine Notiz. „Kann das irgendeiner der Amerikaner bestätigen – aus dieser Truppe 373?"

Sassen schüttelte lächelnd den Kopf. „Fragen Sie sie doch einfach mal."

„Können die Amerikaner bestätigen, dass sie Wert auf Ihre Unterstützung gelegt haben?"

„Fragen Sie sie doch einfach mal."

„Wusste Ihr Kommandoführer von der Teilnahme des gefallenen Arztes?"

„Fragen Sie ihn doch einfach mal."

Krauses Akne rötete sich. Er kam hier irgendwie nicht weiter. Aber er hatte seinen Auftrag. „Wie sind Sie denn nun vorgegangen?"

„Infanteristisch: beobachten, Annäherung sichern, anschleichen, Zugriff, vernichten."

Krause war beeindruckt. „Aber irgendwas ist dann wohl schief gelaufen."

„Meinen Soldaten hatte ich befohlen: Feuer frei erst bei Schusswechsel. Es gab keinen Schuss w e c h s e l. Weshalb der Oberstarzt da plötzlich im Gelände rumsprang – keine Ahnung. War so nicht befohlen. Hat sich nicht infanteristisch verhalten. Der einzige Taliban, dem ich bis dahin noch nicht den Hals umgedreht hatte, hat dann sofort gerotzt."

„Gerotzt?"

„Geschossen."

Ob noch mehr so blöde Fragen kommen würden?

Es kamen keine mehr. „Sie haben Ihrem Kommandoführer alles gemeldet, nehme ich an."

Sassen nickte. „Als erstem."

Unteroffizier Krause war immer noch ratlos. „Ihre Vernehmung ist beendet, Herr Oberleutnant." Krause machte sich eine Abschlussnotiz, Sassen schlenkerte aus dem Container und schaute sich die eingegangene SMS an:

„Operation Mühle: Sofort Kontakt zu Rinzen aufnehmen: Protektion und Einplanung für nächsten Einsatz stop Einzelheiten folgen stop gez. Romeo im Auftrag Bravo."

Oberleutnant Sassen löschte die Nachricht und ging zurück zum Container der Feldjäger.

4

Von Beutler sah Tocker an der Kasino-Bar. Tocker hatte auf den General gewartet und die Frühnachrichten gesehen. Ein Oberstarzt war bei einem KSK-Einsatz mit einer amerikanischen Task Force unter bisher ungeklärten Umständen in einem Taliban-Gebiet gefallen, hatte die kurze Mitteilung gelautet. Täglich kamen Nachrichten über mehr und mehr Verwundete und Gefallene, man hörte schon gar nicht mehr hin, aber ein gefallener Oberstarzt im KSK-Einsatz in feindlichen Räumen hatte Tocker schon nachdenklich gemacht.

Von Beutler hatte auf seinem Geländelauf durch den Stadtwald eine MIL-Sportgruppe überrundet und dachte immer noch an Rinzen, als er an Tocker vorbei auf den Kasinogarten zusteuerte.

Tocker folgte ihm.

Beide setzten sich an einen Ecktisch und bestellten Wasser.

„Und zwei Cognacs", befahl von Beutler der Ordonnanz, die heute Abend ein zwangloses Polohemdchen trug. „Den werden Sie brauchen, Tocker."

„Ich befürchte, Sie auch, Herr General."

Von Beutler zog die Augenbrauen hoch. „Ach?"

„Wollte Ihnen heute Abend melden, dass dieses meine letzte Wehrübung sein wird, Herr General."

Von Beutler zeigte keine Reaktion. Die Cognacs wurden serviert. Der General prostete Tocker zu. „Darauf trinken wir. Sie gehen nämlich für die nächste und letzte Wehrübungs-Woche nach Afghanistan."

Tocker verschluckte sich und hustete.

„Wenn Sie wollen. Und wenn Sie Freude an folgendem Auftrag haben."

Sie leerten die Gläser. Von Beutler bestellte das gleiche noch mal und eine Flasche von dem australischen Shiraz.

Tocker war neugierig.

„Tocker, zunächst weiß ich den Erfolg Ihrer Mission ‚Omega' zu schätzen. Aber mich beschäftigen den ganzen Tag über schon weitere Probleme und bei der Lösung des derzeit zweitwichtigsten hatte ich an Sie gedacht."

„Das ehrt mich, Herr General."

Von Beutler prostete seinem Reserveoffizier zu. „Tocker, wir haben folgende Lage: In Afghanistan habe ich eines unserer Mitglieder in Sicherheit gebracht, vorläufig, vor dem Zugriff unserer Strafverfolgungsbehörden. Jetzt sind die US-Militärs auf seiner Spur und kurz vor dem Zugriff. Eine Festnahme muss aber unter allen Umständen verhindert werden. Deshalb habe ich unseren Mann heute mit sofortiger Wirkung unter den persönlichen Schutz eines KSK-Offiziers gestellt. Dieser Schutz kann aber ebenfalls nur vorübergehend sein. Soweit meine Lagebeurteilung. Mein Entschluss: Das Mitglied unserer Gesellschaft muss verschwinden."

Tocker nippte an seinem Brandy. Der Wein wurde serviert, und von Beutler stellte die Ordonnanz wegen ihres Polohemdes zur Rede. Tocker hörte nicht so genau hin, weil ihm die Nachrichten von vorhin wieder durch den Kopf gingen. Wieso fiel ein so hochrangiger Bundeswehrarzt, der normalerweise seinen OP nie verließ und erst recht nicht das Lager, bei einem offenbar gefährlichen Einsatz von Spezialkräften? Weshalb ging der General mit keinem Stirnrunzeln auf seine Ankündigung ein, seine letzte Wehrübung abzuleisten? „Sie meinen, verschwinden wie dieser Oberstarzt im KSK-Einsatz heute oder gestern? War eben im Fernsehen."

„Ach? Berichten Sie!"

Tocker berichtete.

Jetzt war die Nachricht also offiziell. Tocker konnte die Hintergründe und Zusammenhänge nicht kennen. Compartment-Wissen. Hatte sich bewährt. „Ihr Entschluss interessiert mich, Tocker." Von Beutler trank den Wein an.

„Entspricht Ihrem Entschluss, Herr General: muss verschwinden."

„Und jetzt Ihr Operationsplan!"

Tocker überlegte. Er könnte nach Einzelheiten der Fakten zur Lagebeurteilung fragen, aber das wollte der General sicher nicht hören und erst recht nicht preisgeben. Es kam ihm eine Idee, die er spontan viel besser fand: Er würde dem General eine Falle stellen, eine ganz kleine. „Operationsplan wie Muster dieses Oberstarztes: endgültig verschwinden. Weil …"

„Entschluss ohne Begründung!" Von Beutler setzte das Weinglas ab. „Ich kenne diesen Fall des Oberstarztes nicht, aber wenn das ein Kollateralschaden war, wäre er nur zu rechtfertigen, wenn dieser Gefallene irgendeinen Fehler begangen hätte, von erheblicher Tragweite, schwerwiegend, unentschuldbar, und auch nur als ultima ratio. Diesen Fall haben wir bei unserem Mitglied nicht. Denken Sie an die Worte Max von Schenkendorfs, 1814: *„Wenn alle untreu werden, so bleiben wir doch treu, dass immer noch auf Erden für Euch ein Fähnlein sei. Gefährten unserer Jugend, ihr Bilder bessrer Zeit, die uns zu Männertugend und Liebestod geweiht."*

„Das Lied der Waffen-SS."

„ ‚Treue um Treue' heißt es auch heute noch bei den Fallschirmjägern. Auch wenn es nicht mehr praktiziert wird." Von Beutler schenkte Wein nach. „Unterhalten Sie geschäftliche Kontakte nach Pakistan?"

Tocker fühlte sich angenehm überrascht. „Nach Karatschi, Pakistans Finanzmetropole. Gibt es da einen Zusammenhang, oder wechseln wir gerade das Thema?"

„Tocker, ich erläutere Ihnen jetzt meinen Operationsplan zum notwendigen Verschwinden unseres Mitglieds aus den Fängen sämtlicher Ermittlungsbehörden dieser Welt inklusive der US-amerikanischen, wenigstens für das Zeitfenster, das wir benötigen, um unsere Ziele zu erreichen. Das wird schon sehr bald der Fall sein. Vielleicht schon in Wochen."

„Herr General, ich höre."

„Erstens: Sie melden Frau Schwartze, Sie haben sie neulich in ihrem Schloss kennen gelernt, dass Sie in ein bis zwei Wochen einen Gast kriegt, Mitglied unserer Gesellschaft, der in dem Gästehaus, das Sie gesehen haben, für eine Zeitlang versteckt werden muss."

Tocker lief rot an. Das gefiel ihm schon mal. Oder stellte der General jetzt gerade ihm eine Falle, eine ganz kleine vielleicht?

Von Beutler gefiel diese seine Idee auch, denn seit dieser Lomer sich im Schloss eingenistet hatte, konnte Dienstaufsicht dort vor Ort durch Major der Reserve Rinzen nur nützlich sein: Was machte Lomer dort den ganzen Tag? Urlaub? Rechtsgutachten? Und nachts? Etwa mit Laura? Das alles konnte er durch Rinzen erfahren, aber das musste Tocker nicht wissen. Compartment-Wissen. „Zweitens: Sie gehen mit dem nächsten Flieger ins Camp Kundus und leiten dort dienstlich folgende Abläufe: (a) Der in Ihre Obhut gestellte Soldat ist Feldjäger, Major der Reserve Rinzen, und wird derzeit vorübergehend gesichert durch ein weiteres Mitglied unserer Gesellschaft, einen KSK-Oberleutnant namens Sassen, beide wurden von mir auf enge Zusammenarbeit angewiesen und werden wahrscheinlich bis zu Ihrem Eintreffen ein Feldbett teilen, einer ruht, der andere sichert. (b) Dann schlagen Sie auf und führen den Einsatz, Tocker. Mit Hilfe des KSK-Offiziers leiten Sie einen fingierten Einsatz im Grenzgebiet Afghanistan-Pakistan, aus der Luft, und werden über pakistanischem Gebiet abgesetzt, bei Nacht und Nebel, soweit vorhanden."

„Melde, Herr General: habe keine Sprungerfahrung."

„Dann lernen Sie das. Vielleicht wird Ihnen ja sogar danach das pakistanische Springerabzeichen in Bronze verliehen."

Tocker lächelte sparsam.

Der General trank einen Schluck Wein. „(c) Ihre pakistanischen Verbindungsleute, Ihre Geschäftspartner aus Karatschi, sammeln Sie an der Drop Zone ein, kleiden Sie in Zivil um und bringen Sie entweder unmittelbar aus Pakistan zurück nach Deutschland, oder – wenn sich dies wegen der dortigen Spannungszustände als unmöglich erweist – über Indien nach Deutschland; Indien oder Pakistan hatten dieser Tage ein offizielles Treffen ihrer Außenminister, das heißt, ein offizieller Grenzübertritt sollte möglich sein. Wenn nicht, gehen Sie über die grüne Grenze nach Indien und von dort nach Deutschland. Das müssten Sie mit denen über Ihr privates Telefon morgen organisiert haben. Inklusive falscher Papiere, da hilft Ihnen Renstorff, der entsprechende Vorbereitungen getroffen hat; (d) falls Pakistan: Rückreise sofort; falls Indien: Sie halten sich als Tourist ein paar Tage dort auf und fliegen von Indien aus in einem Touristen-Flieger nach Frankfurt."

„Auch der KSK-Offizier?"

„Der bleibt an Bord der Maschine, die Sie absetzt, und fliegt zurück zum Standort. An Ihrem Zivilleben nach dem Absprung nimmt er nicht mehr teil."

„Dieser Schützling –"

„Major Rinzen."

„ – ist der schon mal gesprungen?"

„Negativ. Von dem KSK-Offizier erhalten Sie beide einen Crash-Kurs, Refresher für Reservisten. Machen Sie sich nicht in die Hose, das können Sie kurz vor dem Absprung immer noch. Außerdem haben die da in Pakistan zur Zeit jede Menge Hochwasser. Wassersprünge sind relativ ungefährlich."

„Jawohl, Herr General, ungefährlich."

„(e) Sie liefern Rinzen auf Schloss Hirschesruh ab. (f) Sie melden sich hier in Köln zurück und beenden Ihre letzte Wehrübung."

Das gefiel Tocker schon besser, besser als (b) allemal.

„Details erfahren Sie morgen früh von Renstorff. Noch Fragen?"

„Keine, Herr General."

„Die Operation heißt ‚Quick Train'. Viel Soldatenglück!"

Kapitel II

1

Die Flügel des grünen Holztors von Schloss Hirschesruh fuhren langsam wieder zusammen, nachdem der schwarze Audi-Kombi die Lichtschranke durchfahren hatte. Laura sah noch kurz die Bremslichter aufflackern, ein letzter Blick von Hannes durch den Rückspiegel, dann fiel das Tor zu.

Laura drehte sich zum Torbogen und stolzierte in die Schlossküche. Irgendein Telefon brummte.

Es war Estella. „Hallo!"

„Hallo, Schätzchen. Wo treibst Du Dich rum?"

„Bin auf der Fahrt von Frankfurt zu Dir. Kann ich kommen?"

„Wann Du willst. Frühstück, Kuchen, oder was darf es sein?"

„Egal. So in einer Stunde?"

„Schön, ich koche uns einen Kaffee."

Estella legte auf.

Laura setzte sich auf einen der Küchenstühle und machte sich eine Zigarette an. Die Reste von dem üppigen Brunch, das sie Hannes serviert hatte, konnte sie auch später noch wegräumen. Er würde jetzt mit dem GPS-Sender, den von Beutlers Truppen unter dem Bodenblech des gemieteten Audi angebracht hatten, und den sie, Laura, dort entdeckt hatte, eine falsche Spur legen, er würde die 500.000, die sie ihm noch mitgegeben hatte, auf eines seiner Konten einbezahlen oder sie sonstwohin bringen, und damit sollte nun über die zwei Millionen, die vor zwanzig Jahren ihr Leben so heftig verändert hatten, nie mehr gesprochen werden. Die Gehirne sollten frei sein für seine jetzige Aufgabe und für ihre Unterstützung. Als erstes würde Hannes Lomer dann für eine kurze Zeit untertauchen, um später wie ein Phönix aus der Asche in fremder Gestalt auf die Bühne zu treten, um in das unselige Geschehen einzugreifen, es nach Möglichkeit zu beenden. Und alles auf ihr Kommando, sie hatte den Plan entwickelt, von Beutler senior hatte ihn abgesegnet, Hannes hatte ihn akzeptiert, und sie kannte sich aus mit Scharaden, seit zwanzig Jahren.

Sie griff zum Telefon und wählte eine Nummer in England. Sie wurde verbunden. Sie wurde noch einmal verbunden. Schließlich hatte sie die vertraute Stimme im Ohr: „Madam, was kann ich für Sie tun?"

„Ich brauche Bares."

„Mit wem spreche ich?"

„Lima Sierra."

„Gern. Darf mein Chef Sie zurückrufen?"

„Ihr Chef? Warum das? Gibt's Probleme?"

„Keineswegs. Er hat mich darum gebeten, Sie bei nächster Gelegenheit persönlich sprechen zu dürfen. Diese Gelegenheit ist jetzt da."

„Sind Sie sicher?"

„Ich führe nur seine Anweisungen aus, Madam."

„Tun Sie das. Er soll mich zurückrufen, noch heute. Das Geld brauche ich noch diese Woche: fünfzig Blätter in Euro."

„Ich richte es ihm aus. Er ruft Sie so bald wie möglich an."

„Heute", wiederholte Laura und legte auf. Das wäre die erste unangenehme Überraschung mit diesem Vermögensverwalter. Oder vielleicht auch gerade jetzt sehr passend. Laura positionierte ihr Telefon in Reichweite und begann, den runden Tisch unter dem Fenster abzuräumen. Sie hatte gerade damit angefangen, als das Telefon brummte.

„Gnädige Frau, Sie baten um meinen Anruf noch heute – Lima Sierra."

Das war aber schnell gegangen. „Sie wollten mich sprechen?"

„Wir dachten, es wäre an der Zeit, dass wir uns persönlich kennen lernen – nach fast zwanzig Jahren der Zusammenarbeit."

Die Stimme dieses Mannes hatte sie schon mal gehört, war gar nicht so lange her. „Gibt es einen Anlass?"

„Mehrere. Einer ist Ihr Wunsch nach Barem, noch diese Woche."

„Wann? Wo? Wie?" wollte Laura wissen.

„Wann: jederzeit ab heute später Nachmittag oder früher Abend. Den Übergabeort bestimmen Sie. Unser Vorschlag: Ihr Domizil. Wie: cash."

Laura gefiel nicht nur diese Stimme – wo hatte sie sie denn vor ein paar Tagen noch gehört? Ihr gefiel auch diese Präzision, das war nach ihrem Geschmack.

„Ist Ihnen denn heute Abend recht?"

„Später Nachmittag wäre mir lieber."

„Wir tun unser Bestes."

„Ich hoffe, dass das reicht."

„Wäre Ihnen 17 Uhr recht?"

„Rufen Sie bitte vorher noch mal hier an. Spätestens 17 Uhr."

„So machen wir das, Lima Sierra. Bis heute Nachmittag dann."

Der Anrufer legte auf.

Als Laura den Tisch abgeräumt hatte, fiel es ihr ein: Die Stimme gehörte dem Mann, den Berndt neulich mit ins Schloss gebracht hatte, ungebeten. Oberst Tockert oder so. Der ihr Mineralwasser im Schlosshof dankend abgelehnt hatte. Dieser Mensch verwaltete also seit Jahrzehnten ihr Vermögen. Und der kam heute – ohne Berndt von Beutler. Das konnte in der jetzigen Situation nur positiv sein. Und spannend werden.

Eines der Telefone klingelte. Es war ihre Tochter. Laura, die Ältere, drückte auf den Türöffner und sah das schwarze Jaguar-Cabrio auf den Hof rollen, das Weihnachtsgeschenk vom letzten Jahr. Das Tor fiel zu.

„Hallo, Mum."

„Hallo, Schätzchen."

Sie setzten sich an den runden Tisch, den Laura mit englischem Kaffeegeschirr eingedeckt hatte. Auf dem Herd blubberte ein Kaffeekocher.

„Du trägst ja immer noch diese blöden Ohrringe", meinte Estella. „Mann, war ich froh, als ich diese Dinger seit Kingston nie wieder tragen musste. Die zwicken so."

„Du bist auf dem Weg von wo nach wo?"

Estella war immer irgendwohin unterwegs, ihr Leben lang auf der Durchreise.

„Komme von Frankfurt, fahre nach Berlin. Aber das hängt noch von einem Anruf bei Dad ab."

Laura dachte sofort an Hannes Lomer, aber das konnte nicht sein. „Bei Deinem Stiefvater? Berndt?"

Estella nickte. „Deswegen bin ich hier. Er will wissen, ob Plan A oder B, er macht Druck, und er will mich spätestens übermorgen in Berlin haben."

„Er hat diese Pläne mit mir besprochen. Was meinst Du dazu?"

„Das wollte ich Dich fragen."

„Schätzchen!" Laura guckte besorgt. „Du bist doch schon volljährig."

Ihr Stiefvater hatte ihr im selben Zusammenhang vorwurfsvoll schon gesagt ‚Du bist doch schon groß', in Frankfurt in diesem fürchterlichen Airport-Hotel. Wozu hatte sie eigentlich Eltern, wenn denen so ein Müll einfiel, sobald sie ein durchaus ernstzunehmendes Anliegen hatte wie ihre Teilnahme an einem Attentat auf den Bundeskanzler? „Eigentlich wollte ich Lomer fragen. Ist der noch hier?"

„Ist heute Morgen abgereist." ‚Gott sei Dank', dachte Laura, die Ältere.

„Schade. Kann ich ihn irgendwo erreichen? Telefonisch oder treffen oder sonstwie?" Estella nahm sich eine Zigarette.

„Nicht mal ich könnte das, Schätzchen. Er ist abgetaucht."

„Aber er war hier? Ich meine, unser – Dein Plan hat geklappt?"

„Alles bestens. Du musst großartig gewesen sein."

‚Im Bett schon', dachte Estella und sagte: „Er auch. Wäre ich länger bei ihm in Kanada geblieben, wäre ich sicher aufgeflogen. Seine Fragen wurden immer krasser. Hat er hier irgendwas gemerkt? Wie hat er reagiert?"

Laura zögerte einen Moment und nahm auch eine Zigarette. Sie inhalierte tief und bließ den Rauch aus. „Gelassen."

„Konnte ihm ja auch egal sein, dass Du eine Tochter hast."

„Er konnte weder von einer Tochter noch von der Verwechslungsgefahr etwas ahnen. Darauf beruhte ja mein Plan. Berndts Pläne A und B und X und Y habe ich übrigens mit Lomer besprochen. Es ist deshalb unschädlich, dass er heute verreisen musste. Es geht um weitere Operationen, die er durchführt."

„Was sagt Lomer denn zu ‚Operation Papa'?" Estella Laura fand die Benennung dieser Operation mit ‚Papa' irgendwie lustig.

„Zunächst hätte mich Deine Meinung interessiert. Lomer übrigens auch."

„Fuck it. Plan A. Und was sagt Lomer?"
„Er empfiehlt: keinerlei Teilnahme, weder an Plan A noch an Plan B."
„Und Du?"
„Plan A."
„Ich liebe Dich, Mum." Estella strahlte. „Warum nicht Plan B?"
„Erstens zu gefährlich für Dich. (a) Für den Fall Deines Auffliegens: lebenslänglich; das wäre auch nicht ungefährlich für Deine Mittäter. (b) Du könntest mit diesem Plutonium in Berührung kommen. Unverantwortlich."
„Wieso eigentlich dieses gefährliche Atomzeugs und nicht die bewährten Spritzen?"
„Sind aufgeflogen. Da könnten Verbindungen gezogen werden. Haben sich verbraucht."
„Und zweitens?" Estella strahlte immer noch. Mum hatte doch was für sie übrig.
„Zweitens zu dumm: Fällt der Kanzler aus, meint Berndt, käme es noch schlimmer. Da habe ich meine Zweifel. Berndt übersieht, dass diese Regierung auch zunächst weiter wurscheln kann, dann eben mit dieser Außenministerin und Vizekanzlerin Gravell. Die ist zwar mindestens ebenso unterbelichtet wie Piper, aber schlechter als er kann sie es auch nicht machen. Im Gegenteil würde die Öffentlichkeit ihr allein schon wegen ihrer offenkundigen Hilflosigkeit die üblichen mindestens neunzig Tage Kredit gewähren, die andere Politiker lebenslänglich in Anspruch nehmen."
„Mum, Du bist so herrlich logisch."
„Aber das sieht Berndt bei all seinem Verstand nicht, weil er sich weigert, politisch zu denken."
Sie hatten den Kaffee vergessen. Sein unwiderstehlicher Geruch machte sich mit dem Dampfen und Zischen bemerkbar, das der Kaffeekocher auf dem Herd verströmte.
Laura schenkte den Kaffee in die blau-weißen Mason-Tassen ein. „Und weshalb hast Du für Plan A votiert? Du hättest auch nein sagen können. – Zucker?"
Estella nickte. „Kanzlerparty kann doch echt cool sein. Ich hab's ihm versprochen."
„Du kannst immer noch ablehnen." Laura beförderte mit einer silbernen Zange zwei Stück des braunen Zuckers aus der Silberschale in Estellas Kaffee.
Diese Fürsorge, diese ungewohnte Fürsorge, wie angenehm. „Ich halte meine Zusagen, Mum. Sommerparty ist immer gut. Wer wird schon vom Kanzler eingeladen?" Ihr Silberlöffel klapperte in der Mason-Tasse.
„Aber soweit Berndt mich informiert hat, musst Du den Kanzler anfassen." Laura schüttelte sich.
„Nicht nachhaltig. Es geht ihm wohl hauptsächlich um ein paar Fotos."
„Aha. Pass auf Dich auf, Schätzchen." Laura goss aus dem Silberkännchen Milch in ihren Kaffee, rührte darin herum und nahm einen Schluck. „Bleibst Du zum Essen?"
„Ich rufe jetzt erst mal Berndt an. Bevor der die Krise kriegt."
„Mach mal." Laura nahm ihren Kaffee und verschwand Richtung Garten.
Estella telefonierte.
Später kam sie nach. Ihre Mutter hatte sich in diese alberne Hollywood-Schaukel gelegt.
„Ich bleibe. Was gibt's zu essen?"
„Was sagt er?"
„Ich treffe morgen einen Verbindungsmann in Berlin."
„Und sonst?"

„Er war in Eile. Kommt auch nicht selbst nach Berlin. Hat andere Termine."
„Wen triffst Du in Berlin?"
Estella zögerte.
„Komm' setz Dich her. Ich weiß, Du sollst es mir nicht sagen. Also, sag's schon!"
Estella ließ sich auf einen der Gartenstühle fallen.
„Bloch?"
Estella nickte müde.
„Solltest Du mit dem Probleme haben, Schätzchen, melde Dich."
„Kennst Du den etwa?"
Laura nickte. „Berndt erwähnte diesen Namen, als er neulich hier war."
„Und was gibt's zu essen?"
„Von Deinem Lieblingsgericht, Omas Gemüsesuppe, habe ich immer noch eingefrorene Einmachgläser. Dazu könnten wir – "
„Geil, das machen wir." Estella hüpfte lachend aus ihrem Gartenstuhl. „Und woher kennst Du diesen Typen, den ich da morgen treffe? Was ist das überhaupt für einer?"
Laura zögerte. Sie leerte umständlich ihre Kaffeetasse. „Gehört zu unserer Gesellschaft. Kollege von mir. Kommt aus der Kanzlei Kurlow Konetzke Partner, in der ich mal gearbeitet habe, zur selben Zeit wie er. War damals schon Reserveoffizier und prahlte damit; Leutnant oder Oberleutnant oder so. Den habe ich vor zwanzig Jahren beim letzten Gerichtstermin meiner Laufbahn in Berlin damals sitzen lassen. Vergiss nicht, ihn unter keinen Umständen von mir zu grüßen."
„Ach, Du Scheiße." Estella guckte finster. „Und wenn der mich auch für Dich hält? Wie kann denn so eine Scheiße überhaupt passieren?"
„Mäßige Dich bitte! Berndt wird den Zusammenhang nicht kennen. Und zu so einem Zufall kann es kommen, wenn man in einer so kleinen Welt lebt. Du solltest einen anderen Typen aus Dir machen. Und darfst keine Ohrringe tragen." Laura sah auf ihre Lange&Söhne-Uhr. „Komm, wir tauen die Minestrone auf."
In zwei Stunden würden sie essen, in drei oder vier Stunden würde ihr Schätzchen nach Berlin aufbrechen. Und in sechs oder sieben Stunden würde sie endlich ihren langjährigen Vermögensberater kennen lernen, dieses Genie, das aus schnödem Beutegut ein beachtliches Vermögen gemacht hatte.

2
Während Estella Laureen Schwartze in ihrem 4,2-Liter-Weihnachtsgeschenk auf Berlin zurollte, saß dort im Bundeskanzleramt Geheimdienstkoordinator Dr. Gehrke mit dem Leiter der Abteilung Sicherheit des BND und einem hohen MAD-Offizier zusammen.
„Meine Herren, Sie wollen meine kurzfristige Einladung zu dieser späten Stunde entschuldigen. Ich bringe Sie auf den aktuellen Stand, sehen Sie mir bitte nach, wenn Sachverhaltsausschnitte Ihnen schon bekannt sind: Vor Wochen werden auf dem militärischen – ich wiederhole: militärischen – Teil des Köln-Bonner Flughafens der US-Verteidigungsminister und sein Sicherheitschef Opfer eines Attentats. Und das in einer Zeit, in der wir uns in einer überaus kritischen Phase unserer diplomatischen Beziehungen mit den USA befinden – Hauptgrund: Differenzen über den NATO-Einsatz in Afghanistan, Veränderungen der Kommando-Struktur der NATO im Rahmen eines Level of Ambition, etc. Unsere sehr verhaltenen – ich möchte sagen: glücklosen – Ermittlungsbemühungen gehen zunächst von einem Unfall aus, erst amerikanische Untersuchungen ergeben den Attentats-

charakter, was zu einer weiteren Verschlechterung des Verhältnisses USA-Bundesrepublik Deutschland führt. Die auf höherer und inoffizieller Ebene gemeinsam geführten Ermittlungen weisen darauf hin, dass die Attentäter in Bundeswehr-Kreisen zu suchen sind, insbesondere im deutschen Reserveoffiziers-Korps. Im Zentrum dieser Ermittlungen stehen ein Oberstarzt der Reserve, im Zivilberuf Chirurg, betreibt im Sauerland eine chirurgische Gemeinschaftspraxis, und ein Major der Feldjäger, der in Deutschland ein Sportzentrum mit der Firma MIL GmbH – ich betone MIL – betreibt, ein Franchise-Unternehmen mit Hauptsitz in Köln, wiederum also Nordrhein-Westfalen. Der Arzt hat – im Rahmen einer Wehrübung ‚zufällig' vor Ort – im Kölner Bundeswehrkrankenhaus die medizinische Erstuntersuchung an den beiden amerikanischen Attentatsopfern geleitet und dabei offenbar Spritzeneinstiche ‚übersehen', die die amerikanischen Ärzte anschließend bei ihrem Verteidigungsminister und dessen Sicherheitschef diagnostizieren. Polizeiliche Untersuchungen des Landeskriminalamts Nordrhein-Westfalen haben diesen Verdacht bestätigt, nämlich dass auf den Sicherheitschef eine Spritze abgeschossen worden sein kann, die womöglich dem Verteidigungsminister gegolten hat, der dann – so vermuten wir inzwischen – mit einem Plan B mittels einer handgesetzten Spritze umgebracht worden ist. Darauf komme ich gleich noch zurück. Können Sie bis hierher folgen, meine Herren?"

Der Abteilungsleiter Sicherheit und der Oberst nickten.

Gehrke nahm einen Schluck Wasser. „Dass dieser wehrübende Oberstarzt die Spritzeneinstiche übersehen hat, ist deshalb so unwahrscheinlich, weil er vor einem guten halben Jahr beim Tod eines Detektivs in Nordrhein-Westfalen – ebenfalls ‚zufällig' in der Nähe, als dieser Detektiv einen angeblichen Herzanfall erlitt – einen Herzinfarkt diagnostiziert hat, während die später durchgeführte Exhumierung und pathologische Untersuchung ergeben hat, dass er an Thiopental gestorben ist."

Der Oberst räusperte sich. „Thiopental?"

Der Abteilungsleiter stellte sich allwissend und hörte scheinbar gelangweilt zu, als Gehrke in wenigen Worten Anwendung und Wirkweise von Thiopental erklärte. „Die Verdichtung dieses Materials, damit e i n e Spritze die gewünschte Wirkung hat – Bewusstlosigkeit beim US-Sicherheitschef, Exitus beim Verteidigungsminister – ist technisch innovativ – auch dazu später. Letzte Bemerkung zu diesem Oberstarzt: Wer, wenn nicht er, muss beim US-Sicherheitschef die Spritze, einen Pfeil oder sonstwas, aus der Einschusswunde entfernt haben? Vermuten wir. Nun zu diesem Feldjäger-Major aus Köln: Er war der letzte, der physischen Kontakt zum Verteidigungsminister hatte. Beide Militärs konnten in der allgemeinen Aufgeregtheit ungestört und unbeobachtet agieren, solange sie nur kaltblütig genug waren. Und das waren sie offenbar."

Gehrke griff nach seinem Wasserglas. „Aber es kommt noch besser." Er probierte ein Schlückchen und beobachtete seine beiden Besucher; beide hörten aufmerksam zu. „Beide Reserveoffiziere wurden in einem unüblich, weil extrem kurzen Verfahren einberufen, keine Sondergenehmigung vom Bundesministerium der Verteidigung, sondern wie wir herausgefunden haben, vom Personalamt der Bundeswehr in Köln –"

„Mudra-Kaserne", murmelte der Oberst.

„Auf Veranlassung des Heeresamtes."

Der Oberst ruckte vor. „Heeresamt? Adenauer-Kaserne?"

„Die Befehlskette beginnt im Heeresamt."

„Ja, das hat doch damit überhaupt nichts zu tun."

„Eben. Deshalb sind Sie hier, Herr Oberst. Wer bei P hört auf dieses unzuständige Heeresamt und beruft auf diesem nicht vorgesehenen Dienstweg diese beiden Reserveoffiziere ein?"

„Auf dem Obergefreiten-Dienstweg", mutmaßte der Oberst. „Woher wissen Sie das alles?"

„Lassen Sie mich darüber schweigen. Ich bin Geheimdienstkoordinator, Sie leiten militärisch den MAD. Finden Sie es heraus und erstatten mir Bericht, bitte. Ich wiederhole: m i r . Und b a l d ."

Der Oberst zückte einen kleinen Block aus der rechten Innentasche seines Dienstanzugs und machte Notizen.

„Und schreiben Sie weiter: Als wir nach diesen Erkenntnissen zugreifen wollen, passiert folgendes, Sie wissen das schon ansatzweise aus den Nachrichten, das Fernsehen berichtete: Beim Versuch der Festnahme dieses Feldjäger-Majors werden die beiden Polizeibeamten überwältigt, die Notambulanz findet Einstichspuren und Reste von Thiopental. Anschließend fliegt der Major im Rahmen einer Wehrübung nach Afghanistan."

Der Abteilungsleiter schüttelte den Kopf. Gehrke fuhr fort: „Der Festnahme des Arztes steht zunächst entgegen, dass der bereits in Afghanistan im Rahmen des ISAF-Mandats auf Wehrübung ist, Feldlazarett Kundus. Es kommt zu weiteren diplomatischen Eskalationen, als US-Militärpolizei diesen Arzt zum Verhör festnehmen will und in Kundus auf Bundeswehr-Gelände daran gehindert wird. Und jetzt, meine Herren, raten Sie mal, von wem?"

Die beiden Besucher schauten sich an.

„Durch den Feldjäger-Major, Rinzen heißt er." Gehrke guckte, als hätter er das Evangelium verkündet.

Der Oberst blätterte in seinem Notizblock. „Das wurde mir von unserer dortigen MAD-Stelle schon gemeldet."

„Stunden später wird der Oberstarzt, ein Dr. Müller, auf einem KSK-Einsatz, für den er natürlich gar nicht vorgesehen war, nach Feindberührung von einem Taliban erschossen. Aber nicht mit einer Spritze, sondern mit einer Kalaschnikov." Gehrke wartete auf die Wirkung seiner Worte.

Der Abteilungsleiter stand auf und ging auf und ab. „Das kann doch wohl alles nicht wahr sein."

„Wir hoffen auch, dass es nicht wahr ist, aber alles spricht dafür, dass es das ist."

„Ich werde umgehend die Festnahme dieses Feldjäger-Majors in Kundus veranlassen." Der Oberst schnaubte. „Und wer hat den Einsatz dieses Arztes im Rahmen eines KSK-Mandats befohlen? Auch das ist absolut ungewöhnlich: Das KSK versorgt sich medizinisch bei seinen Einsätzen auf sich selbst gestellt."

„An den Sachverhalten, die ich Ihnen schildere, ist nichts normal, weder das Einberufungs-Verfahren, noch die Konfrontation der alliierten Militärpolizeien, auch nicht die Zusammensetzung der Truppe. Finden Sie das heraus, Herr Oberst. B a l d . Und auch die Festsetzung dieses Major Rinzen sollte b a l d i g s t erfolgen, aus zwei Gründen: Die Amerikaner, die mindestens über diesen unseren Kenntnisstand verfügen, wissen auch von diesem Major Rinzen und scheuen vor sofortigem Zugriff sicher nicht zurück. Weiß ich aus vertraulicher Quelle."

„Das dürfen die nicht", wandte der Oberst ein. „Woher haben Sie Ihre Einschätzung, Herr Minister?"

„Herr Oberst, ob die Amerikaner das dürfen oder nicht, ist denen völlig gleichgültig. Die sind anders als wir, sehr ergebnisorientiert, vor allem, wenn es um die Sicherheit ihres Landes und ihrer Interessen geht. Und meine Quelle ist – ich sagte es schon – höchstrangig, ebenso geheim wie zuverlässig."

„Und der zweite Grund?"

„Ich fürchte um das Leben dieses Major Rinzen. Ein Verdächtiger wurde uns schon weggeschossen."

Der Oberst sprang auf. „Kann ich mal schnell telefonieren? In Kundus ist es schon kurz vor Mitternacht."

„Später, bitte setzen Sie sich wieder. Wir sind gleich durch."

Der Leiter der Abteilung Sicherheit des BND schaute auf seine Swatch-Uhr und hoffte, den Zehn-Uhr-Flieger nach München noch zu kriegen. Das war jetzt alles sehr interessant gewesen, aber er fragte sich, was er hier noch sollte. „Herr Minister, Sie wollten uns über diese innovativen Spritzen informieren."

„Danke. Meine Herren, wir kommen zum letzten Teil dieser Horrorgeschichte. Sie werden gehört haben, dass zwei Schweizer Staatsbürger in Tunesien vermisst werden, angeblich waren sie dort im Urlaub. Tatsächlich waren beide, so teilt mir mein Schweizer Kollege mit, auf einer als Urlaub getarnten Geschäftsreise nach Libyen, wo sie ihr innovatives Spritzenpatent AASS für Afrika vermarkten wollten."

„AASS?" Der Oberst hätte jetzt viel lieber sein dringendes Telefonat mit dem MAD in Kundus geführt.

„Anti-Aids-Syringe-Systems AG, Lugano."

Der Abteilungsleiter sah verstohlen zur Uhr. „Gestatten Sie, Herr Minister: Wo ist der Zusammenhang mit den MAD-relevanten Fällen?"

„Die Spritzen natürlich. Wir wissen keine Detail-Zusammenhänge, aber wer seit Jahrzehnten Patentlizenzen vermarktet wie die AASS, der könnte doch auch eine Spritze entwickelt haben, die die technisch-medizinischen Anwendungskalamitäten beim Setzen von Thiopental – sozusagen in einem Schuss – löst."

„Könnte", wiederholte der Abteilungsleiter.

„Mein Schweizer Kollege, den ich aus unseren gemeinsamen Zeiten beim diplomatischen Dienst noch kenne – wir waren an der selben Botschaft akkreditiert –, mein alter Freund Rudolf, Koordinator der Schweizer Geheimdienste, zu dem ich Rudi sagen darf, lässt Einzelfakten durch die zuständige Kantonspolizei im Tessin ermitteln."

„Und was können wir dabei für ihn tun?"

„Die Schweizer tun etwas für uns, Herr Abteilungsleiter. Wir, die Bundesrepublik Deutschland, sind nämlich inzwischen – auch das werden Sie gelesen haben – in den Verdacht geraten, Bern bei der illegalen Visa-Beschaffung für die Schweizer nach Libyen geholfen zu haben, und zwar als Gegenleistung für die – bislang leider vergeblichen – Bemühungen der Schweiz, die zerstrittenen NATO-Partner USA und Deutschland diplomatisch und militärisch wieder einander näher zu bringen. Und an der Stelle sind Sie, Herr Abteilungsleiter Sicherheit des mir unterstellten BND, dran."

‚Na endlich', dachte der Abteilungsleiter und nickte.

„Und den Dienstweg habe ich – falls Sie das auch gleich noch fragen sollten – nicht eingehalten, weil die Angelegenheit erstens dringlichst ist – ich wiederhole: dringlichst –, und weil, meine Herren, zweitens – und dies bitte ich zu beachten – ich den Teilnehmerkreis dieser Besprechung so klein wie möglich halten wollte – aus Sicherheitsgründen, wie sie sich bei diesen Delikatessen leicht vorstellen können."

‚Und drittens, weil Du mit meinem Chef nicht kannst', dachte der Abteilungsleiter und erhob sich, Blick auf seine Swatch gerichtet.

„Das gilt insbesondere für Sie, Herr Oberst: In Ihren Militärkreisen klafft irgendwo ein großes Loch. Helfen Sie uns bitte, es schnellstens zu schließen, im Sinne unserer gemeinsamen Sache, der Sicherheit der Bundesrepublik Deutschland."

„Auf den MAD ist Verlass, da seien Sie versichert, Herr Minister." Der Oberst knallte die Hacken seiner Kleiderkammer-Schuhe zusammen.

„Meine Herren, setzen Sie sich bitte noch mal hin. Die Affäre Schweiz – wir haben das gründlich recherchiert – findet ihre medialen Ursachen in der unseligen Berichterstattung der Boulevard-Kette eines deutschen Großverlegers und Mehrfach-Chefredakteurs, dieses Herrn Stich, dessen Blätter Sie noch nie gelesen haben, wegen Infektionsgefahr."

Keiner der beiden reagierte.

„Dieser Stich ist Reserveoffizier, Major der Reserve, und leistet derzeit eine Wehrübung ab, zu der er – Sie ahnen es schon – abweichend vom üblichen Procedere vor einigen Wochen spontan einberufen wurde. Und jetzt raten Sie mal, wo der derzeit übt?"

Schweigen. Und dann gleichzeitig, wie im geübten Duett, der Abteilungsleiter wissend, der Oberst fragend: „Im Heeresamt."

„So ist das. Dürfte Sie als zweiten Schauplatz interessieren, Herr Oberst." Gehrke leerte sein Wasserglas. „Das wär's, meine Herren. Auf diesen Stich und seine zersetzenden Kampagnen werde ich vorsorglich noch den Verfassungsschutz ansetzen, der Kollege Limmer war heute Abend leider unabkömmlich. Und nun zu Ihren Fragen."

Die Herren hatten keine. Dabei hätten sie beide Zeit gehabt. Der Leiter der Abteilung Sicherheit des Bundesnachrichtendienstes würde seinen Flieger nach München nicht mehr kriegen. Der Oberst würde weder in Afghanistan noch in Köln irgendeinen Anschluss bekommen. Denn es war inzwischen weit nach Dienstschluss, und das Interesse der beiden Herren an den Delikatessen, die der Geheimdienstkoordinator ihnen nach Dienstschluss aufgetischt hatte, war erloschen. Sie verabschiedeten sich und ließen Gehrke allein in seinem Dienstzimmer zurück.

Der Geheimdienstkoordinator diktierte noch eine Besprechungsnotiz, die mit einer Liste der Aufgaben endete, die morgen auf ihn warteten. Dann löschte er das Licht und verließ sein Amt.

Es regnete immer noch. Er schlug den hohen Kragen seines leichten Sommermantels hoch, den Schlapphut tief in die Stirn und kämpfte sich mit schräg vor das Gesicht gehaltenem Regenschirm durch die Wasserflut. Am Pariser Platz hinter dem Brandenburger Tor nahm er ein Taxi, das ihn auf Umwegen nach Wilmersdorf brachte. Die letzten zweihundert Meter ging er trotz des Regens zu Fuß.

Im „Archimedes" traf er seinen alten Freund John Epstein, am hinteren Ende des Bartresens vor einer Flasche Jack Daniel's sitzend. Wie zu den alten Zeiten hingen im Halbdunkel des Lokals an einem großen runden Tisch zwanzig bis dreißig Mädchen aus dem näheren und ferneren Osten herum, Mädchen, die Gehrkes Enkelinnen sein könnten, wenn sie sich ordentlich an- und nicht ausgezogen hätten.

Gehrke bestellte ein Pils vom Fass. Er wollte den dienstlichen Teil sobald wie möglich hinter sich bringen und endlich nach Hause. „Habe bis eben alles veranlasst, was in Afghanistan im Camp zu veranlassen war." Er wehrte dankend einen Jack Daniel´s ab und nahm vorsichtig einen Schluck von seinem Pils. „Was diesen Major Rinzen betrifft."

Epstein lachte und gurgelte seinen Whiskey runter. „Old boy, meine Jungs sind schon seit gestern unterwegs, um diesen Reinzen zu packen."

„Militärpolizei? Habt Ihr schon Ergebnisse? Der Verdächtige heißt übrigens Rinzen."

„Keine Militärpolizei. Die hat das schon mal nicht geschafft, bei diesem Doctor, good bless him. No, Y-Services."

„Why services?"

"Why services: weil sie effektiv und schnell sind. Nicht ‚why services', sondern –", Epstein malte mit einem seiner fetten Finger ein Y in die Luft, „ – Y-Services."

„Wer zum Teufel ist das?"

„Das ist, mein Freund, die Nachfolgefirma von Deepwater."

„Dieser Söldnertruppe aus North Dakota, die 2007 in die öffentliche Kritik geraten ist, als angeblich fünf Mitarbeiter im Irak mehr als ein Dutzend Zivilisten erschossen haben? Ich dachte, die würden nur noch Eure CIA-Einrichtungen in Afghanistan bewachen dürfen."

„Exactly. Neue Firma, alte Besetzung, Navy Seals, Delta Force, Green Berets; alles ehemalige Elitesoldaten, the best you can get, worldwide."

Gehrke schüttelte nachdenklich den Kopf. „Die haben doch neulich erst wegen zahlreicher Vergehen gegen Eure Exportkontrollgesetze über 40 Millionen Dollar Strafe zahlen müssen, wenn ich mich recht erinnere. Mit denen arbeitet Ihr immer noch zusammen?"

„Y-Services hat sich mit unserer Regierung auf diesen Betrag verglichen ..."

„ ... um ihrer Strafe zu entgehen, richtig?"

Epstein nickte verlegen.

‚Pack schlägt sich, und Pack verträgt sich', dachte Gehrke. „Ihr habt es doch sonst nicht so eilig mit der zweifelsfreien Aufklärung der Attentate auf Eure Top-Politiker: Ich denke da an John F. Kennedy 1963."

„22.11.1963", Epstein grinste grimmig. „Unser Interesse gilt nur der zweifelsfreien Aufklärung der Attentate, die wir nicht selbst begangen haben. Got it?"

Eines der sparsam bekleideten Mädchen, Gehrke vermutete, Ukrainerin oder Weißrussland, vielleicht Tschechien, tänzelte auf die grell beleuchtete Bühne im vorderen Teil der Bar zu und begann, sich dort ihrer restlichen Kleidungsstücke zu entledigen.

Epstein drehte sich wieder zu Gehrke zurück. „Kennst Du das Motto von Y-Services?"

Gehrke verneinte.

„ ‚Wir fragen nicht. Wir befolgen und erledigen.' Stark oder?" Epstein knallte Gehrke seine Rechte auf die Schulter „Come on, old chap, let's have a closer look at the girls."

Gehrke entschuldigte sich, nachdem er sein Pils geleert hatte. Er müsse morgen Abend auf dem Sommerfest des Kanzlers erscheinen.

3

Die Begegnung von Estella Laureen und Rüdiger Bloch war für beide eine Überraschung. Sie hatte ihn sich wesentlich jünger vorgestellt, so Mitte Dreißig hoffentlich, aber er war eher Mitte Vierzig; vielleicht war sie unbewusst davon ausgegangen, alle Oberstleutnante seien so jugendlich wie ihr Stiefvater damals. Und Oberstleutnant der Reserve Rüdiger Bloch war verwirrt, weil die junge Dame, die er in der „Paris Bar" auf seinen Tisch zuschweben sah, ihn an irgend jemanden erinnerte, eine unangenehme Erinnerung, die viele Jahre zurück lag.

Sie stellten sich vor. „Bloch, Rüdiger Bloch."

„Soll ich Herr Oberstleutnant oder Herr Rechtsanwalt zu Ihnen sagen?"

„Bloch, Rüdiger Bloch." Woher wusste sie von seinem Zivilberuf? Von von Beutler? Nicht anzunehmen; wusste von Beutler überhaupt, dass er Rechtsanwalt war? Wenn positiv, wäre es nicht typisch für den General, Überflüssiges Dritten gegenüber preiszugeben. Wer war diese junge Dame überhaupt? Von Beutler hatte über sie nichts verraten; das war eher typisch für ihn. „Guten Abend, Frau Müller, willkommen in Berlin." Er nahm an, dass das nicht ihr richtiger Name war, aber General von Beutler hatte Frau Katrin Müller annonciert, zu erkennen an mittellangem blonden Haar mit einer dunklen Strähne auf der Seite. Woher kannte er sie bloß? Wo hatte er diesen aufregenden Gang schon mal gesehen? Wie alt mochte sie sein? Unschätzbar. Wahrscheinlich spielte sein Gedächtnis ihm einen Streich. Die letzte Woche im Kanzleramt war stressig gewesen, vor allem wegen seiner Doppelrolle.

Sie tauschten ein paar unverfängliche Belanglosigkeiten aus, bevor sie zwei Lammsteaks mit Speckbohnen à la Provence bestellten und eine Flasche Rosé aus dem Luberon.

„Morgen werde ich Sie dem Bundeskanzler vorstellen. So lauten meine Befehle." Bloch flüsterte, seine Stimme war kaum zu hören.

„Ich weiß. General von Beutler hat mich eingewiesen. Muss ich da auf irgendwas achten? Hat er irgendwelche Präferenzen? Haarfarbe, Teint, Makeup, alles ist austauschbar."

„Sie sind eine gute alte Freundin von mir, und der Kanzler wird auf Sie aufmerksam."

„Sicher?"

„Sicher."

„Wie kann ich das erreichen?"

„Notfalls stelle ich Sie vor."

„Und dann?"

„Ich war davon ausgegangen, der General hätte sie eingewiesen. Ich ziehe mich danach zurück. Wenn erforderlich. Habe da morgen genug repräsentative Aufgaben zu erfüllen."

„Wird schon schief gehen."

Katrin Müller stocherte lustlos in ihrem Essen. Die lange Fahrt hatte sie ermüdet. „Wann treffen wir uns morgen?"

„Ich hole Sie ab, gegen 17 Uhr." Bloch verteilte den restlichen Rosé. „Wo darf ich Sie abholen? Wo treffen wir uns?"

„Im Hotel Savoy, gleich um die Ecke. Wollen Sie auf einen Drink noch mit rüberkommen?"

4

Der matt-olivgrüne Porsche Cayenne schob sich vorsichtig über das holprige Pflaster in den Schlosshof. Hinter ihm klappte das Eingangstor zu.

‚Mein Geldbote', dachte Laura. Sie stand dekorativ im Torbogen. ‚Und mein Vermögensverwalter'.

Zu ihrer Verwunderung trug Tocker Uniform. Er hatte eine Aktentasche in der linken Hand, mit der rechten rupfte er im Vorübergehen eine Sonnenblume aus dem Beet. „Für die gnädige Frau. Oder soll ich Lima Sierra zu Ihnen sagen?"

Lima Sierra nahm die Blume entgegen. „Ich werde Sie wegen Feldfrevels anzeigen. Aber kommen Sie erst mal rein."

Sie nahmen in der Schlossküche an dem runden Tisch unter dem Fenster Platz. „Und der General hat Ihnen gestattet, hier in Uniform anzureisen?"

„Gestattet? Befohlen! Ich bin aus den verschiedensten Gründen hier. Nicht nur als Ihr Vermögensverwalter." Tocker pulte einen verschlossenen Umschlag aus seiner Aktentasche und legte ihn mitten auf den Tisch. „Außerdem befindet sich die Bundesrepublik Deutschland derzeit in Afghanistan in einem Krieg. Da wird man doch wohl noch Uniform tragen dürfen."

„Das sehen unsere Politiker völlig anders", wandte Laura ein.

„Die haben doch keine Ahnung, diese Ignoranten. Die kennen Afghanistan doch nur aus der Übermittlung von Dritte-Welt-Bildern im Fernsehen oder als parlamentarische Gefechtsfeld-Touristen von den roten Teppichen, die man im Feldlager hin und wieder ausrollen muss, damit sie Wählerstimmen einsammeln können. Von der dortigen Realität des Krieges ..."

„ ... einem ‚nicht-internationalen bewaffneten Konflikt' lese ich immer wieder", belehrte Laura. „Tee oder Kaffee?"

„Tee wäre gut. Stark bitte. Muss heute Abend noch nach Potsdam, Einsatzführungskommando." Das stimmte zwar nicht ganz, klang aber gut. „Bin auf Anforderung des Herrn Generals auf Wehrübung."

Laura schien immer noch nicht zuzuhören.

„Und nächste Woche in Afghanistan, letzte Wehrübungs-Woche, Spezialeinsatz."

Laura schaute kurz auf, während sie den Tee eingoss. „Na dann viel Vergnügen. Sie sind sicher nicht hier, weil der General Ihnen befohlen hat, mich über Ihren Einsatz zu informieren."

Tocker probierte den heißen schwarzen Tee in kleinen Schlückchen. Der Tee war mindestens so überwältigend wie diese Frau. Wahrscheinlich hatte er sie unterschätzt. Oder sich überschätzt; oder sich einfach zu viel vorgenommen.

„Zigarette?"

Er lehnte dankend ab. „In etwa einer Woche werde ich Ihnen aus Afghanistan einen Gast mitbringen. Der soll dann hier eine Zeitlang bei Ihnen wohnen. Ein Mitglied unserer Gesellschaft. Befehl vom General."

Hinter dem Rauch der Zigarette legte sich Lauras Stirn in Falten. Ihr schöner Mund war etwas zu breit, um perfekt zu sein. Wahre Schönheit eben. „Gibt es einen Grund, weshalb ich das von Ihnen erfahre?"

„Der Gast wird hier von mir abgeliefert. Wenn alles gut geht. Vielleicht ist das der Grund." Tocker wusste, dass Angriff besser war als jede Verteidigung. Vor allem bei diesem Weib. Deshalb setzte er nach: „Außerdem hatte ich den Eindruck, dass der General hier bei unserem letzten Besuch nicht sonderlich glücklich war; vielleicht kommt er deshalb nicht selbst."

Tocker hatte die Lage richtig eingeschätzt. Lima Sierra kräuselte ihre Stirn und senkte anmutig die Mundwinkel; aber nur kurz. „Hat er Ihnen etwas gesagt?"

Wenigstens für diesen kurzen Moment hatte er sie aus ihrer Fassung geschubst. „Natürlich nicht."

„Dann ist Ihr Eindruck, Herr Tocker, möglicherweise falsch."

„Möglicherweise, gnädige Frau." Jetzt musste er dran bleiben. „Aber es wird seine Gründe haben, dass er seinen Vater verleugnet, der bei Ihnen lebt. General von Beutler senior war Generalinspekteur, als ich gerade mal Oberleutnant war."

Laura nahm von dem Satz ebensowenig Notiz wie von dem prall gefüllten Umschlag zwischen den Teetassen. Sie unterschrieb eine Quittung über 50.000 Euro. „Vielen Dank, dass Sie sich bemüht haben, Herr Tocker. Noch Tee?"

Tocker stand auf. „Vielen Dank. Darf ich Sie heute Abend ins La Frasca zum Essen einladen? Habe da für 19 Uhr einen Tisch für uns bestellt." Er sah auf seine Breitling. Viertel vor Sieben.

Lima Sierra lächelte. „Ich liebe Überraschungen. Behalten Sie doch Platz, Herr Tocker. Ihre Einladung freut und überrascht mich. Wollten Sie nicht heute Abend noch nach Potsdam?" Sie knickte ihre Zigarette in einen englischen Aschenbecher.

„Morgen früh Potsdam, morgen Abend Afghanistan, heute Abend La Frasca, dachte ich."

„Nun halten Sie mal den Ball flach, Herr Oberst. Erstens will Sie keiner in diesem Kostüm im La Frasca. Sie selbst womöglich auch nicht." Sie machte sich eine neue Zigarette an.

‚Du hast sie verunsichert', triumphierte Tocker.

„Zweitens sollten Sie sich bei Ihrem Programm jetzt auf den Weg machen. Sie brauchen je nach Verkehrsdichte drei bis vier Stunden nach Potsdam."

‚Wie fürsorglich', dachte Tocker.

„Und drittens sind Sie ja wohl, wie ich höre, in einer Woche schon wieder hier."

„Wenn alles gut geht."

„Das sagten Sie schon. Viertens gehen wir dann nicht in diesen Italo-Schuppen, sondern wir essen hier im Schloss."

‚Mist, doch nicht etwa mit diesem Feldjäger-Major', schoss es Tocker durch den Kopf.

„Dabei können Sie mir dann auch meinen Gast vorstellen. Kann ich jetzt noch etwas für Sie tun?"

„Wie Sie meinen, gnädige Frau. Nein, danke." Tocker sprang auf.

„Aber Sie für mich."

„Gerne. Was darf's denn sein?"

„Sie können mir folgende Frage beantworten: Weiß Herr von Beutler wirklich, dass Sie hier sind?"

5

Oberstleutnant Rüdiger Bloch hatte Katrin Müller im Savoy abgesetzt und überquerte die Kant-Straße. Auf der kleinen Fußgänger-Insel in der Mitte blieb er stehen. Rechtsanwältin Laura Schwarzte. Die hatte genau so einen aufregenden Gang gehabt, vor zwanzig oder wieviel Jahren, als sie ihn hier in Berlin vor dem Landgericht oder wo auch immer das gewesen war, hatte alleine stehen lassen, sie, die erfolgreiche Rechtsanwältin und angehende Partnerin der Kanzlei Kurlow und Konetzke, wie sie damals noch hieß, sie, die nie wieder aufgetaucht und seither verschwunden war, mit mehreren Millionen Treugeld, wie er sich jetzt erinnerte. Ihn, den jungen Kollegen, der wegen Wehrdienst und Promotionsversuch älter war als sie. Unglaublich. Konnte das sein? Konnte es sein, dass sie hier in Berlin wieder zufällig zusammenfanden, oder war das Teil eines perfiden Plans dieses teuflischen Generals, dem er alles zutraute? Unfassbar.

Er musste seine Gedanken sortieren. Bloch ging ins Savoy zurück, Raucher-Lounge, und bestellte einen doppelten Remy Martin. Er rechnete. Wenn die Frau, die er als Katrin Müller soeben hier abgeliefert hatte, gut geschminkt war – ihr Haar hielt er ohnehin für eine Perücke oder gefärbt –, dann könnte sie es rechnerisch gewesen sein. Er musste seine Chefs anrufen, am besten gleich. Aber vielleicht gab es mehrere Frauen mit diesem aufreizenden Gang. Mit Frauen kannte er sich nicht aus; das wusste Bloch spätestens seit seiner ersten Scheidung.

Der schwere Zigarrenrauch störte ihn.

Den nächsten Remy trank er in der Paris Bar gleich um die Ecke. Wie alt mochte diese Frau gewesen sein, mit der er hier vorhin an diesem Tisch da drüben gesessen hatte? 35, 45? Er fragte René, den Barkeeper.

„Quelque chose entre 25 et 30, je crois."

Nach einem weiteren Brandy griff Bloch zum Telefon. Es war bereits kurz nach Zehn, aber es musste sein.

Kurlow erreichte er nicht. War wahrscheinlich im Kaufmannskasino oder akquirierte sonstwo, Handy abgeschaltet.

Konetzke ging nach mehrmaligem Läuten dran.

„Hier Bloch. Herr Kollege Dr. Konetzke, Sie sehen mir nach, dass ich Sie zu so später Stunde …"

„Dann muss es dringend sein. Sie stören nicht, Herr Kollege Bloch. Sind Sie nicht gerade auf einer Wehrübung?"

„Ja, ich übe als Verbindungsoffizier der Bundeswehr zum Kanzleramt, offiziell Gruppenleiter zwo zwo im Bundeskanzleramt –"

„Und was kann ich da jetzt für Sie tun?"

Hinter Konetzkes Stimme hörte Bloch ein Violinenkonzert; er sollte schnell zur Sache kommen. „Kann es sein, Herr Kollege Konetzke, dass mir hier zufällig – oder ich will mal sagen, vielleicht auch nicht zufällig – die Kollegin Schwartze über den Weg läuft, über den Dienstweg sozusagen, diese Kollegin, die vor – ich schätze mal – zwanzig Jahren oder mehr, ich hatte damals gerade meine Anwaltszulassung erworben …?"

Konetzke räusperte sich. Der Kollege Bloch schien entweder verwirrt oder angetrunken oder beides. „Wie kommen Sie darauf?"

Bloch wusste, dass er sich verhaspelt hatte. „Eine auffällige Ähnlichkeit, Herr Kollege, dieser Gang, und wenn man sich die blonden Haare wegdenkt …"

„Herr Kollege Bloch, das mag ja alles sein. Aber meine letzten Informationen von vor etwa zwei Wochen gehen dahin, dass diese Dame sich in der Karibik aufhält. Kollege Lomer hat sie dort aufgestöbert. Sagt Kollege Kurlow. – Haben Sie was getrunken?"

René schenkte soeben nochmal nach.

„Ja, schon, ich habe mit dieser Dame zusammen zu Abend gegessen. Aber erst jetzt fiel mir ein, und ich dachte, ich meine, die hat doch damals Mandantengelder in nicht unbeträchtlicher Höhe unterschlagen –." Bloch hörte das laute Knacken einer abgelaufenen Schallplatte im Hintergrund.

„Herr Kollege Bloch, ich schlage vor, Sie bleiben mal an der Dame dran, schlafen Sie sich aber vorher aus. Wie lange dauert Ihre Wehrübung noch?"

„Noch eine Woche, Herr Dr. Konetzke. Ich bleibe dran. Selbstverständlich."

„Ich freue mich, Herr Kollege, Sie dann am übernächsten Montag wieder in der Kanzlei zu sehen. Gute Nacht."

„Und entschuldigen Sie die späte Störung bitte noch einmal."
Konetzke hatte bereits aufgelegt.

6

Als das Mobiltelefon summte, legte Lomer die Zeitung weg. Im Display sah er die Nummer seiner Kanzlei in München. Sollte er dran gehen? Sollte er lieber zurückrufen? Vereinbart war, dass er in seiner Aus-Zeit nur angerufen würde, wenn Außerordentliches anlag. Was konnte das schon sein? Seit Monaten hatten sie ihn nicht angerufen. Weshalb gerade jetzt, als er in einem verdeckten Einsatz unterwegs war – wenn auch im Rahmen eines Mandats, von dem die Kanzlei allerdings nichts wusste, noch nicht. Auch nichts von den 2 Millionen US-Dollar, die er inzwischen in Sicherheit gebracht hatte – ob für sich, ob für die Kanzlei Kurlow Konetzke Partner, ob für deren Opfer? Er wusste es noch nicht.

Das Summen ging weiter. Sechs oder acht Mal. Es musste wirklich wichtig sein. Lomer hasste Ungewissheit. Wenn er dran ginge, müsste er ja nicht gleich alles erzählen. Die Ungewissheit, in der er seine Partner lassen konnte, sollte ihn vorerst nicht weiter stören.

Beim dreizehnten Mal drückte er die grüne Taste. „Hallo?"

„Herr Dr. Lomer, sind Sie's? Hier Kanzlei Kurlow Konetzke Partner."

Normalerweise meldete sich Lomer immer mit seinem Namen. Normalerweise meldete sich auch das Sekretariatspersonal mit Namen. „Dr. Konetzke möchte Sie sprechen." Die Stimme der Anruferin kannte er nicht. Wahrscheinlich eine Neue in der Telefonzentrale.

„Ja, ja, hier Lomer, bitte sehr."

Die Verbindung wurde hergestellt. „Konetzke hier. Herr Kollege Lomer, sind Sie's? Ich hoffe zweierlei: Sie erholen sich gut, und ich störe Sie nicht übermäßig." Es war 10 Uhr vormittags.

„Nein, nein, überhaupt nicht", stotterte Lomer. „Ich war nur etwas überrascht. Seit Monaten ruft mich ja keiner mehr an."

„Beneidenswert. Ich hätte Sie auch nicht gestört, wenn es mir nicht wichtig erschiene. Vielleicht ist ja auch alles nur ein Irrtum."

„Was bitte, Herr Kollege?"

„Gestatten Sie, dass ich etwas aushole: Vor einigen Wochen berichtete mir der Kollege Kurlow erfreut, Sie hätten die Kollegin Schwartze in der Karibik aufgestöbert. Von New York hat er auch was gesagt, wenn ich mich recht entsinne. Kollege Kurlow ist heute Morgen nicht zu erreichen, und ich will ihn auf dieser Gesellschafterversammlung wegen der Kapitalerhöhung jetzt nicht stören, wenn Sie verstehen."

Lomer gingen seine beiden Telefonate mit Kurlow aus dem ‚Esplanade' in Puerto Rico durch den Kopf. Oder war es nur ein Telefonat gewesen? Was, zum Teufel, hatte er Kurlow alles erzählt? Und was nicht? „Ja, ja, so war das", erwiderte er einsilbig.

„Nun ruft gestern Nacht der Kollege Bloch aus Berlin an und meint, diese Rechtsanwältin Laura Schwartze dort vielleicht gesehen zu haben; ich meine, die frühere Rechtsanwältin Laura Schwartze. Halten Sie das für möglich? Wo sind Sie überhaupt, Herr Kollege, wenn ich fragen darf?"

„Sie dürfen." Lomer dachte fieberhaft nach. Laura in Berlin – nicht anzunehmen. Estella Laureen in Berlin – schon eher. Wahrscheinlich auf ihrem Einsatz in der ‚Operation Papa', Plan A oder B. Laura durfte er jetzt unter keinen Umständen anrufen, sie ging davon aus, überwacht zu werden, von von Beutler.

„Herr Kollege Lomer?"
„Ja, ja, ich bin dran und überlege gerade, ob das möglich ist."
„Und?"
„Ist es nicht." Es war gut, so dicht wie möglich an der Wahrheit zu bleiben, das hatte sich schon bewährt, als Staatsanwältin Keener ihn in San Juan ausgequetscht hatte. „Die Dame, die ich in Puerto Rico gesehen habe, war nicht Frau Schwartze."
„Also haben Sie sie getroffen, ich meine, diese Dame, die Sie gesehen und für die Kollegin Schwartze gehalten haben? Kollegin in Anführungszeichen."
Mist, jetzt hatte er sich verplappert. Wäre er bloß nicht dran gegangen, sobald nach dem Aufstehen. „Nein, nein." Das war jetzt die Unwahrheit, und belügen wollte Lomer seinen Senior eigentlich nicht. „Aber in New York tatsächlich wieder gefunden."
‚Donnerwetter' hätte Kurlow erwidert, oder ‚sensationell'. Konetzke fragte nur: „Wen?"
Lomer atmete tief durch und suchte nach einer Zigarette. „Ich weiß nicht, was Kollege Kurlow Ihnen erzählt hat, Herr Konetzke, aber ich sag's gern nochmal: In San Juan, Puerto Rico, sehe ich eine Frau, die mich an Laura Schwartze erinnert." Lomer fand die Zigaretten auf seinem Nachttisch. „Ich verliere sie aber wieder aus den Augen, weil ich zwischendurch festgenommen wurde."
„Wie bitte?"
Lomer machte sich die Zigarette an. „Die Staatsanwältin, bei der ich schließlich landete, hat sich später für den polizeilichen Fehlgriff entschuldigt und mir geholfen, die Dame zu identifizieren; sie übernachtete nämlich im selben Hotel wie ich."
„Die Staatsanwältin oder diese obskure Dame?"
„Die Dame."
„Na, so ein Zufall aber auch!"
Lomer hatte den Eindruck, Konetzke glaubte ihm kein Wort.
„Wer war denn nun diese Dame?"
„Eine Deutsch-Amerikanerin, die ich in New York wiedertraf, und die mir berichtete, sie würde demnächst nach Europa reisen. Auch von Berlin hat sie gesprochen."
„Und die trifft unser Kollege Bloch nun im Rahmen seiner Wehrübung?"
„Wehrübung?"
„Sie wissen doch, er ist engagierter Reserveoffizier. Sie nicht auch? Früher mal? Na jedenfalls übt er derzeit auf einer exponierten Stelle im Kanzleramt, Verbindungsoffizier 22 oder so ähnlich. Will auf der Planstelle Oberst der Reserve werden. Allerdings schien er mir gestern Nacht etwas verwirrt. Von einer Deutsch-Amerikanerin hat er übrigens nichts gesagt."
Also ‚Operation Papa', dachte Lomer und biss sich beim Rauchen auf die Lippe.
Es klopfte an der Tür seines Hotelzimmers. „Ihr Frühstück, Herr Professor."
„Bitte", rief Lomer und machte die Tür auf. „Eine Sekunde bitte, Herr Konetzke."
Konetzke überlegte. Ob Lomer sich in seinem Sabbatical habilitiert hatte? Professor?
Lomer war wieder dran. „Da bin ich wieder."
„Noch eine Frage, Herr Kollege Lomer, wenn Sie gestatten: Sie hatten es eingangs unseres Gesprächs für unmöglich gehalten, dass der Kollege Bloch Frau Schwartze getroffen hat. Nun klingt es aber so, dass sich die Wege von Herrn Bloch und Ihrer Bekannten aus San Juan oder New York oder woher auch immer in Berlin gekreuzt haben könnten. Ich will damit sagen ..."

137

„Verstehe. Wahrscheinlich eine Doppelgängerin." Lomer konnte unmöglich einräumen, dass Estella ihre – Lauras und seine – Tochter war; Bloch würde sie nie wieder aus den Augen lassen, um Laura, die Defraudantin, zu finden.

„Noch ein Zufall", brummte Konetzke. „Nun frühstücken Sie mal in Ruhe, Herr Lomer, und genießen Sie den Tag. Den Kollegen Bloch, Oberstleutnant Bloch, werde ich um die Identifizierung dieser Dame, dieser angeblichen Doppelgängerin, bitten."

„Würden Sie mich dann bitte auf dem Laufenden halten?"

Konetzke zögerte. „Gerne, Herr Lomer, wenn wir Sie noch mal stören dürfen. Was halten Sie denn von einer Gegenüberstellung? Sind Sie weit weg von Berlin?"

„Das nicht, aber in anderthalb Stunden geht mein Flieger."

„Dann werde ich Sie nicht länger aufhalten. Ich melde mich wieder."

Konetzke legte nachdenklich auf.

Lomer goss Kaffee ein und setzte sich an den gedeckten Frühstückstisch. Er hätte nicht ans Telefon gehen sollen. Um sich abzulenken nahm er die Zeitung wieder zur Hand. Was er auf der Titelseite las, nahm ihm den restlichen Appetit:

Bundesregierung steckt hinter Verschwinden der Schweizer Zeugen aus Untersuchungsausschuss Coenen.

BILDKURIER hat nun das geschafft, was den deutschen Behörden nicht gelungen ist, und was von den tunesischen Behörden ohnehin nicht zu erwarten war: Abdul A., libyscher Touristenführer mit Wohnsitz Tunis (siehe Foto) räumt auf Befragen unserer Reporterin ein, beide Schweizer Zeugen, N. und A., gekannt, betreut und zeitweilig begleitet zu haben, die Zeugen, die sich auf einem organisiertem Wüstentrip nahe der tunesisch-libyschen Grenze bereits am ersten Reisetag aus der Reisegruppe entfernt hätten. Dies sei auf Anordnung einer deutschen Stelle passiert, die er, Abdul A., nicht kenne; er gehe aber von einem nachrichtendienstlichen Hintergrund aus, weil die Einzelumstände der Kontaktaufnahme und des Verschwindens der beiden Schweizer ihm schon damals eigenartig vorgekommen seien. BILDKURIER vermutet nun, dass unsere Bundesregierung hinter der Entführung steckt, und dass sich die deutschen Ermittlungsbehörden allein deshalb so schwer tun, in Tunesien zu ermitteln. Immerhin platzte nach dem Verschwinden der beiden Zeugen der Untersuchungsausschuss, der sich mit der mutmaßlichen Homosexualität unseres Verteidigungsministers befassen sollte und mit dem Wahrheitsgehalt der Äußerungen, die Minister Coenen in diesem Zusammenhang mehrfach abgegeben hat. Interessant in diesem Zusammenhang: Abdul A. weiß, dass A. und N. bekennende Homosexuelle sind, er hat sie schließlich eine Zeitlang beobachten können ..."

Lomer warf die Blätter auf das ungemachte Bett. Es war keine Zeit mehr zu verlieren.

Kapitel III

1

Das Gartenfest des Bundeskanzlers fand – auch wegen der ungewissen Witterungsverhältnisse, bis gestern Nacht hatte es noch kräftigen Dauerregen gegeben – im Bundeskanzleramt statt, sowohl in den großzügig gestalteten Räumen auf mehreren Etagen wie auch auf der imposanten Terrasse über der Spree; aus Platzgründen hatte man sogar die Wohnanlage des Facility Managers des Bundeskanzleramts mit einbezogen, die schönste und best gelegene Hausmeisterwohnung weltweit. Geladene Gäste spazierten durch ein Defilee von Bediensteten, die Säfte, Wasser und Willkommensgrüße bereithielten.

Bundeskanzler Piper schaute auf seine Vendome-Armbanduhr aus den fünfziger Jahren, einziges Erbstück seines nichtehelichen Vaters. Ihm gegenüber saß sein Kanzleramtsminister und nickte. „Ja, ich denke wir sollten langsam runtergehen."

„Nicht, bevor ich diese Nachricht verdaut habe: Jensen will die Verfassungsbeschwerde gegen den Einsatz der Bundeswehr in Afghanistan ernsthaft prüfen? Die hat doch 'nen Knall. Abgewiesen gehört diese Verfassungsbeschwerde, das ist doch sonnenklar. Wir verstoßen doch nicht seit Jahren nachhaltig gegen das Grundgesetz oder gegen Völkerrecht oder was auch immer. Das kann's doch nicht sein: Wir hieven diese gescheiterte Politikerin auf den komfortablen Sessel der Präsidentin unseres Bundesverfassungsgerichts, und was macht die? Grübelt ernsthaft über Beschwerden irgendwelcher Besserwisser nach –"

„Sie sagte mir, der Senat neige dazu, die Verfassungsbeschwerde anzunehmen."

„ – und hört auf ihren wissenschaftlichen Dienst oder wie das bei denen heißt. So geht das nicht, Elmar. Sie würde uns in ernsthafte Schwierigkeiten bringen, wenn dieser Beschwerde stattgegeben würde. Als ob wir nicht schon genuch Schwierigkeiten hätten, ich nenne nur Brooke und Coenen, Gravell will wohl demnächst das Handtuch werfen, wegen Libyen oder Bern oder weiß ich was, wenn ich mich nicht bald um sie kümmere. Ich arbeite mich hier auf, Gabriele will das auch nicht mehr länger mitmachen, dieser Stress ..."

„Ist Ihre Gattin heute Abend dabei?"

„Natürlich nicht." Der Kanzler schüttelte unwirsch eine fettige Haarsträhne aus der Stirn. „Und dann will diese Jensen uns auch noch einen Verfassungsverstoß attestieren. Und das zu Beginn meines Gartenfestes, das wegen dieses Scheißwetters nicht mal im Garten stattfinden kann. Im Schloss Bellevue sollte ich wohnen, mit oder ohne Gabriele." Piper sah wieder auf seine Vendome. „Elmar, ich habe Gäste. Und wissen Sie, was Sie jetzt machen: Sie schnappen sich diese Jensen und machen Sie weich. Ich kann im Moment keine Verfassungsverstöße brauchen, keine negativen Gerichtsentscheidungen, reden Sie ihr das aus, zumindest für das nächste halbe Jahr. Sonst dauern doch Verfassungsverfahren und andere Gerichtsstreitigkeiten auch immer jahrelang."

Der Kanzleramtsminister überlegte. „Ich glaube nicht, dass Sie mich anhören wird. Verfassungsverstöße will sie auch nicht, wird sie mir freundlich entgegnen, und mit dem Gewaltentrennungsgrundsatz wird sie argumentieren ..."

„Alles Schnickschnack. Das Gewaltenteilungsprinzip wird durchbrochen durch die Gegenprinzipien von Gewaltenhemmung und Gewaltenkontrolle. Weshalb glauben Sie denn, Elmar, weshalb wir einen Richterwahlausschuss haben, der noch im Mai 21 neue Richter für unsere höchsten Gerichte gewählt hat, Bundesgerichtshof, Bundesverwaltungsgericht, Bundesarbeitsgericht, Bundessozialgericht und Bundesfinanzhof? Sie wissen doch selbst hoffentlich, wie dieser Wahlausschuss sich zusammensetzt: 16 Landesminister und 16 Parlamentsmitglieder wählen diese ihnen genehmen Richter in diesem unserem Lande, und wissen Sie, wer diesen Ausschuss einberuft? Unsere Bundesjustizministerin, Frau Gruber. Soviel zum Thema Gewaltentrennung. Da werde ich doch als Bundeskanzler wohl mal mit dem Bundesverfassungsgericht reden lassen dürfen, oder? Und erinnern Sie die Kollegin Jensen daran, dass sie durch unsere Partei Familienministerin geworden ist, dass sie alleine für ihr damaliges Scheitern verantwortlich war, und dass sie mir – mir persönlich – ihre Berufung an die Spitze unseres höchsten Gerichts zu verdanken hat. Andere abgehalfterte Politiker sind da schon ganz woanders gelandet. Diese Sprache wird sie verstehen." Der Bundeskanzler sprang auf. „Schönen Gruß von mir, ich hätte auch noch andere Gäste. Und ich rufe sie nächste Woche mal in Karlsruhe an."

Piper zog seinen Schlips gerade und hastete aus dem Büro, sein Amtsminister hinter ihm her.

Unten erscholl der Tusch eines Musikkorps. Bundeskanzler Piper hielt auf der Empore inne und winkte mit sämtlichen Armen in die Stockwerke hinunter. Unter den Klängen von „Nimm uns mit, Kapitän, auf die Reise" ließ er sich von Treppenabsatz zu Treppenabsatz, von Stufe zu Stufe herab, das Raubtiergebiss zu seinem Standard-Lächeln entblößt. Er klopfte dem einen oder anderen, den er nicht kannte, freundschaftlich auf die Schulter, er ergriff wahllos Hände und schüttelte sie, grinste stimmengewinnbringend nach links und rechts und oben und unten und strebte auf die nächststehende Fernsehkamera zu. In das Mikrofon, das am Galgen darüber hing, sprach er launige Worte, während der Bundeskanzleramtsminister einen Treppenabsatz über ihm monoton die Gäste begrüßte, Botschafterinnen und Botschafter, Emanzen und Eminenzen, Präsidentinnen und Präsidenten, Vertreterinnen und Vertreter von Handel und Industrie, Gewerkschaftlerinnen und Gewerkschaftler, alle völlig zwanglos in der Reihenfolge ihrer Stellung und Bedeutung – und „nicht zuletzt", wie er betonte – „unsere lieben Mitbürgerinnen und Mitbürger aus dem Ausland und aus dem Inland, die es trotz des schlechten Wetters und der widrigen Verkehrsverhältnisse auf sich genommen haben, der Einladung unseres verehrten Herrn Bundeskanzlers Gerd Piper zu seinem Garten-, äh, Bürgerfest Folge zu leisten. Ein herzliches Willkommen!"

Applaus, Applaus, Applaus.

Oberstleutnant der Reserve Bloch führte Frau Müller routiniert durch die Einlasskontrollen und stellte sich mit ihr unten im Foyer auf, als der Tusch ertönte und ein paar Etagen über ihnen der Bundeskanzler erschien. Die beiden standen zwischen anderen Uniformierten, zwischen andächtig lauschenden Herrschaften in Abendgarderoben, zwischen den bunten Gewändern exotischer Gesandter und einfachen Bürgerinnen und Bürgern, die bemüht waren, ihre kleinen Kinder im Zaum zu halten. Im Anschluss an seinen Kanzleramtsminister hielt der Bundeskanzler eine Begrüßungsrede, danach der Leiter des Presseamtes.

Bloch hörte schon gar nicht mehr hin. Der Anruf von Rechtsanwalt Dr. Konetzke hatte ihn am späten Vormittag erreicht und ihn zunächst beunruhigt; vor allem diese merkwürdige Geschichte vom Kollegen Dr. Lomer, der während seines Sabbatical aus Puerto Rico berichtet hatte, dort entweder Laura Schwartze oder Katrin Müller gesehen zu haben. Absurd.

Jedenfalls nicht diese zauberhafte Erscheinung an seiner Seite, die alle Blicke auf sich zog, vor allem, wenn sie sich bewegte. Bloch hatte ihr während der Fahrt ins Kanzleramt mehrere Fangfragen gestellt und den Eindruck gewonnen, dass sie nicht mal wusste, wo Puerto Rico überhaupt lag. Außerdem hatte Bloch entschieden, dass er bei seiner jetzigen Mission erstens und vor allem im Auftrag von Brigadegeneral von Beutler tätig war, dem er seine jetzige Position als Reserveoffizier zu verdanken hatte, danach erst als Reserveoffizier der Bundeswehr und drittens und letztens als angestellter Rechtsanwalt der Kanzlei Kurlow Konetzke Partner.

Erneuter Applaus riss ihn aus seinen Gedanken. Es wurden Getränke und Gebäck gereicht. Die beiden arbeiteten sich auf die erste Etage vor, an Geheimdienstkoordinator Gehrke vorbei, der offenbar auch die Nähe des Kanzlers suchte. Der war inzwischen auf die zweite Etage hinunter gestiegen, händeschüttelnd, lachend, plaudernd. Vier Sicherheitsleute begleiteten ihn auffällig unauffällig.

„Wie finden Sie ihn, Frau Müller?"

„Ich mag seine Öl-Matte nicht. Ist ja auf Sylt angesagt, in New York auch, als Slick-Hair. Im übrigen ist er mir egal."

Hatte Konetzke bei seinem Anruf heute früh nicht auch New York erwähnt? Egal: drittens, zweitens, erstens. Bloch musste Prioritäten wahren.

„Aber hier wird ja ganz schön was geboten für's Volk." Katrin Müller machte mit ihrem halbvollen Prosecco-Glas eine ausladende Armbewegung und drehte sich lustig um die eigene Achse.

Piper guckte rüber. Seine Augen blieben an Katrin Müller hängen. Er beendete ein Gespräch, löste sich aus einem Pulk von Ordensschwestern, die ihn anhimmelten, und schlenderte auf sie zu. „Herr Block, mein Verbindungsoffizier, in welch angenehmer Gesellschaft treffe ich Sie hier wieder! Willkommen auf meinem Fest, Gnädigste!" Piper wischte sich eine Fettsträhne aus dem Gesicht und strahlte Katrin Müller an. „Nun verbinden Sie mich mal, Block."

Das Musikkorps im Erdgeschoss spielte „So ein Tag, so wunderschön wie heute."

2

Der Flughafen Kundus liegt knapp acht Kilometer süd-südostwärts der Stadt Kundus, und an seiner nördlichen Begrenzung befindet sich das Bundeswehrlager Kundus. Oberst Tocker war das erste Mal in Afghanistan. Ein schwül-warmer Morgenwind fegte aus südostwärtiger Richtung vom Hindukusch hinunter durch die Ebene, durch die die Straße Richtung Kundus und der gleichnamige Fluss verliefen. Die Luft war trocken und staubig.

Die letzten Tage und Nächte in Deutschland hatte Tocker mehr zu tun gehabt als in den Wehrübungs-Wochen zuvor. Die Folge war gewesen, dass er fast den ganzen Flug über geschlafen hatte, trotz aller Unbequemlichkeiten. Erfreut sah er, dass ein Fahrer ihn am Ankunftsgebäude erwartete. Der Lagerkommandant hatte ihn geschickt.

Die kurze Fahrt im Wolf zum Feldlager legten sie schweigend zurück. Er hatte noch nie ein so stark befestigtes Lager gesehen, außer in Filmen. Vor den Sicherheitskontrollen vertraten sich einige verwegene Gestalten in Phantasie-Uniformen mit der US-Flagge auf dem linken Oberarm zwischen zwei Humvees die Beine.

Der Gefreite brachte Tocker sofort zum Lagerkommandanten.

„Wir haben Sie erwartet, Herr Oberst." Der füllige Oberstleutnant bot Tocker einen Platz im hinteren Teil des Wachcontainers an und schenkte heißen schwarzenTee aus einem Kochgeschirr in zwei Blechnäpfe. „Den werden Sie jetzt brauchen. Guten Flug gehabt? Das Einsatzführungskommando hat Sie für diesen Flug angekündigt."

„Ja, danke, wunderbar. Konnte gut schlafen. Vielen Dank für's Abholen."

„Sie sind wegen eines außerplanmäßigen Einsatzes hier, wurde uns gemeldet." Der Oberstleutnant sah irgendwie übernächtigt aus, schien aber gleichwohl neugierig.

„So ist das. Wo finde ich diesen Feldjäger-Major der Reserve Rinzen und den Oberleutnant Sassen vom KSK?" Tocker setzte den Blechnapf von der Feldflasche zum Trinken an, aber das Metall war noch zu heiß.

Der Oberstleutnant rückte zutraulich näher und vergewisserte sich, dass die Verbindungstür zum Wachlokal geschlossen war. „Beide bei Nacht und Nebel verschwunden, vorletzte Nacht, ohne offizielle Abmeldung. Sind wir aber vom KSK auch nicht anders gewohnt."

Tocker verbrannte sich die Lippen.

„Habe aber bislang keine Meldung erstattet. Denn erstens haben auch die zwei einen Spezialauftrag, was ich so gehört habe." Der Oberstleutnant fummelte einen Zettel aus der Brusttasche seiner Felduniform. „Und zweitens wollten die Amerikaner die beiden auch sprechen."

„Welche Amerikaner?" Tocker hätte sich fast verschluckt.

„Diese Söldner da draußen mit ihren Humvees, ehemalige Soldaten von Y-Services, wie sie sich jetzt nennen."

„Dieses staatlich finanzierte Verbrechersyndikat aus North Dakota etwa? Da lässt sich Uncle Sam ja richtig was einfallen. Und ich hatte gehofft, dass die unser Camp hier sichern."

„Zum Fürchten sehen sie aus, diese Burschen; und dreist sind sie auch noch ..."

„Gehobenes Wachpersonal", meinte Tocker. „Teils schon älter, weil alle ausgemustert. Gefährlich allenfalls aufgrund ihrer hohen kriminellen Energie."

„Nach dem letzten BV hier mit der US-Militärpolizei habe ich die Kameraden hier auch erst gar nicht reingelassen. Hatte mir der Major empfohlen."

„BV?"

„Besonderes Vorkommnis."

„Habe davon gehört. Deshalb bin ich hier. Ich leite den Spezialeinsatz. Wo finde ich die beiden Kameraden?"

Der Oberstleutnant schob Tocker den handbeschriebenen Zettel zu. Er enthielt 22 Ziffern. „Hoffe, Sie können damit was anfangen."

„Von wem haben Sie das?"

„Lag gestern früh in meinem Eingangskörbchen."

„Wer hat Kenntnis davon?"

„Außer uns beiden niemand. Der Zettel lag in einem verschlossenen Umschlag. ‚An Lagerkommandanten persönlich und vertraulich – VSnfD'."

„Von?" Tocker wendete den Zettel hin und her.

„Der Wachhabende behauptet, niemanden gesehen zu haben."

„Haben Sie den Umschlag noch?"

„Müsste ich nachgucken."

„Bitte!"

Der Lagerkommandant stutzte, verschwand aber dann in einer größeren Papiertonne unter seinem Metallschreibtisch und wühlte darin herum.

Tocker genoss den starken Tee, der inzwischen Zimmertemperatur angenommen hatte. Er zog seinen Blackberry aus der seitlichen Hosentasche und gab einige Zahlen ein.

„Aaah, jetzt fällt es mir wieder ein. Ja, natürlich." Der Lagerkommandant tauchte mit rotem Kopf wieder hinter seinem Schreibtisch auf. „Haben wir abgeheftet. Im Ordner ‚BV': politisch inkorrekte Aktivitäten mit rechtsradikalem Inhalt."

Tocker kam mit seinen Zahleneingaben durcheinander und blickte auf. Der Kommandant erhob sich prustend und zog aus einem Metallregal hinter sich einen Ordner heraus, der mit ‚BV' beschriftet war. „Hier ist es."

Tocker nahm ein DIN A-5-Blatt entgegen, das früher mal als Umschlag zusammengefaltet gewesen war. Auf der einen Seite stand ‚An Lagerkommandanten, persönlich und vertraulich – VSnfD, für Oberst Tocker, Einsatzführungskommando', auf der anderen war ein älterer, schlecht leserlicher Zeitungsartikel abgedruckt, der sich mit der Schutzstaffel der NSDAP, deren Sturmabteilung und weiteren geschichtlichen Momentaufnahmen aus dem

Dritten Reich befasste. Die Überschrift lautete: „Nationale Eliten". Einige der Buchstaben waren unterstrichen.

„Hab' ich mir's doch gedacht", murmelte Tocker und gab wieder Zahlen in die Tastatur seines Blackberry ein. „Wer hat diesen historischen Text zur Kenntnis nehmen können?"

„Sie sind nach mir der zweite, Herr Oberst. Der Text war auf der Innenseite des Umschlags. War mir aufgefallen, weil –"

„Vergessen Sie Ihr BV." Tocker hielt den Umschlag in die Flamme des Esbit-Kochers, auf dem das Kochgeschirr mit dem Tee stand.

Sein Blackberry hatte Verbindung. „Hier Lima, Operation Quebec Tango. Wo sind Sie?"

Tocker tippte ein paar Ziffern in sein Blackberry ein und schob ihn wieder zusammen. „Kann ich Ihren Fahrer, diesen Gefreiten, und den Wolf haben? Dazu ein paar Ausrüstungsgegenstände, PDW 4,6, P 8, DF, Taschenlampe, zwei GV 30 Spreng-Splitter, großes Sturmgepäck, alles, was man als Tourist in Afghanistan so braucht, Kartenmaterial bis Kabul, Kompass."

„Selbstverständlich, Herr Oberst, wird sofort vorbereitet." Der Lagerkommandant stand auf und beobachtete, wie die Esbit-Flamme die kohligen Papierreste auffraß. „Brauchen Sie Begleitschutz?"

„Ich hasse Gruppenreisen."

„Wie lange werden Sie Kfz mit Kraftfahrer, die Waffen und die Ausrüstungsgegenstände voraussichtlich brauchen?"

„Bis zum Ende des Auftrags." Die Waffen würde er irgendwo im Hochwasser des Indus versenken müssen. Wenn alles gut ging.

Bis zum Abend ging alles gut. Sie fuhren unbehelligt an den grimmig dreinschauenden Söldnern von Y-Services vorbei, die den Wolf am liebsten einer Fahrzeugkontrolle unterzogen hätten. Tocker befahl dem Fahrer, die Hauptstraße nach Süden, Richtung Kabul, zu nehmen. Rechts von der löcherigen Asphaltpiste floss unter hellblauem Himmel in wechselnden Entfernungen der Kundus an ihnen vorbei. Sie passierten Haji Amanolla und die Stelle, an der am 04.09.2009 die Tanklaster auf deutschen Befehl von US-Streitkräften bombardiert worden waren. Tocker hielt mit dem DF nach deutschen Stellungen Ausschau, Höhe 431, Höhe 432. Sämtliche Räume und Stellungen der Bundeswehr waren auf seiner Karte eingezeichnet, und je weiter südlich sie kamen, desto weniger wurden es. Die Piste führte überwiegend durch karge Stein- und Sandwüste, hin und wieder unterbrochen durch grün-graue Kusselsäume, die sich an kleine Hänge schmiegten, seltener durch beigegraue Felder, auf denen die Bauern ihre Getreideernte einbrachten, Bauern oder Taliban oder beides. Von Minute zu Minute wurde es spürbar heißer und das Hindukusch-Gebirge vor ihnen wuchs und wuchs.

Am frühen Nachmittag überquerten sie die Provinzgrenze nach Baghlan und mussten nun in der Region Ost sein, die den Amerikanern unterstand. Von US-Truppenteilen war ebensowenig zu sehen wie in der Region Nord von der Bundeswehr. Sie fuhren durch Feindesland. Und keine legitimierte Regierung hatte sie hierher eingeladen.

An den aufsteigenden Hängen des Hindukusch kamen ihnen US-Militärfahrzeuge entgegen, ein schwer gesicherter Konvoi, darunter ein Tanklastzug. Während der Fahrer auftankte, telefonierte Tocker mit seinem Blackberry und studierte die Karte. Sie waren irgendwo hinter Daka, und der Fluss, der sie rechtsseitig begleitete, war der Pol e Khomri. Hinter Dowshi bogen sie auf der A 76 nach Osten Richtung Khenjan ab.

Der schlapp motorisierte Wolf quälte sich die Schotterwege des nördlichen Hindukusch hinauf und am späten Nachmittag – die Hitze nahm ein wenig ab – gelangten sie nördlich Kabul in die Nähe ihres Treffpunkts. Sie mussten jetzt kurz vor Verlassen der Region Ost sein; die Region um Kabul unterstand jeweils dem Kommando der Führungsnation der alliierten Einsatztruppen, derzeit Frankreich, soweit Tocker wusste. Die Serpentinen wurden steiler.

Hinter einer Felsnase, in einer engen Rechtskurve, die nach unten führte, sprang ein Taliban vor ihren Wagen, breitbeinig, mit den Armen fuchtelnd. Der Fahrer stieg reflexartig in die Bremse, Tocker hatte seine P8 im Anschlag. Der Taliban zeigte keinerlei Bewaffnung. Tocker wartete auf eine johlende Horde Wilder, auf Schüsse, auf Detonationen, aber nichts geschah. Der Talib lief auf sie zu und riss seinen Turban ab. Ein europäisches Gesicht. „Oberleutnant Sassen, KSK, Sa wie SA, ss wie … "

„Ich weiß schon, habe Ihren Umschlag gelesen. Kommen Sie, Sassen, sitzen Sie auf."

Oberleutnant Sassen sprang mit einem Satz in den Wolf.

Der Fahrer wischte sich mit der Feldmütze den Schweiß von der Stirn. Tocker steckte seine Pistole zurück. Er drehte sich um und zeigte auf sein Namensschild.

„Tocker, Oberst Tocker. Wohin weiter?"

„Geradeaus, nach dreihundert Metern links runter."

Sie bogen steil in ein Seitental ab. Es dämmerte. Hier im Schatten der Kämme und Gipfel war es deutlich kühler und dunkler. Den CH-53 G konnten sie am Ende der Ebene nur noch in seinen Umrissen erkennen, wie ein unwirklich großes Insekt hatte er sich auf eine Grasmatte gesetzt, die Rotorblätter hingen träge über ihm wie Flügel in Ruhestellung. Der Wolf hielt an, und sie saßen ab.

„War nicht einfach, den hier zu landen, oder?"

„Kein Problem für unsere amerikanischen Freunde."

„Amerikanische Freunde?" Tocker erschrak.

„TF 373, meine Freunde. Stationiert in unserem deutschen Feldlager, Camp Marmal, in Massar-i-Scharif, schon seit 2009. Führen heute Nacht eine Spezialoperation durch und nehmen uns ein bisschen mit. „ ‚We'll give you a ride', hat der Kommandeur gemeint." Sassen schälte sich aus dem dunkelblauen Burnus, unter dem er seine schwarze Kombi anhatte.

„Wo ist Major Rinzen?"

„Wartet auf uns."

„Lagebesprechung und Befehlsausgabe wo?"

„Kommen Sie mit."

Tocker befahl seinem Fahrer Pause und stapfte hinter Sassen einen schmalen Pfad hinauf, der von amerikanischen GIs gesichert wurde. Allmählich wurde er müde. Am Ende des breiter werdenden Weges erkannte er die Umrisse eines mittelgroßen Zeltes, vor dem neben einigen rauchenden US-Soldaten ein deutscher Major in Tropenuniform stand. Tocker stellte sich vor und die drei hockten sich abseits des Zeltes in das trockene Gras.

„Meine Herren, gemäß Befehl unseres Generals bin ich verantwortlich für den Einsatz heute Nacht. Und verantwortlich dafür, dass Sie, Major Rinzen, über Pakistan wohlbehalten nach Deutschland gelangen."

Sassen verdrehte die Augen.

„Wobei ich die Einsatzleitung bis zu unserem Eintreffen in Pakistan Oberleutnant Sassen übertrage, das ist sein Metier."

Sassen verdrehte wieder die Augen und streckte sich der Länge nach auf dem Gras aus. „Welche Vorgaben haben wir?"

Tocker entfaltete seine Karte und zückte eine Taschenlampe. „Unsere pakistanischen Freunde warten an diesem Geländepunkt auf uns." Mit einem Grashalm deutete er auf eine markierte Stelle zwischen der afghanisch-pakistanischen Grenze und Peschawar. „0230 local time."

Sassen setzte sich auf und musterte die Karte. „Die Amis haben da noch besseres Kartenmaterial. Ich übertrage die Drop Zone in 'ne US-Karte, rede mit dem Piloten, und wir legen die Abflugzeit fest. Das dürfte gegen spätestens 0100 sein." Sassen kaute auf ein paar Grashalmen herum.

Tocker nickte und wandte sich Rinzen zu, der der Befehlsausgabe schweigend folgte. „Wenn alles gut geht, dann nehmen uns meine pakistanischen Freunde über Peschawar und Rawilpindi in Zivil mit nach Lahore oder Karatschi. Details können wir später oder auf dem Flug besprechen."

Sassen verbiss das Grasbüschel wie Salatblätter und sprang auf. „War's das?"

„Wenn keine Fragen sind, würde ich mich jetzt gerne ein, zwei Stunden auf's Ohr legen." Tocker schaute Rinzen an, Rinzen schaute Sassen an. „Wann findet die Sprungausbildung statt?" Es war Rinzens einziger Beitrag.

„Sobald Herr Oberst geruht haben." Sassen schluckte das zerkaute Gras runter und winkte Tocker, ihm zu folgen.

Stunden später hockten sie im Flieger, Tocker rechts, Rinzen links, Arme verschränkt auf dem Sturmgepäck, das sie ihnen mit den PDWs auf den Leib geschnallt hatten, mit dem Rücken an der vibrierenden Bordwand, gepolstert durch die T-10-Fallschirme, Beine nach vorne ausgestreckt, Ohrenschützer über dem Kopf, die Blicke verloren sich im funzelig-dunklen Bauch der CH-53 G. Sassen hockte zwischen der Pilotenkanzel und ihnen weiter vorn und schaute abwechselnd auf einen Computer in der Pilotenkanzel und auf seine Uhr. Zwischen den Zähnen hatte er eine kleine Taschenlampe, mit der er hin und wieder auf eine Karte auf seinen Knien leuchtete. Er hatte ihnen erklärt, dass sie einen Reserveschirm nicht brauchen würden, wegen der geringen Absetzhöhe. Weder Tocker noch Rinzen hatten das sonderlich ermutigend gefunden. Tocker taten die Knie von dem Sprungtraining weh, das sie vor wenigen Stunden noch absolviert hatten.

Rinzen war mulmig, nicht nur wegen des bevorstehenden Sprungs. Er lag apathisch an der Bordwand, Tocker gegenüber, ohne Blickkontakt. Reden ging bei dem Lärm, den der Hubschrauber machte, ohnehin nicht, schon gar nicht mit den Ohrenschützern. Rinzen beunruhigte, dass der General ihn zunächst in Afghanistan in Sicherheit hatte bringen wollen und nun – und dann auch noch über Pakistan – wieder in Deutschland. Das war schon der zweite Fehler innerhalb der Organisation nach der Aufdeckung des Spritzenattentats. Fehler hatte es vorher in der Gesellschaft nicht gegeben. Okay, shit happens, aber dass er jetzt hier gleich in der Nacht über unbekanntem Gelände absitzen sollte, nun in dem Land vor Verfolgung geschützt werden sollte, das ihn als erstes suchte, Deutschland, war doch irgendwie bizarr. Ob der General sich seiner so entledigen wollte, wie er das mit Oberstarzt Müller durchgezogen hatte, auch mit Hilfe von diesem Oberleutnant? Ob er hier seiner eigenen Exekution entgegenflog, seiner als Mord nicht aufzudeckenden Hinrichtung im Feindesland? Deshalb Afghanistan? Aber welche Rolle sollte dieser Oberst dabei spielen?

145

Dienstaufsicht? Dieselbe Dienstaufsicht, die er gegenüber Sassen bei der Exekution von Dr. Müller auf Befehl des Generals durchgeführt hatte?

Nein, er sollte in Sicherheit gebracht werden, und er hatte im Gegensatz zu Müller keine Fehler gemacht. Und welche Alternative hatte er? Er musste sich auf seine Kameraden verlassen, auf den General, auf diesen Sassen, der bedingungslos zuverlässig erschien, und auf diesen Oberst, dem man sich durchaus anvertrauen konnte. Kameraden eben. Und das in einem Transporthubschrauber der US-Army, die ihn suchte. Absurd. Aber derzeit der einzige Ausweg und hoffentlich auch ein Weg, bald wieder Elvira in die Arme nehmen zu können; das musste ja nicht in Junkersdorf sein. Der Oberst hatte von einem Schloss gesprochen. Und als T 2 und Inhaber von MIL Deutschland würde er diesen lächerlichen Automatensprung körperlich schon irgendwie meistern; das hatten schon andere vor ihm geschafft.

Ein grelles Tuten riss sie aus ihren Gedanken. Eine Lampe am Heck flackerte rot auf. Sassen sprang zwischen die beiden Passagiere und riss sich den Lärmschutz vom Kopf, beide Daumen nach oben, sie sollten aufstehen. „Helme auf!" schrie er sie an. Ohrenschützer ab, betäubender Lärm, Springerhelme auf, klack, rasteten die Verschlüsse ein, man hörte es nicht, aber sie spürten es am Hals. Zu Tockers Entsetzen senkte sich die Heckklappe des CH –53 G langsam, quälend langsam und quälend endgültig. Gleichzeitig ging das Tuten in ein nerviges Stakkato über, tuuut – tuuut – tuuut. In den kurzen Abständen dazwischen wummerten die Rotoren, tuuut – wumm – wumm – wumm – tuuut – wumm – wumm – wumm – tuuut.

Sassen rückte Tockers Helm zurecht, fummelte an seiner Reissleine herum, legte sie ihm sorgfältig über die rechte Schulter und führte ihn nach hinten, auf dieses schwarze gähnende Loch zu, dass immer größer wurde, in dem immer mehr Sterne auftauchten, und dazu dieses ständige Tuuut – wumm – wumm – wumm – tuuut – wumm – wumm – wumm – tuuut.

‚Wenigstens gutes Wetter', tröstete Tocker sich und versuchte, seine Knie unter Kontrolle zu halten. Er musste als erster springen; Rinzen war schwerer und würde ihn überholen, hatte Sassen gemeint. Das unerträgliche Tuten dieser Heulboje erstarb. Das rote Licht erlosch, aber es sprang hellgrün sofort wieder an, mit Unterbrechungen, blink – blink – blink – blink.

Kalter Nachtwind wehte ihm um die Füße. Nur noch das Wumm – wumm – wumm der Rotoren, was Tocker schon nicht mehr wahrnahm. Er stand an der Absetzkante, vor sich das Nichts, neben sich der einzige Mensch auf dieser Welt, auf den er sich nun verlassen musste. Einen Kameraden. Der Kamerad hielt den linken Daumen hoch und klatschte ihm mit der Rechten kräftig auf den Rücken. Tocker trat ins Nichts und schloss mit seinem Leben ab.

3

Im Taxi, das Lomer vom Hauptbahnhof Hamburg nach Blankenese brachte, nahm er sich die Einladung zur Versammlung der Gesellschaft des Heeres noch mal vor, die ihn als Historiker zu ihrer Jahresversammlung in die Clausewitz-Kaserne eingeladen hatte. Überschrieben war sie mit ‚Gesellschaft des Deutschen Heeres e.V. – Der Vorstand –' Neben ‚*Begrüßung*', ‚*Ehrungen*' verschiedener Mitglieder, ‚*Jahresbericht*', ‚*Entlastung des Vorstands*' und ‚*Satzungsänderung*' lauteten die wesentlichen Tagesordnungspunkte:

„ ... 3. *Staatsstreiche in der deutschen Geschichte – historisches Resümee und Ausblick. Was wir von von Stauffenberg lernen können.*
   4. *Über die Variabilität der deutschen Verfassung: Möglichkeiten und Grenzen des Grundgesetzes der Bundesrepublik Deutschland.*
   5. *Die deutsche Parteienlandschaft der Gegenwart – Segen oder Fluch? Eine kritische Analyse unter besonderer Berücksichtigung der Weimarer Reichsverfassung und ihrer historischen Folgen.*"
   Zu diesem Tagesordnungspunkt waren als Referent ein Politikwissenschaftler, der in Geschichte und Jura promoviert worden war, und für die anschließende Diskussion Vertreter verschiedener Parteien eingeladen worden; die meisten hatten abgesagt, hieß es im Begleittext, vorwiegend aus Termingründen, einige waren immer noch ‚*angefragt*', die drei, die zugesagt hatten, kannte Lomer nicht.
   Nach „*Serenade des Heeresmusikkorps 4*' und dem ‚*feierlichen Abendessen*' sollten ‚*Ausschüsse*' in separaten Räumlichkeiten des Offiziers-Kasinos tagen, so der ‚*Ausschuss Sicherheit(spolitik?)*' unter Leitung von Brigadegeneral Berndt von Beutler im ‚Raum Scharnhorst'. Der folgende Samstag sah dann weitere Referate zu Themen vor wie ‚*Der deutsche Generalstab – ein Modell für Gegenwart und Zukunft?*', ‚*Ist der Primat der Politik noch länger vertretbar?*' sowie zu aktuellen Fragen der Militär- und Kommandostrukturen in Bundeswehr und NATO. Am Sonntagmittag sollte die Tagung nach einem Festessen im großen Speisesaal des Kasinos enden.
   Das Taxi bog von der Elbchaussee in die Stauffenberg-Straße ein und hielt vor dem Haupteingangstor der Kaserne. Der Zivilangestellte, der auf Lomer gewartet zu haben schien, überprüfte seinen Ausweis und die Einladung, machte eine Notiz im Wachbuch und pfiff einen Soldaten aus dem Wachlokal heran. „Führen Sie den mal rüber. Professor Strawitsch, Referent heute Nachmittag. Gebäude 21, Stube 211." Er händigte dem Soldaten einen Schlüssel aus und wünschte Lomer einen angenehmen Aufenthalt.
   Gebäude 21 war ein aus Stahl, Glas und Beton zusammengefügter Neubau, der gleich neben dem Kasino unter weit ausladenden Bäumen in angenehm kühlem Schatten lag. ‚Schlicht, aber dafür einfach', dachte Lomer, als er in seiner Stube vor den Spiegel über dem tropfenden Wasserhahn trat. Der Bart, den er sich in den letzten Tagen hatte wachsen lassen, stand ihm ausgezeichnet, aber er freute sich schon darauf, ihn nach seinem verdeckten Einsatz wieder abrasieren zu können. Er schnitt eine Grimasse und fuhr sich über die verbliebenen Stoppeln seines Haupthaares. Auch das würde wieder nachwachsen. Mehr zu schaffen machten ihm die zahlreichen Kleidungsstücke und Klebehandtücher, die einen erheblichen Leibesumfang vortäuschten und ihm eine Figur verliehen, wie man sie allenfalls bei Berufsbeamten oder Sozialhilfeempfängern erwartet hätte. Lästig, vor allem bei diesen sommerlichen Temperaturen; aber auch das war nur vorübergehend. Hauptsache, seine Tarnung funktionierte. Die erste Sicherheitshürde an der Wache hatte er schon mal genommen. Laura hatte wie immer gute Vorarbeit geleistet.
   Er warf einen Blick nach draußen. Unter seinem Fenster stand der Soldat, der ihn über die weichen gepflegten Grasplatten des Kasernengeländes hierher geführt hatte; der war damit beschäftigt, ankommende Gäste einzuweisen. Lomer setzte sich an den kleinen Holzschreibtisch unterhalb der Fensterfront und ging seine Unterlagen nochmal durch. In seiner Einführungsrede würde er alle Schwachstellen der Organisation, der Gesellschaft des Deutschen Heeres e. V., ihrer Ausschüsse, ihrer Querverbindungen zur Deutschen Gesellschaft für Nationale Sicherheit DGNS, von der Professor Strawitsch offiziell gar nichts wissen durfte, zur Stiftung Cassiretas, einer Schutz- und Hilfs-Unterorganisation, deren

Bezeichnung sich aus Cassida für Helm und Securitas für Sicherheit zusammensetzte – all dies würde er als offiziell Aussenstehender in einer historisch verschleierten Grundsatzerklärung rückhaltlos offenlegen und in einem hinreißenden Plädoyer geißeln.

Von Beutler senior hatte mit Laura der Älteren den Rohtext für diese flammende Rede gezimmert, und Laura und Hannes hatten bis zuletzt an ihr gefeilt, um jedes Komma, um jede Betonung, um jede Kunstpause hatten sie miteinander gerungen. Bei bestimmten Stichworten – ‚Cassiretas' war eines davon – würden planmäßig im Saal verteilte Konspiranten Zwischenrufe platzieren, die die Stimmung im Plenum wie Brandbeschleuniger befeuern sollten. All dies würde zu Unruhe im Saal führen, die sich mit jedem Zwischenruf und jeder seiner vorbereiteten Repliken steigern würde, bis – naja, man würde sehen: Entweder brach ein Chaos aus, dessen von Beutler junior als Versammlungsleiter nicht mehr Herr werden würde, oder – was Laura für wahrscheinlicher hielt – er würde anschließend in einer Kampfabstimmung abgewählt. Bei beiden Varianten würde er seine führende Position innerhalb der Organisation verlieren, und das war es, worauf es ihnen ankam.

Zwei Stunden später stieg Lomer mit anderen Gästen die Stufen zum Kasino empor. Alles ältere Leute in gepflegter Kleidung, die meisten in Zivil, einige – vorwiegend jüngere – in Uniform, überwiegend männlichen Geschlechts, von Frauenquote keine Spur. Zwei militärische Wachen kontrollierten Ausweise und Einladungen. Lomer fragte nach einer Tasse Kaffee und wurde an einen anderen Soldaten verwiesen, der unter den Säulen neben dem Haupteingang bereit stand.

„Professor Strawitsch? Unser erster Referent. Willkommen. Bitte folgen Sie mir." Der Soldat führte Lomer quer durch einen etwa tennisplatzgroßen Empfangsraum mit vier unbenutzten Sitzecken an einer edlen Vedette-Standuhr aus dunklem alten Holz vorbei. Durch die ebenfalls in Holz gefassten Fenster und die deckenhohen Glastüren hatte man freien Blick auf den Kasinogarten, der von dem alten Klinkerbau U-förmig eingerahmt wurde. ‚Kasinopracht der repräsentativen Kasernenarchitektur der dreißiger Jahre', dachte Lomer, ‚ehemalige Luftwaffenkaserne Hermann Göring'.

Im Garten sah er kleine Gruppen von Gästen stehen, die bei Kaffee, Wasser und Säften miteinander plauderten. Warum führte der Soldat ihn nicht dort raus? Er hätte gerne eine Zigarette geraucht. Sein Begleiter hielt vor einer offenen schwarzen Holztür in der hinteren rechten Ecke der Empfangshalle. „Unsere Kasino-Bar, Herr Professor." Besser, jetzt nicht mit Sonderwünschen zusätzliche Schwierigkeiten machen. Lomer bedankte sich und betrat einen schwarzbraun paneelierten Raum, der im Halbdunkel lag. Außer den beiden Ordonnanzen hinter dem langen Tresen sah Lomer niemanden. Egal, er kannte hier ohnehin keinen.

„Einen Kaffee für den Herrn Professor", bellte der Soldat durch die Tür. „Auf Rechnung General von Beutler. Und einen Aschenbecher!" Der Soldat knallte die Hacken zusammen und entfernte sich. Den Wunsch nach einer Zigarette musste er Lomer angesehen haben. War vermutlich selbst Raucher.

Er trank seinen Kaffee aus und trat in die Empfangshalle zurück. Der Soldat hatte neben der Tür der Bar gewartet. Überflüssig, aber aufmerksam. Die Eingangshalle hatte sich gefüllt; im Garten wurden die letzten Zigaretten ausgemacht. Die Gäste strebten den zwei großen Verbindungstüren zum Sitzungssaal entgegen, ordentlich aufgereiht, einer nach dem anderen, jeder einzelne unterzog sich der weiteren Kontrolle durch drei Feldjäger, die rechts und links vor den beiden Verbindungstüren Aufstellung bezogen hatten; der Feldjäger zwischen den Türen bedachte jeden einzelnen der Gäste zusätzlich mit einem strengen

Blick unter der tief heruntergezogenen weißen Schirmmütze hervor. Eindrucksvoll, fand Lomer, und reihte sich mit einem zwanglosen Lächeln in eine der Schlangen ein. Ein Sicherheitsaufwand, der Rückschlüsse auf den Veranstalter und die Inhalte der Tagung zuließ.

Keiner der Feldjäger hatte etwas gegen ihn. Der eine prüfte seine Papiere und die Einladung, der andere guckte streng, aber das machte er bei jedem. Und schon betrat Lomer den großen Sitzungssaal, Dimension kleines Fußballfeld, randvoll mit Stuhlreihen bestückt, rechts bodentiefe Fenster mit ablenkendem Blick auf den Kasinogarten, links fünf bis sechs Meter hohe Glastüren, die auf die Terrasse vor dem Kasino geführt hätten, wenn sie geöffnet gewesen wären. An der Stirnseite waren unter ehrwürdigen Gemälden das Podium und zwei Rednerpulte mit Mikrophonen aufgebaut. Sein Arbeitsplatz gleich. Wo sollte er jetzt hin? Lomer schob sich mit den anderen Gästen langsam nach vorne. Die erste Sitzreihe war freigehalten worden, einer der Plätze dort würde für ihn reserviert sein.

Tatsächlich, gleich der erste vorne links, unmittelbar vor dem Stehpult, das die Aufschrift ‚Brigadegeneral Berndt von Beutler' trug: ‚Professor Dr. Dr. mult. Eberhard Strawitsch' stand auf der Lehne seines Sitzes. Lomer stellte seine Aktenmappe ab, warf einen Blick nach hinten in den sich langsam füllenden Saal. Irgendjemand sollte ihn ja jetzt wohl angemessen begrüßen. Negativ. Er setzte sich hin. Die Gemälde vor ihm zeigten Porträts von Gneisenau, Scharnhorst und – in der Mitte – von Clausewitz, aber er war sich nicht sicher. Drei Minuten vor Zwölf. Gleich würde es losgehen.

Es ging schon eher los. Der Soldat, der ihm die Kasino-Bar gezeigt hatte, stand plötzlich vor ihm. Erst dachte Lomer, er hätte vielleicht in der Bar was vergessen, seine Zigaretten womöglich oder sein Zippo. Aber neben dem Soldaten tauchte jetzt der Feldjäger auf, der, der zwischen den beiden Eingangstüren so finster dreingeschaut hatte. Jetzt lächelte er freundlich, zu freundlich. „Herr Dr. Lomer, würden Sie uns bitte nach draußen begleiten?"

‚Lomer' hatte er gesagt. Lomer stand auf. Während er zwischen den beiden Soldaten aus dem Saal geführt wurde, schauten geschätzte achthundert Augenpaare ihn an. Seine zweite Festnahme in wenigen Wochen, noch unangenehmer als die erste aus dem Hotelzimmer im ‚Esplanade' durch die Hotellobby in den Streifenwagen der Cops. So konnte es nicht weitergehen. Lomer hörte eines der Mikrophone knacken. Die große Vedette-Standuhr im Empfangsraum begann ihre Glockenschläge, zwölf Uhr.

Dann wurden die Verbindungstüren hinter ihnen geschlossen.

4

Der Montagvormittag war für den Geheimdienstkoordinator im Bundeskanzleramt, Dr. Gehrke, stressig, weil nichts passierte. John Epstein rief nicht zurück; Gehrke hoffte, dass er den Abend im „Archimedes" überlebt hatte. Limmer vom Verfassungsschutz hatte ihn damit vertröstet, dass die Ermittlungen gegen den Boulevard-Zaren Stich zwar begonnen hätten, sich aber naturgemäß länger hinziehen würden – Einschleusen von V-Männern in die Redaktionen, Installation von Abhöranlagen, etc. – was ebenso verständlich wie ärgerlich war. Und der Oberst vom MAD hatte nur gemeldet, dass Major Rinzen vor Tagen unabgemeldet aus dem Camp verschwunden war. Zeitgleich mit einem KSK-Trupp, aber da bestehe wohl kein Zusammenhang.

Kein Zusammenhang? War nicht auch dieser Oberstarzt im Rahmen eines KSK-Einsatzes gefallen? Gehrke würde sich nicht wundern, wenn auch dieser Feldjäger-Major demnächst auf den Gefallenen-Listen auftauchen würde, vermisst war er ja schon. Immerhin hatten vor den Toren des Bundeswehr-Lagers US-Söldner von Y-Services Stellung bezogen, die seien aber inzwischen unverrichteter Dinge wieder abgezogen, hatte der Oberst gemeint.

Wer beim Personalamt und im Heeresamt hinter der merkwürdigen Einberufungs-Praxis steckte, werde noch ermittelt. Bekannt sei bisher nur, dass alle fraglichen Reserveoffiziere sich zu den Wehrübungen jeweils freiwillig gemeldet hätten. Gehrke fand inzwischen nicht nur die Einberufungen dieser Herren Reserveoffiziere merkwürdig; merkwürdig fand er auch, dass er vom fernen Hindukusch schneller und mehr Informationen erhielt als aus Köln. Wer mauerte da? Ihm fiel der Behördenwitz mit dem Wettrennen zwischen dem Rennpferd und der Schnecke ein, bei dem das völlig erschöpfte Pferd als zweites die Ziellinie erreichte, weil es den Dienstweg genommen hatte.

Am kläglichsten waren die sparsamen Nachrichten der Gehrke unmittelbar unterstellten Abteilung Sicherheit des BND; das musste an dessen unfähigem Präsidenten, diesem Köhler, liegen, den Gehrke immer schon für inkompetent und kontraproduktiv gehalten hatte. Ob der Abteilungsleiter sich nicht an Gehrkes Weisungen gehalten hatte, nur ihm, Gehrke, zu berichten? Dienstrechtlich würde der noch nicht mal was falsch machen, wenn er seinen Chef, diesen Köhler, eingeschaltet hätte; im Gegenteil: Dann hätte Gehrke ein Problem, er, der sich auch am Wochenende über all diese Probleme den Kopf zerbrach, während andere offenbar in ihrer viel zu üppigen Freizeit vorübergehend aus dem Dienst ausgeschieden schienen.

Umgehende Informationen im Zusammenhang mit der Visa-Affäre BRD-Schweiz-Libyen waren Gehrke aus zwei Gründen besonders wichtig: Erstens hatte die Kantonspolizei Tessin laut Rüdiger, den er vertrauensvoll Rudi nannte, bestätigt, dass hinter dem Auftrag, die zwei Schweizer touristisch durch die Sahara nach Libyen zu begleiten, in der Tat eine deutsche Quelle gestanden hatte; das hatte Gehrke aber vorher schon in Stichs BUNDESKURIER gelesen, die Kantonspolizei und die schweizerischen Dienste wahrscheinlich auch. Und zweitens hatte Außenministerin Gravell in der Parlamentarischen Fragestunde im Kreuzfeuer dieser grünen Politintriganten zum Thema Visa-Beschaffung für die Schweizer als Gegenleistung zu Berns Vermittlungsbemühungen zwischen den USA und der BRD ein derart klägliches Laienspiel geboten, dass danach die gesamte Republik ohnehin von der Berechtigung sämtlicher gegen sie gerichteten Vorwürfe ausging; jedenfalls wiesen das die aktuellen Meinungsumfragen aus, die zwar womöglich wie immer gefälscht waren, aber wer wusste das schon? Und wer könnte es nachweisen? Es war zum Verzweifeln.

Gehrke beendete das rastlose Durchlaufen seines Dienstzimmers und ließ sich in seinen Schreibtischsessel fallen. Was, wenn die Außenministerin für die Regierung nicht länger tragbar wäre? Ob er da bei den Grünen mal nachfassen sollte? Immerhin waren Intrigen sein Geschäft. Er schüttelte den Kopf: nicht mit den Grünen. Ob der Kanzler oder sonst jemand in parteiverantwortlicher Position wohl an ihn, Dr. Gehrke, denken würde? Piper wohl nicht, der hatte ihn auf seinem Sommerfest keines Blickes gewürdigt und ja wohl – was er so mitbekommen hatte – andere Dinge im Kopf oder in der Hose. Sonst jemand? An ihn, den mit Abstand erfahrensten Diplomaten im Umkreis der Regierung, den mit den allerbesten Netzwerken im Ausland, den mit dem schärfsten analytischen Verstand, dem belastbarsten Gedächtnis, den einzigen im Umfeld der Regierung, der ein abgeschlossenes Studium mit zwei Staatsexamina nachweisen konnte – sah man von Frau Gruber ab, die ihre Richterqualifikation der Größe ihres Hinterns nach zu urteilen ausschließlich im Sitzen und auf entfernteren Bildungswegen erlangt hatte, und sah man von anderen Politikern ab, deren akademische Horizonte sich auf das übliche Rhetorik-Studium beschränkten. Aber wahrscheinlich würde niemand ihn, Dr. Gehrke, als Bundesaußenminister in Betracht ziehen, wahrscheinlich w e g e n dieser seiner Qualifikationen, die einem erfolgreichen politischen Werdegang wohl schon immer im Wege gestanden hatten; und dann sein fortgeschrittenes Alter, die jüngste Ministerin war gerade mal mit 23 ½ Jahren in ihr Amt gehievt worden, er erinnerte sich nicht mal, in welches Resort.

Das Telefon riss ihn aus seinen Grübeleien. „Ein John Epstein möchte Sie sprechen." Na, endlich. „Und dann hätte ich hier noch zwei Nachrichten, eine davon –"

„Mister Epstein, bitte sofort!"

„Good morning, dear friend. Wie war Euer Sommerfest? Wir werden ja zu solchen Veranstaltungen nicht mehr eingeladen."

John hatte den Barbesuch in Wilmersdorf offenbar überlebt und war blendender Laune.

„Ihr würdet ja unseren Einladungen auch inzwischen nicht mehr folgen, Ihr Banausen."

„Roger. Aber eingeladen werden möchten wir. Das wäre eine zielführendere Geste als Eure glücklosen Bemühungen über die Schweiz. Das wird, mein Lieber, nicht gut gehen, nachdem wir diese Käsefresser mit ihrem Scheiß-Bankgeheimnis dermaßen aus der Höhle getrieben haben. Wieso weiß Euer Auswärtiges Amt das eigentlich nicht?"

‚Das frage ich mich auch', dachte Gehrke. „John, Du darfst nicht alles glauben, was Du aus den Medien erfährst, vor allem nicht aus unseren."

„Medien? Das ich nicht lache. Nachrichten, professionell recherchierte Nachrichten unseres CIA, dessen oberster Chef ich bin!"

‚Auch zu deren Quellen gehören unsere Medien', dachte Gehrke und sagte: „Aber deshalb hast Du nicht angerufen, oder?"

„Nein, ich habe zwei Nachrichten für Dich, eine gute, eine schlechte, welche zuerst?"

„Die schlechte."

„Y-Services hat Euren Reinzen verloren."

„Weiß ich schon. Und die Gute?"

„Sie haben ihn wieder."

Gehrke atmete auf. Endlich mal was Positives.

„Können wir hier offen sprechen?"

„Nur zu!"

„Der Hund will nach Pakistan."

„Pakistan?"

„Und zwar mit unserer Hilfe."

„Wie das?"

„Irgend so eine Task Force steckt da mit drin."

„Und die hat ihn nun ergriffen?"

„Leider noch nicht. Aber sie klebt ihm an den Hacken. Und stellt ihn dort. Wir sind schon länger in Pakistan, wir sind, wie Du weißt, immer die ersten überall, weltweit – jedenfalls vor Euch, ‚first in – last out'. Ich habe unsere pakistanischen Freunde schon informiert. Du weißt, wen ich meine."

Gehrke erinnerte sich. ‚*Während Sicherheitsexperten der USA eine beunruhigende Nähe zwischen dem pakistanischen Geheimdienst ISI und den Taliban vermuten, hat der Geheimdienst immer wie-*

der versucht, *Verbindungen zu Islamisten zu pflegen, um seinen Einfluss in der Region zu stärken, und Epstein war derjenige, der sich als Stationschef in Pakistan um bessere Beziehungen zur Regierung in Islamabad bemüht hat.'*

„Hab' vielen Dank, John. Hälst Du mich auf dem Laufenden?"

„Sure. Macht ja sonst keiner." Johns Lachen dröhnte aus der Ohrmuschel. „So long, chap."

Kaum hatte Gehrke aufgelegt, stand seine Vorzimmerdame vor ihm. „Das kam hier gerade vom BKA durch." Sie legte eine ausgedruckte Mail auf Gehrkes Schreibtisch. „Und die Zeitungen."

Die Mail stammte von Jischke, *‚persönlich und vertraulich an Geheimdienstkoordinator im Bundeskanzleramt Udo Gehrke'*, natürlich wieder ohne Doktortitel.

„*Verehrter Herr Kollege,*
wir haben verschiedentlich über das Thema Spritzen korrespondiert. Unser Zentralcomputer wirft nun hierzu die anliegende Information aus, die für Sie hoffentlich von Interesse ist.
MfG
Jochen Jischke
BKA, Präsident"

Die Anlage lautete:
„MUC, Flughafen, Sonntagabend 20.41 MEZ
Festnahme Dr. Jürgen Ripp, Apotheker, mit nicht deklarierten Spritzenmodellen *der Firma AASS, Schweiz, Lugano, angeblich Reimport, und nicht deklarierten Wirkstoffen, alle BtmG-pflichtig, darunter* Thiopental, *hochwirksam, nach Angaben des Importeurs aus Shanghai zu wissenschaftlichen Zwecken. Abgabe an Staatsanwaltschaft MUC, über Flughafen, Polizei MUC, veranlasst, Verdächtiger vorläufig festgenommen, § 127 StPO."*

Die Anlage stammte aus dem Rechner der Zolldienststelle München Flughafen. Noch eine gute Nachricht. Da musste er sofort nachfassen. Gehrke rieb sich die Hände, da fiel sein Blick auf die oberste Zeitung.

Der ILLU-BLITZ. Ins Auge stach ein unscharfes Foto mit Bett in der Mitte, auf dem ein Mann soeben seine Hände schützend vor das Gesicht hielt und eine offensichtlich unbekleidete Frau versuchte, das Bett seitlich zu verlassen, neben sich ein Beistell- oder Nachttisch, auf dem ein Korkenzieher oder ein Schraubenzieher oder eine Spritze zwischen verstreuten kleinen weißen Krümeln oder Kügelchen oder Pulver lagen. Das Schwarz-Weiß-Foto nahm die halbe Seite des Titelblattes ein. Darüber stand in ultrafetten Lettern:

„Jetzt reicht's! Das Ende eines Kanzler(fest)s"
Und darunter
„Piper in flagranti bei Ehebruch und Koks?
Exclusiv-Bericht ILLU-BLITZ"

Damit war auf der Titelseite nur noch Platz für zwei Doppelzeilen, der Skandalbericht wurde auf Seite 2 fortgesetzt. Gehrke ersparte sich die unappetitlichen Details und las nur noch den letzten Absatz:

„ILLU-BLITZ hat nie ein Blatt vor den Mund genommen. ILLU-BLITZ scheut sich auch nicht, seinen Lesern und der Öffentlichkeit die ungeschminkten Fakten mitzuteilen. ILLU-BLITZ hat auch keine Angst vor zivilrechtlichen Klagen oder Interventionen des Deutschen Presserates. ILLU-BLITZ scheut sich auch nicht, unseren Kanzler an dieser Stelle zu fragen:
1. Herr Bundeskanzler, wann treten Sie endlich zurück?

2. Wann wird Ihre vierte Ehefrau geschieden?
Unseren Kommentar zu diesem unerhörten Skandal, über den ILLU-BLITZ exklusiv berichtet, finden Sie auf Seite 3, weitere Stimmen auf Seite 4."

Gehrke verzichtete auf die Lektüre des Kommentars und sah sich das Foto auf der ersten Seite nochmal genauer an. Bei dem Mann handelte es sich zweifelsfrei um Piper. Die Frau hatte den linken Arm schwungvoll erhoben, wahrscheinlich, um das Bett eiligst zu verlassen; auch sie sah überrascht aus. Man sah zwar ihre linke Brust, aber nur wenig von ihrem Antlitz. Gehrke nahm eine Lupe zu Hilfe. Er war sich nicht sicher, aber er glaubte, die junge Frau wiederzuerkennen, auf die der Kanzler bei seinem Sommerfest auf dem ersten Treppenabsatz zugegangen war; Gehrke erinnerte sich an die dunkle Haarsträhne. Wer war diese auffallende Schönheit? Und wer mochte der Oberstleutnant sein, in dessen Begleitung sie dort gestanden hatte? Irgendwo hatte Gehrke ihn schon mal gesehen. Weshalb hatte der Personenschutz versagt? Wer hatte den Fotografen in das Gebäude der Parlamentarischen Gesellschaft hinter dem Reichstag eingelassen, in deren fast nie benutztem Gästezimmer unter dem Dach der Kanzler bei Ehebruch und Kokain überrascht worden war? Wer hatte dem ILLU-BLITZ den Tip gegeben? Fragen über Fragen.

Gehrke überflog den gesamten Artikel, aber er erfuhr nur, dass Piper seinen Personenschutz gegen Mitternacht auf dem Parkplatz zwischen der Parlamentarischen Gesellschaft und dem Reichstag nach Hause geschickt hatte – ‚dieser Idiot', dachte er – und dass das Gebäude der Parlamentarischen Gesellschaft keiner besonderen Bewachung unterlag, weil es so gut wie nie von sicherheitsgefährdeten VIPs benutzt wurde. Das erste hätte Gehrke sich denken können, und das zweite hatte er ohnehin gewusst. Weshalb erfuhr er, der Geheimdienstkoordinator dieser Regierung, von diesem Skandal erst aus der Presse?

Kapitel IV

1
Von Beutler legte die Zeitung sorgfältig zurück auf den Schreibtisch und rubbelte sich sein kurzes Terrier-Haar trocken. Wunderbar, diese Geschichte mit dem Kanzler und dem ‚Kokain-Häschen', das irgendwie verschwunden und nicht aufzufinden war – als ob sie vom Himmel gefallen wäre –, und das man auf dem schlechten Foto auf der Titelseite zwar als attraktives Luder erkennen konnte, nicht aber als seine Stieftochter. Perfekt. Besser hätte es nicht laufen können; er würde Major Stich zum Abschluss seiner Wehrübung eine Anerkennung in verschärfter Form erteilen. Phantastisch, was seine heimliche Streitmacht alles bewirken konnte. Auch Bloch hatte offensichtlich gute Vorarbeit geleistet, er hatte nichts anderes erwartet. Und natürlich Estella, Laura, die Jüngere. Na schön, diese Rolle war ihr auf den schönen Leib geschrieben, und von Beutler hoffte, sie würde ihm bald melden, dass sie die „Operation Papa" unbeschadet überstanden hätte. Wunderbar.

Von Beutler nahm sich ein leeres Blatt Papier, richtete es mittig auf der Schreibunterlage aus und zückte den längsten Bleistift. Auf das Blatt schrieb er

                Kanzler Piper
tritt zurück   stellt Misstrauensantrag

AM Gravell Kanzlerin   Neuwahlen

und verband die Alternativen mit zwei senkrechten Linien, parallel zum Blattrand.

Für wahrscheinlich hielt er einen Rücktritt, zu dem die Medien, die Opposition und seine eigene Partei den Kanzler zwingen würden. Neuwahlen würden sich zu lange hinziehen.

Deshalb schrieb er die linke Seite fort: Voraussichtlich würde diese Gravell Kanzlerin werden, eine ehemalige Ostdeutsche, die vor ungefähr dreißig Jahren nicht wie andere in den Westen, sondern umgekehrt in den Osten „rübergemacht" hatte, als ob sie sich damals schon politisch verlaufen hätte. Die ihr eigene Orientierungslosigkeit hatte sie sich bei ihrem parteipolitischen Aufstieg in der wiedervereinigten Republik als doppelte Quoten-Ossie bis heute bewahrt. Sie war eine unbedarfte Außenpolitikerin, sie war nicht einmal ministrabel, sie würde ihr Leben lang das kleine unscheinbare Ostzonen-Mädchen mit ihren rätselhaften westlichen Wurzeln bleiben, eine miserable Außenministerin, eine noch schlechtere Kanzlerin, und jeder würde es merken, sogar die Deutschen.

Von Beutler zog eine kerzengerade Linie von „Gravell" senkrecht nach unten, als Hauptfeldwebel Renstorff im offenen Türrahmen aufschlug.

Von Beutler hob den Kopf. „Na, Renstorff, was gibt's?"

Renstorff nahm Haltung an. „Herr General, melde Festnahme Flottenapotheker Dr. Ripp, Flughafen München. Sitzt derzeit dort im Polizeirevier, soll heute noch in die U-Haft verschubst werden."

„Wer sagt das?" ‚Flottenapotheker Dr. Ripp, Ripp?'

„Meldung unseres Verbindungsmannes, Polizeipräsidium München. Hat der gerade auf seinen Schreibtisch bekommen."

„Verstanden." Jetzt fiel es von Beutler ein: Flottenapotheker Ripp war der Giftmischer der Gesellschaft, der in China irgendwelchen Studien nachgegangen war; hatte Oberst Tocker ihm gemeldet, vor Wochen auf der Terrasse des Kasinos beim Rotwein. Wenn ihm dessen Festnahme gemeldet wurde, ging es sicher um mehr als den Verstoß gegen irgendeine EU-Richtlinie über den vereinheitlichten Genuss von Schnupftabak auf internationalen Flughäfen. „Wobei hat er sich erwischen lassen?"

„Hatte nicht deklarierte Spritzen der AASS im Gepäck versteckt und –"

„Dieser Idiot! Und?"

„ – Thiopental in verschiedenen Zusammensetzungen, angeblich für wissenschaftliche Zwecke. Verstößt angeblich –"

„ – gegen das Betäubungsmittelgesetz." Von Beutlers Miene verdunkelte sich. „Ist bekannt, weshalb dieser Idiot mit Belastungs- und Beweismaterial gegen uns in der Welt umherreist? Ist Ripp ein Sicherheitsrisiko? Oder hält er dicht? Auch bei Folter?"

Renstorff nahm ein Papier zur Hand, das er eben ausgedruckt hatte. „Eher nicht, Herr General. Das Persönlichkeitsprofil des Herrn Flottenapothekers, das wir hier haben, besagt: 61 Jahre alt, Größe 1,65 Meter, lichtes Haar, schmächtig, war T 5, später T 6, dann aus Altersgründen von P ausgeplant, der Gesellschaft seit zwo-null Jahren treu ergeben, hervorragender Wissenschaftler, allerdings wurde seine Habil-Schrift nie angenommen, vergebliche Bewerbungen um Honorar-Professuren an verschiedenen Unis, später an in- und ausländischen Fachhochschulen, Inhaber einer kleinen Apotheke in München, kämpft mit wirtschaftlichen Schwierigkeiten, geschieden, kinderlos. Gilt nach seinem Persönlichkeitsprofil seit den Umständen der unterlassenen wissenschaftlichen Förderung und seiner privaten Lebensbedingungen hier als haltlos, schwach, griesgrämig, verhärmt; arbeitet und forscht emsig, insbesondere für unsere Zwecke; Motiv: will sich an der Gesellschaft rächen."

„Hoffentlich nicht an unserer." Von Beutler fuhr mit dem nato-oliv-farbenen Handtuch über seine Sorgenfalten. „Also eher ein Unsicherheitsfaktor, dieser Ripp; Schwachmathiker, könnte hier ja nicht mal über die Tischkante gucken."

Er hätte gern Oberst Tocker hierzu angehört, der für die Gesellschaft zu Ripp immer Verbindung gehalten hatte, aber wo der im Augenblick steckte, mochte der Teufel wissen. Von Beutler dachte laut weiter: „So lange der brummt, kommt nur ein Anwalt an ihn ran. Wen haben wir da in der Nähe, Strafverteidiger?"

„Müsste in unserer Datei überprüft werden, Herr General. Spontan fällt mir jetzt nur Oberstleutnant der Reserve Bloch ein, München, Kanzlei Kurlow Konetzke Partner, der gerade in Berlin ..."

Von Beutler horchte auf. „Welche Kanzlei?"

„Kurlow Konetzke Partner."

„Verdammt, das ist doch die Kanzlei, der auch unser Gefangener angehört. Haben Sie mir doch telefonisch gemeldet, als ich mit Tocker nach Berlin marschiert bin, zu eben diesem Bloch."

„Jawoll, Herr General."

Von Beutler war hochkonzentriert. Einerseits konnte Bloch ihm jetzt als Melder aus dem Kanzleramt von unersetzlichem Wert sein. Andererseits könnte Blochs Nähe zu diesem Lomer in der gemeinsamen Kanzlei künftig gefährlich werden, je nachdem, was sie mit Lomer später machen würden. Dieser Aspekt spräche dafür, Bloch noch näher an die Gesellschaft zu binden; das könnte mit dem Anwaltsmandat Ripp gelingen, je nachdem, wie Ripp sich verhalten würde. Beurteilung der Lage – Entschluss – Operationsplan.

„Renstorff, folgende Aufträge: Erstens, welcher unserer Männer könnte das Mandat Ripp in München übernehmen? Zweitens: Größe der Kanzlei Kurlow Konetzke Partner, hierarchische Struktur, wieviele Partner, wie viele Junior-Partner, engerer Kreis, weiterer Kreis, Position Lomer, Position Bloch? Drittens: Verbindungsaufnahme zu Bloch vorbereiten. Zeitbedarf: eins-null Minuten. Gehe inzwischen duschen."

Draußen im Flur sprang ihm der Obergefreite Nolte über den Weg. „'Tschuldigung Herr General, soll für den Hauptfeld eilig was besorgen."

Von Beutler bremste. „Nolte: Erstens, Soldat entschuldigt sich nicht. Zweitens: Ein Soldat hat Aufträge, die er ausführt – besorgen können Sie es Ihrer Freundin heute Abend."

„Jawohl, Herr General. Heute Abend." Nolte grüßte und sprang davon, von Beutler spurtete in den Duschraum.

Zehn Minuten später überflog er die zwei Blätter, die Renstorff für ihn ausgedruckt hatte. Von den zahlreichen Anwälten in München, die Mitglied der Gesellschaft waren, sagte ihm kein Name etwas. Scheiße, dass Tocker nicht zu erreichen war. Die Kanzlei Kurlow Konetzke Partner hatte 421 Anwälte weltweit, in München 89. Weder Lomer noch Bloch waren Partner der Kanzlei, Lomer stand allerdings als Juniorpartner demnächst heran; Rechtsanwalt Bloch rangierte irgendwo als angestellter Anwalt im unteren Mittelfeld. ‚Schön unübersichtlich', dachte von Beutler und fasste seinen Entschluss.

‚Machen Sie sich nicht beliebt, sondern geachtet.'

Mit einem Schlüssel aus seiner Schreibtischschublade öffnete er die Kommode an der Querwand, unterste Schublade. Er entnahm ihr eines der dort aufbewahrten Mobiltelefone.

Bloch war sofort dran. „Herr General?"

„Roger. ‚Operation Papa' gut hingekriegt. Anerkennung. Wie ist die Lage bei Papa?"

„Absolut unübersichtlich, alles läuft hektisch und mit roten Flecken im Gesicht umeinander, es geht drunter und drüber, keiner weiß, was demnächst passiert, das totale Chaos, seit die Nachrichten hier heute früh mit dem Foto einschlugen, ILLU-BLITZ, Sie werden sie gelesen haben. Eine Krisensitzung jagt die nächste, keiner weiß, wer an welchen Krisensitzungen, die auch parallel tagen, teilnehmen soll, jeder hat Angst um seinen Job, Neuwahlen oder nicht, der Kanzler –"

„Lagebeurteilung: Was wird er machen?"

„Alle befürchten, er wird zurücktreten – müssen. Wahrscheinlich –"

„Nächste Frage: Sind Sie für einen halben Tag dort abkömmlich? Spezialauftrag."

„Wenn Sie mich hier nicht brauchen, Herr General. In diesem Chaos würde ich niemandem fehlen, die merken nicht mal, dass ich vorübergehend nicht da bin. Zumal Oberst von Hallbeck, mein aktiver Counterpart, hier heute früh bereits ..."

„Dann fliegen Sie gleich nach München, als Anwalt."

„Jawohl, Herr General."

„Bevor ich Sie in Ihren Auftrag einweise, Bloch: Sicherheitsüberprüfung!"

Es dauerte eine Weile. Dann meldete Bloch: „Sicherheit!"

Von Beutler erläuterte ihm seinen Operationsplan. Bei der Auftragserteilung überließ er Bloch zwei Alternativen, Plan A, notfalls Plan B. „Ausführung heute. Die Operation heißt: ‚Operation Mischling'. Meldung an Renstorff nach Ausführung. Fragen?"

Bloch wusste, dass der General Fragen nicht ausstehen konnte, aber eine musste jetzt sein. „Herr General, ich habe mir soeben die Flugzeiten angeschaut, muss erst in einer halben Stunde hier im Kanzleramt aufbrechen. Habe also noch Zeit für eine persönliche Frage."

Von Beutler runzelte die Stirn.

Bloch mobilisierte sämtliche Mutreserven. „Herr General, wer war die junge Dame, die den Kanzler verführt hat, und nach der jetzt alle Welt sucht – ich meine, könnten Sie, Herr General, später mal veranlassen, dass ich die noch mal treffe, ich weiß, aber –, ich meinte, wenn sich der Orkan erstmal gelegt hat –" Leider hatte er sich schon wieder verhaspelt, aber jetzt war es wenigstens raus.

Von Beutler schmunzelte. „Weitere Fragen?"

Gott sei Dank fiel Bloch doch noch eine ein – eine, die mit seinem Spezialauftrag zu tun hatte. „Wo finde ich diese Zielperson heute Mittag in München?"

„Wird heute Vormittag noch verschubt, U-Haft. Sie sind doch der Anwalt."

„Justizvollzugsanstalt Stadelheim", murmelte Bloch. „Keine Fragen mehr, Herr General."

„Glück ab, Bloch. Und vergessen Sie Ihre Meldung an Renstorff nicht!" Von Beutler beendet das Gespräch und brüllte: „Renstorff!"

Die Verbindungstür sprang auf, Hauptfeldwebel Renstorff stand in Grundstellung im Türrahmen.

Von Beutler warf ihm das Mobiltelefon zu. „Auf diesem Apparat kriegen Sie heute Nachmittag einen Anruf von Oberstleutnant Bloch. Meldung an mich dann sofort. Anschließend Telefon vernichten."

2

Sie sollten irgendwo zwischen Peshawar und Mingaora landen, nicht allzu weit hinter der afghanisch-pakistanischen Grenze, nicht allzu weit entfernt von der Verbindungsstraße zwischen Takht-i-Bhai und Bat Khela, am besten in der Ebene südostwärts Sakhakot, die auch von den schweren Überschwemmungen des Indus nur mäßig betroffen war. Schwer betroffene Distrikte waren zu gefährlich für eine Landung – Wassersprung hatten sie nicht geübt –, von Hochwasser verschonte Gebiete hatten den Nachteil, dass sich dort pakistanisches Militär aufhalten konnte, dem sie nicht begegnen wollten. Fragen, Erklärungen, Berichte, Meldungen waren nicht das, was Tocker und Rinzen bei ihrer Mission „Quick Train" brauchen konnten.

Sie schlugen auf leicht morastigem Grund auf, Tocker in einer größeren Pfütze, Rinzen in einem untiefen Wasserloch, was die Aufprallgeschwindigkeit angenehm dämpfte. Tocker rollte zwei-, dreimal zur Seite und kam schließlich neben der Pfütze irgendwo auf dem Rücken zu liegen; ein leichter Windzug zerrte an seinem Schirm, er löste schnell das Kappentrennschloss, der Schirm fiel rauschend in sich zusammen. Rinzen stapfte fluchend aus dem Wasserloch, triefnass, stolperte und klatschte der Länge nach auf feucht-sandigen Grund. Er löste das Kappentrennschloss und sammelte den Schirm ein. Er beschwerte ihn mit dem Stein, über den er gestolpert war, und versenkte den Schirm in dem Wasserloch. Dann lauschte er.

Über sich sternenklarer Himmel, sehr gute Sicht. Ein leichter Windhauch, sonst Stille. Rinzen setzte sein Nachtsichtgerät auf und schaute um sich. Da hinten ein weißer Punkt, der sich bewegte, etwa achtzig Meter von ihm. Das sah aus, als wenn Tocker seinen Schirm packte. Gut so. Rinzen nahm die Nachtsichtbrille ab und stapfte auf den Punkt zu; beim Näherkommen erkannte er einen Schatten, der mit einem Gegenstand auf den Boden hieb: Tocker beim Vergraben seines T 10. Alles gut. „Quick."

„Train." Tocker drehte sich nicht einmal um. Die Parole konnte nur Rinzen kennen. Rinzen half ihm, den Schirm zu verscharren. Tocker schaute auf das Leuchtzifferblatt seiner Breitling: 02.35. Punktlandung. Immer noch Stille. Mondlicht fiel fahl auf die beiden Fallschirmspringer. Tocker zog eine Karte aus seiner Beintasche. Rinzen leuchtete mit seiner Stablampe auf ein zwischen Sakhakot und Rustam eingezeichnetes Kreuz. Wenn sie an dem Punkt aufgeschlagen waren – und keiner der beiden zweifelte daran –, dann mussten sie jetzt circa sieben Kilometer in westlicher Richtung marschieren und einen Fluss erreichen, der sich an der Stelle teilte; dann wären sie zwei Kilometer zu weit gegangen. Vorher sollten sie ihre Verbindungsleute nach fünf Kilometern treffen, falls nicht, später an der Flussgabel. Das war ein markanter Punkt für den Notfall, unverfehlbar.

Tocker zückte seinen Kompass, nordete die Karte ein und machte eine Armbewegung nach Westen. Rinzen nickte. Sie marschierten los, auf die Kerbe eines Einschnitts in dem flacher werdenden Gelände zu. Der Sternenhimmel über ihnen war immer noch wolkenlos, immer noch herrschte Stille, als wenn sie auf einem anderen Planeten gelandet wären. Ab und zu hauchte der laue Wind ihnen Zuversicht ein.

So stapften sie dahin, behutsam auf Bodenunebenheiten, Furchen, Geröll, Spalten achtend, aber mit strammen Schritt, das Sturmgepäck auf dem Rücken festgezurrt, die P 8 am Koppel, die PDW 4,6 mm in Vorhalte. Hin und wieder machten sie Halt, lauschten in die Stille, kontrollierten die Richtung, verglichen Gelände mit Karte, hielten Ausschau mit ihren Nachtsichtgeräten. Alles war gut. Rinzen zählte die zurückgelegte Entfernung, Schrittlänge achtzig cm, sie mussten etwa vier oder 4,2 km zurückgelegt haben.

Vor ihnen lag eine leicht abschüssige Senke. Sie nahmen die Richtung zwischen zwei Geröll- oder Sandhaufen hindurch, hinter denen sich die Sicht vorübergehend verlor, wenigstens im Dunkeln. Eine Wolke schob sich vor den Mond, die beiden stolperten noch ein paar Schritte weiter.

Es geschah, nach Rinzens Zählung, bei Kilometer 4,6. Hinter den großen Schatten der Geländeerhebungen, zwischen denen sie hindurch wollten, tauchten plötzlich weitere, kleine Schatten auf, einer rechts, einer links, quicklebendig, zwei vor ihnen, zwei hinter ihnen. Sie waren umstellt.

„Quick", rief Tocker, aber als Antwort traf ihn nur der grelle Schein zweier Taschenlampen. Undenkbar, die PDW in Anschlag zu bringen. Jemand rief „Arms up", und beide legten brav die Hände über ihre Springerhelme. Die zwei Schatten hinter ihnen nahmen ihnen vorsichtig die Waffen ab. Eine Stimme von vorne befahl „let's go." Tocker hatte das beruhigende Gefühl, unter Soldaten zu sein.

Zwei gingen voran, Taschenlampe ausgeschaltet, die beiden anderen schlurften hinter ihnen durch den Sand, die Waffen sicher auf sie gerichtet – Rinzen konnte es irgendwie spüren. Was sollte das? Eine pakistanische Militärpatrouille? Taliban etwa? Nichts war zu erkennen, so lange diese Wolke nicht wegzog.

Hinter einem seichten Hügel tauchte rechts ein Kasten auf. Rinzen hatte seine Schrittzählung eingestellt. In dem Kasten glomm fahle Beleuchtung. Auf diesen Kasten wurden sie zugeführt. Ein Haus? Ein Militärposten? Ein Wachlokal? Tocker blinzelte. Je technisierter und zivilisierter dieser immerhin beleuchtete Kasten war, desto weniger mussten sie Talibs oder andere unkultivierte Menschen befürchten. Sie klommen den Hügel empor, die Wolke zog weiter wie ein Vorhang sich öffnet, und der Mond schien wieder wie ein Bühnenscheinwerfer. In seinem Licht erkannte Tocker vor sich zwei zusammen geschobene Turntainer MFD, das Produkt eines deutschen Herstellers, das mit Tockers Verbindungen an das pakistanische Militär geliefert worden war. Er atmete tief durch. Aber weshalb Militär? Was veranstalteten die hier, geschätzt unweit der Stelle, an der er sich mit seinem Geschäftsfreund Talat Gyl verabredet hatte?

Sie hielten vor dem linken Container-Lkw und durften ihre Arme runternehmen. Einer der Soldaten sprang die drei Metallstufen hoch, riss die Tür auf und machte Meldung. Jetzt war seine Uniform zu erkennen: pakistanische Armee, Sergeant, Fallschirmjäger. Die beiden anderen schoben Tocker und Rinzen auf Wink des Soldaten das Treppchen hoch, dann wurde die Tür hinter ihnen zugeknallt. Es roch nach Pfefferminztee.

Talat Gyl saß in der Ecke des Containers an einem Metalltisch, den er sich mit drei anderen Herren – alle in Felduniform – teilte. Er setzte ein Glas mit dampfendem Tee ab, als er Tocker sah, und stand auf. „Welcome, my friend. Darf ich Ihnen General Masood vorstellen? This is Mr. Tocker, my good old friend from Germany."

„Quick Train", sagte Tocker und schüttelte Hände. Hinter ihm atmete Rinzen erleichtert aus. Der General befahl ihnen, sich zu ihnen zu setzen, und goss Tee ein. Von der Parole „Quick Train" hatte in diesem Kreis offenbar noch niemand gehört – einer der Offiziere sprach Tocker mit „Mr. Quicktrain" an –, aber das war jetzt egal, sie waren unter Freunden, und es gab vorzüglichen Pfefferminztee, der ihre erschöpften Körper belebte. Rauchwaren wurden gereicht. Tocker hatte nach den ersten aufmunternden Schlucken trotzdem das Gefühl, dass hier irgendwas nicht stimmte.

Rinzen wartete auf ein bisschen Smalltalk – ‚ich hoffe, Sie hatten einen guten Flug' oder ‚eine angenehme Anreise' –, aber der Geschäftsfreund von Oberst Tocker kam schnell zur Sache. „We have a problem. Sorry." Er zeigte auf General Masood. „A small problem. Sorry."

Tocker erkundigte sich höflich, ob das mit den gelieferten Turntainern zu tun hätte, die er vermittelt habe. „Die sehen doch ganz gut aus. Und funktionieren ja wohl auch."

General Masood lächelte freundlich-schmierig, und Gyl sagte: „Das Problem ist der ISI."

Rinzen warf Tocker einen fragenden Blick zu.

„Inter-Services Intelligence, militärischer Nachrichtendienst der pakistanischen Streitkräfte", erklärte Tocker, „einer der best ausgestatteten der islamischen Welt; gibt es seit 1948, hat britisch-australische Wurzeln. Seitdem autarker Staat im Staat, niemandem gegenüber verantwortlich außer ihrem Direktor, einem Drei-Sterne-General."

Tocker entschuldigte sich höflich für die Unterbrechung.

Der General nickte wohlwollend.

Tocker ergänzte: „Und absolut bestechlich!" ‚Korrupt' hätten die Pakistani verstehen können, und das hätte die Stimmung nicht wesentlich verbessert.

Gyl räusperte sich; er wollte ein kleines Problem loswerden, es schien ihm peinlich. „Der ISI hat – fragen Sie mich bitte nicht, Mr. Tocker, woher – von unserem kleinen Deal erfahren, diesen – hmm – Major", er zeigte auf Rinzen, „außer Landes bringen zu wollen."

„Dafür gibt es ihn ja, den ISI, dass der so was weiß." Tocker süffelte an seinem Pfefferminztee und versuchte, den Eindruck zu machen, er halte das ganze für eine unterhaltsame Übungseinlage.

„Das Problem ist nun – es ist mir sehr unangenehm –, dass der ISI das nicht will."

„Warum denn nicht?"

Gyl zuckte mit den Schultern. Er sah mit unstetem Blick in die Runde; an dem General neben Tocker blieben seine Augen kurz hängen, dann senkte er sie auf seine im Neonlicht glänzenden Schuhspitzen.

Tocker fasste nach. „Ich meine, was kann der pakistanische Dienst dagegen haben, dass ein deutscher Offizier aus seinem Afghanistan-Einsatz nach Deutschland zurückkehrt?"

Gyl zuckte mit den Schultern.

‚Hoffentlich kann der mehr als Schulternzucken', dachte Rinzen.

„Ist hier denn jemand am Tisch, der diese Frage beantworten kann?" wollte Tocker wissen.

Gyl schaute zu General Masood auf, der teilnahmslos mit seinem Teeglas spielte. Auch Tocker und Rinzen richteten ihre Blicke auf ihn. Der General ließ sich ein Streichholz für seine Zigarre bringen. Dann lächelte er feist. „Das Problem, meine Herren, ist nicht, weshalb der ISI das nicht will, sondern d a s s er es nicht will. Immerhin sitzen wir hier auf pakistanischem Boden."

„In einem deutschen Container-Fahrzeug am Ende einer erfolgreichen Mission meines deutschen Offiziers-Kameraden, einer Mission, die eine gemeinsame Mission unserer Länder ist, der ISAF-Mission der NATO gegen die Taliban, die nicht nur Afghanistan, sondern zunehmend auch Ihr Land destabilisieren, indem sie es zunehmend als ihr Rückzugsgebiet nutzen. Wir sitzen doch in einem Boot!"

General Masood leckte umständlich das Mundstück seiner Zigarre ab. Er warf Gyl einen verständnislosen Blick zu. Hatte Tocker irgendetwas Unanständiges gesagt? Gyl nahm ängstlich den Blick von seinen lackierten Schuhspitzen. „Ganz so einfach ist die Sache leider nicht, mein lieber Mr. Tocker."

„Indead not", brummte der General. „Unser Hauptverbündeter, die Vereinigten Staaten von Amerika, hat uns gebeten, Ihre Operation zu stoppen."

„Aha." Tocker blickte sich zu Rinzen um, der halb hinter, halb neben ihm saß und seine Stirn in Falten gelegt hatte.

„Und weshalb?"

„Das wissen wir nicht." Masood drehte seinen Kopf und sah Tocker erstmals an, aus verschmitzt-verschlagenen Augen, unter denen fette Tränensäcke quollen. „Und wenn wir es wüssten, Colonel, weiß ich nicht mal, ob wir es Ihnen mitteilen würden." Masood drehte bedächtig seinen massigen Schädel zurück und grinste Gyl an; es hätte nur noch gefehlt, dass er gefragt hätte: ‚Dem hab ich's aber gegeben, oder?'

„Mit anderen Worten", resümierte Tocker, „der ISI weiß nicht, weshalb wir hier festgehalten werden."

„Das werden Ihnen die Amerikaner schon sagen", grunzte Masood.

„Die Amerikaner?"

Gyl meldete sich mit einem Räuspern zu Wort. „Ist es richtig, Herr General, dass Sie Auftrag haben, unsere beiden Freunde an die Amerikaner zu übergeben?"

„Richtig ist, dass wir Auftrag haben, einen Major Rinzen dem CIA zu übergeben." General Masood drehte seinen Stuhl Richtung Rinzen und paffte auch in seine Richtung, damit klar war, wen er meinte.

„Herr General, die Amerikaner waren es, die uns hier über Ihrem Gebiet abgesetzt haben. Okay, mein Auftrag, Herr General, lautet, diesen Major umgehend nach Deutschland zurückzubringen; notfalls über Indien." Das hätte Tocker besser nicht gesagt, denn Gyl warf Masood einen verzweifelten Blick zu. Masoods Mimik konnte Tocker nicht sehen. „Ich meine, falls Ihr Land, Herr General, mit der Ausreise ein Problem haben sollte. Ich bin auf der Suche nach einem tragfähigen Kompromiss zwischen unseren befreundeten Ländern, nachdem wir beide unglücklicherweise anderslautende Befehle haben. Was halten Sie davon, wenn mein Geschäftsfreund Talat Gyl vermittelt, ich meine, ich habe für ihn auch einiges vermittelt, und jetzt –"

Der General warf seinen Kopf herrisch nach rechts, soweit sein fetter Hals das zuließ. Gyl sprang auf. Er deutete nach links auf den zweiten Container. Tocker und Rinzen folgten ihm.

Der Nachbar-Container war genauso eingerichtet wie der erste, aber die Besprechungsecke mit dem Metalltisch war kleiner; ein Drittel des Containers war durch eine Metallwand abgetrennt, wahrscheinlich eine Wohnkabine oder eine Nasszelle oder beides. Sie nahmen an dem kleinen Tisch Platz.

Gyl schüttelte bedauernd den Kopf. „Meine Herren, Sie müssen folgendes wissen: So können wir das Gespräch nicht weiter führen." Er seufzte, und Tocker hatte den Eindruck, dass Gyl das alles schrecklich leid tat. „Können Sie sich erklären, weshalb der CIA den ISI auffordert, Ihre Durchreise zu verhindern? Welches Interesse hat der CIA an Ihnen, Herr Major?" Gyl schaute Rinzen an.

Jetzt war Rinzen dran mit Schulternzucken. Oberst Tocker hatte das doch bisher ganz gut gemacht – ‚abgesehen von Indien', dachte er, ‚außerdem ist es Dein Geschäftspartner, der uns diese Scheißsituation eingebrockt hat.' Er wollte Tocker die Antwort überlassen.

Tocker grübelte. Er deutete auf den Nachbarcontainer. „Der General meint das ernst, oder?"

„Sie hätten Indien besser nicht erwähnt."

„Sei's drum. Weiß der General, dass Eure Außenminister sich kürzlich die Hand gereicht haben?"

Gyl zuckte die Achseln. Das konnte er eigentlich am besten.

„Wie lösen wir das Problem, Mr. Gyl?" Mit weiterem Achselzucken wollte Tocker sich nicht mehr zufriedengeben.

„Am besten mit einer plausiblen Begründung Ihrer – sagen wir mal – eigenartigen Mission. Und – ", er zögerte, „mit Geld."

„Here we go." Tocker hatte es gehofft. „How much?"

„Sie müssen folgendes verstehen, meine Herren, bitte: Der ISI teilt nicht die offizielle Politik der Regierung von Pakistan. Der ISI hat als wesentliche Aufgabe für sich akzeptiert, dass alles gut für Pakistan ist, was Afghanistan schadet: Je instabiler Afghanistan ist, desto vorteilhafter für Pakistan. Müssen hierzu die westlichen Invasoren Afghanistans unterstützt werden, bitte sehr, dann soll es so sein. Destabilisieren die Taliban das Nachbarland besser, werden die Taliban unterstützt. So zum Beispiel lässt es sich erklären, dass die Pakistani in Südwaziristan, einer Rebellenhochburg in den pakistanischen Stammesgebieten, den Taliban regelmäßig Unterschlupf gewähren. Schon zur Zeit der Besetzung Afghanistans durch die Sowjetunion hat unser Land einerseits auf Anweisung und mit dem Geld Washingtons die religiösen Krieger ausgerüstet und mit Waffen ausgestattet, die die Afghanen in die Lage versetzt haben, die Sowjets vom Hindukusch zu vertreiben. Und nun wirft uns der afghanische Geheimdienst National Directorat of Security NDS ständig vor, die aufständigen Taliban zu unterstützen: So sollen wir an dem Angriff der Talibs auf eine Militärparade in Kabul beteiligt gewesen sein und an einem Selbstmordanschlag vor der indischen Botschaft in Kabul, und verantwortlich sein sollen wir für ein versuchtes Attentat auf Hamid Karsai im April 2008, und so weiter, und so weiter; Mitte 2008 sollen wir nach Angaben des NDS sogar dreitausend Terroristen nach Afghanistan eingeschleust haben – alles absurd, auch die jüngst erschienene Studie der London School of Economics, der zufolge wir die Taliban mit Geld, Munition und Ausrüstung ausgestattet haben sollen." Gyl holte tief Luft.

„Interessant." Rinzen nahm sich vor, sich vor seiner nächsten Auslandsreise besser auf Land und Leute vorzubereiten.

Tocker dachte über das nach, was sein Geschäftsfreund als Mediator an Handlungsansätzen angeboten hatte. „Mr. Gyl, dann können wir das Problem doch lösen: Wir legen General Masood eine Legende vor, nach der Major Rinzen der afghanischen Regierung irgendwie geschadet hat – plausible Details müssen wir uns noch ausdenken –, dass die Amerikaner als Verbündete Karsais ihn deshalb gesucht haben und vernehmen wollen, was die deutsche Regierung aber nicht will, weil ihr die Angelegenheit mit dem Attentat auf den amerikanischen Verteidigungsminister schon so peinlich ist, etc., etc. und dass die Afghanen Major Rinzen deshalb nicht hätten ausreisen lassen wollen. Die Afghanen müssen bei dieser Legende die Bösen sein, das müsste doch reichen."

Gyl nickte.

„Und will der ISI dann immer noch Lösegeld?"

Gyl nickte. „50.000 US$ pro Person; es war bei meinem Vorgespräch mit dem General von 100.000 die Rede."

„Es geht nur um die Person von Major Rinzen. Also 50.000. Ich bin ja hier sozusagen nur als Transit-Tourist und local Tour Guide unterwegs." Tocker grinste so gut er konnte.

Gyl blieb ernst. „Das müsste ausgehandelt werden."

3

Hannes Lomer zupfte mit gespreizten Fingern die kratzige dunkelbraune Wolldecke mit der Aufschrift „BUNDESEIGENTUM" von seinem Kinn. Sie musste während der Nacht nach oben gerutscht sein. Er hatte unruhig geschlafen. Er schlug die Decke zurück und setzte sich auf die Kante des Feldbettes, seine nackten Füße froren auf dem kalten Steinboden. Hatte es geklopft? Das konnte nicht sein, an die Türen von Gefängnis- und Arrestzellen wurde nicht geklopft. Es klopfte wieder. Draußen vor der Tür, die ihn vom Rest der Welt ausschloss, sagte eine Stimme etwas, was wie ‚Omer' oder ‚Homer' klang. Lomer brüllte „Herein!"

Scheppernd wurde irgendein Riegel oder Balken entfernt, die dunkelgraue Bohlentür stöhnte ächzend auf, und ein Feldjäger mit weißer Dienstmütze trug ein Plastiktablett herein. Er setzte es auf einem der beiden Stühle ab. „Guten Morgen, Dr. Lomer, guten Hunger!"

Truppenverpflegung. Der Feldjäger knallte die Hacken zusammen und nahm Haltung an. Auch das war ungewöhnlich für einen Gefängniswärter gegenüber einem Gefangenen, dachte Lomer und starrte trostlos auf sein Frühstückstablett – 2 Panzerplatten, eine mausgraue Süßstofftube, Butterersatz, eine Schmelzkäseecke, eine kleine Dose Corned Beef; in der dickrandigen weißen Tasse dümpelte Milchersatz auf Kaffeeersatz. Seit drei – oder waren es schon vier? – Tagen hatten sie ihm jeden Morgen diesen Verpflegungsmüll vorgesetzt.

„Kann ich sonst noch 'was für Sie tun, Dr. Lomer?"

Es war der Feldjäger, der in der Führungsakademie in Hamburg an der linken Eingangstür zum großen Konferenzsaal seine Papiere überprüft hatte. Ein Feldwebel. Lomer stand auf, die dunkelblaue Trainingshose kam ins Rutschen. „Sonst noch 'was?", äffte er.

Er zog die Hose nach oben, aber das schlaffe Gummiband hielt sie nicht. „Seit Tagen und Nächten halten Sie mich hier widerrechtlich fest, keiner weiß, warum, wenigstens nicht ich, aber um mich geht es ja hier wahrscheinlich auch gar nicht, keine rechtswirksame Verhaftung, keine Erläuterungen, keine richterliche Vorführung, natürlich nicht, zwischendurch transportieren Sie mich in irgendeinem ihrer eigenartigen Fahrzeuge über Nacht und Nebel einen Tag und eine Nacht lang durch die Gegend, hin und wieder werfen Sie mir diesen Nährschlamm vor, und dann trauen Sie sich, mich zu fragen, ob Sie sonst noch was für mich tun können?" Lomer war laut geworden, und das passte nicht gut dazu, dass er seine Trainingshose immer wieder hochziehen musste. Die Beschuldigten, die von Generalstaatsanwalt Roland Freisler vor dem Volksgerichtshof angeklagt worden waren, hatten diese unwürdige Haltung auch immer einnehmen müssen, wenn sie nicht ohne Hose vor ihrem Henker stehen wollten.

Der Feldjäger grinste. „Ich werde dem General melden, dass Sie unzufrieden sind, Dr. Lomer. Kann ich sonst noch 'was für Sie tun?"

„Zigaretten können Sie mir besorgen. Geld dafür haben Sie mir ja schon abgenommen."

"Ich kümmer' mich drum." Der Feldwebel grüßte und zog die Bohlentür zu. Die Verriegelung krachte in ihre Halterung zurück, und Lomer blieb mit seinem armseligen Frühstück alleine.

Schon eine knappe Stunde später brachte ein weiblicher Feldjäger-Unteroffizier ihm eine Stange Camel Filter, seine Sorte, man kannte Lomer hier offenbar, einen Kristallaschenbecher – wie stilvoll – und einen Stoß aktueller Tageszeitungen. Sie hatten alle dieselbe Titelgeschichte: Der Kanzler der Bundesrepublik Deutschland, Gerd Piper, hatte seinen Rücktritt erklärt, aus allen politischen Ämtern, auch als Vorsitzender seiner Partei, ein für alle Mal, und seinen Rückzug ins Privatleben angekündigt. Die Begründungen variierten: Überwiegend wurde angeführt, aufgrund des Skandals um eine schöne junge Unbekannte, mit der er nach seinem Sommerfest in flagranti im Gästeraum der Parlamentarischen Gesellschaft von zwei Fotografen überrascht worden war, sei er nicht länger haltbar gewesen – vor allem, wenn eine weitere Vermutung zutreffen sollte, nämlich, dass es zu gemeinsamem Kokain-Genuss gekommen sei, wobei Kokainspuren sich – noch – nicht bestätigt hatten. Andere befürchteten eine professionell aufgezogene Verschwörung, der der Kanzler – naiv wie er sei – zum Opfer gefallen war, wieder andere erblickten in dieser „*Opfertheorie*" lediglich die in solchen Fällen übliche Verschwörungstheorie seiner Parteigenossen.

Lomer studierte eingehend die genüsslich abgedruckten Variationen des verhängnisvollen Fotos. Auf einem besonders gut bearbeiteten – retuschierten? – Bild war *‚die schöne junge Unbekannte', ‚das schnuckelige Kokain-Häschen', ‚die Mata Hari ausländischer Geheimdienste', ‚die amerikanische CIA-Agentin'* – je nach Sichtweise, Vermutungshorizont und Phantasie – für Lomer als seine Tochter zu erkennen, im Profil unzweifelhaft, wenn auch durch Perücke und veränderte Augenbrauenpartie stark verfremdet. Von Beutler junior hatte seinen Plan A demnach mit Hilfe Lauras, der Jüngeren, erfolgreich durchgeführt, wie das so seine Art war. Unglaublich. Der nächste schwere Schlag gegen die derzeitige Regierung nach der Ermordung des US-amerikanischen Verteidigungsministers Brooke, sah man von den Spekulationen um die beiden in Libyen verschwundenen Schweizer Zeugen des Untersuchungsausschusses Coenen ab.

Vizekanzlerin und Außenministerin Gravell hatte kommissarisch die Amtsgeschäfte – vorübergehend – übernommen, die überwiegende Presse schrie nach Neuwahlen, sofort, sobald wie möglich, andere Stimmen sorgten sich um die Nachfolge im Außenresort, für das unter anderem der Geheimdienstkoordinator im Kanzleramt, ein gewisser Gehrke, im Gespräch war, der auf große Erfahrungen im diplomatischen Dienst zurückblicken konnte. Ernstzunehmende politische Beobachter wiesen darauf hin, dass Gravell wegen ihrer Vorbeschädigungen durch die gestörten diplomatischen Beziehungen zu den USA, durch ihr irreparabel schlechtes Krisenmanagement im Zusammenhang mit der Einschaltung der Schweiz als Vermittlerin, insbesondere vor dem Hintergrund der sogenannten „*Libyen-Affäre*", eigentlich schon vor ihrer Vereidigung rücktrittsreif war, ein einmaliger Vorgang in der Geschichte der Bundesrepublik Deutschland. Gegen ihren möglichen Nachfolger im Außenministerium, diesen Dr. Gehrke, wurde in einem Boulevardblatt vermutet, er habe für die Regierung dafür gesorgt, dass die beiden Schweizer Zeugen, die den Verteidigungsminister mit ihren Aussagen im Untersuchungsausschuss „*hingerichtet*" hätten, rechtzeitig „*in die Wüste geschickt*" worden seien, um von dort nie wieder zurückzukehren – wer könnte so was professioneller erledigen als der Koordinator der deutschen Geheimdienste, also musste er es gewesen sein.

Einig waren die Pressestimmen sich in einem: Weder für die jetzige Kanzlerin noch für die freigewordene Position des Außenministers waren ideale Nachfolger in Sicht. Regierung und Opposition tagten, konferierten, spekulierten, in größeren und kleineren Zirkeln, Gruppen und Ausschüssen, alles unter gegenseitigem Beschuss, alles eher kontraproduktiv, ohne dass auch nur der Ansatz eines zielführenden Auswegs in Sicht gekommen wäre. Die Republik trieb führungslos vor sich hin. „Nicht, dass wir das nicht die letzten Jahre über gewohnt gewesen wären. Aber eine derartig tiefgreifende Krise mit einer derartig beklemmenden Aussichtslosigkeit hat die Bundesrepublik Deutschland seit ihrem Bestehen noch nicht gekannt. Und auch nicht verdient", meinte ein politischer Kommentator des BLITZKURIERS.

Lomer schob den Zeitungsstapel zusammen. Da entdeckte er auf einer Rückseite noch eine Notiz: „Kurlow Konetzke Partner" sprang ihm ins Auge, aus der letzten Zeile:

„München. In der Justizvollzugsanstalt Stadelheim hat sich ein Untersuchungshäftling in der Nacht von Montag auf Dienstag in seiner Zelle erhängt. Der selbständige Apotheker R. saß wegen Verdachts auf Zollvergehen und Verstoßes gegen das Betäubungsmittelgesetz seit dem Wochenende ein. Vermutet wird, dass der als labil geschilderte Häftling der haftungsbedingten Stresssituation nicht gewachsen war und in einer Kurzschlusshandlung Selbstmord begangen hat. Wie er in den Besitz des Gürtels kommen konnte, mit dem er die Tat ausgeführt hat, ist noch unklar und derzeit Gegenstand eines zunächst anstaltsinternen Untersuchungsverfahrens. Der Untersuchungshäftling hatte kurz vor Dienstschluss Besuch von seinem anwaltlichen Vertreter erhalten, einem Rechtsanwalt Block von der Münchner Kanzlei Kurlow Konetzke Partner. Die Kanzlei Kurlow Konetzke Partner, München, war für eine Stellungnahme nicht erreichbar."

Lomer brummte der Schädel. Entweder von dem Muckefuckersatz oder von den Nachrichten. Womöglich von der Nachricht auf der letzten Seite: Er erinnerte sich an den Anruf von Dr. Konetzke in seinem Hotelzimmer. Wenn ‚Block' der Kollege Bloch war, wie konnte der nahezu gleichzeitig eine Wehrübung ableisten, auf der er seine Tochter traf, die zum finalen Abschuss auf den Bundeskanzler angesetzt war, und als Rechtsanwalt und Strafverteidiger einem Mandanten einen Besuch in Stadelheim abstatten? Und das, obgleich die Kanzlei grundsätzlich keine Strafrechts-Mandate wahrnahm und nach Lomers Kenntnis auch noch keinen ihrer Mandanten weder umgebracht noch bei ihren Suiziden Mithilfe geleistet hatte?

Er musste dringend den Kollegen Bloch sprechen. Da draußen veränderte sich die politische Landschaft durch einen subversiven Staatsstreich, den er verhindern sollte, seine Kanzlei geriet in den unterschwelligen Verdacht, einen Mandanten umgebracht zu haben, und er hockte ebenso hilflos wie fassungslos in einer kalt gekachelten Kasernenzelle und wusste nicht einmal, wo und an welchem Tag.

Lomer stand auf. Noch gab es die vage Möglichkeit, dass er sein Mandat ausführen konnte. Nur die Chancen, es erfolgreich zu beenden, schwanden in atemberaubendem Tempo.

Die dunkelblaue Trainingshose rutschte ihm über die Hüfte und legte sich wärmend über die nackten Füße.

4

Udo Gehrke schob auf seinem Schreibtisch Korrespondenzpapier hin und her. Nachdem er erfahren hatte, dass der Bundesinnenminister, dieser exotische Herr Songar, Wilfried Jemez Songar, die strikte Trennung von Polizei und Geheimdiensten aufweichen und ein Programm auflegen wollte, das zu einer Intensivierung der Zusammenarbeit zwischen Polizei und Geheimdiensten führen würde, war er beruhigt. Wenn diese neu strukturierte Behörde polizeiliche u n d geheimdienstliche Aufgaben wahrzunehmen hätte – nach dem Vorbild des FBI der Vereinigten Staaten –, dann könnte das möglicherweise vor seiner Pensionierung noch dazu führen, dass sein Dienstposten überflüssig würde. Hiergegen musste rechtzeitig etwas unternommen werden.

Obenauf lag sein eigenes Korrespondenzpapier:

„Geheimdienstkoordinator im Bundeskanzleramt
Dr. iur. utr. Udo J. Gehrke
Staatsminister"

Er zog seinen Bogen nach unten. Das nächste Blatt trug den Aufdruck:

„Die Bundesministerin des Auswärtigen
Berta Gravell"

Gehrke setzte „Bundesrepublik Deutschland" über die erste Zeile. Es hatte ja auch schon Minister gegeben, in der früheren Regierung, die „Deutschland" aus den ministeriellen Briefbögen hatten entfernen lassen, die Bunten natürlich; nur ich-gespaltene Vaterlandsverneiner konnten auf die Idee kommen, die Republik zu verleugnen, als deren Minister sie von ihr lebten. In die Zeilen darunter schrieb er:

„Dr. iur. utr. U. J. Gehrke
Der Bundesminister des Auswärtigen
Am Werderschen Markt"

Das gefiel ihm schon besser. Er schob auch das zweite Blatt nach oben. Darunter lag das Korrespondenzpapier des Bundeskanzlers.

„Bundesrepublik Deutschland
..."

Das Telefon surrte. Schnell schob Gehrke die Blätter zusammen. „Gehrke."

„Herr Staatsminister, Sie hatten nach einem Oberstleutnant gefragt, wegen des Sommerfestes unseres Bundes-, unseres früheren Bundeskanzlers."

„Ja, bitte, ich höre."

„Oberstleutnant der Reserve Rüdiger Bloch übt im Kanzleramt als Gruppenleiter 22, also auf einer A-16-Stelle, soll dort Oberst werden, Ende der vierwöchigen Wehrübung in dieser Woche."

„Welchen Zivilberuf übt Herr Bloch aus?"

„Rechtsanwalt in München, angestellter Anwalt in der Kanzlei Kurlow Konetzke Partner."

Gehrke machte sich Notizen, auf dem Korrespondenzpapier der ehemaligen Bundesaußenministerin. „Dann ist der diese Woche im Kanzleramt ja noch greifbar, wenn ich das richtig sehe."

„So ist das, Herr Staatsminister."

„Dann sorgen Sie dafür, dass der sich bei mir meldet. Herr Bloch soll sich einen Termin von meinem Vorzimmer geben lassen, von Frau Savatzki. Ohne Kanzler hat der doch ohnehin nichts zu tun, nehme ich an. Sagen Sie, es sei dienstlich, und es sei eilig."

„Gerne, Herr Staatsminister. Herr Bloch wird sich in diesen Tagen bei Ihnen melden."

„Danke. Vielen Dank." Gehrke legte auf.

Er ging seinen Poststapel durch. Fast alle Mails beschäftigten sich mit dem Kanzlerrücktritt und der Kanzlernachfolge, Anfragen, Meinungen, Stellungnahmen, Vorschläge, Anregungen, vertrauliche Mitteilungen. Eine vertrauliche Mitteilung kam von seinem Freund John Epstein:

„2 targets in Pakistan gefasst. Unterstehen Kontrolle ISI. Was hab' ich versprochen? Gruß John"

P.S.: Heute 2300 aaO? Hab' da noch eine Flasche stehn. Und eine Ukrainerin liegen."
Die nächste vertrauliche Nachricht – VS-NFD – kam vom MAD:
„Die Spur über P ua zurückverfolgt bis Heeresamt. Die Einberufungsbescheide Major Rinzen, Oberst Tocker, Oberstarzt Müller +, Major Stich, Oberstleutnant Bloch ua wurden von dort angefordert. Quelle noch unklar: Presseabteilung oder 2 ZbV-Stellen, entweder Generalleutnant Becker, derzeit mit Transformations-Plänen beschäftigt, oder Brigadegeneral von Beutler – derzeit, soweit ersichtlich – ohne dienstlichen Aufgabenbereich, Vitae anbei. Berichte weiter.
gez. Menssen, Oberst iG
Anlagen

Gehrke nahm sich als erstes den militärischen Werdegang von General von Beutler vor. Das musste der Sohn oder der Neffe des ehemaligen Generalinspekteurs Burgislav von Beutler sein.
„Eintritt in die Bundeswehr: 1980
Beförderung zum Leutnant: 1982"
Gehrke blätterte weiter.
„1. BV: Setzt als wachhabender Kasernenoffizier Schuss aus seiner Dienstwaffe P 1 in die Decke der Standort-Kantine, um tumultartige Zustände niederzuschlagen. 1. Disziplinarverfahren, eingestellt."
Gehrke überflog die nächsten Zeilen, die sich mit umfangreichen Ehrungen und Auszeichnungen beschäftigten. Beim nächsten besonderen Vorkommnis hielt er inne.
„2. BV: Soldat soll sich im Offizier-Betreuungsheim – früher: Kasino – im Kameradenkreis nach seiner Anhörung zu rechtsnationalen Umtrieben in der Fallschirmtruppe, Luftlande- und Lufttransportschule, Altenstadt, Lehrgruppenkommandeur, durch Bundeswehr-Untersuchungsausschuss in höchstem Maße despektierlich über Politiker, insbesondere die Roten und die Bunten, geäußert haben: Es sollen Sätze gefallen sein wie ‚Ich werde mich doch von diesen Narren nicht an den Eiern ziehen lassen'. Randale, bei der Bilder von Bundeskanzler und Bundesverteidigungsminister im Betreuungsheim – früher: Kasino – von den Wänden ‚geschossen' wurden, zuerst mit Champagnerkorken, dann mit Champagnerflaschen, zuletzt mit Eiern ... Zunächst belastende Zeugenaussagen dem Soldaten unterstellter Kameraden waren später nicht tragfähig ... Verfahren eingestellt ... "
Gehrke schmunzelte.
„ ... 3. BV 1990, 1991: Bestellung des Soldaten zum Kommandobeauftragten der Bundeswehr; verantwortlich zunächst für Sicherstellung, Sichtung, Sammlung und Aufbewahrung sowie Katalogisierung sämtlicher NVA-Waffenvorräte der Mitgliedstaaten des Warschauer Paktes sowie Zuführung ausgewählter feindlicher Waffensysteme in Bw-Kommandostäbe für bw-eigene Aus- und Weiterbildung; dabei rätselhaftes Verschwinden einiger Systeme, insbesondere von Handfeuerwaffen, konnte nie aufgeklärt werden. Einzig verbleibender Belastungszeuge Oberfeldwebel F. durch Mörserunfall im Herbstmanöver 1992 MÜNSINGEN ‚Scharfer Tiger' umgekommen."
Gehrke schmunzelte nicht mehr. Er blätterte weiter: internationale Auszeichnungen für die Weitergabe der Erfahrungen mit der NVA-Übernahme an NATO-Staaten, militärische Ehrungen, die überwiegend mit dem Fallschirmsport zusammenhingen, kurzzeitig zwischendurch Inspizient für Reservistenangelegenheiten, Anerkennungen für von Beutlers Verdienste um den Aufbau der Kommandotruppe, die nun KSK hieß, dann:
„2008: Mitglied des Präsidiums der Gesellschaft des Deutschen Heeres e.V. Soldat wird als Stellvertretender Divisionskommandeur Division Spezielle Operationen (DSO) auffällig bei öffentlichen Veran-

staltungen, zu denen er vorwiegend von Parteien und Gruppierungen aus dem rechten Spektrum eingeladen wird, und mit einschlägigen Veröffentlichungen in Militärzeitschriften, aber auch in Wochenblättern und anderen Periodika, in denen er sich betont kritisch mit der politischen Führung, insbesondere der Führung der Bw, auseinandersetzt, Schwerpunktthemen Afghanistan, Notwendigkeit der Wiedereinführung eines deutschen Generalstabs, militärhistorische Parallelen zur Wehrmacht. Es fallen Aussagen wie ‚Kein Politiker sagt uns, was in Afghanistan unser Auftrag ist. Die Politik sagt uns nur anschließend, was wir in Afghanistan alles falsch gemacht haben' sowie – auf Kritik seiner Äußerungen und nach Hinweis auf seine soldatische Pflicht zur politischen Neutralität und den Schaden, den er seinem Dienstherrn durch seine öffentlichen Auftritte zufüge –: ‚Ich reiße den Politikern die Heftpflaster von den Augen. Klar, dass denen das weh tut' (beides wörtlich). Einleitung eines Disziplinarverfahrens wegen Verstoßes gegen die Pflicht zum treuen Dienen nach § 7 SG und Ablösung als Stellvertretender Kommandeur DSO, Aussetzung des Beförderungsverfahrens zum Generalmajor, Versetzung ins Heeresamt, zbV, derzeit ohne besonderen Aufgabenbereich."

Gehrke schob die ausgedruckten Seiten der Vita übereinander. Brigadegeneral Berndt von Beutler. Das konnte er sein. Das musste er sein. Der Mann, nach dem er suchte. Gehrke rieb sich die Hände. Bei dem würde er ansetzen. Er sprang auf, da trat seine Vorzimmerdame ein.

„Ein Einschreiben, eine Pressenotiz und zwei Termine, Herr Minister. Das Einschreiben soll ich Ihnen sofort persönlich aushändigen."

Das Einschreiben konnte nicht wichtig sein, dachte Gehrke.

„Den Termin mit Herrn Oberstleutnant Bloch habe ich für morgen 16.00 Uhr vereinbart, und bei dem Pressebericht wollte ich fragen, ob das derselbe Herr Bloch ist."

Gehrke griff sich den Zeitungsausschnitt, den irgendjemand mit dicken roten Strichen versehen hatte.

„München. In der Justizvollzugsanstalt Stadelheim hat sich ein Untersuchungshäftling in der Nacht von Montag auf Dienstag in seiner Zelle erhängt. Der selbständige Apotheker R. saß wegen Verdachts auf Zollvergehen und Verstoßes gegen das Betäubungsmittelgesetz seit dem Wochenende ein. Vermutet wird, dass der als labil geschilderte Häftling der haftungsbedingten Stresssituation nicht gewachsen war und in einer Kurzschlusshandlung Selbstmord begangen hat. Wie er in den Besitz des Gürtels kommen konnte, mit dem er die Tat ausgeführt hat, ist noch unklar und derzeit Gegenstand eines zunächst anstaltsinternen Untersuchungsverfahrens. Der Untersuchungshäftling hatte kurz vor Dienstschluss Besuch von seinem anwaltlichen Vertreter erhalten, einem Rechtsanwalt Block von der Münchner Kanzlei Kurlow Konetzke Partner. Die Kanzlei Kurlow Konetzke Partner, München, war für eine Stellungnahme nicht erreichbar."

Gehrke ließ sich langsam in seinen Sessel fallen.

„Ist Ihnen nicht gut, Herr Minister?"

„Doch, doch, Frau Savatzki, alles in Ordnung, danke. Vielen Dank. Oberstleutnant Bloch und Rechtsanwalt Block sind offensichtlich identisch, meine Liebe, gut aufgepasst." Auch Bloch war laut MAD-Bericht auf Veranlassung des Heeresamtes einberufen worden, er hatte diese Person – jetzt fiel es ihm endlich ein – vor Wochen schon am Rande einer eilig einberufenen Sicherheitskonferenz beim Kanzler gesehen, und mit dem angeblichen Suizid dieses Spritzenimporteurs schloss sich der Kreis, könnte sich der Kreis geschlossen haben. Mit einer Spritze war der amerikanische Verteidigungsminister Opfer eines Attentats geworden, zeitgleich mit dem Beginn einer Wehrübung des Rechtsanwalts, der den Importeur eben dieser Spritzen als letzter in seiner Zelle in der Untersuchungshaft gesehen hatte. Und derselbe Mann hatte als Verbindungsoffizier Bundeswehr – Kanzleramt die

Frau zum Sommerfest des Kanzlers begleitet, der sich soeben wegen dieser Frau zum Rücktritt gezwungen gesehen hatte. Das waren keine Zufälle, der Kreis musste sich geschlossen haben. Gehrke würde ihn jetzt schließen. Er rieb sich die Hände.

„Und was steht in diesem Einschreiben, Frau Savatzki?"

„Das ist persönlich und vertraulich, Herr Minister."

„Nun machen Sie schon auf, bitte."

Frau Savatzki fummelte an dem gelben Umschlag herum. Gehrke schob alle Poststücke auf die Seite, die er gelesen hatte. Nur die Korrespondenzbögen lagen noch verlockend vor ihm.

Frau Savatzki wechselte ihre Gesichtsfarbe. „Herr Minister, gegen Sie ist ein Strafverfahren eingeleitet worden. Von der Staatsanwaltschaft Berlin wegen dringenden Verdachts der – wie heißt das hier? – mittelbaren Anstiftung zur Verletzung von Berufsgeheimnissen zu Lasten von Chefredakteur Stich in mehreren Fällen, hier, schauen Sie selbst."

Gehrke riss seiner Vorzimmerdame den Papierhaufen aus der Hand und fiel wieder auf seinen Sitz zurück. Der Rollsessel prallte gegen die Fußleiste hinter seinem Schreibtisch. Das musste der Präsident des Bundesnachrichtendienstes gewesen sein, dieser Köhler. Im Beisein von Köhlers Abteilungsleiter hatte er seine Pläne offenbart, Limmer vom Verfassungsschutz auf das Stich-Imperium anzusetzen, und diese loyale Ratte hatte ihrem Vorgesetzten dienstlich darüber Bericht erstattet, dienstrechtlich völlig korrekt.

„Und die Außenministerin – äh, die Bundeskanzlerin, will Sie sprechen. Vor der Kleinen Lage noch, die ist um 11.00 Uhr, in einer halben Stunde, Herr Minister."

Gehrke starrte unbeweglich auf die Papiere vor sich. „Bis dahin will ich ungestört sein, bitte."

„Gerne, Herr Minister." Frau Savatzki schloss die Verbindungstür hinter sich.

Gehrke fixierte immer noch die Papiere, die unverändert auf dem Schreibtisch auf ihn warteten: rechts der gelbfarbene Umschlag, in dessen Inhalt er selbst noch keinen Blick geworfen hatte, links die Korrespondenzbögen, mit denen er gespielt hatte, seine eigenen, die der ehemaligen Außenministerin, die des früheren Bundeskanzlers. Zuerst zerriss er langsam sein eigenes Briefpapier, in ganz kleine Streifen. Dann legte er die anderen Bögen übereinander und zerknüllte sie. Er ließ alles in den Papierkorb fallen. Den gelben Umschlag samt Inhalt fegte er mit einer einzigen heftigen Handbewegung hinterher. Nur die ausgedruckten Bögen mit dem militärischen Werdegang von Generalmajor von Beutler blieben auf seinem Tisch liegen.

Kapitel V

1

„Im Namen der
Bundesrepublik Deutschland
ernenne ich
den Hauptfeldwebel
Helmut Renstorff
zum
Stabsfeldwebel
Der Bundesminister der Verteidigung
– Coenen –

*Die Beförderung wurde heute dienstlich bekannt gegeben.
Berndt von Beutler
Brigadegeneral"*

General von Beutler übergab die Urkunde seinem frisch beförderten Stabsfeldwebel. „Gratuliere, Stabsfeldwebel Renstorff. Wünsche im neuen Dienstgrad viel Soldatenglück!"
„Danke, Herr General."
„Soldat bedankt sich nicht." Von Beutler zog seinem Untergebenen die Schlaufen mit dem neuen Dienstgrad auf die Schulterklappen. Die umstehenden Soldaten klatschten, Generalmajor Becker, Major Stich, zwei Feldjäger, einer männlich, einer weiblich, Stabsdienstsoldaten der benachbarten Abteilungen. Obergefreiter Nolte schenkte Champagner ein, den General von Beutler spendiert hatte. „Prost!"
Von Beutler nahm Stich auf die Seite. „Hervorragende Kampagne, Stich. Voller Erfolg, diese Operation. Habe Sie bereits zum Oberstleutnant vorgeschlagen. In Ihrer letzten Wehrübungswoche werden noch Berichterstattungen über das Chaos im politischen Berlin folgen und vereinzelte Meldungen über lokale Unruhen, Hamburg, Frankfurt, Köln; in ein, zwei Tagen geht es los. Dabei Niederschlagung von Randale durch unbekannte Eingreiftruppen, so ab dem dritten Tag. Der neue Stabsfeldwebel hat Einzelheiten in seinem PC. Sind Ihre Blätter vorbereitet?"
„Immer, Herr General."
„Wie ist der aktuelle Stand im Kanzleramt?"
„Piper hat die Sachen gepackt und sein Büro geräumt, Gravell sitzt an seinem großen Schreibtisch und weiß nicht weiter. Meldet Oberstleutnant Bloch heute früh. Erste diplomatische Anfragen blieben bislang unbeantwortet. Im Bundestag unauffällige Sitzungen und gegenseitige Attacken. Opposition fordert sofortige Neuwahlen."
„Also alles planmäß. Dranbleiben. Wir sehen uns heute Nachmittag. Bin jetzt beim Sport."
Von Beutler lief seine 5.000 Meter wie auf Flügeln. Sämtliche Operationen waren erfolgreich abgeschlossen, „Operation Papa" hatte den Kanzler zu Fall gebracht, seine vorübergehende Nachfolgerin war durch die gestörten diplomatischen Beziehungen zum Hauptverbündeten der BRD, den USA, und die Libyen-Affäre politisch am Ende, bevor sie ihre Amtsgeschäfte aufgenommen hatte, ein weiterer Nachfolger war nicht in Sicht, insbesondere nicht Verteidigungsminister Coenen, dem immer noch der Vorwurf der verschwiegenen und verleugneten Homosexualität anhing – beides Folgen der erfolgreichen Operationen seiner Reservestabsoffiziere. Und bevor die noch unfähigere Opposition vielleicht durch Neuwahlen die Regierungsgeschäfte in Monaten übernehmen könnte, wäre das Land im Chaos zunächst kleinerer, im Laufe der Zeit an Zahl und Umfang zunehmender regionaler Konflikte steuerungs- und handlungsunfähig. So sollte es sein, und dahin wäre es früher oder später ohnehin gekommen. So jedenfalls hatte ein unfreundlicher Kommentar des „Quotidién" orakelt, aus dem feixenden Nachbarland Frankreich, dessen heimliche Freude am politischen Niedergang Deutschlands in den letzten Wochen nicht mehr zu übersehen gewesen war. Der „Parisien" hatte getitelt *„Jetzt schafft Deutschland sich tatsächlich ab"*, unter Bezugnahme auf ein sozio-kritisches Werk, das in der Bundesrepublik vor einiger Zeit die öffentliche Aufmerksamkeit erregt hatte. Von Beutler hatte es gerne gelesen. Jetzt musste nur noch die „Operation Quick Train" in Pakistan gelingen. Noch immer keine

Meldung von Tocker. Und er musste Klarheit über die Rolle Lauras der Älteren haben. Zunächst mit Hilfe dieses Lomer.

25:10 Minuten. Mit den Flügeln des Erfolgs ließ sich eben besser laufen.

Auf seinem Schreibtisch fand er eine Meldung von Unteroffizier der Reserve Kirchbaum vor. Obergefreiter Nolte kramte die letzten Pappbecher zusammen. Von Beutler las:

„*Aufschlag Porsche Cayenne nato-oliv-matt mit polizeilichem Kennzeichen M-VU 2318 mit 2 Personen, zivil, männlich, sehr groß, und weiblich, in Siera-Hotel-Romeo 1110 heute. Sonst keine BV.*

gez. Kilo"

Das war wohl Tockers Porsche, der auf Schloss Hirschesruh eingetroffen war. Aber das war nicht Tocker; Tocker war zwar stattlich, aber nicht ‚sehr groß'. Sehr groß war Rinzen. Und wieso ‚weiblich'? Wo war Tocker? Warum meldete der sich nicht? Mit dem erfolgreichen Abschluss der Operation ‚Quick Train'? Er meldete doch sonst so gerne seine erfolgreichen Operationen, eitel wie er war.

„Renstorff! Stabsfeld Renstorff!"

„Herr General?"

„Meldung von Tocker?"

„Negativ, Herr General. Nur von Kirchbaum, unserem Verbindungs ..."

„Kenne ich." Von Beutler haute mit der flachen Hand auf die Meldung vor ihm. „Verifizieren Sie dieses polizeiliche Kennzeichen und fragen Sie Kirchbaum, wer dieses Weib ist." Er reichte Renstorff die Meldung von Kirchbaum zurück. „Und ich will unseren Gefangenen sehen. Zur Vernehmung, X minus 5."

„Jawoll, Herr General."

„Noch 'was, Renstorff!"

„Herr General?"

„Ihre neuen Dienstgradabzeichen stehen Ihnen gut."

Stabsfeldwebel Renstorff wollte sich bedanken, unterließ es aber. „Gestatten Sie eine persönliche Bemerkung, Herr General?"

Von Beutler nickte.

„Wäre an der Zeit auch für Ihre Beförderung, Herr General. Wenn ich diesen Generalmajor Becker da heute früh mit seinen zwei Sternen neben Ihnen so sehe ..."

„Generalmajor Becker hat deutlich mehr Dienstjahre auf seinem gebeugten Rücken und sicher nicht so bewegte wie ich, Renstorff. Auch hat er sicher nie ein Disziplinarverfahren gehabt. Bei mir läuft noch eins, wie Sie wissen."

„Jawoll, Herr General."

„Und jetzt lassen Sie mir diesen Lomer holen. Haben wir noch irgendwelche Informationen über den, die ich nicht kenne?"

„Sofort, Herr General."

„X minus 4."

Vier Minuten später führte der Feldwebel von den Feldjägern Hannes Lomer in von Beutlers Dienstzimmer.

„Es tut mir leid, Herr von Beutler, dass ich Sie bei unserer ersten Begegnung nicht mit Handschlag begrüßen kann, aber dann würde mir diese merkwürdige Hose runterfallen, und wenn ich mich dann aus Scham umdrehen müsste, würden Sie sofort wissen, was ich von Ihnen halte." Lomer setzte sich unaufgefordert hin, seine Hände hielten den Bund der Trainingshose zusammen.

Von Beutler winkte den Feldwebel vor die Tür.

„Schickt Laura Sie?"

„Ich lasse mich nicht schicken."

„Schickt Laura Sie?"

„Mich hat noch niemand geschickt."

„Schickt Laura Sie?"

„Herr von Beutler, mit Verlaub, aber Sie langweilen mich."

Der General erhob sich. „Ihr Anwälte werdet doch Euer Leben lang geschickt." Er nahm eine Wanderung durch sein Dienstzimmer auf.

Lomer blieb ungerührt sitzen, die Hände über den Hosenbund gefaltet. „Im Gegensatz zum Soldaten können wir Mandate ablehnen. Sie unterliegen Ihr Leben lang dem Prinzip von Befehl und Gehorsam. Der Anwalt hingegen wird nur von dem geschickt – wie Sie sich ausdrücken –, von dem er sich schicken lässt. Sie dürfen nie ablehnen. Sie müssen ausführen. Auch als höchstrangiger Soldat; alles, was die Politik von Ihnen verlangt. Also ersparen Sie mir Ihre Anwürfe, und fragen Sie mich nicht immer dasselbe."

Von Beutler hielt inne „Sie haben meine Frage nicht beantwortet. Ihre Antwort hätte ‚ja' oder ‚nein' zu lauten. Sie haben lediglich behauptet, sich nicht ..."

„Wären Sie gedanklich in der Lage, Herr von Beutler, einen deduktiven Schluss zu ziehen, vom Allgemeinen auf das Besondere, dann – "

„Halten Sie Ihren Mund, wenn Sie mit mir reden."

„ – dann hätten Sie meiner Antwort ‚nein' entnehmen können. Statt dessen reduzieren Sie unsere Konversation auf Ihren vorgestanzten Kasernenton."

Von Beutler nahm wieder Platz. Er hatte diesen Kerl unterschätzt. Vor allem seinen Mut. Blöd war dieser Lomer offenbar nicht. Dafür verwegen. Zumindest dreist.

Stabsfeldwebel Renstorff riss die Verbindungstür zum Vorzimmer auf und hielt ein DIN-A-4-Blatt in die Höhe.

Von Beutler winkte. Renstorff legte den Computerausdruck parallel zur Schreibtischkante vor von Beutler ab, knallte die Absätze seiner Kampfstiefel zusammen, machte punktgenau kehrt und entfernte sich.

Lomer grinste.

Von Beutler überflog die Zeilen, stutzte und legte das Blatt zurück. „Herr Dr. Lomer, ich gehe nach dieser unerfreulichen Ouvertüre davon aus, dass Laura Sie nicht g e -s c h i c k t hat."

Lomer nickte. Er konnte Laura unmöglich in die gefährliche Situation einbeziehen, in der er sich befand – zumindest nicht, solange er nicht wusste, wie und durch welche Fehler er hineingeraten war, nein, nicht einmal, wenn Laura diese Situation verschuldet haben sollte, würde er sie hinhängen, und er hatte nicht den Eindruck, dass Laura ihn aus seinem Sabbatical in der Karibik hierher gelockt hatte, um ihn ins Messer dieses Generals laufen zu lassen. Nein, es war vielmehr wie bei so vielen Mandaten seiner Anwaltstätigkeit: Der Mandant machte Fehler, und der Rechtsanwalt musste sie ausbaden. Deshalb saß er hier.

„Dann erklären Sie mir, weshalb Sie unter der Legende von Prof. Dr. Strawitsch auf unserem Seminar in der Führungsakademie zu unserer Veranstaltung des Deutschen Heeres erschienen sind. Falsche Titelführung ist doch strafbar. Sie sind doch Anwalt, oder?"

„Tarnen und täuschen. Alter infanteristischer Grundsatz, Herr General. Müsste Ihnen bekannt sein."

„Also weshalb?"

„Ich wollte mit Ihnen und Ihrer Gesellschaft ins Gespräch kommen. Sie sollten sich Gedanken darüber machen, warum das nur unter einer Legende überhaupt möglich ist."

„Sie sollten sich, Lomer, Gedanken darüber machen, warum es uns ein Leichtes war, Ihre Legende aufzudecken und Ihre laienhaften Bemühungen, Ihre Spuren zu verschleiern. Lächerlich. Das kann in der Tat nicht Lauras Werk gewesen sein."

Lomer senkte den Blick auf seine nackten Füße.

„Ich gehe ferner davon aus, dass Sie die Wahrheit sagen. Wenn nicht, ist vieles – vor allem für Sie – zu Ende: dieses Gespräch und Ihre Existenz. Meine Annahme begründet sich darauf, dass Sie als Soldat zur Wahrheit verpflichtet sind, § 13 Absatz I Soldatengesetz."

‚Er ist wirklich irre', dachte Lomer.

„Denn ich lese hier zu meiner großen Überraschung, dass Sie Oberleutnant der Reserve der deutschen Fallschirmtruppe sind. Einberufungs-Jahrgang 1979, Z 2, zwei Wehrübungen, letzte Beförderung 1981. Gratuliere, Kamerad."

„Kamerad, das ist dreißig Jahre her; Reserve hat seitdem Ruh' ..."

„Sie haben bei Ihrer ersten Wehrübung in Altenstadt den Freifaller-Lehrgang erfolgreich absolviert. Stark. Das erleben doch nur hochqualifizierte Reserveoffiziere. Sie müssen mal richtig gut gewesen sein. Auch kein KDV-Verfahren; weshalb sind Sie dem deutschen Heer nicht treu geblieben?"

„KDV-Verfahren?"

„Ich meine, Sie waren nie Kriegsdienstverweigerer oder sonstwie als charakterlich unzuverlässig vorbestraft?"

„Weder – noch."

„Und weshalb sind Sie nicht bei uns geblieben?"

„Andere Lebenspläne."

Von Beutler schüttelte den Kopf. „Nicht jeder Lebensweg verläuft eben in geordneten Bahnen."

„Da ich nicht im Dienst bin, unterliege ich auch nicht der Wahrheitspflicht des Soldatengesetzes. Ich sage sie aber trotzdem, auch wenn das Ihren soldatischen Horizont übersteigen sollte."

„Weil Sie sich als ehemaliger Fallschirmjäger-Offizier gegenüber einem Fallschirmjäger-Kameraden an Ihr Ehrenwort gebunden fühlen – ist es das, was Sie mir sagen wollen?"

‚Nein, das ist das, was Du hören wolltest, Du Arschloch', dachte Lomer und nickte der Einfachheit halber.

„Sie geben mir also Ihr Ehrenwort?"

Lomer nickte. Sollte er das ruhig glauben. Der General hatte Ethos.

„Dann hätte ich auch gerne Ihr Ehrenwort, dass ich auf Ihre Anwesenheit hier rechnen kann, ohne Sie wie einen Gefangenen behandeln zu müssen."

„Mein Ehrenwort als deutscher Fallschirmjäger-Offizier." Das war der Einstieg für die Weiterführung seines Mandats. Der einzig verbleibende. Nicht, dass er sich an dieses obskure Ehrenwort – mein Gott, wie lange lag der Eid zurück? – gebunden fühlen würde, aber seine einzige Chance bestand darin, mit diesem Ungeheuer im Gespräch zu bleiben.

„Renstorff!"

Die Verbindungstür krachte auf, zeitgleich schlugen die Hacken des Stabsfeldwebels zusammen.

„Oberleutnant der Reserve Dr. Lomer bezieht nach dieser Vernehmung meine Offizierswohnung im ersten Stock. Mir lassen Sie die im zweiten Stock herrichten."

Stabsfeldwebel Renstorff zog unmerklich die Augenbrauen hoch und bestätigte den Auftrag. Er legte dem General eine weitere Meldung auf den Schreibtisch, drehte sich um 180 Grad und knallte aus dem Dienstzimmer.

Der General überflog die Zeilen der Meldung. Dann wandte er sich wieder seinem Gast zu. „Kamerad Lomer, was Sie eben angerissen haben, ist interessanter als Sie glauben: die Abhängigkeit des Militärs von der Politik. Dieses Thema interessiert mich, seit ich Soldat geworden bin. Wir werden heute Abend ein gutes Gespräch haben."

‚Endlich', dachte Lomer, ‚lass' uns nur im Gespräch bleiben.'

„Bis dahin darf ich Sie bitten, sich als mein Gast hier oben im ersten Stock wie zu Hause zu fühlen. Die beiden Feldjäger, die ich für Sie abgestellt habe, werden Ihnen Ihren Aufenthalt hier so wenig unangenehm wie möglich machen. Die Pistolen, die sie tragen, sind im übrigen fertiggeladen – für den Fall, dass Sie Ihr Ehrenwort vergessen sollten, wovon ich nicht ausgehe. Sonst wären Sie kein Offizier des deutschen Heeres geworden."

Von Beutler erhob sich.

Lomer hielt den Hosenbund zusammen und stand auf.

„Renstorff!"

„Herr General?"

„Verschaffen Sie dem Oberleutnant der Reserve Dr. Lomer angemessene Kleidung für seinen Aufenthalt bei uns."

„Ist schon in Vorbereitung, Herr General."

„Dann Abflug." Und zu Lomer: „Wir sehen uns heute Abend."

Von Beutler wandte sich der letzten Meldung zu, die Renstorff ihm gebracht hatte. Kirchbaum hatte aufklären können, dass die junge Dame, die dem Cayenne auf Schloss Hirschesruh entstiegen war, aus Köln-Junkersdorf stammte, offenbar also die Verlobte oder Freundin oder Lebensgefährtin von Major Rinzen. Dass die Schloss Hirschesruh angefahren hatte, war nicht ungefährlich, denn keiner wusste, ob sie nicht observiert wurde. Der Cayenne war, wie von Beutler vermutet hatte, auf Oberst Tocker zugelassen, aber entstiegen war ihm jedenfalls nicht Tocker. Das würde erklären, warum der sich noch nicht bei ihm gemeldet hatte. Aber Rinzen hätte sich doch bei ihm melden müssen, bevor er seine Tussi da traf. Weiterer Zweifel kam auf: Rinzen hatte ihm gemeldet, keine Spritzen mehr zu haben, aber die Fernseh-Berichterstattungen über die Art und Weise, wie er die beiden Polizisten an seiner Festnahme gehindert hatte, sprachen sehr wohl dafür, dass er die beiden Beamten vorübergehend mit Spritzen außer Gefecht gesetzt hatte. Konnte man sich denn auf niemanden mehr verlassen?

Was war da los auf Schloss Hirschesruh? Laura, die Ältere, wollte er nicht anrufen, weil er Lomer kein Wort glaubte. Von Beutler hasste unklare Gefechtslagen. Was er auf jeden Fall benötigte, war eine klare Freund-Feind-Erkennung.

2

Lomer konnte sich an Offizierswohnungen aus seiner Dienstzeit vor gut dreißig Jahren erinnern, aber so eine hatte er noch nicht gesehen. Mindestens zwei davon mussten zusammengelegt worden sein, so geräumig war sie, vier Zimmer, zwei Küchen, zwei Bäder, Toiletten, mehr als man benötigte – und diese Ausstattung: wohnlich, behaglich und trotzdem überfunktional designed, so eine Art USM-Haller-Arrangement in Holz, in dem größten Raum bis zur Decke Regale, säuberlich bestückt mit einer Unzahl von Büchern, hinten eine gemütliche Sitzecke aus feinstem Nappaleder, die einen exotischen Schachtisch aus edlem Tropenholz umrahmte, gegenüber – war das schon ein weiterer Raum? – eine Fernseh- und Video-Installation, für deren Bedienung mindestens ein Fachhochschul-Ingenieurstudium erforderlich erschien, dazwischen eine bauchnabelhohe antike Vase mit floralen Motiven, dazu passend persische Teppiche, die zum Teil übereinander lagen und an einigen Stellen den Blick freigaben auf makellos gepflegtes Parkett.

Von Beutler musste einen geschmackvollen Gönner haben, vermutlich Laura die Ältere; diese Einrichtung hätte von ihr sein können. Zwischen zwei Bücherregalen hing ein dunkelbrauner Rahmen, in den 12 Regeln eingebettet waren wie Gebote in einen Schrein:

1. Seien Sie ein Vorbild für Pflichterfüllung und ein Beispiel für Leistungswillen.
2. Machen Sie sich nicht beliebt, sondern geachtet.
3. Gehorchen Sie selbst, damit Sie Gehorsam finden.
4. Seien Sie selbstbewusst, nicht selbstherrlich.
5. Seien Sie ein Bessermacher, kein Besserwisser.
6. Führen Sie mit Verstand für Ihre Aufgabe und mit Herz für Ihre Soldaten.
7. Vertrauen Sie Ihren Soldaten, damit sie Ihnen vertrauen.
8. Suchen Sie den Grund für Fehler zuerst bei sich selbst, dann erst bei Ihren Soldaten.
9. Nehmen Sie sich Zeit beim Überlegen, verlieren Sie keine Zeit beim Handeln.
10. Denken, befehlen und handeln Sie nach vorn zu Ihren Soldaten, denn ohne sie können Sie Ihren Auftrag nicht erfüllen.
11. Geben und fordern Sie rücksichtslos Leistung, wenn nötig, nehmen und gönnen Sie rücksichtsvoll Ruhe, wenn möglich.
12. Seien Sie im Alltag so mutig, wie Sie es im Gefecht sein wollen.

Burgislav von Beutler
General und Generalinspekteur

‚Wenn er das bloß beherzigen würde', dachte Lomer. Er warf seinen Trainingsanzug in die Ecke, rasierte sich den Bart von Professor Dr. Strawitsch ab und duschte. Dann zog er die für ihn bereit gelegte Kleidung an, Cordhose, kurzärmeliges Sommerhemd, Schlappen, die sich für eine Flucht zu Fuß nicht eignen würden. Seinen Anzug entdeckte er in einem Kleiderschrank in einem Schlafzimmer, die hier wahrscheinlich Schlafstube hieß, und daneben – er musste zweimal hingucken – zwei Sommeruniformen, einmal blau-grau, einmal tropen, mit den Dienstgradabzeichen Oberleutnant; jeweils mit entsprechenden Fallschirmspringer-Abzeichen in Silber. Das konnte doch nicht wahr sein. Sein Gastgeber musste verrückt sein, anders war dieser Purismus nicht zu erklären: Glaubte dieser Irre tatsächlich, er könnte hier mit Oberleutnant der Reserve Lomer eine militärische Übung abhalten oder wenigstens ein bisschen Formalausbildung machen? Lomer schloss die Schranktür, die hier wahrscheinlich eine Spindtür war.

Ob draußen im Flur ein Soldat ihn bewachte?

Die Wohnungstür sprang klackend auf.

„Du nix erschrecken, ich bloß Putzfrau. Ich Olga." Olga lächelte Lomer an, setzte ihren Staubsauger und einen Putzeimer ab und entrollte Meter um Meter Stromkabel.

Lomer wandte sich den Bücherregalen zu. Hunderte von internationalen Titeln, sämtlich akkurat in Reihe neben- und übereinanderstehend, Buchrücken jeweils haarfein auf

Kante mit den versiegelten hellen Holzbrettern, Literatur in vielen Sprachen, wenig Unterhaltendes, vorwiegend Sachbücher, viel Militärisches, aber auch Politik, Soziologie, Psychologie, sogar Kommentare zum Grundgesetz, ältere Auflagen ebenso wie die neueste Kommentierung von Maunz-Dürig-Herzog, sechsteilig. Lomer fand meterlange Abhandlungen über den Ersten Weltkrieg, noch mehr Meter über den Zweiten Weltkrieg, von Cartier, Hess und Wuermeling, Michaelis, Hubatsch, Ruge, Dahms, Schraepler, historische Abhandlungen über das III. Reich, ‚Deutschland erwacht – Werden, Kampf und Sieg der NSDAP', eine alte Originalausgabe, ‚Wenn alle Brüder schweigen – Großer Bildband über die Waffen-SS', Literatur über die Geschichte des Widerstands in Deutschland und Europa zwischen 1933 und 1945, von Prittie ‚Deutsche gegen Hitler' und von Fest ‚Staatsstreich – Der lange Weg zum 20. Juli', Skurriles wie ‚Gefechtsformen der Infanterie' von Schwarz und die Geschichte der Deutschen Fallschirmjäger 1939 bis 1945 von Kurowski, aber auch – in einer anderen Ecke der Bibliothek – ‚Die leise Diktatur – Das Schwinden der Freiheit', ‚Die Psychologie der Niederlage – über die deutsche Mentalität' von Hinz, ‚Sarazin ... und er hat doch recht!' von Helmes, ‚Politisch unkorrekt' von Denes, von Henkel ‚Die Abwracker', von Bödecker ‚Preußen – eine humane Bilanz', von Heintz ‚Vergehen gegen die historische Wahrheit', von Stein ‚Helden der Nation', sämtliche Werke von von Clausewitz, ‚Merkmale einer Eliteorganisation' von dem Betriebswirtschaftler Gross, ‚Aufstand – Die Deutschen als rebellisches Volk', von Ganser, einer schweizer Historikerin, ‚NATO – Geheimarmeen in Europa', Untertitel: ‚Inszenierter Terror und verdeckte Kriegsführung', Zürich 2008, von Boltz, ‚Diskurs über die Ungleichheit', John Stuart Mills Schrift über die Freiheit und einen Roman des Wissenschaftsmanagers Glum aus der Zeit der Weimarer Republik über George und Kantorowicz und das ‚Geheime Deutschland'.

Langweilig könnte es demnach hier nicht werden, egal, wie lange dieses Theater dauern würde. Lomer blätterte sich durch die Regale.

Nachdem Olga ihr Staubsaugerkonzert beendet hatte, richtete sie ihm in der kleinen Küche ein Essen, das aus dem Offizierskasino kommen musste. Als Olga gegangen war, schlief Lomer über der Original-Dokumentation des ‚Nürnberger Prozesses' vor dem Internationalen Militärgerichtshof Nürnberg im Schlafzimmer ein.

Irgendetwas klopfte. Er hatte über eine Stunde geschlafen. Das Klopfen kam von der Tür. Vor der Tür stand der weibliche Feldjäger-Unteroffizier. Beide schauten sich fragend an.

„Ach, richten Sie dem General doch bitte aus, dass ich gerne einen Aschenbecher hätte. Untertassen als Aschenbecherersatz sind so unkultiviert. Und eine Espressomaschine."

„Kaffee ist in der Küche, Herr Oberleutnant", schnarrte die Unteroffizierin und zog die Tür wieder zu, von außen.

Am späten Nachmittag hatte Lomer es geschafft, den Fernseher mit Hilfe von drei Fernbedienungen in Gang zu bringen.

„Politische Beobachter aus dem Ausland befürchten, dass in das sich auftuende Machtvakuum in Deutschland radikale Kräfte vom rechten oder vom linken Rand des parteipolitischen Spektrums hineinstoßen könnten, nachdem sich eine grassierende Verunsicherung über den derzeitig führungslosen Zustand des Landes nicht nur in weiten Teilen der Bevölkerung, sondern auch auf den verschiedenen Verwaltungsebenen breitmacht –"

Ein Ministerpräsident wusste in einem hektischen Interview wegen einer überfälligen Bundesrats-Entscheidung nicht weiter und mahnte die Berliner Politik an, nun endlich tätig zu werden. Der Polizeipräsident irgendeines Bundeslandes wartete für einen Großeinsatz hilflos auf Weisungen irgendeiner vorgesetzten Dienststelle – Innenministerium, Bundeskriminalamt? –, wusste aber nicht, von welcher; nicht einmal die sonst allwissende Interviewerin konnte ihm helfen.

Auf einem anderen Kanal betonte der Katastrophenschutz-Beauftragte in einer Talkshow, für alle Fälle gewappnet zu sein, musste sich aber von einer Oppositionspolitikerin fragen lassen, wie er die Fahrer seiner 40.000 Lkws rechtzeitig einberufen wollte, wo doch inzwischen kein Reservist mehr einberufen würde und wegen Ausplanung auch nicht mehr einberufen werden konnte. Eine rot-grüne Teilnehmerin der hitzigen Diskussion bestand in einem Zwischenruf darauf, dass mindestens fünfzig Prozent der einzuberufenen Fahrer weiblichen Geschlechts sein müssten.

Lomer wusste nicht einmal, welche Katastrophe in dieser Runde gerade vorbereitet wurde, und zappte weiter.

Schlag 18 Uhr klackte die Wohnungstür auf. General von Beutler schoss in den Raum, verzog angewidert das Gesicht, öffnete zahlreiche Kippfenster, warf kontrollierende Blicke auf seine Bücherregale, rückte in der Abteilung Geschichte die ersten drei Bände des ‚Nürnberger Prozesses' wieder gerade auf Linie, alles etwa gleichzeitig.

„Spielen Sie Schach, Lomer?"

„Hin und wieder." Lomer rappelte sich aus einem der Nappa-Sessel hoch und knöpfte sein Hemd zu.

Von Beutler zog seinen Königsbauern auf E4. „Dann sind Sie jetzt dran."

Lomer schlenderte auf den antiken Schachtisch zu. „Wollten wir uns nicht über den Primat der Politik unterhalten?" Er setzte seinen Bauern B7 ein Feld vor.

„Können wir doch. Was trinken Sie? Rotwein, Brandy oder beides? Campari vorweg, mit oder ohne Eis? Bier, Whiskey oder Wodka?"

„In der Reihenfolge, gerne, Herr von Beutler."

Von Beutler zog seine Dame auf F3. „Der ‚Primat der Politik' wurde – die wenigstens wissen es noch – zuallererst von den Jakobinern verkündet. Er bedeutete ihnen: politisches Obereigentum, Manipulation verstaatlichten Geldes – übrigens das erste Papiergeldexperiment –, Freiheit, Eigentum und die Privatsphäre der Bürger zur Disposition der Politik bzw. der herrschenden Parteimeinung zu stellen. Der Primat der Politik war Leitparole der nachfolgenden Revolution bis hin zum Nationalsozialismus, der unter dieser Formel die kriegswirtschaftliche Umstellung deutscher Ökonomie betrieben hat. Unter dem Vorwand des ‚Primat der Politik' konnte der Staat sämtliche Freiheiten der Individuen zur Disposition stellen, um seine eigenen Zwecke – meist die Machtausweitung der politischen Klasse – zu verfolgen. Der Primat der Politik steht über allen planwirtschaftlichen und wohlfahrtsstaatlichen Experimenten des Staates, so auch jüngstens über der nach und nach eingeführten und immer noch weiter geforderten Finanzmarktregulierung."

Lomer wusste nicht, ob er zuhören oder ziehen sollte. Er lauschte den Ausführungen seines Gastgebers, er war ja nicht zum Schachspielen hier, er hatte ein Mandat, jetzt konnte er es ausüben, wenn von Beutler ihn nur in einer Atempause mal ließe. Er zog seinen Königsbauern auf E5 vor.

Von Beutler öffnete einen australischen Shiraz und dekantierte ihn. „Der Primat der Politik stand auch am Ende der Europäischen Währungsunion. Sein Ausfluss war der Putsch der versammelten Staatschefs vom 09.05.2010, dieses kollektiven Vertragsbruchs, der die ursprüngliche Euro-Konstruktion explodieren ließ." Er stellte zwei kristallene Rotweingläser auf die Beistelltische und goss Cardenal Mendoza in große Cognacschwenker. „Der Wein braucht noch etwas Luft zum Atmen."

Endlich eine Chance für Lomer, zu Wort zu kommen. „Herr von Beutler, Ihre Staatsverdrossenheit ist sprichwörtlich, und ich hatte eigentlich nicht mit einem volkswirtschaftlichen Seminar privatissime et gratis gerechnet, sondern mit einer Auseinandersetzung über den Primat der Politik im Zusammenhang mit der Militärführung der Bundeswehr."

Von Beutler setzte sich zu seinen weißen Schachfiguren und zog seinen Läufer auf C4. Seine stechenden Augen musterten Lomer interessiert.

‚Augen wie sein Vater', dachte Lomer und warf einen Blick auf das Schachbrett. „Bei Ihren staatskritischen, ja, man könnte sagen, staatsfeindlichen Ansichten wundert man sich, dass Sie als Staatsdiener sich eben gerade diesem Staat in einem besonderen Gewaltverhältnis nahezu bedingungslos unterworfen haben und von ihm leben."

„Der Primat der Politik im Bereich der Militärführung ist eine ebensolche Missgeburt wie im Rahmen der Finanzpolitik. Nur wird die Unsinnigkeit des Primats der Politik im Bereich des Militärischen so deutlich wie in kaum einem anderen Bereich: Wir Militärs müssen uns von ungedienten Ignoranten politisch-militärische Vorgaben machen lassen, unsere militärische Rolle beschränkt sich darauf, durch den Generalinspekteur der Politik ‚beratend' zur Seite zu stehen, ohne dass die militärische Seite in irgendeiner Weise ein Entscheidungs- oder auch nur Mitspracherecht hätte, und wir Militärs tragen anschließend die Verantwortung für das, was uns vorgegeben wurde, und was wir auszuführen hatten, und das unter Einsatz unseres eigenen Lebens. Absurd. Früher und in anderen Armeen gab es wenigstens einen Generalstab, für dessen Wiedereinführung unsere Gesellschaft sich ebenso vehement wie bislang ergebnislos einsetzt – eine Forderung, die nichts weiter beinhaltet, als dass politisch-militärische Entscheidungen, vor allem militärische Entscheidungen, von Sachkunde getragen werden und nicht von Beliebigkeit."

„Unser Grundgesetz hat die gegenseitigen Machtverhältnisse und Positionen so wunderbar perfekt verteilt wie noch keine Verfassung zuvor. Die Summe der Wählerwillen findet sich eben nicht in einem Generalstab, sondern im Bundestag, und deshalb ist dieser die einzige demokratische Institution, die dem Willen des Volkes auch Ausdruck verleihen kann – auch gegenüber der Armee. Sie dienen in einer Parlamentsarmee, Herr General."

„Demokratische Phantastereien. Haben einen Nachteil: funktionieren nicht. Prost." Von Beutler hob den schweren Kristallschwenker und leerte ihn. „Auf Ihr Wohl. Sie werden es brauchen. Und verschwenden Sie Ihre Zeit nicht auf diese Partie. Sie sind matt." Er goss vorsichtig den dunkelroten Wein ein. „Das Grundgesetz, das Sie da zitieren, ist geschriebenes, kein göttliches oder irgendwo her aus dem Universum auf uns herabstrahlendes Recht. Es kann geändert werden. Es muss geändert werden, wenn es Zustände verursacht oder zulässt, die untragbar sind. Der Afghanistan-Krieg ist – um auf das Militärische zurückzukommen – untragbar; er war es von Anfang an." Von Beutler hatte die Schachfiguren wieder aufgestellt.

Lomer hatte jetzt Weiß, dachte aber nicht daran, zu eröffnen. Er hatte schließlich ein Mandat, und dieser gegnerische Schäferzug, den er übersehen hatte, war bedeutungslos. „Die Gastfreundschaft, mit der Sie Ihre Arrestanten behandeln, ist bemerkenswert." Er hob sein Glas. „Vielen Dank. Ich fühle mich weit besser als gestern Abend und schulde Ihnen noch eine Erklärung."

Die Wohnungstür klackte auf, und Olga erschien. Sie goss Brandy nach und richtete in der kleinen Küche ein paar Häppchen her.

Lomer berichtete seinem Gastgeber von einem Mandat, das er wegen seiner anwaltlichen Verschwiegenheitspflicht unmöglich offenbaren könne, einer ausländischen Stiftung, die Kurlow Konetzke Partner beauftragt hätte, in die Eingeweide der Gesellschaft des Deutschen Heeres zu schauen, nur präventiv, und weil seine Kanzlei auf solche Mandate, auch auf Undercover-Mandate, spezialisiert sei – man bearbeite gerne auch Mandate, an denen andere Kanzleien schon gescheitert waren –, deshalb sei er als Professor ...

„Prost". Von Beutler zückte seinen Cognacschwenker wie eine Waffe. „Weshalb erzählen Sie mir diese alberne Anwaltsgeschichte? Sie bestätigen mir nur, dass Sie geschickt worden sind, von wem auch immer, ausländische Stiftung hin, Laura her." Sicher steckte Laura hinter dieser Mandatierung. Mit ausländischen Gruppierungen hatten weder von Beutler noch die Gesellschaft mehr als nur sehr oberflächliche Kontakte gepflegt. Und Laura hatte sich in den letzten Wochen und Monaten von ihm mehr und mehr zurückgezogen, in rätselhafter Kumpanei mit seinem Vater. Und Laura hätte als Lomers Verflossene, als seine entflohene Lebenspartnerin gerade ihn deshalb motivieren und ihn auf die Gesellschaft ansetzen können, Lomer leicht instrumentalisieren können, seinen Nachfolger in ihrem Bett auszuspionieren, ihn hinzuhängen, ihn unschädlich zu machen. Was für eine naive Vorstellung! Leutnants-Niveau eben.

„Und ich denke, besonders geschickt gehen Sie dabei nicht vor, Herr Rechtsanwalt, jedenfalls erwecken Sie nicht den Eindruck, dass Sie selbst an das glauben, was Sie mir da erzählen." Von Beutler leerte den Brandy-Schwenker. „Lassen Sie uns so wenig Zeit wie möglich miteinander vergeuden."

Lomer hatte genau das Gegenteil vor.

„Ich werde Ihnen jetzt von meinen Plänen berichten, Lomer, und Sie werden jedes Mal aufschreien, wenn sie Ihnen weh tun."

Olga stellte Baguette-Happen mit Thunfisch, Salami, Schinken und Käse auf die Beistelltische und wünschte noch einen schönen Abend.

Lomer nickte dankbar.

Von Beutler nahm keine Notiz von ihr. „Der Afghanistan-Einsatz war sowohl politisch wie auch militärisch von vornherein unsinnig, weil er weder politisch noch militärisch gelingen konnte. So einfach ist das. Und das versuchen Sie mal, einem Politiker zu erklären. In Afghanistan sind zunächst die Briten, später die Sowjetunion politisch u n d militärisch gescheitert, und es war zu keinem Zeitpunkt abzusehen, dass die dusseligen Amerikaner das besser machen könnten, weder ohne noch mit ihren NATO-Verbündeten. Dabei ist in Afghanistan natürlich wie in jedem anderen Winkel der Welt jedes Problem militärisch zu lösen. Aber unsere Politiker wollen ja gar keine militärischen Lösungen, die lehnen sie ja ab, sie wollen im Gegenteil politische Lösungen, und hierbei soll das Militär Hilfestellung leisten. Das ist bei durchführbaren Aufträgen akzeptabel, nicht bei undurchführbaren. Ein Generalstab hätte Afghanistan verhindern können, verhindern müssen, und er hätte Afghanistan verhindert – oder die Operation in absehbarer Zeit erfolgreich durchgeführt. Das hätte Menschenleben gerettet, das hätte verhindert, dass die gesamte westliche Welt sich täglich und nächtlich vor Terroranschlägen fürchten muss, und es hätte verhindert, dass der Kriegsschauplatz sich peu à peu nach Pakistan verlagert. All das wäre militärisch ausrechenbar und verhinderbar gewesen; politisch war und ist es das wohl nicht, weil zu viele politische Interessenvertreter sich auf noch mehr politische Interessen verteilen, diese alle wahrnehmen und letztlich Verpflichtungen einhalten müssen, zu denen auch die NATO-Bündnisverpflichtungen gehören."

‚Das war keine politische Revue, das war ein Lagevortrag', dachte Lomer. „Dank der NATO sind wir im Kalten Krieg nicht vom Warschauer Pakt überrollt worden, Herr von Beutler. Dank der gegenseitigen Beistandsverpflichtungen mussten Sie nie in DDR-Verhältnissen leben –"

„Aber in denen leben wir doch, Lomer! Haben Sie denn nicht gespannt, dass die DDR seit der Wiedervereinigung ihre mentale Westgrenze bis an den Rhein vorgeschoben hat, demnächst bis an den Atlantik? Vielleicht waren Sie zu lange im Ausland." Von Beutler nahm einen kräftigen Schluck aus irgendeinem der herumstehenden Gläser, Lomer sah nicht mehr so genau, aus welchem.

„Zurück zum Thema: Der Politik machen wir weiter zum Vorwurf, dass Sie sich nicht von Sachkunde bewegen lässt. Ein Blick in Raschids ‚Sturz ins Chaos – Afghanistan, Pakistan und die Rückkehr der Taliban' – da drüben steht er – hätte jedem des Lesens Kundigen deutlich machen müssen, dass es zunächst falsch war, die Bundeswehr vor Ort nur sich selbst beschützen zu lassen und sich zu verhalten, als könnte der Krieg ohne Kampf gewonnen werden. RoE – wenn ich das schon höre! Und das alles gilt mutatis mutandis für mehr oder weniger sämtliche Bundeswehreinsätze, sei es in Bosnien/Herzegowina, im Kosovo, im Sudan, im Libanon oder vor den Küsten Somalias." Von Beutler dekantierte eine weitere Flasche Rotwein.

„RoE?"

„Rules of Engagement, die immer wieder dazu führen, dass deutsche Soldaten von deutschen Staatsanwälten verfolgt werden, als Mörder, mindestens als Totschläger. Das ist Politik. Und wozu führt das? Es führt – um auf Afghanistan zurückzukommen –, dazu, dass sofortiger Abzug der internationalen Truppen mehr Menschenleben kosten als retten würde; und dass weiteres Verbleiben in Afghanistan – die derzeitigen politisch-militärischen Verhältnisse vorausgesetzt – weitere Opfer an Menschenleben kosten wird, dass die Al-Qaida-Bewegung sich ausweitet und dem Westen noch gefährlicher wird als sie es ohnehin schon ist, und dass der Westen an Reputation weltweit immer mehr verliert, zu Gunsten von Drittländern, die sich entschieden haben, zu Hause zu bleiben und dort ihre Wirtschaft in Ordnung zu halten. Mit anderen Worten: Unsere derzeitige Politik bringt uns immer wieder in Situationen, in denen uns keine Alternativen verbleiben – deshalb wird so oft von ‚alternativlosen Lösungen' geredet –, und diese Ausweglosigkeit ruft dann jedes Mal Politiker auf den Plan, die die Situation noch verschlimmern. Besser wäre die Bundesrepublik Deutschland mit dem bedient, was der französische Revolutionär Gabriel de Mirabeau einmal über das alte Preußen gesagt hat: Preußen sei kein Staat, der eine Armee hat, sondern eine Armee, die einen Staat hat. – Da oben steht er." Von Beutler deutete punktgenau in die Richtung einer Ecke seiner Regalwand.

Was de Mirabeau über Preußen gesagte hatte, war die klassische Definition des Militarismus. „Also Abschaffung der Politik, Einführung des reinen Militarismus? Unter Führung von General von Beutler?" Lomer ergriff sein Weinglas.

„Verschonen Sie mich mit theoretischen Diskussionen. An Politik bin weder ich noch unsere Gesellschaft interessiert. Wir wollen lediglich ..."

„Politik ist die Lösung der Frage, wie wir alle zusammen leben wollen. Wie wollen Sie diese Fragestellung abschaffen? Das Militär k a n n sich doch einer Führung nur unterordnen, nämlich einer politischen Führung, oder welcher sonst?" Lomer leerte sein Weinglas und spürte, dass er langsam betrunken wurde.

„Lomer, Sie wiederholen sich. Um auf Ihre Frage zurückzukommen: Die Geschichte zeigt hierzu ein beachtliches Spektrum von Möglichkeiten auf: Wir kennen die Autokratie, die Theokratie, die Plutokratie, die Oligarchie. Despoten und die Autokratie haben sich historisch nicht bewährt, die Herrschaft einer Priesterschaft der Theokratie kennen wir etwa aus dem Islam, der hier in Europa ohnehin langsam eingeführt wird, ohne dass unsere westlichen Politiker das merken: Sie winken ihn kniend hinein in unser Land, ich erinnere an die Kapitulationserklärung unseres sogenannten Bundespräsidenten am 3.10.: ‚Der Islam gehört auch zu Deutschland'. Eine Herrschaft der Mega-Reichen werden die Sozialisten, die trotz ihres immer wiederkehrenden historischen Scheiterns regelmäßig durch die Hintertüren der Geschichte immer wieder die Macht ergreifen, zu verhindern wissen, und die Oligarchie ist das System, das im Augenblick die Europäische Union praktiziert, die Ihre Lieblingsstaatsform, die Demokratie, soeben dabei ist abzuschaffen. Aber diese politischen Staatsformen sind nicht primärer Gegenstand meines Interesses."

„Sie müssen aber doch irgendeine Präferenz haben."

„Zu überlegen wäre, ob nicht die Herrschaft der Besten die geeignete Staatsform wäre. Aber Politik überlasse ich gerne anderen. Meine Aufgabe besteht lediglich darin, dem geeignetsten politischen System ein militärisches Gebiss einzusetzen, mit dem es sich nach innen schützen und nach außen wehren kann."

„Also Bundeswehreinsätze auch im Innern?"

„Bundeswehreinsätze immer dort, wo sie wirksam sind, egal, ob außen oder innen oder sonstwo. Wenn wir in Afghanistan asymmetrisch attackiert werden, könnten Einsätze unserer Länderpolizeien dort wirkungsvoll sein. Werden wir im Innern von aus- oder inländischen oder eingewanderten militanten Gegnern attackiert, die mit Waffen operieren, denen die Bewaffnung unserer Polizeien nichts entgegenzusetzen hat, müssen eben die Waffen eingesetzt werden, die dem wirksam etwas entgegenzusetzen haben, und diese Waffen – seien es Flugzeuge oder Panzer – müssen der Einfachheit halber von denen bedient werden, die es können. Das sind im Zweifel Soldaten."

Kein Gedanke daran, darauf noch etwas zu erwidern. Es war nicht nur politisch nicht korrekt, es war politisch unappetitlich, es war politisch überzeugend, das mochte aber auch daran liegen, dass von Beutler inzwischen die dritte Flasche von dem teuflisch schweren Shiraz aufgemacht hatte. Und kein Gedanke daran, heute Abend noch irgendeine Schachfigur zu bewegen, es sei denn, durch eine unachtsame Handbewegung.

Olgas Häppchen welkten auf den Beistelltischchen vor sich hin, und Lomer machte sich die wievielte Zigarette an. „Herr General ...", stammelte er.

„Vergessen Sie, was Sie mir melden wollen, Lomer. Sie arbeiten hier auf einem Himmelfahrtskommando, und ich versüße Ihnen lediglich Ihre letzten Tage, und das auch nur, weil Sie Offizierskamerad sind. Der Sturm, der in den nächsten Tagen über diese marode Gemeinschaft hinwegfegen wird, wird Sie als eines der ersten Opfer sehen. Morgen erfahren Sie weitere operative Einzelheiten. Die werden Sie als Reserveoffizier interessieren. – Noch einen Brandy?"

Der Cardenal Mendoza ging zur Neige, zumindest die erste Flasche. „Oder Interesse an Frühsport? Morgen, ich meine heute, 0530, 300 Meter Schwimmen oder lieber 3.000 Meter Aschenbahn? Ich besorge Ihnen dann eine belastbare Trainingshose."

„Da – dann lieb ..., lieber noch drei Brandy", lallte Lomer.

3

General von Beutler krallte sich mit einer letzten Kraulbewegung an die Umrandung des Schwimmbeckens und sah zwei Militärstiefel vor sich, deren Träger auf ihn gewartet zu haben schien. Ein Blick auf seine Omega Speed Master Professionel: 11:03, das war nicht übel für den Promille-Gehalt, mit dem er vor einer Viertelstunde ins Wasser gesprungen war. Er hievte sich mit einem kräftigen Schwung aus dem Becken, die Militärstiefel wichen zurück.

Vor ihm nahm Oberst Tocker Grundstellung ein. „Guten Morgen, Herr General. Operation ‚Quick Train' erfolgreich abgeschlossen."

„Morgen, Tocker. Hatte Sie schon erwartet. Wir sehen uns in 15 Minuten in meinem Dienstzimmer."

Punkt sechs schloss von Beutler sein Dienstzimmer auf. Tocker hatte davor gewartet und Renstorff inzwischen zu seiner Beförderung gratuliert.

Von Beutler setzte sich an seinen Schreibtisch.

„Wo ist Major Rinzen?"

„Hat mir Eintreffen auf Schloss Hirschesruh gestern gemeldet."

„Demnach ist Ihnen bekannt, dass er dort in weiblicher Begleitung mit Ihrem Cayenne aufgeschlagen ist."

Weshalb fragte er, wenn er das schon wusste? „So war das verabredet, Herr General."

„Weshalb erhielt ich gestern keine Meldung?"

„Weil die Operation ‚Quick Train' gestern noch nicht abgeschlossen war, Herr General. Wir sind überraschenderweise in die Hände des ISI gefallen, der irgendeinen Auftrag von irgendwelchen amerikanischen Dienststellen erhalten haben muss, und der uns nur gegen Lösegeld ausreisen lassen wollte. Zuerst wollten die 100.000 Dollar für jeden von uns, ich konnte sie dann auf 50.000 Dollar runterhandeln, weil es ja letztlich nur um Major Rinzen ging. Das hat Zeit gekostet. Ich habe wegen der 50.000 mit dem ISI-General noch verhandeln müssen, um sicherzustellen, dass das Geld erst floss, als Major Rinzen außerhalb des pakistanischen Hoheitsgebietes war, also auf holländischem Boden. Major Rinzen hat seine Freundin in Köln an meinem Wagen getroffen, um dann unverzüglich Schloss Hirschesruh anzusteuern."

„Nicht ungefährlich."

„Sie meinen wegen der pakistanischen Fluglinie PIA – Please, inform Allah."

„Nein, wegen einer nahe liegenden Observierung der Bekannten von Major Rinzen."

„Deren Rolle in Junkersdorf hat inzwischen ihre Schwester übernommen, eine Studentin ohne festen Wohnsitz."

„Gut, Tocker, sehr gut. Die Spesen trägt die Gesellschaft."

Tocker winkte ab, widersprach aber nicht. „Dafür hätte ich gerne drei Tage Sonderurlaub; nämlich die letzten drei Tage meiner letzten Wehrübung." Er sah sich schon beim gemeinsamen Abendessen mit der Schlossherrin auf Schloss Hirschesruh.

„Die Antragsformulare bei Stabsfeldwebel Renstorff gibt es frühestens in einer Woche." Von Beutler wartete auf eine Reaktion, es kam aber keine. „Ich brauche Sie nämlich hier die nächsten drei Tage. Die Entwicklung der Lage in Berlin seit dem Kanzler-Rücktritt ist natürlich an Ihnen vorbeigegangen. Sie werden hier als meine rechte Hand und Operationsführer gebraucht. Wir kommen ab heute in die heiße Phase, Phase Alpha, die Sie einleiten sollen."

Von Beutler stand auf und entfaltete auf seinem Besprechungstisch eine politische Karte der Bundesrepublik Deutschland. „Hier, Tocker, schauen Sie sich das mal an. Den Vorentwurf kennen Sie ja schon. Das hier ist die aktuelle Fassung." Von Beutler ergriff einen bereitliegenden Zeigestock und wies seinen Untergebenen in die Lage ein.

Zwei Stunden später hatte Tocker noch zwei Anliegen.

Von Beutler schaute auf die Uhr. „Gut, Tocker, ruhen Sie sich zwei Stunden aus. Einsatzbereitschaft Zentrale unter Ihrer Leitung ab 1200 Zulu. – Was noch?"

„Etwas Persönliches. Möglicherweise sogar Privates."

„Raus damit!"

„Es geht um die Schlossherrin von Schloss Hirschesruh. Hätten Sie was dagegen, Herr General, wenn ich die Dame zum Ende meiner Wehrübung – ich muss meinen Cayenne da schließlich wieder abholen, auf dem Weg nach München – zum Abendessen einlade? Das wollte ich Sie der guten Ordnung halber fragen, bevor ich –"

„Frau Schwartze ist verfügbar." Von Beutler erinnerte sich ungern an seine letzte Begegnung mit ihr im Schlosshof; Tocker hatte da auch rumgestanden. Das war nun vorbei. Sollte Tocker sich doch um sie kümmern, wenn er sich an ihr die Zähne ausbeißen wollte, dann bliebe sie zumindest in die Gesellschaft eingebettet und unter Kontrolle. Und Rinzen wiederum könnte ein Auge auf die Beiden haben, insbesondere auf Laura, zumindest, solange er sich im Schloss verstecken musste. Er musste Rinzen deswegen noch einnorden. „Ihre Idee ist vorteilhaft. Melden Sie ihr bei dieser Gelegenheit ruhig, dass Sie ihr Vermögensverwalter sind. Und haben Sie ein Auge auf sie: Ich will, dass es ihr gut geht, aber ich will auch, dass sie auf unserer Linie bleibt. Betrachten Sie meine positive Antwort als dauerhaften Observierungsbefehl. Unser Treueversprechen, Kamerad Tocker, bleibt davon natürlich unberührt. Ich habe noch Großes vor mit Ihnen, wenn wir die nächsten Tage erstmal hinter uns gebracht haben."

„Keine Frage, Herr General. Treue um Treue."

„Treue um Treue. Sonst noch 'was?"

Tocker trat ab, Renstorff trat an. Im Hintergrund, aus Renstorffs Vorzimmer, ertönte Gejaule, es klang nach Olga. Renstorff zog die Verbindungstür zu. „Herr General, Sie müssen morgen nach Berlin, Termin beim Verteidigungsminister, 1400."

Von Beutler nahm eine Mail entgegen, die ‚iA Coenen, BMVg, gez. Dr. Wiemer, Ministerialdirigent' signiert war.

„Wer randaliert da draußen? Ist Olgas Gefangener ihr entwischt?"

„Ihre Putzfrau hat die persische Vase zerbrochen, die aus Ihrer Attaché-Zeit in Teheran, irgendwie mit dem Staubsaugerkabel, meldet sie gerade."

„Hat Lomer überlebt?"

Renstorff grinste.

„Entlassen."

„Wie bitte, Herr General?"

„Olga entlassen; ist ausgeplant, mit sofortiger Wirkung. Machen Sie das mit der Truppenverwaltung klar. Und buchen Sie mich auf einen der Flieger morgen so, dass ich vor dem Termin mit dem Minister mindestens eine halbe Stunde Zeit für Oberstleutnant Bloch im Kanzleramt habe. Nolte soll sich so in Marsch setzen, dass er mich morgen am Flieger in Berlin abholen und rechtzeitig zu Bloch fahren kann. Ich will auf dem Rückweg über Kassel."

„Jawoll, Herr General. Steht da in Berlin eine Beförderung an?"

„Nicht anzunehmen, Renstorff. War auch nicht immer so brav wie Sie."

Renstorff sah auf seine Uhr. „Major Stich wartet draußen. Ist für 0900 befohlen."

„Soll reinkommen."

Von Beutler schaltete die Frühnachrichten ein und wies Major Stich einen Platz in der Sitzecke zu. Nach ein paar Minuten gescheiterter Restrukturierungsversuche der noch amtierenden Regierung und einer nicht ernstzunehmenden Rücktrittsdrohung der Noch-Kanzlerin Gravell wurde aus Berlin, Köln, Hamburg, Bremen und Frankfurt von lokalen Unruhen des gestrigen Abends berichtet, die sich in Frankfurt und Berlin bis in die frühen Morgenstunden hingezogen hätten. In Berlin-Neukölln würden sie bis zur Stunde noch andauern. Die Landespolizeibehörden in Hessen und Berlin hätten von anderen Bundesländern Unterstützung angefordert, eine Beruhigung der Lage sei im Moment nicht abzusehen, unter anderem, weil die Unruheherde nicht auszumachen seien. In Berlin würden militante Migrantengruppen verdächtigt – sicher zu Unrecht, wie der Sprecher eifrig versicherte –, in Köln steckten womöglich linke Studentenhorden dahinter, die um ihr Bafög und ihre Studiengebühren fürchteten, unbestätigten Agenturmeldungen zufolge. Vieles spräche dafür, dass in Frankfurt Neonazis auf die Straße gegangen seien, deren Demonstration für oder gegen irgendetwas allerdings wohl zurecht nicht genehmigt worden sei. In den Stadtstaaten Bremen und Hamburg, dort vor allem in St. Georg, gäbe es die üblichen Straßenschlachten, nur deren Ausmaß gestern Nacht sei ungewöhnlich gewesen, insgesamt 23 Verletzte, davon 12 Polizisten, 3 schwer.

„Das Ausland schaut mit zunehmender Sorge auf die Entwicklung in unserem Land. Es folgen einige Stimmen französischer, englischer, österreichischer und schweizer Kommentatoren: Die Berner Nachrichten befürchten, dass unser föderalistisch strukturierter Staat auf Bundesebene schon gar nicht mehr regiert wird – eine Entwicklung, die sich schon angedeutet hätte, als die damalige Außenministerin und jetzige Kanzlerin ausgerechnet die Schweiz ersucht hatte, die beschädigten Beziehungen zu den Vereinigten Staaten zu reparieren. ‚Dass ausgerechnet diese Politikerin nun als Bundeskanzlerin die Bundesrepublik Deutschland regieren soll, wird nicht nur bei uns mit Befremden zur Kenntnis genommen', heißt es in den Züricher TV-Informationen. ‚Angeblich führen die Amerikaner mit den Engländern und Franzosen schon hinter dem Rücken der deutschen Regierung vertrauliche Gespräche über die Folgen dieser Entwicklung für die NATO und deren gegenwärtige Einsätze, Gespräche, in die die übrigen NATO-Partner, insbesondere Kanada, bald einbezogen werden sollen. Diese Initiative geht von der US-amerikanischen Regierung aus, deren Verteidigungsminister erst kürzlich auf dem Boden der Bundesrepublik Deutschland Opfer eines Anschlags geworden ist'. Wir kommen nun zu den ersten amerikanischen Einschätzungen: …."

Von Beutler sah zu Stich hinüber. „Was lesen wir heute in Ihrem Blätterwald, Kamerad Stich?"

Der Major packte einen Stapel Zeitungen auf den Besprechungstisch.

Von Beutler überflog die Titel. „Wann erscheinen die nächsten Ausgaben?"

„Zwei heute Mittag, der Rest heute Abend, 18 Uhr. Die Redaktionen arbeiten auf Hochtouren."

„Weitermachen."

Wenn General von Beutler morgen nach Berlin fliegen musste, außerplanmäßig – was immer ihn da erwartete, womöglich eine neue Verwendung –, musste noch heute alles veranlasst werden.

Punkt 1200 traf er Tocker im Lagezentrum, das in einem der großen Kellerräume unterhalb ihrer Dienstzimmer hinter einer Stahltür eingerichtet worden war.

Tocker rieb sich den Schlaf aus den Augen.

Im Hintergrund des kalten Raumes, der durch gleißende Neonröhren in taghelles Licht getaucht war, warteten sechs Soldaten, ein Oberstleutnant im Generalstab, ein Hauptmann, zwei Feldwebel, zwei Gefreite, alle in Hab-Acht-Stellung.

Von Beutler warf die Lagekarte der Bundesrepublik Deutschland, an der er heute Früh den Oberst eingewiesen hatte, per Beamer an die Wand und zeigte mit dem Laserpointer nacheinander auf Berlin, Hamburg, Bremen, Frankfurt, Köln. „Einsatzkräfte vor Ort in Alarmbereitschaft versetzen – in dieser Reihenfolge: Berlin, Hamburg, Bremen, Frankfurt, Köln –, Einsatzbereitschaft bis 1800 Zulu herstellen lassen, verdeckt, Funkbereitschaft der jeweiligen Kommandeure jeweils ab 1800 Zulu, Eröffnung des Funkverkehrs durch Sie, Tocker, als Leitender um 1800 Zulu zur Erstattung der Meldungen, Einsatzbereitschaft durch Kommandeure, Zugriffe auf Ihr Kommando nach meinem Befehl. Ihr Stellvertreter: Oberstleutnant im Generalstab Krawatz."

Der Generalstabsoffizier nahm Haltung an. „Personalunterstützung, Koordinaten und Einzelheiten hat Stabsfeldwebel Renstorff griffbereit, erreichbar über dieses Telefon. Bin ab 1800 Zulu in meiner Offizierswohnung, erreichbar über dieses Telefon. Bis dahin in meinem Dienstzimmer oben, erreichbar über dieses Telefon." Er klatschte mit einem Metallstab hintereinander auf ein grünes, ein blaues und ein gelbes Telefon. „Bei außerplanmäßigen BVs dieses Telefon." Von Beutler hieb auf ein rotes Telefon. „Noch Fragen?"

„Keine, Herr General."

4

Der Anruf von Oberst Tocker aus dem Heeresamt erreichte Studiendirektor Jürgen Wobke kurz nach der Mittagspause gegen 13.30 Uhr. Er hatte sich gerade eben die Stundenpläne für das neue Schuljahr vorlegen lassen und wartete auf seinen Nachmittagskaffee. Sein Vorzimmer war im Moment unbesetzt.

„Jawohl, Herr Oberst, Einsatzbereitschaft bis heute 1800 Zulu. Funkbereitschaft ab 1800 Zulu, Operationsgebiet Sülz und Lindenthal gemäß Operationsbefehl ‚Delta'. Eröffnung des Funkverkehrs durch Sie ab 1800 Zulu. Einsickern in Konfliktherde um Universität, weiträumig. Befehl für Zugriff ausschließlich durch Sie." Wobke war aufgesprungen.

Er setzte sich wieder, als seine Sekretärin mit Kaffee, Zucker und Milch hereintrat. „Wie Sie meinen, Frau Urschitzky, ja, ja." Wobke legte den Hörer zurück. „Danke. Wenn Sie mich jetzt bitte alleine lassen würden, Frau Kanitzke, vielen Dank."

Frau Kanitzke zog die gepolsterte Tür zum Sekretariat zu. Weshalb ihr Direktor wohl so aufgeregt gewesen war? Und dann so gelassen getan hatte, als sie das Zimmer betrat? Und dann diese überstramme Haltung, stehend am Telefon, so hatte er sich sonst nur verhalten, wenn er zu Wehrübungen einberufen worden war, aber das war schon lange her. Als Oberstleutnant oder so hatte man ihn ja zu seinem Bedauern vor Jahren schon entlassen, ausgemustert oder ausgeplant, oder wie das beim Militär hieß oder damals jedenfalls geheißen hatte. So kannte sie ihn inzwischen gar nicht mehr. Vielleicht hatte sich ja auch nur irgendeine Mutter darüber beschwert, dass ihr Kind nicht versetzt worden war. Frau Urschitzky? Nie gehört. Na ja, egal, seine Sache.

Wobke entnahm seiner Aktentasche eine Liste mit Telefonnummern und griff zu seinem Mobiltelefon. Als ersten rief er den Chef der 2. Kompanie an, Hauptmann der Reserve Sperr.

Rechtsanwalt Sperr war in einer Besprechung, als sein Handy brummte. Er entschuldigte sich bei seinem Mandanten und verließ den Besprechungsraum.

"Jetzt können wir reden. Sperr hier, Chef 2., Herr Oberstleutnant?"

„Grüß Sie, Herr Sperr. Entschuldigen Sie die Störung, habe aber soeben unseren Einsatzbefehl für ‚Operation Delta' bekommen. Sie erinnern sich doch?"

„Und wie!, Operation Delta'? Jetzt geht's los, oder? Wurde ja auch Zeit. Herr Oberstleutnant, ich erwarte Ihre Befehle." Inzwischen hatte Sperr sein Arbeitszimmer erreicht, er machte kurze Notizen. „Jawohl, Herr Oberstleutnant, verstanden: Raum Universität Lindenthal, von Zülpicher Wall bis Universitätsstraße, ab 1730 Zulu Einsatzbereitschaft, Meldung an Sie 1740, Handybereitschaft ab 1700 Zulu, Zugriff nur auf Ihren Befehl. Ziel erkannt, Herr Oberstleutnant."

Sperr beendete seine Besprechung, schloss die Tür zum Arbeitszimmer und wählte hintereinander vier Telefonnummern. Die letzte war die von Leutnant der Reserve Träger, Zugführer I. Zug.

Träger lag auf seinem Sofa und dachte über den Titel seiner Magisterarbeit nach. „Ja, ja, hier Träger, was iss denn?"

„Zulu –"

„–kaffer". Träger sprang auf. Das war das kompanieinterne Kennwort. „Hier Leutnant Träger."

„Träger, folgende Lage." Sein Kompaniechef wies ihn ein. „Ihr Zug spielt dabei die entscheidende Rolle, Träger, weil Sie doch die Uni kennen wie kein Zweiter. Sie sichern mir sämtliche Haupt- und Nebeneingänge, Reserve ist der III. Zug, Oberfeldwebel Karl, Telefonnummer ..."

„Hab' ich."

„Meldung Operationsbereitschaft bei mir bis 1700 Zulu."

„Wird gemacht – ich meine: Jawohl, Herr Hauptmann."

Träger legte auf. Aus seiner Magisterarbeit würde zumindest heute Nachmittag nichts mehr werden. Er musste seine vier Gruppenführer alarmieren, alle vier Unteroffiziere, einer arbeitslos, den würde er am ehesten erreichen, also als letzten anrufen, einer arbeitete auf dem Bau, der würde am Feierabend Zeit haben, der dritte war bei einer Versicherung beschäftigt, als Freiberufler, der müsste auch abkömmlich sein; der vierte, wusste er, war im Ausland, Urlaub machen, sein Stellvertreter war ein Obergefreiter UA, den er neulich abends noch im Päffgen beim Bier getroffen hatte. Den alarmierte er als ersten.

5

Den Nachmittag hatte von Beutler mit bürokratischer Routine, die unaufschiebbar und nicht zu delegieren war, mit Kontrollen, Dienstaufsicht und kleineren Nachjustierungen seiner seit Monaten ausgearbeiteten und fein gefeilten Operationspläne zugebracht. Nach einem Geländelauf aß er im Kasino ein Steak und sah sich die Nachrichten an, aber außer dem langsamen Auseinanderbrechen der Republik, dem kontinuierlichen Abkoppeln der Verbündeten, dem unaufhaltsamen Auseinanderdriften der Bundesländer, den zahlreichen Toten in Afghanistan und den wieder entfachten Unruhen und neu entflammten Straßenschlachten in den zunehmenden Problembezirken der Republik gab es eigentlich nicht viel Neues.

Punkt sechs riss er die Tür zu seiner Offizierswohnung auf und lüftete. Lomer hatte es sich auf einem Bett in der Schlafstube gemütlich gemacht und las Fests ‚Staatsstreich'. Von

Beutler verharrte im Wohnraum vor dem Fleck leeren Parketts, auf dem die große persische Vase heute früh noch gestanden hatte, eine wertvolle Erinnerung an seine schönen Jahre als Militärattaché.

„Ich war's nicht. Die hat Ihre Putzfrau stranguliert, diese nette Olga, mit einem Stromkabel." Lomer stand auf.

„Nette Olga", murmelte von Beutler. „Ein polnischer Untermensch, der mit Präziosen nicht umgehen kann, weil denen das erforderliche kulturelle Bewusstsein fehlt. Deren Eltern und Großeltern haben aus dem Baumaterial des Gutshofes meiner Vorfahren Wege gepflastert, um sie überhaupt passierbar zu machen."

„Kulturelles Bewusstsein? Mir hat sie erzählt, sie sei immerhin Studienrätin in Oystin gewesen."

„Lomer, erstens, glauben Sie keinem Polen. Zweitens: Man unterhält sich nicht privat mit Untergebenen. Drittens: Olga müsste hier nicht putzen, sondern könnte in Oystin weiterhin als Studienrätin arbeiten, wenn das nach wie vor Allenstein hieße und unter deutscher Verwaltung stünde. Was die Polen verhindert haben. Sie haben es also gar nicht anders verdient." Von Beutler trat an das Schachbrett und zog den Königsbauern zwei Felder vor. „Sie sind dran."

„Ich habe seit heute Morgen kein Futter mehr bekommen. Olga fehlt mir."

„Sie sollen mich unterhalten und dabei möglichst wenig Kosten verursachen. Essen gibt es vor den Nachrichten. Unteroffizier Jacobs kümmert sich darum. Was trinken wir heute Abend?"

„Wie immer."

„Ich möchte Ihnen 'was zeigen, Lomer, aber erst, wenn Sie gezogen haben."

Lomer setzte widerwillig seinen Königsbauern ein Feld vor. „Ich kann es kaum abwarten. Und Sie haben Ihren heutigen Dienst wahrscheinlich damit zugebracht, weiter das Vaterland zu sabotieren, dem gegenüber Sie sich zu treuem Dienen verpflichtet haben. Dabei habe ich heute – um an das gestrige Gespräch anzuknüpfen – ein Zitat von Winston Churchill gefunden, der gesagt hat, die Demokratie sei zwar die schlechteste aller Staatsformen, aber eben abgesehen von allen anderen."

„Erstens ist das Zitat nicht korrekt wiedergegeben. Zweitens: Churchill war derjenige, der durch seinen Bomber-Harris gegen Ende des Krieges ohne jegliche militärische Notwendigkeit noch unser Vaterland in Schutt und Asche gelegt hat. Den sollten Sie besser nicht zitieren. Kriegsverbrecher; würde heute vom Tribunal in Den Haag verurteilt. Nicht zitierfähig. Hingegen Friedrich Nietzsche: Demokratie ist die Verfallsform des Staates, ‚Unschuld des Werdens'. Oder nehmen Sie etwas Modernes: Bei Andreas Lehmann lesen wir, ‚Die Demokratie ist eine besondere Form des Sado-Masochismus. Aber seit der sexuellen Revolution scheint das ja kein Problem mehr zu sein'." Von Beutler zog eine Schachfigur.

„Sehr witzig. Und was treibt Sie nun in diesen aussichtslosen Kampf, die Demokratie hier bei uns abzuschaffen?"

„Die durch unsere Politiker verantworteten und verursachten desolaten Zustände im Lande. Nehmen Sie die '68er Generation als Zäsur oder die Rede unseres damaligen Bundespräsidenten vom 8. Mai 1985, in der er betont hat, nach unserer ‚Befreiung' würden alle Deutschen kollektiv für die Vergangenheit haften, und mit der er uns spätestens damals diese massenpsychologische Ich-Schwäche aufoktroyiert hat, durch die uns alles an Eigenschaften fehlt, die ein Volk und ein Staat zum Überleben brauchen: Selbstsicherheit, Disziplin, Wachsamkeit, Realitätssinn. Und wohin führt uns dieser kurze Ausflug in die Demokratie, den wir nach 1945 unternehmen: in Europa – wir sprachen gestern darüber – in die Brüsseler Kleptokratie, innerhalb Deutschlands in die Ochlokratie, die wir gestern im übrigen vergessen haben."

„Tatsächlich, habe ich vergessen."

„Mit Ochlokratie beschrieben die griechischen Philosophen die Herrschaft des Pöbels, in die Demokratien auf Dauer münden. Gucken Sie sich unsere Politiker doch an: Sie werden durch die Parteien als Maschinenpolitiker in den politischen Apparat geschickt, in den sie immer wieder zurückkehren, nachdem die Kandidaten nach d'Hondt von den Parteien bestimmt und den Wählern von oben vorgesetzt werden; das gilt sowohl für unsere Parlamente als auch für die EU-Wahlen, bei denen nur Kandidaten auf geschlossenen Listen zur Wahl stehen, die nach ihrem sklavischen Gehorsam gegenüber der Parteilinie ausgewählt werden."

„Kamerad, Sie machen sich das zu einfach, und Sie haben auch keine besseren Konzepte, oder Sie verschweigen sie. Nach unserem Grundgesetz, Artikel 21 Absatz I Satz 1, sind es die Parteien, die bei der Willensbildung des Volkes mitwirken. Einer unserer führenden Verfassungsrechtler, Gerhard Leibholz, Staatsrechtslehrer und Verfassungsrichter –"

„Von 1951 bis 1971, habe ich gelesen, steht dahinten in dem Eckregal."

„ – hat immer wieder bestätigt, dass der Volkswille ..."

„Und ich bin bei weitem nicht der Einzige, der einen Umbau oder zumindest eine Reparatur unseres sogenannten Rechtsstaates befürwortet: Ihre Juristen-Kollegen, ebenfalls Staatsrechtler, fordern eine Abschaffung der dominanten Rolle der Parteien in unserem Grundgesetz, halten die Verträge von Maastricht bis Lissabon für verfassungswidrig, auch das schon vom Titel her bedenkliche ‚Gesetz zur Schaffung einer Ermächtigungsgrundlage für die Übernahme von Gewährleistungen im Zusammenhang mit Notmaßnahmen zum Erhalt der für die Stabilität der Währungsunion erforderlichen Zahlungsfähigkeit' oder etwa unsere überzogene Gleichheits-Rechtsprechung. Haben Sie mal von Norbert Boltz ‚Diskurs über die Ungleichheit' gelesen?"

Lomer setzte irritiert irgendeine Schachfigur. „Achtzig Millionen Menschen in unserem Lande haben unterschiedliche Vorstellungen davon, wie sie miteinander leben möchten. Sie sind doch nicht im Ernst der Meinung, dass eine Diktatur die bessere Staatsform wäre."

„Diktatur ist der schnelle Tod der Freiheit, Demokratie der langsame. Ihre Freiheit wird doch überall da abgeschafft, wo sie es bislang überhaupt nicht merken, durch den schleichenden Sozialismus, durch das schon von Trotzki formulierte Gebot der ‚permanenten Revolution'."

„Derzeit eigentlich nur widerrechtlich durch Sie als meinen sogenannten Gastgeber, Herr von Beutler. Solche Rechtsbrüche passieren, wenn irgendeiner von den achtzig Millionen sich nicht mehr an das Regelwerk unserer Normen gebunden fühlt und das Feld des Rechts verlässt. Sie sind das schlechteste Beispiel für Ihre eigenen Thesen. Sie widerlegen sich selbst."

„Und Sie sind in drei Zügen matt."

Die Eingangstür zur Wohnung klackte auf. Frau Unteroffizier Jacobs brachte Essen aus dem Kasino.

„Und Sie wollten mir etwas erläutern", erinnerte Lomer kauend.

„Nach dem Essen." Von Beutler machte eine zweite Flasche Wein auf.

Sie aßen schweigend. Aufgemotzte Truppenverpflegung, aber Lomer hatte Hunger. Wie konnte er diesen Wahnsinnigen nur von seinem Vorhaben abbringen, zumindest ihn bremsen?

Nach dem Essen schaltete von Beutler den Fernseher ein. Bei den 19-Uhr-Nachrichten blieb er hängen: *„Berlin soll brennen"* war eine Forderung des Zusammenschlusses verschiedener linker Gruppierungen, der Antifaschistischen Revolutionären Aktion Berlin arab, von Attac und von ALB, was mit Antifaschistische Linke Berlin übersetzt wurde. Diese Allianz lieferte sich in Kreuzberg brennende Straßenschlachten mit den dortigen Polizeieinheiten.

„Am 1. Mai gab es in Berlin 479 verletzte Polizisten und nur 289 Festnahmen", wusste von Beutler. „Dieses Missverhältnis ist kennzeichnend für das Versagen der staatlichen Gewalt, das symptomatisch am deutlichsten in unserer alten deutschen Reichshauptstadt wird."

Lomer machte sich eine Zigarette an. „Sie sind es doch, der diesen Staat zersetzt, Sie leisten solchen Entwicklungen doch Vorschub."

Von Beutler wedelte den Zigarettenrauch von sich fort. „ ‚Der Staat ist nicht die Lösung der Probleme, der Staat ist das Problem', Ronald Reagan, 1980."

6

Der Termin, zu dem Oberstleutnant Bloch ins Vorzimmer des Koordinators der Deutschen Geheimdienste, Staatsminister Dr. Gehrke, befohlen worden war, war von 16 auf 19 Uhr verschoben worden. Bloch vermutete als Grund das ausufernde Chaos, in das die politische Situation auch das Kanzleramt gestürzt hatte, das ja irgendwie auch die Ursache dieses Chaos war.

Diese Vermutung traf zum Teil zu. Gehrke war den ganzen Tag über von einem unsinnigen Termin zum nächsten gestürzt, von einer überflüssigen Besprechung in die folgende Konferenz gerannt, unterbrochen von höchst vertraulichen Vier-Augen-Gesprächen mit Politikern, von denen man nicht wusste, ob sie morgen noch bedeutsam oder schon arbeitslos sein oder sich übermorgen in den Straßen der Republik dem revoltierenden Mob anschließen würden. Die Hektik hatte einen einzigen Vorteil: Gehrke konnte keine Gedanken mehr an das gegen ihn laufende Strafverfahren verschwenden, die ganze Nacht über hatte er sich schon schlaflos grübelnd darüber gegrämt, und der heutige Stress war symptomatisch für den gesamten Politikbetrieb: viel Hektik, keine Erkenntnisse, keine Lösungen, keine Ergebnisse, für jeden Ziegelstein wurde ein 10-Tonnen-Kran bemüht, der die einzelnen Ziegelsteine immer wieder fallen ließ und damit mehr und mehr Schaden anrichtete.

Aber dieser Termin mit diesem obskuren Reserveoffizier, der musste stattfinden: Von seinem Ergebnis konnte Gehrkes politisches Überleben abhängen. Er könnte Außenminister, er könnte sogar Bundeskanzler dieser Republik werden, wenn es ihm noch gelänge, diesen Brigadegeneral von Beutler zur Strecke zu bringen, den Staatsstreich zu vereiteln, den der womöglich plante, sämtliche Unruhen und Katastrophen und diplomatischen Verwicklungen könnte er auf ihm abladen und selbst wie ein Phönix aus der Asche seines Ermittlungsverfahrens aufsteigen, wenn er diese Konspiration, diesen Verrat am Vaterland im Ansatz erstickte. Das jedenfalls hatte er sich letzte Nacht in den wenigen Stunden Schlaf erträumt.

Der weitere Grund für die Verschiebung der 16-Uhr-Besprechung war viel wichtiger: Erst kurz nach 18 Uhr hatte das vorläufige Zwischenergebnis der anstaltsinternen Untersuchung der Justizvollzugsanstalt Stadelheim über den vermutlichen Suizid dieses Apothekers Dr. Ripp auf seinem Schreibtisch gelegen.

Es war 19 Uhr 30, als Frau Savatzki Bloch in Gehrkes Dienstzimmer führte. Bloch trug Uniform. Es war der zweitletzte Tag seiner Wehrübung. „Oberstleutnant Bloch meldet sich wie befohlen."

Gehrke stand hinter seinem Schreibtisch auf, den vorläufigen Bericht ‚Untersuchung Dr. Ripp' ließ er dort liegen. „Ach, bitte, treten Sie doch näher und nehmen Sie Platz." Wenn sein Besucher ihm gegenüber auf der Sekretärinnen-Seite des Schreibtisches sitzen musste, wurde der Verhörcharakter deutlicher als in der komfortableren Sitzecke.

Gehrke entschuldigte sich höflich für die Verspätung, und Bloch hoffte, dass der Geheimdienstkoordinator nun bald zur Sache kommen würde. Seit gestern hatte er gerätselt, was sie beide dienstlich zusammenführte, und er hatte sich innerlich auf die schlimmste für ihn denkbare Möglichkeit eingestellt: Brigadegeneral von Beutler. Auf diesen Fall war er vorbereitet, obwohl der General für ihn in den letzten Stunden leider nicht erreichbar gewesen war. ‚Nicht schlimm', dachte er, extrem unwahrscheinlich, das der Staatsminister diese Verbindung kennen würde.

„Kennen Sie General von Beutler?"

„Selbstverständlich, Herr Minister. Unser ehemaliger Generalinspekteur, 4-Sterne-General Burgislav ..."

„Seinen Sohn, Brigadegeneral Berndt von Beutler?"

„Bedaure, Herr Minister. Hatte nie das Vergnügen. Soweit ich mich erinnere." Sollte dieser Geheimdienstler etwa sein Telefonat neulich mit von Beutler über die ‚Operation Mischling' mitgehört oder gar mitgeschnitten haben oder sein Treffen mit dem General in Gegenwart dieses Reserve-Obristen vor ein paar Wochen in Berlin überwacht haben? Undenkbar. Oder vielleicht doch. Geheimdienstler waren allmächtig. Bloch wartete angespannt auf die nächste Frage. Nur nicht verhaspeln. Lieber dumm stellen.

Aber Gehrke wollte nur wissen, wie er zu seiner Einberufung gekommen war.

„Einberufung, ganz normal, wie immer."

„In dieser exponierten Stelle als Verbindungsoffizier Kanzleramt – Bundeswehr? Ich meine, da haben doch sicher Verbindungen eine Rolle gespielt." Gehrke zwinkerte Bloch leutselig zu.

Bloch zögerte mit der Antwort. Dann fiel ihm eine gute ein. „Ich kann nicht verhehlen, Herr Minister, dass gewisse Verbindungen der Kanzlei, für die ich als Anwalt arbeite, hilfreich gewesen sein könnten."

„Kurlow Konetzke Partner, München, international renommierte Großkanzlei."

Bloch nickte. „Wir vertreten unter anderem Unternehmen der deutschen Wehrindustrie, und ich könnte mir vorstellen, dass ... "

„Verstehe. Wer hat Ihre Einberufung in diese Stelle – immerhin A 16 – denn nun veranlasst?"

„P."

„Also das Personalamt der Bundeswehr, sagen Sie. Nicht das Heeresamt?"

„Heeresamt?" Bloch schüttelte den Kopf. „Wäre meines Wissens nicht zuständig."

Das wusste Gehrke schon von seiner Besprechung mit Oberst Menssen. So kam er nicht weiter.

„Möchten Sie was trinken, Kaffee, Wasser, Orangensaft?"
Wieder Kopfschütteln.
„Haben Sie mich eigentlich wiedererkannt, Herr Bloch? Schon zweimal sind wir uns begegnet."
Kopfschütteln. Aber dann: „Doch, von Pressefotos und aus dem Fernsehen natürlich. Aber begegnet?"
„Vor Wochen wurden Sie gegen Ende einer Kleinen Lagebesprechung unserem ehemaligen Kanzler, Herrn Bundeskanzler a. D. Piper, vorgestellt. Vom Verteidigungsminister persönlich, wenn ich mich recht entsinne."
„Ja, so war das. Das war zu Beginn meiner Übung, als ich noch von Oberst i. G. von Hallbeck eingewiesen wurde. Und wann noch, Herr Minister?"
„Beim Kanzlerfest neulich. Sie waren in Begleitung einer – wie soll ich sagen? – geradezu atemberaubenden Schönheit. Der ja dann auch der Kanzler prompt zum Opfer gefallen ist."
„Tut mir leid, Herr Minister. Auf dem Sommerfest habe ich Sie nicht gesehen, und einen Zusammenhang sehe ich ebensowenig."
„Haben Sie denn diese Dame nicht mit auf das Fest gebracht?"
‚Verdammt', was wusste dieser Geheimdienstkoordinator noch alles, und – fast noch wichtiger – was wusste er nicht? „Ja, ja, diese Frau Müller", stammelte er. „Eine bemerkenswerte Frau. Die Einlasskontrollen haben wir gemeinsam passiert."
‚Immer so dicht wie möglich bei der Wahrheit bleiben' war eine Empfehlung, die in der Kanzlei Kurlow Konetzke Partner zum Prinzip erhoben worden war. „War das die Kokain-Frau, mit der der Kanzler anschließend in der Kiste überrascht worden ist?" Bloch kicherte. „Habe mir die Fotos in der Hektik der letzten Tage gar nicht so genau anschauen können. Das ist ja `n Ding!"
„Aber Sie hatten Zeit, letzten Montagnachmittag nach München zu fliegen."
Der Themenwechsel war ebenso unerwartet wie angenehm.
Bloch schwieg; der Minister hatte ja keine Frage gestellt. Dann sagte er: „In einer dringenden Anwaltsangelegenheit hat mich die Kanzlei nach München beordert. Das ist ja das Angenehme in meinem Dienstgrad, dass man so flexibel sein kann. Zumal Oberst i. G. von Hallbeck schon wieder dabei war, seine Dienstgeschäfte wieder aufzunehmen …".
„Sie sagen, Ihre Kanzlei hätte Sie nach München gebeten?" Er würde Kurlow Konetzke Partner observieren und überwachen lassen, so lange er noch Geheimdienstkoordinator war, nahm Gehrke sich vor.
Bloch erinnerte sich an die Einzelheiten seines Telefonats mit von Beutler, insbesondere an die Sicherheitsüberprüfung, die sie vor der Operation Mischling durchgeführt hatten. Er nickte.
„Hier auf meinem Schreibtisch liegt der anstaltsinterne Untersuchungsbericht der Justizvollzugsanstalt Stadelheim." Gehrke pochte mit seinem Zeigefinger auf die Akte, die zwischen ihnen lag. „Danach gab es kein Telefonat Ihrer Kanzlei mit Ihnen seit Sonntagabend. Da wurde der verstorbene Dr. Ripp auf dem Flughafen München, Franz-Josef-Strauß, festgenommen. Und vorher konnten Sie ja wohl kaum ein Mandat von ihm erhalten haben."
„Wann genau die Kanzlei das Mandat erhielt, Herr Minister, entzieht sich meiner Kenntnis. Musste ja am Montag gleich wieder zum Dienst hierher zurückfliegen. Und meine Order aus der Kanzlei habe ich auf meinem Mobiltelefon erhalten, irgendwann am

Montagvormittag." Bloch hielt triumphierend sein Handy hoch. „Alle Anwälte unserer Kanzlei haben mindestens eines."

„Wer hat Sie denn von Ihrer Kanzlei angerufen?"

Das musste irgendwann kommen. Bloch lächelte höflich. „Sie sind doch Jurist, Herr Dr. Gehrke, Herr Minister. Sie wissen selbst, dass das meiner anwaltlichen Verschwiegenheitspflicht unterliegt."

Gehrke dachte nach.

„In dieser Akte", er klopfte wieder auf den Aktendeckel vor ihm, „in dieser Akte findet sich die Aussage eines Justizvollzugsbeamten, dem aufgefallen ist, dass Sie beim Verlassen des Untersuchungsgefängnisses oft an Ihrer Anzugshose herumgefummelt und gezupft haben. Als wenn Sie Ihren Gürtel vergessen oder verloren hätten."

„Sie meinen, unserem Mandanten Dr. Ripp überlassen für einen Suizid? Das kann doch nicht Ihr Ernst sein! Die Justizvollzugsanstalt Stadelheim wird bemüht sein, ihren Verstoß gegen die StPO, gegen ihre Anstaltsordnung und gegen ihre Fürsorgepflichten gegenüber ihren Insassen zu vertuschen, weil übersehen worden ist, Dr. Ripp den Gürtel abzunehmen."

„Woher wissen Sie, dass es ein Gürtel war, mit dem Dr. Ripp sich erhängt hat?"

„Stand in der Presse."

„Herr Rechtsanwalt Bloch, wir haben ja nicht nur die Aussage dieses Vollzugsbeamten hier. Wir haben auch eine Videoaufzeichnung vom Montagnachmittag, die Sie beim Verlassen der Anstalt zeigt. In der Tat fällt auf, dass Sie ständig bemüht sind, Ihre Hose hochzuziehen. Die im übrigen bedenklich tief über Ihren Schuhen hing."

Bloch drehte sich zu dem Sideboard mit dem Fernsehgerät und dem Videorecorder, das seitlich vor der Sitzecke stand. Darin befand sich ebenso wenig eine Videokassette wie in der dünnen Akte vor ihm. Von den Videoaufzeichnungen in und um Stadelheim wusste er. Dass er an seiner Hose herumgezupft hätte, wüsste er. „Ja, dann mal los, Herr Minister. Habe nämlich auf dieser Wehrübung kräftig abgenommen." Bloch schaute den Geheimdienstkoordinator erwartungsvoll an.

Aber Gehrke blieb sitzen. Und stumm.

7

Von Beutler zappte und griff mit der freien Hand zum Telefon. Es war die Direktverbindung zum Hauptquartier. „Verstanden, Ende."

Auf Kanal 13 zeigte der WDR das Vorgelände der Albertus-Magnus-Universität Köln mit einer großen Menschenansammlung, die in das Hauptgebäude des Universitätsgeländes zu gelangen suchte. Im Portal des Gebäudes standen auf einer Art Podest Sprecher, Redner, Ordner, die mit den Armen gestikulierend in jedes erreichbare Mikrophon brüllten. Zu verstehen war nichts, zu groß war der Lärm, den die Menschenmenge machte, Rufe, Schreie, Parolen, Fetzen von Reden und Kommandos. Die Menge wurde von Minute zu Minute unruhiger. Beim Zoomen der Kamera machte Lomer vor allem in den vorderen Reihen zahlreiche Vermummte, Verkleidete, Verhüllte aus, darunter Maskierte, aber auch Burnus-Träger und Burka-Trägerinnen. Aus dieser Gruppe flogen Gegenstände in alle Richtungen. Von den Rändern wurden – jetzt sah man es – Flaschen und Steine in die Menge zurück geworfen. Polizeiuniformen tauchten prügelnd an den Bildrändern auf, wurden aber von der immer wilder werdenden Horde zurückgeschlagen. Verletzte fielen auf die Knie, Umstehende versuchten ihnen zu helfen oder traten auf ihnen herum. Die Uniformierten verschwanden wieder, einige kehrten mit großen Schutzschildern und gummiartigen Knüppeln zurück ins Bild.

Von Beutler fuhr den Ton runter und sah auf seine Omega Speedmaster. „Jetzt gucken Sie sich das mal an." Es war 19 Uhr 32. Nebel waberte auf, weißer, roter, gelber, blauer. Die Podiumssprecher fielen etwa zeitgleich von ihren Podesten, die Menge schien zu explodieren, jedenfalls quoll sie über die Ränder der Ansammlung auf dem Universitäts-Vorplatz hinaus, fegte über die Polizisten hinweg, die nach außen fortzuspringen suchten. Dann erlosch das Bild.

„Ach ja", murmelte von Beutler entschuldigend „die Kamerateams wurden soeben außer Gefecht gesetzt." Es war 19 Uhr 35. Von Beutler schaltete mit irgendeiner Fernbedienung den Ton des Kommentators hinzu.

„Die Demonstration der Kölner Studenten gegen die von der Landesregierung geplante Wiedereinführung der Studiengebühren hat soeben ein unfassbares Ausmaß angenommen. Nicht genug, dass die Polizei-Hundertschaften bislang vergeblich versucht haben, der von der Menge ausgehenden Gewalt Einhalt zu gebieten – ich höre soeben, Sie haben keinen Bildempfang mehr, meine sehr verehrten Damen und Herren, ich weiß jetzt nicht, woran das liegt, sicher eine vorübergehende technische Störung, Entschuldigung, das richten – mein Gott, jetzt sehe ich, warum: Unser Kamerateam ist ausgefallen, hier, nicht weit von mir, wir werden sogleich ... Nun sehe ich Rauch aus einem unserer Ü-Wagen, wer weiß, wie lange ...?"

Im Hintergrund war ein dumpfer Knall zu hören.

„Nicht mehr lange, offenbar, kann ich Ihnen, meine Damen und Herren, hier noch zur Verfügung stehen, soeben ist dieser Übertragungswagen explodiert, es hörte sich an wie eine Handgranate, aber – und nun flieht die hilflos wirkende Polizei vor dem auseinander hetzenden Mob, ist quasi selbst auf der Flucht, so was habe ich noch nicht gesehen. Ich rechne – Moment mal, bitte – jeden Moment damit, ..."

Heftig wummernde Schläge wie von verdämmten Sprengkörpern erstickten die Stimmen des Kommentators. Von Beutler schaltete ab.

„Das war es, Lomer, was ich Ihnen zeigen wollte." Von Beutler griff nach seinem Brandyglas. Es war 19 Uhr 41. „Ein lokaler muslimischer Aufstand in dieser unserer Stadt, der seine Ursachen im Bau und in der Kritik an der Ehrenfelder Moschee hat, ein Aufstand, der unter dem Deckmantel einer Studentendemonstration unzureichend kaschiert wird, den unsere Polizeikräfte ersichtlich nicht in den Griff kriegen. Und der nun innerhalb von knapp fünfzehn Minuten durch eine Einsatztruppe getarnter Kommandokräfte niedergeschlagen und beendet wird." Er prostete Lomer zu. „Sie werden es morgen in der Zeitung lesen."

„Und jetzt soll ich raten, wer diese Einsatztruppe ist."

„Sie besteht aus Einwohnern von Köln und Umgebung, rechtstreuen und anständigen deutschstämmigen Bürgern, alles Angehörige eines ehemaligen Jägerbataillons, die ja früher schon in der Regel heimatnah zu ihren Standorten einberufen wurden, als damals Wehrpflichtige oder als Reservisten. ‚Jeder Staatsbürger ist der geborene Verteidiger seines Landes', haben schon Steuben und Scharnhorst, dieser grundlegende Reformator des preußischen Heeres, gewusst. Kein Soldat kennt sein Land so gut wie der, der täglich auf dem Weg zur Arbeit Auffälligkeiten beobachtet, die zu der Annahme führen, Terroristen planten ein Attentat auf Atomkraftwerke, auf das Kernforschungszentrum Jülich; jeder Zaun, der gestern noch in Ordnung war und in der Nacht durchtrennt wurde, fällt ihm auf, und am Abend erfährt er als erster von staatsgefährdenden Umtrieben, wenn er mit Kumpels in seiner Kneipe beim Kölsch hockt und das eine und das andere so hört. Eine Art Heimatschutz wie ihn die Amerikaner in ihrer National Guard haben. Höchst effektiv. Alles ausgebildete Infanteristen, die da, die Sie da eben leider nicht mehr sehen konnten, spezialisiert auf Straßen- und Häuserkampf, haben sie alle in Bonnland in der Infanterieschule in Hammelburg gelernt."

Lomer war kurz davor, sich seine langsam nachwachsenden Haare zu raufen. „Sie sind doch derjenige, der den Staat mehr gefährdet als jeder Terrorist. Das haben Sie mir doch soeben gezeigt!"

„Um dem Verteidigungsauftrag der Bundeswehr nachzukommen, Mitteleuropa im Rahmen der NATO gemeinsam mit amerikanischen, britischen, holländischen, belgischen, dänischen, kanadischen Verbündeten und mit der französischen Armee gegen ein weiteres Vordringen der Mitgliedstaaten des Warschauer Paktes zu schützen, hatte die Bundeswehr von ursprünglich knapp 500.000 Soldaten bis 1990 auf 1,334 Millionen Mann aufgerüstet – ich wiederhole: 1,334 Millionen, und ich wiederhole: M a n n – die Masse davon sogenannte mob-eingeplante Reservisten."

„Reserve hat Ruh' ", brummte Lomer.

„Diese mobilisierungsabhängigen Reservisten hatten nach der Wende nicht wie Sie, Oberleutnant der Reserve Lomer, Ruh', sondern waren – anders als Sie – motiviert genug, ihrem Vaterland, auf das sie ihren Treueid einst feierlich geschworen hatten, weiterhin zur Verfügung zu stehen, die meisten von ihnen."

„Was Sie nicht sagen! Aber es gab doch nach der Wiedervereinigung keine Aufgabe mehr für sie." Lomer hielt nach seinem Weinglas Ausschau. Er wusste, was jetzt kam, und es langweilte ihn, weil er es überflüssig fand. Er kannte es aus den Akten, die er in Lauras Garten gelesen hatte.

„Falsch. Aber das haben unsere Militärführung und unsere Politik auch gedacht; soweit sie überhaupt gedacht haben. Überwiegend haben sie primär an sich selbst gedacht. Mob-Reservisten würden nicht mehr benötigt, haben sie geglaubt. Hinzu kam, dass die Bundeswehrführung seit der Wende von einer Strukturreform in die nächste taumelte, Heeresstruktur-Reform 5 und so weiter, und so weiter, bis keiner mehr mitzählen mochte, und man nicht mehr von einzelnen sich überholenden Strukturen, sondern nur noch von einer – e i n e r – Transformation sprach, in der sich unsere Armee bis heute und immer noch befindet; jüngst heißt dieser ewige Elendszustand Transition, aber dadurch wird es auch nicht besser."

„Und alles, was Sie in Hamburg und Hammelburg gelernt haben, wird nun mangels wirklicher Aufgaben gegen die eigene Bevölkerung gerichtet."

„Wieder falsch, aber Ihnen fehlen ja auch jegliche Hintergrundinformationen. Zu wenig geübt, Lomer!" Von Beutler hob den Zeigefinger. „Ich zitiere den damaligen Generalinspekteur, der das Beispiel vortrug, seinerzeit als Jongleur siebzehn Kegel gleichzeitig in der Luft gehalten haben zu müssen – der siebzehnte sei ihm leider runtergefallen, und das war der Reservistenkegel gewesen. Ich habe die Scherben wieder aufgelesen. Wissen muss man, dass hier ein hochwertiges und mit hohem materiellem und ideellem Aufwand erzeugtes Potential unseres deutschen Volkes schlichtweg vergessen, vernachlässigt, ignoriert worden ist; das kommt von Ignoranz.

Vor allem aus meiner Zeit als Inspizient für Reservistenangelegenheiten weiß ich, wie die Kameraden darunter gelitten haben, dass man sie wortbrüchig durch den Gitterrost der Geschichte fallen lassen wollte."

„Der Mohr hat seine Schuldigkeit getan; der Mohr kann gehen."

„'Der Mohr hat seine Arbeit getan; der Mohr kann gehen', heißt es in Schillers Verschwörung des Fiesco zu Genua, 1782."

„Wenn das Mandat beendet ist, sogar wenn es einem entzogen wird, ist es nun einmal zu Ende."

„Aber man schaut sich nach neuen Mandaten und Betätigungsfeldern um, der Rechtsanwalt aus materieller Gier, der ausgeplante Reserveoffizier aus Idealismus, aus Treue und aus Zugehörigkeit, auf der Suche nach der Bewältigung von Aufgaben, deren Sinn sich weder Politik noch Militärführung erschlossen haben: nach den Feinden im eigenen Land."

‚Er leidet unter kollektivem Verfolgungswahn', dachte Lomer. „So eine Entwicklung kann nur eintreten, wenn man keine Distanz mehr zu seinen eigenen Aktionen hat. Das ist bei Ihnen ganz offensichtlich der Fall: Sie gehen so intensiv in Ihrem Dienst auf, dass Sie –"

„Feinde im eigenen Land gab und gibt es zunehmend." Von Beutler schien nicht zugehört zu haben. „Unser deutsches Vaterland – auch Ihres – wird seit Jahrzehnten überschwemmt von ausländischen Elementen, es fing an mit den Gastarbeitern der 60er Jahre, die man vergessen oder sich nicht getraut hat, wieder nach Hause zu schicken, als sie hier nicht mehr benötigt wurden – im Gegensatz zu anderen Staaten wie den USA, Kanada, Australien, die das gekonnt haben und auch heute noch können; die Engländer und die Franzosen sind da durch ihre frühere Kolonialpolitik etwas gehemmt. Es ging bei Nachlassen der deutschen Wirtschaftskraft weiter mit dem Verbleiben und Vermehren auswärtiger Sozialschmarotzer. Und es endet mit endlosen Zuströmen von militanten Gegnern unserer gesetzlichen Ordnung, und damit kommen wir zum Thema der Notwendigkeit militärischer Einsätze –"

„Das hat man doch alles in kritischen Schriften schon immer wieder mal gelesen, aber diese Kritik ist doch offensichtlich bei uns nie mehrheitsfähig gewesen", stöhnte Lomer.

„ –, nämlich dem Islamismus einerseits und dem Sozialismus andererseits. Der Islam versucht derzeit erfolgreich, seine gescheiterte Belagerungspolitik von 1529 und 1683 vor Wien fortzusetzen, siehe Köln heute Abend; der Sozialismus, siehe Berlin heute Abend, wenn er mit Parolen wie ‚Reichtum für alle' gegen jedwede ökonomische Vernunft und gegen alle Lehren und Erfahrungen aus der Geschichte verstößt – beides Strömungen mit eskalierender Gewalt." Der General nahm einen großen Schluck Brandy. „Und beide unter dem gemeinsamen Protektorat der beiden Feindgruppen im Inland: den Politikern und den Medien. Die einen trauen sich nicht, angeblich wegen unserer historischen Vergangenheit, die wir uns nicht ausgesucht haben, die anderen wegen ihres naiven Gutmenschentums, das zwar politisch korrekt, aber biologisch-evolutionär von der Natur im Homo sapiens genetisch nicht vorgesehen ist. Es war Ihr Kollege Ferdinand von Schirach, Enkel des großartigen Baldur von Schirach, Jugendführer des Deutschen Reichs von 1933 bis 1940, der gesagt hat, dass ‚dieses Gutmenschentum in der Bevölkerung etwas vom Schrecklichsten' ist. Zumindest ist es unnatürlich. Es wird sich zwangsläufig überleben, wir beschleunigen das nur." Von Beutler füllte die Gläser auf.

„Mit Ihren Eingreiftruppen."

„Auf der unteren Ebene. Unsere Gesellschaft ist auf allen Ebenen präsent, regional unterschiedlich: zum Beispiel, wie Sie gesehen und gehört haben, Lomer, auf der unteren Ebene in Köln präsenter als in Berlin; das hat mit der Einberufungs-Praxis in der Vergangenheit zu tun."

„Mit der Gesellschaft des Deutschen Heeres?", fragte Lomer, der es besser wusste.

„Und mit der DGNS, der Deutschen Gesellschaft für Nationale Sicherheit, die es offiziell nicht gibt, und mit der ‚Stiftung Cassiretas', mit der wir unverschuldet in Not geratene Kameraden unterstützen, die unsere gemeinsame Sache gefördert haben. Mit diesen Institutionen sind wir in den Schaltzentren der politischen Macht, mit unseren Männern, die seit Jahren Gewehr bei Fuß stehen, in den Städten und Gemeinden über die Landratsämter hinweg bis in die Landesparlamente und Regierungen –"

„Und auf Bundesebene?"

„Und – was noch wichtiger ist: in den Schaltzentren der wirtschaftlichen Macht. Es gibt nur noch ganz wenige wirtschaftlich relevante Unternehmen in der Bundesrepublik Deutschland, in deren Vorstandsetagen und Aufsichtsräten nicht mindestens eines unserer Mitglieder sitzt, das zumindest melden, in vielen Fällen aber auch Einfluss ausüben kann. Denn natürlich ist die Privatwirtschaft die vornehmliche Domäne unserer Reserveoffiziere, aber auch deren Berater, Wirtschaftsberater, Rechtsanwälte – einer übrigens aus Ihrer Kanzlei –, Ärzte, Apotheker, mit deren Hilfe wir inzwischen die Volksgesundheit beeinflussen können."

Als von Beutler ‚Apotheker' sagte, fiel Lomer ein, welchen Kollegen von Kurlow Konetzke Partner er eben gemeint hatte: Bloch natürlich, das war der Kollege in dem Zeitungsartikel, den er im Hotel gelesen hatte, nachdem Konetzke ihn wegen des Kollegen Bloch und dieser angeblichen Doppelgängerin von Laura, also Laura der Jüngeren, angerufen hatte.

„...und mit deren Hilfe Sie Morde und Attentate ausüben können ..."

„... aber auch Studienräte und sogar Journalisten, die in erheblichem Umfang ..."

„ILLU-BLITZ, BUNDESKURIER, BILDKURIER ..."

Von Beutler griff zum Telefon. „Lage?" Er lauschte und nickte. „Verstanden. Ende." Er legte auf. „Ich denke, Laura hat Ihnen viel erzählt. Hoffentlich ist sie bei der Wahrheit geblieben."

„Und ich denke, Sie machen sich strafbar: Vorbereitung eines hochverräterischen Unternehmens, § 83 des Strafgesetzbuches, verfassungsfeindliche Einwirkung auf die Bundeswehr § 89."

„Verfassungsfeindlich? Ich berufe mich auf Artikel 20 des Grundgesetzes: ‚Gegen jeden, der es unternimmt, diese Ordnung zu beseitigen, haben alle Deutschen das Recht zum Widerstand, ...'"

„ ... wenn andere Abhilfe nicht möglich ist.' Und diese Voraussetzung erfüllen Sie nicht."

„Ich werde mich mit Ihnen nicht auf einen verfassungsrechtlichen Disput darüber einlassen. Ich höre auf meine Berater. Von Stauffenberg hatte die damalige Rechtslage auch nicht auf seiner Seite."

„Sie haben nicht nur das Recht nicht auf Ihrer Seite. Ihnen fehlen Gott sei Dank auch die faktischen Möglichkeiten, egal, wie begeistert Sie von Ihrem Netzwerk sind. Ihr Militärputsch wird enden wie sämtliche Umsturzversuche der türkischen Armee zwischen 1960 und 1997, ich glaube, es waren vier, sie sind letztendlich allesamt gescheitert; zwischendurch hat der türkische Generalstab immer mal wieder versucht, durch Geheimoperationen die Regierung zu destabilisieren, und danach wurde die Verfassung geändert mit dem Ziel, die den Generälen seit 1980 zukommende Indemnität abzuschaffen. Was anschließend eine beispiellose Verhaftungswelle der türkischen Staatsanwaltschaft auslöste. Eine solche Welle wird Ihren militanten Haufen auch dann wegspülen, wenn Sie vorübergehend an die Macht gelangen sollten."

„Sie können uns nicht mit diesen Wasserpfeifenrauchern und Schwanzlutschern vergleichen. Immerhin musste man – ich habe das natürlich verfolgt – Artikel 15 der türkischen Verfassung abschaffen, um die Generäle überhaupt belangen zu können. Das sollte Sie nachdenklich machen." Von Beutler goss seinen Brandy runter. „Vergleichen Sie mich eher mit meinem Kameraden General Massu, dem französischen Helden des Algerienkrieges, Fallschirmjäger wie wir zwei. Nach seiner Entlassung haben französische Generäle Anfang der 60er mit der OAS den Staatsstreich gegen de Gaulle versucht –"

Lomer schaute skeptisch. „Versucht."

„Organisation armée secrète."

„Das wollte ich nicht wissen. Ich wollte Sie daran erinnern, dass auch diese Generäle gescheitert sind, genau wie Ihr Kamerad Massu mit seinem Militärputsch in Algier 1958."

„13.05.1958. Noch Brandy oder Rotwein?"

„Alles."

„Bedienen Sie sich. Lomer, Sie müssen folgendes wissen: Ich bin weder ein islamischer Ziegenficker noch ein französischer Weichkäse-Fresser. Ich bin ein deutscher General, der weltweit überall und zu jedem Zweck erfolgreich eingesetzt werden könnte: …"

„Sie sind der ‚Universal Soldier'. Wenn Sie sich nicht schon strafbar gemacht hätten, gehörten Sie in Vorbeugehaft – Sie, nicht ich." Lomer stand auf und trat vor das Bücherregal, vor den Schrein mit den soldatischen Lebensweisheiten von Generalinspekteur Burgislav von Beutler. Lomer las vor:

‚*Seien Sie selbsbewusst, nicht selbstherrlich.*'

Und:

‚*Seien Sie ein Bessermacher, kein Besserwisser.*'

Lomer drehte sich zurück zu seinem Gastgeber. „Und Sie sind ohne jegliches Ethos. Sie sind kein Soldat, Sie schildern sich selbst als Söldner."

„Lassen Sie meinen Vater aus dem Spiel."

„Sie haben offensichtliche Probleme mit der übergeordneten Ebene: dem Vater, der zweifellos ein Über-Vater ist, Ihr Freud'sches Über-Ich, und mit der – ins Politische übersetzt – für Sie als Soldat zuständigen Bundesebene. Sie sagten vorhin, dass die frei bleibe und noch unbesetzt ist von Ihrer Reservistentruppe."

Der General prostete ihm zu. „Sehen Sie, Lomer, da schließt sich der Kreis: Die ursprüngliche Aufgabenteilung in der Gesellschaft bestand darin, dass ich das Land wieder in Ordnung bringen sollte, und dass mein Vater die Politiker aussucht, denen das von mir restrukturierte Staatswesen übergeben werden könnte. Aus der Politik habe ich mich immer herausgehalten. Ich verabscheue Politik. Haben Sie ‚Wozu Politik?' von Eric Lehner gelesen? Steht da rechts neben Ihnen."

Lomer schüttelte den Kopf. „Aber Sie betreiben doch Politik, wenn Sie den Staatsstreich als Militärputsch mit einer anschließenden Militärdiktatur planen, die natürlich – wie immer – nur vorübergehend sein soll; aber die Suche nach geeigneten Politikern kann sich jahrelang hinziehen. Und Ihr Herr Vater macht auch nicht den Eindruck, dass er in naher Zukunft jemanden für die Führung dieses Landes Geeigneten finden könnte – bei allem Respekt."

Laura hatte seinen Vater Lomer also vorgestellt. Von Beutler griff zum Telefon. „Lage?" Er nahm sein Rotweinglas auf. „Perfekt. Ende." Er nippte an seinem Glas und schaute Lomer an. „Erzählen Sie mir nichts von Ethos, Rechtsanwalt Dr. Lomer. An Ihrem Berufsstand erkennt man doch besonders gut, wie unmoralisch Politik ist. Denken Sie an das Trio infernal, Ihre drei Anwaltskollegen, die dann irgendwann mal Berufspolitiker geworden sind. Der eine, der seinen Wehrdienst kaum überstanden hat und heute täglich als einer der ältesten Parlamentarier mit seiner Milchflasche auf dem Fahrrad vor dem Deutschen Reichstag vorfährt; der hat in seinem Wahlbezirk in Berlin die höchste Direktwahlquote allein deshalb, weil er durch seine Zuwanderungspolitik die Wähler nach Kreuzberg geholt hat, die ihn begeistert wählen, und die gleichzeitig Kreuzberg zu dem Problembezirk gemacht haben, der er jetzt ist. Der zweite, an den ich denke, hat früher RAF-Terroristen verteidigt und ist jetzt vorbestrafter Rechtsaktivist. Der dritte hat es am weitesten geschafft, weil er am charakterlosesten ist: Unter Abkehr sämtlicher Ideale der 68er, die er damals verteidigt hat, wurde er – zugegebenermaßen auch in der durch ihn entsprechenden veränderten Republik – am Ende des ‚langen Marsches durch die Institutionen' Innenminister, Vorgänger unserer heutigen Innenminister-Figur, dieses Rasta-Typen mit den Klingelglöckchen im Fell, Wilfried Jemez Songar. Wurzellos, charakterlos, disziplinlos, inkompetent. Allesamt." Von Beutler trank aus.

Lomer schloss nachdenklich die Augen. ‚Morgen Abend werde ich Dir den Rest geben'.

„Und nun zu Ihnen, Lomer, und zu Ihrer Moral: Wir wissen zu zweit, dass Sie von Laura beauftragt worden sind. Ihr Mandat als Professor Strawitsch hätten Sie vielleicht gar nicht annehmen sollen; Sie sagten doch, Sie müssen nicht. Oder hat sich das vom Honorar her irgendwie gelohnt? Nachgeholte Zuneigung der Treuhänderin, Beteiligung an der Beute oder Halbierung der Beute, die Laura vor zwanzig Jahren Mandantengeldern entnommen hat? Irgendetwas muss Sie doch bewogen haben, in diesen aussichtslosen Einsatz zu gehen. – Ende der Party. Muss morgen nach Berlin."

‚Verdammt', dachte Lomer. „Sie und Ihre kriminellen Gesellschaften sind es doch, die mit Hilfe dieser Treuhandgelder Ihre Organisation erst auf- und dann ausbauen konnten. Sie haben doch von den Zinsen dieses Beuteguts jahrzehntelang gelebt, während Sie sich gleichzeitig von dem Staat überbezahlen lassen, den Sie mit Hilfe dieser Gelder bekämpfen." Lomer war entrüstet, wenn auch mit schlechtem Gewissen.

„Abgerechnet wird später. Ende der Party, muss morgen nach Berlin." Von Beutler erhob sich.

„Schade, dass Sie schon gehen müssen, wo ich so kurz davor war, Sie von der Aussichtslosigkeit Ihres Vorhabens zu überzeugen." *‚Er ist kein Unmensch; er ist nur entgleist. Hilf' ihm wieder auf die Spur'*, hatte Laura ihm auf Schloss Hirschesruh mitgegeben; und Lomer hatte nach dem Aktenstudium geantwortet: *‚Der läuft doch längst nicht mehr rund, egal, auf welcher Spur.'* Diesen Eindruck hatte er inzwischen nicht mehr. Dieser Mann war einfach nur gefährlich. Sehr gefährlich.

Teil 4
Finale

Kapitel I

1

Rechtsanwalt Rüdiger Bloch, Oberstleutnant der Reserve, war für die beiden letzten Nächte seiner Wehrübung ins Hotel Savoy umgezogen. Dafür hatte er zwei Gründe. Seit der Vernehmung durch den Geheimdienstkoordinator musste er vorsichtig sein, er hatte den Grund der Vernehmung ja geahnt, mehr befürchtet als geahnt. Er musste ab jetzt einfach immer von der schlechtesten aller Möglichkeiten ausgehen. Dazu gehörte seine Einschätzung, dass er in der ihm zugewiesenen Bundeswehr-Unterkunft weit eher auszuspähen war als im Savoy. Die zweite Überlegung war: Er hatte gehofft, im Savoy irgendwie – und sei es, durch einen glücklichen Zufall – die Verbindung zu Frau Müller oder wie auch immer sie heißen mochte, wieder aufnehmen zu können – sei es durch plauderndes Personal, das von Frau Müller in ihre Fluchtpläne eingeweiht worden war – ein törichter Gedanke, wie er inzwischen fand –, sei es durch eine vergessene, vom Reinigungspersonal übersehene Notiz, die er noch irgendwo in ihrem Zimmer fand, vielleicht mitten unter dem großen Doppelbett, wo jahrelang kein Staubsauger mehr hingekommen war, sei es durch die Rückverfolgbarkeit gespeicherter Telefonate seiner Zimmer-Vorgängerin, sei es durch eine sonstige glückliche Fügung. Aber nein, es blieb dabei, Frau Müller blieb spurlos verschwunden, unauffindbar für die Häscher der Republik, die ihre Spur nicht einmal bis in dieses Hotel zurückverfolgt hatten, aber unauffindbar auch für ihn, den Mittäter mit seinem geringen Wissensvorsprung. Bei der Professionalität der Tatausführung hatte er ernsthaft auch mit nichts anderem rechnen können.

Er trat in die kalte Morgenluft auf den französischen Balkon. Ein trockener Wind fegte eisig durch die Fasanenstraße und riss ungestüm grüngelbe und grünbraune Blätter von den Bäumen. Es wurde Herbst. Durch das Geäst des leergerupften Baumes sah er die beiden dunkel gekleideten Männer mit ihren Wollmützen gegenüber vor dem Gloria-Palast-Kino stehen. Einer wärmte sich durch kleine Trippelschritte nach rechts und nach links auf, der andere starrte rauchend auf den Hoteleingang. Sein erster Umzugsgrund war demnach gescheitert; im Gegenteil hatte er die Verfolger, wer immer das sein mochte – wahrscheinlich das LKA oder das BKA, jedenfalls aber im Auftrag dieses Dr. Gehrke handelnd – auf die Spur der fatalen Kanzlerverführerin gesetzt, hoffentlich, ohne dass sie das wussten. Die beiden musste er abschütteln, bevor er General von Beutler traf. Der müsste ihm helfen, aus dieser immer enger werdenden Situation herauszukommen; das konnte gelingen, wenn Bloch ihm Vernehmung und Verfolgung noch bedrohlicher schildern würde. Er würde sehen.

Vom Flur in der dritten Etage rief er den Obergefreiten Nolte an und dirigierte ihn um. Den Chip des Mobiltelefons kokelte er an und spülte ihn in einem zerknüllten Kuvert des Hotels in die Toilette einer offenen Suite in der zweiten Etage. Das Mobiltelefon selbst würde er irgendwo auf einer S-Bahn-Station wegwerfen.

Er trat in den kalten Herbstwind der Fasanenstraße und ging die Kantstraße Richtung S-Bahn, so gemütlich, dass die beiden Wollmützen ihm bequem folgen konnten. Bloch bestieg die S-Bahn um 9 Uhr 53 und fuhr zunächst Richtung Charlottenburg.

Am Savigny-Platz erwischte er gerade noch die S9 Richtung Charlottenburg, in die er, von sich selbst überrascht, im letzten Augenblick noch hineinsprang, bevor die automatischen Türen zuschnappten. Er war ein bisschen stolz auf sich, weil er seine Verfolger nicht mehr sah. Auf der Station Charlottenburg nahm er den soeben einfahrenden Zug der S9 zurück Richtung Flughafen Berlin-Schönefeld und versteckte sich auf einem Sitz hinter einer Zeitung, die dort herum gelegen hatte. Am Bahnhof Zoo sah er eine der beiden Wollmützen wieder. Womöglich war die andere Wollmütze mit einem Taxi hinter ihm her. Wie praktisch, dass Berlin auch um diese Zeit so trubelig voll war, Gedränge auf den S-Bahnhöfen, Verkehrsstaus auf den Straßen darüber. Das tägliche Hauptstadtsyndrom.

Am Bahnhof Friedrichstraße bestieg Bloch ein Taxi Richtung Karl-Liebknecht-Straße. Hinter dem Alex instruierte er den Fahrer und hielt ihm fünfzig Euro hin. Vor der Kreuzung Torstraße beschleunigte der Fahrer, um unversehens nach rechts in die Mollstraße abzubiegen. Nächste Ecke wieder rechts, und der Wagen raste in südwestlicher Richtung dem Potsdamer Platz entgegen. Nach etwa zehn Minuten und zahlreichen Verstößen gegen die Straßenverkehrsordnung drehte das Taxi unvermittelt in die Voßstraße ab, in der es vor einem großen Bürokomplex abbremste. Der Wagen war noch nicht zum Stehen gekommen, da sprang Bloch schon raus und schob sich in die Menschentraube, die in eine Passage drängte. Er durchlief die Passage und nahm am Potsdamer Platz das nächste Taxi. Mit dem fuhr er zum Tiergarten, wo Obergefreiter Nolte in einem mausgrauen Opel des „Fuhrparks Bundeswehr" vor dem Haupteingang auf ihn wartete. Sie fuhren wortlos nach Tegel. Es war 10 Uhr 28.

Gestern hatte Bloch dem Geheimdienstkoordinator noch erklärt, Brigadegeneral von Beutler nicht zu kennen, gleich würde er ihn treffen. Sollten alle Versuche, seine Verfolger abzuschütteln, vergeblich gewesen sein, würde er bei weiteren Vernehmungen entweder vorgeben, Brigadegeneral von Beutler aus dienstlichen Gründen getroffen zu haben, die naturgemäß streng geheim, ‚nur für den Dienstgebrauch' waren, oder – vielleicht noch besser, weil nicht überprüfbar –, um von Brigadegeneral von Beutler zu erfahren, weshalb der Geheimdienstkoordinator nach einer Verbindung zwischen ihnen gefragt haben könnte.

Nolte fuhr langsam das Halbrund vor der An- und Abflughalle des Flughafens Tegel entlang, kurvte geschickt durch Taxireihen und Schlangen von an- und abfahrenden Autos hindurch, wich kofferziehenden und gepäcktragenden Passagieren aus, und hielt vor einem dunkelgrünen VW-Passat. In dem Moment schoss von Beutler mit schneidigem Schritt aus der Drehtür, als wenn er in ihr soeben jemanden überholt hätte, bordeaux-rotes Barett, dunkelgrauer Regenmantel, auf dem die Generalssterne blitzten, auf den Dienst-Opel zu, dessen hintere rechte Tür Nolte bereits aufgerissen hatte. Nolte grüßte in Grundstellung.

Von Beutler ließ sich in den Fond fallen. „Marsch! Bendlerblock, Stauffenbergstraße!"

Der grüne Passat folgte ihnen.

„Guten Morgen, Bloch, Sie wollten mich sprechen."

„Guten Morgen, Herr General. Sie wollten mich sprechen."

„Sie haben es gestern Abend dringlich gemacht. Meldet Stabsfeld Renstorff. Was gibt's?"

Bloch warf einen fragenden Blick auf den Obergefreiten, der immer wieder in den Rückspiegel sah.

„Gehört zu uns. Reden Sie." Von Beutler knöpfte seinen Regenmantel auf und setzte das Fallschirmjäger-Barett ab.

Von vorne meldete Nolte: „Herr General, wir werden verfolgt. Dunkelgrüner VW-Passat, Baujahr 1997, Berliner Kennzeichen."

Von Beutler drehte sich nicht einmal um, aber Bloch. „Deswegen, Herr General. Genau das habe ich befürchtet."

„Was haben Sie befürchtet? Soldat fürchtet sich nicht."

„Wir werden miteinander in Verbindung gebracht, und ich werde observiert. Und Sie, wie ich nun sehe, offenbar auch. Der grüne Passat hat vor der Abflughalle auf Sie gewartet." Bloch schilderte die Vernehmung durch Dr. Gehrke gestern Abend. „Er hat deutlich gemacht, dass ich in der Suizid-Angelegenheit Dr. Ripp wohl mit strafrechtlicher Verfolgung zu rechnen habe. Und, schlimmer: Er hat mich in Verbindung gebracht, nicht nur mit Ihnen, Herr General, sondern mit Frau Müller!"

„Nun machen Sie sich mal nicht ins Hemd, Bloch."

„Soll ich den Passat abschütteln?" wollte Nolte wissen.

„Warten Sie meine Befehle ab, Nolte. Die wissen sowieso, wo wir hinfahren."

„Jawohl, Herr General."

Von Beutler machte den unteren der vier Knöpfe seiner Uniformjacke auf. „Bloch, Frau Müller ist untergetaucht, die hat sich vor Tagen in die Karibik abgemeldet, wo sie inzwischen wohlbehalten aufgeschlagen ist. Verbindung zu Ihnen gibt es keine. Soviel zu ‚Operation Papa'. Wie stehen Ihre Aussichten, sich einem Ermittlungsverfahren in der ‚Operation Mischling' zu entziehen? Das werden Sie als Anwalt besser beurteilen können als ich."

Sie standen in einem Stau in der Altonastraße. Rund um die Siegessäule wurde offenbar demonstriert oder randaliert oder beides. Weiter vorne wurden Reifen abgefackelt, vielleicht auch Fahrzeuge. Es ging schleppend voran. Die Uhr am Armaturenbrett zeigte kurz vor elf.

„Dieser Gehrke hat den konkreten Verdacht geäußert, ich hätte Beihilfe zur Selbsttötung von Dr. Ripp geleistet, indem ich ihm meinen Gürtel ..."

„Fazit?"

„Er bluffte mit Beweismaterial, Zeugenaussagen, Videomaterial, das er gar nicht hatte ..."

Der Wagen kam zum Stehen.

„Nolte, fahren Sie ohne uns weiter. Wir legen einen Fußmarsch ein." Von Beutler knöpfte Jacke und Mantel zu. „Wir warten auf Sie Bussstation Tiergarten, Linie 110."

Die beiden Offiziere durchschritten den Tiergarten. Es war nur unmerklich wärmer geworden, der kalte Wind hatte etwas nachgelassen.

„Keine Beweismöglichkeiten gegen mich", fasste Bloch zusammen.

„Na also, Lage demnach geklärt. Wo ist das Problem?"

„Als Rechtsanwalt muss ich auf alle Eventualitäten vorbereitet sein –"

„Als Stabsoffizier auch, vor allem, wenn Sie Oberst werden wollen."

„ – und deshalb würde ich im Moment am liebsten für eine Weile abtauchen. Bin ich auf den schlimmsten aller Fälle nicht vorbereitet, habe ich keine Möglichkeiten mehr, für Sie, Herr General, und unsere gemeinsame Sache zur Verfügung zu stehen, riskiere ich meine Mob-Beorderung und auch meine Anwaltszulassung. Eine unglückliche Häufung."

Von Beutler blieb stehen. Der Wind rauschte durch das Laub und wirbelte es vom Boden. „Bloch, ich weiß nicht, was gleich beim Verteidigungsminister auf mich zukommt –"

„Ihre Beförderung, Herr General?"

„Gehen wir vom schlimmsten Fall aus. Wenn der nicht eintritt, ist dieser Gehrke nur noch wenige Tage im Amt und verschwindet anschließend in der Bedeutungslosigkeit, es sei denn, er arbeitet für uns. Intelligenter Hund, dieser Gehrke; hat man selten in der Politik. Gehen wir vom GAU aus: Welche Vorschläge wollen Sie mir unterbreiten? Was meinen Sie mit Abtauchen?"

„Kurlow Konetzke Partner hat mir ein Sabbatical angeboten", log Bloch. „Für ein halbes Jahr. Gleich im Anschluss an diese Wehrübung. Sie wollen morgen meine Entscheidung."

‚Sie wollen Dich loswerden', dachte von Beutler und erinnerte sich an Blochs Rangstellung innerhalb der Kanzlei, wie sie ihm von Renstorff vorgetragen worden war: ‚unteres Mittelfeld; die können auf Deine Mitarbeit mühelos ein halbes Jahr oder länger verzichten.'

„Natürlich nur, wenn Sie mich für unsere Bewegung vermissen können", schleimte Bloch. „Aber immerhin hat mich dieser Gehrke nun schon bei einer Lüge ertappt, von den Beobachtern, die uns verfolgen, wird er erfahren, dass wir uns getroffen haben, und gestern habe ich ihm erst erklärt, ich kenne Sie nicht."

‚Schwachmatiker', dachte von Beutler, ‚unteres Mittelfeld. Ist unsere Bewegung erfolgreich, kann ich nur Helden brauchen, Eliten; Du gehörst nicht dazu, so wenig wie Ripp, dem Du Deinen Gürtel da gelassen hast'.

Bloch wurde unruhig. Zwei Fußgänger, die ihnen gefolgt waren, betrachteten den graublauen Himmel, über den dunkle Wolkenfetzen jagten.

Von Beutler nahm wieder Schritt auf. „Sollten Sie darauf im Rahmen der Ermittlungen gegen Sie noch mal angesprochen werden: Richten Sie Gehrke aus, Sie hätten mich fragen wollen, was uns in Verbindung hätte bringen können. Ich hätte geantwortet, dass sollten Sie ihn fragen. Und ich hätte auf einer persönlichen Begegnung bestanden. Die findet ja jetzt gerade statt. Auftrag wiederholen!" Die Legenden mussten übereinstimmen, nicht passgenau, aber im Wesentlichen.

Bloch betete von Beutlers Legende nach und war stolz, diese Idee auch schon gehabt zu haben.

Von Beutler schritt jetzt kräftig aus. „Sonst noch was?" Er ahnte es.

„Ihre Entscheidung, Herr General?"

„Teile ich Ihnen mit, sobald ich beim Minister war. Ihre Erreichbarkeit geben Sie meinem Fahrer."

Hinter den Baumreihen tauchte das Wartehäuschen der Busstation auf.

„Noch eine Bitte, Herr General."

„Soldat bittet nicht. Soldat fordert. Und Sie beantragen."

„Sollten Sie mich hier nicht länger benötigen, würde ich das Angebot meiner Anwaltskollegen annehmen. Und mein Sabbatical würde ich gerne in der Karibik zubringen."

Also doch. Von Beutler schmunzelte. Er hatte Blochs neugierige Frage nach seiner Stieftochter nicht vergessen, als sie die ‚Operation Mischling' vorbereiteten. *‚Wer war die junge Dame, die den Kanzler verführt hat, und nach der jetzt alle Welt sucht –?'* Damals war er darüber hinweg gegangen. Heute hatte er Bloch das Stichwort ‚Karibik' hingeworfen. Bloch hatte angebissen. Sollte die Bewegung nämlich scheitern, was nicht anzunehmen war, nach den bisherigen Anfangserfolgen, aber sollte sie scheitern, wäre es besser, diesen Oberstleutnant Bloch nicht als Ermittlungsopfer im Zeugenstand oder sonstwo im Nacken zu haben. Mit diesem Oberstarzt Müller und diesem Flottenapotheker Ripp hatte es schon genug Risiken gegeben. Sabbatical war eine ausgezeichnete Idee. „Nur zu. Wir bleiben in Verbindung."

Sie hatten die Haltestelle erreicht und stellten sich in einigem Abstand daneben auf. Von dem Opel aus dem „Fuhrpark Bundeswehr" keine Spur, Nolte würde noch im Stau stehen oder brennende Autoteile umfahren.

„Ich hatte Sie, Herr General, mal nach Frau Müller gefragt, und nun höre ich –"

„Sie ist auf Jamaika. Entweder in Kingston, wo ihr Kapitän vor Anker liegt. Ist er gerade auf See, wollte sie mit einem Mietwagen durch die Insel vorübergehend nach Montego Bay fahren, ausspannen, Unterhaltung, Leute, Touristen, Partys."

„Ihr Kapitän?"

„Sie hat sich da in einen Jamaikaner verguckt. Hat sie vor ein paar Wochen auf seinem Kutter kennen gelernt, auf einem Karibik-Törn."

„Ach, so."

„Keine Beziehung von Dauer. Oberflächlich. Versuchen Sie, sie zu finden, Bloch. Grüßen Sie sie von mir. Und haben Sie ein Auge auf sie. Glück ab, Bloch. Anschließend Meldung an mich."

Der General zog sein Barett zurecht. Hinter dem Bundeswehr-Fuhrpark-Opel tauchte der grüne Passat auf. „Da drüben kommt Nolte. Können Sie sich noch an die Zeiten erinnern, Bloch, als Militärfahrzeuge noch aussahen wie Militärfahrzeuge?"

Bloch nickte melancholisch.

Es war halb eins.

2

Bloch sollte das Bundeskanzleramt im Fußmarsch erreichen. Zu viele Gedanken wirbelten in seinem Kopf herum, heftiger noch als die windgeschüttelten Blätter im Tiergarten. Sicher schien ihm, dass der General, der doch sonst so vorsichtig war, so sparsam mit Informationen umging, den Aufenthaltsort von Frau Müller als eine Art Belohnung für seine erfolgreichen Beiträge an den gelungenen Operationen ‚Papa' und ‚Mischling' preisgegeben hatte. Jamaika! Karibik! Hatte nicht der Kollege Lomer Kurlow davon berichtet, Frau Schwartze in der Karibik getroffen zu haben? Dahin war sie nun wohl zurückgekehrt. Das ließ nur einen Schluss zu: Sie musste es sein, die Frau, nach der die Kanzlei seit zwanzig Jahren suchte.

Sicher war ferner, dass Konetzke ihn nun freistellen würde, um Frau Schwartze in der Karibik ausfindig und dingfest zu machen. Denn bei der Defraudantin ging es um wesentlich mehr Geld als er an seinem Schreibtisch in München für die Kanzlei verdienen könnte – und um Gerechtigkeit, Genugtuung, Rache. Weit besser, diese Idee, als Konetzke seine Befürchtung zu beichten, ein Ermittlungsverfahren gegen ihn wegen Beihilfe zum Suizid von Dr. Ripp könnte bedrohlich werden – ein Mandat, das in der Kanzlei Kurlow Konetzke Partner offiziell überhaupt nicht geführt wurde. Bei diesen Gedanken, Abwägungen, Möglichkeiten und vorhersehbaren Sackgassen lag jetzt wirklich nichts näher als Jamaika, Ende der Wehrübung, entweder sie würden ihn befördern oder nicht, das Beförderungsalter zum Oberst erreichte er ohnehin erst in ein paar Jahren, ob mit oder ohne weitere Wehrübung. Und von dem beklemmenden Gefühl, weder in Berlin noch in München derzeit von irgendwem wirklich gebraucht zu werden, würde er sich dort auch ablenken können. General von Beutler hatte nicht befohlen, in den nächsten entscheidenden Tagen zu seiner Verfügung zu stehen, und Frau Schwartze/Müller zwischen Kingston und Montego Bay zu stellen, war die deutlich attraktivere Alternative als an seinem Kanzleischreibtisch in den letzten vier Wochen liegen gebliebene Aktenpyramiden abzutragen.

Auf seinem Dienstzimmer legte er Uniform an, vergewisserte sich, dass an seinem letzten Wehrübungstag niemand nach ihm gefragt hatte, und ließ sich mit der Kanzlei verbinden.

„Konetzke."

„Herr Dr. Konetzke, hier Rechtsanwalt Bloch, melde Ende meiner Wehrübung."
Konetzke grunzte zufrieden. „Dann sehen wir uns am Montag. Gibt's was Neues? Sie wissen schon –"
„Ich weiß, wo diese Frau Schwartze sich aufhält."
Keine Reaktion von Konetzke.
„Auf Jamaika."
„Wie bitte? Sie wollen behaupten, während Ihrer Wehrübung herausgefunden zu haben, dass –"
„ N u r während meiner Wehrübung war diese Information überhaupt zu beschaffen, Herr Dr. Konetzke. Sie ahnen vielleicht, welche Möglichkeiten man hier dienstlich im Kanzleramt als Verbindungsoffizier hat."
Das schien einzuleuchten. „Auch der Kollege Lomer hat dem Kollegen Kurlow gegenüber eine dieser Inseln in der Karibik erwähnt. Er war sich allerdings wegen der Identität der Dame nicht sicher."
„Aber ich. Leider kann ich Ihnen keine Details melden, zumindest nicht am Telefon –, nein, eigentlich überhaupt nicht."
„Verstehe. Wir sehen uns also am Montag, Herr Kollege. Oder sind Sie am Wochenende schon hier?"
„Auf dieses Problem wollte ich Sie ansprechen: Aus vertraulicher aber zuverlässiger Quelle – die mails, very top secret, liegen hier vor mir – wissen wir, dass die Zielperson sich nur vorübergehend auf Jamaika aufhält, zwei Schlupfwinkel kommen nur in Frage, die Hauptstadt oder Montego Bay, aber die Quelle weiß nicht, wie lange."
Pause.
Konetzke atmete hörbar. „Herr Kollege Bloch, dann schlage ich vor, dass Sie sich baldigst auf den Weg dorthin machen, am besten schon am Wochenende. Wann können Sie dort weg?"
„Morgen."
„Dann morgen. Sie wollen sicher vorher nach München kommen, auspacken, ein- ..."
„Wäre gut, muss aber nicht sein."
„Dann bitte so schnell wie möglich! Schicken Sie alles, was Sie nicht benötigen, an unsere Kanzleiadresse, mit Ihren Anweisungen, wie damit zu verfahren ist. Ich kümmere mich persönlich darum, dass Ihre laufenden Akten von Ihren Kollegen weiter bearbeitet werden. Lassen Sie uns bitte wissen, wenn Sie finanzielle Mittel benötigen ..."
„Mein Grundgehalt wird weiter überwiesen?"
„Selbstverständlich, Herr Kollege. Wenn Sie zusätzliche Aufwendungen haben –"
Bloch spürte, wie begeistert der Senior war. Es galt, eine jahrzehntelange Last von der Kanzlei zu nehmen. Er, Bloch, würde das stemmen. Mit den Optionen, entweder in der Kanzlei Kurlow Konetzke Partner endlich aufzusteigen, oder diese hinreißende Frau Müller/Schwartze für sich zu gewinnen. Die müsste eigentlich auch in der Lage sein, sich um seine ‚finanziellen Mittel' zu kümmern. Eine wunderbare Fügung. Nur dieser Lomer dürfte ihm jetzt nicht dazwischen kommen. Ob er die Kanzlei nach seiner Telefonnummer fragen sollte? Aber Lomer hatte ja wohl irgendwie die Spur verloren oder war einer Verwechslung zum Opfer gefallen. Und Lomer durfte ihm keinesfalls zuvorkommen.
Konetzke hatte alles gesagt, Bloch schon gar nicht mehr zugehört.
„Herr Dr. Konetzke, ich berichte regelmäßig oder bei BVs."
„BVs ?"

„Besonderen Vorkommnissen."

„Ach so, ja, richtig. Machen Sie das bitte, lieber Herr Kollege. Und haben Sie Erfolg. Danke für Ihren Einsatz." Konetzke legte auf. Dann wählte er die Nummer von Lomers Mobiltelefon.

3

Von Beutler ließ sich im Innenhof des Bendlerblocks in der Stauffenbergstraße 13-14 absetzen. Bis 1955 hatte sie noch Bendlerstraße geheißen. Nolte befahl er, den Opel im umzäunten militärischen Sicherheitsbereich des Ministeriums, Haus Nr. 18, zu parken. Es war halb zwei.

„Hier im ehemaligen Oberkommando des Heeres organisierten Deutsche den Versuch, am 20. Juli 1944 die nationalsozialistische Unrechtsherrschaft zu stürzen. Dafür opferten sie ihr Leben."

Von Beutler ging an der Inschrift am Zugang des Ehrenhofes vorbei und hielt vor dem Ehrenmal an, das die Bronzefigur eines jungen Mannes mit gebundenen Händen darstellt.

„Ihr trugt die Schande nicht
Ihr wehrtet Euch
Ihr gabt das große
Ewig Wache
Zeichen der Umkehr
Opfernd Euer heißes Leben
Für Freiheit
Recht und Ehre"

Von Beutler spazierte zu der Tafel mit den Namen der am 20.07.1944 an dieser Stelle erschossenen Offiziere und nahm sein Barett ab. Hier hatte Oberst Claus Graf Schenk von Stauffenberg dem Erschießungskommando seine letzten Worte entgegengeschleudert:

„Es lebe das geheime Deutschland!"

Sein „Plan Walküre" war gescheitert. Kurz vor dem Tag des gescheiterten Attentats auf Adolf Hitler hatte Stauffenberg noch geäußert:

„Es ist Zeit, dass jetzt etwas getan wird. Derjenige allerdings, der etwas zu tun wagt, muss sich bewusst sein, dass er wohl als Verräter in die deutsche Geschichte eingehen wird. Unterlässt er jedoch die Tat, dann wäre er ein Verräter vor seinem eigenen Gewissen."

Es konnte kein Zufall sein, dass der Verteidigungsminister von Beutler hierher befohlen hatte und nicht etwa an den Alexanderplatz 25 oder auf die Hardthöhe in Bonn. Das war kein Zufall – das war Schicksal.

General von Beutler verließ die Gedenkstätte und lief hinüber zum Ministerium. Nolte stand wartend im Sicherheitsbereich neben dem Opel und händigte ihm seine schwarze Aktentasche aus.

Vor dem Haupteingang trat von Beutler ein Zivilist in den Weg. „Brigadegeneral von Beutler?"

Von Beutler deutete auf sein Namensschild. „Habe einen Termin mit dem Minister. In sieben Minuten."

„Ich weiß. Gestatten: Dr. Wiemer, Ministerialdirigent. Ich darf Sie hinauf begleiten?"

„Sie dürfen." Von Beutler schritt kräftig voran, Dr. Wiemer wieselte hinter und neben ihm her, Banalitäten blubberten wie Sprechblasen aus seinem Mund, ob der Flug angenehm gewesen sei, der starke kalte Ostwind, es werde ja jetzt Herbst ...

Sie erreichten einen Vorraum in der ersten Etage, hinter dem das Vorzimmer zum Ministerbüro lag. Von Beutler sah auf seine Omega. „Kamerad, jetzt halten Sie mal die Luft an und melden mich. Es ist 13 Uhr 58."

Wiemer sprang durch eine schwere Doppeltür ins Vorzimmer davon.

Eine gute Stunde später winkte er den General herein. „Der Herr Minister kann Sie jetzt empfangen."

Von Beutler erhob sich. „Wiemer, sollten Sie mal Bedarf an jemandem haben, der Ihren Laden hier auf Pünktlichkeit trimmt, rufen Sie mich einfach an. Sie wissen ja, wo ich zu erreichen bin." Er durchquerte das Vorzimmer mit dem lauten Klack-klack-klack seiner lederbesohlten schwarzen Dienstschuhe, an zwei Sekretärinnen vorbei, die nach kurzem Aufblicken scheu wieder in ihren Papierbergen versanken, und baute sich in der offenen Doppeltür zum Ministerzimmer auf. Grundstellung, militärischer Gruß. „Brigadegeneral von Beutler meldet sich wie befohlen."

Die Damen und Herren, die sich um den Schreibtisch des Ministers drängten, sahen auf. Zwei der Damen verschwanden hinter von Beutler im Vorzimmer, drei der Herren ließen von dem Minister ab, einer schob dem Minister noch schnell einen Umschlag zu und sah dann zu von Beutler herüber. Das war Staatssekretär Jaeger, der vor einigen Wochen noch Coenen beim Besuch von US-Verteidigungsminister Brooke hatte vertreten sollen, wenn der die Anreise überlebt hätte; ‚Operation Brücke', dachte von Beutler und wartete auf Befehle.

Jetzt schauten ihn alle an. Der Minister umklammerte den Umschlag, den ihm Jaeger hingeschoben hatte, und erhob sich. „Grüße Sie, Herr von Beutler. Bitte treten Sie doch näher."

Coenen war von kleinem Wuchs; er wurde durch das Aufstehen hinter seinem Schreibtisch kaum größer.

‚Du warst die ideale Besetzung für unsere homosexuelle Schmierenkomödie, Du lächerlicher ungedienter Wicht', dachte von Beutler. ‚Leider hat Laura es verbockt, und das hat die Operation Omega erforderlich gemacht.' Von Beutler machte drei Schritte auf den Verteidigungsminister zu – klack, klack, klack – und nahm Grundstellung ein.

Der Minister umkurvte den Schreibtisch und schob sich mit einem gequälten Lächeln auf seinen Gast zu. Die umstehenden Herren zogen es vor, durch die breite Fensterfront Richtung Tierpark zu schauen. Nur Jaeger beobachtete, dass der Minister sich wie ein Hühnerdieb an seinen General heranschlich.

„Es tut mir leid, Herr von Beutler ..." Coenens hohe Stimme blieb weg, als er von Beutler den Umschlag hinhielt.

Der Inhalt des Kuverts übermittelte sich durch die Umstände seiner Übergabe.

„Sie sind entlassen, Herr General –, äh, Herr von Beutler, von jetzt ab: Herr von Beutler, ich bedauere." Coenen wies auf die Sitzecke hinter von Beutler. „Kommen Sie, ich würde ihnen gerne die Begründung, äh, da drüben – Herr Jaeger!"

Der Staatssekretär eilte herbei.

„Staatssekretär Jaeger und ich, wir werden –, ach, nehmen Sie doch bitte einen Moment Platz, Herr von Beutler. Wie geht es Ihrem Herrn Vater?"

„Begründung der Entlassung gemäß Soldatengesetz bei meinem Dienstgrad nicht erforderlich", schnarrte der Ex-General.

Alle Anwesenden richteten ihre Augen wieder auf ihn. Der Verschluss seiner Aktentasche mit der darin verschwundenen Entlassungsurkunde rastete hörbar ein. „Melde mich ab, Herr Minister." Kehrtwendung, dann hämmerten seine Schritte über das Parkett aus dem Raum.

„Kein Kaffee, Herr General?" piepste der Minister. Aber da hatte von Beutler schon sein Vorzimmer durchquert. Staatssekretär Jaeger hastete hinter dem General her, immer wieder rückwärts nach seinem Minister schauend.

An der Doppeltür zum Vorraum hielt Jaeger abrupt an.

Von Beutler stand schon da. Wenige Schritte vor ihnen hatten sich drei Herren aufgebaut, ein anderer wanderte auf die Front der hohen Fenster zu, als wenn ihn das alles nichts anginge. Von Beutler erkannte den Geheimdienstkoordinator im Kanzleramt, Dr. Gehrke. Das verhieß nichts Gutes.

Der mittlere der drei Männer hielt ein Schriftstück in den Händen. Er machte einen Schritt auf von Beutler zu. „Berndt von Beutler?"

Von Beutler nickte und zeigte auf das schwarze Namensschild, das er heute letztmalig an seiner Uniform trug.

„Oberstaatsanwalt von Bülow. Ich habe hier einen Haftbefehl des Amtsgerichts Tiergarten gegen Sie und muss Sie festnehmen."

Von Beutler verharrte starr wie eine in Stein gemeißelte Statue. Seine wachen Augen musterten die Staatsgewalt vor ihm; sein Blick wanderte zur Fensterfront, an der der Geheimdienstkoordinator der Bundesrepublik Deutschland sich inzwischen zu ihm umgedreht hatte.

Der Staatsanwalt zeigte von Beutler den Haftbefehl und hielt ihm einen Dienstausweis hin. „Wegen Verstoßes gegen Paragraphen 83 und 89 des Strafgesetzbuches, Vorbereitung eines hochverräterischen Unternehmens in Tateinheit mit der verfassungsfeindlichen Einwirkung auf Bundeswehr und öffentliche Sicherheitsorgane. Morgen werden Sie dem Haftrichter vorgeführt."

Einer der Männer neben ihm zitierte Belehrungen, der andere trat neben von Beutler.

„Meine Herr'n", rief von Beutler laut, „dann tun Sie Ihre Pflicht."

Gehrke hatte der Festnahme von der Fensterfront aus zugeschaut. ‚Neun Silben', dachte er, ‚genau neun Silben, und die hat er genau so intoniert wie von Stauffenberg seinen letzten Satz: *Es lebe das geheime Deutschland.*'

4

Obergefreiter Nolte vertrat sich die Füße. Seit die Herbstsonne hinter den Bäumen des Tiergartens verschwunden war, wurde es deutlich kühler. In dem abgezäunten Areal vor dem Gebäude des Ministeriums umrundete er immer wieder seinen Dienst-Opel, zwischendurch setzte er sich auch mal rein und hörte Nachrichten oder spielte mit seinem iPhone. Lange warten war er als Dienstfahrer der Bundeswehr gewohnt, als Fahrer des Generals allerdings nur, wenn der General mit noch höheren Dienstgraden zusammen saß; zu denen gehörte ja wohl offensichtlich auch der Verteidigungsminister.

Da trat dieser Typ aus dem Haupteingang, der vor Stunden dort seinen General erwartet hatte. Ein Zivilist. Er ging triumphierend auf Nolte zu. „Sie sind der Fahrer von General von Beutler, Herrn von Beutler?"

Nolte nahm Grundstellung ein. „Jawohl, von General von Beutler."

„Mein Name ist Wiemer, Dr. Wiemer. Ich bin Ministerialdirigent im Bundesministerium der Verteidigung, Herr Gefreiter."

„Obergefreiter Nolte, Kraftfahrer General von Beutler, Heeresamt."

„Herr Nolte, Sie können fahren. Nach Köln. Dienstschluss."

Obergefreiter Nolte stutzte. „Das geht nicht, Herr ... Dirigent – oder was Sie sind."

Dr. Wiemer schmunzelte. „Weshalb geht das nicht? Panne? Brauchen Sie Hilfe? Oder eine Übernachtungsmöglichkeit? Überschreitung der Dienstzeit? Dienst zu unglaublichen Zeiten, wie das in der Armee so heißt?"

Nolte überlegte. „Das geht nicht, weil der General mir befohlen hat, hier auf ihn zu warten, genau hier."

„Herr Obergefreiter, Ihr Herr von Beutler ist kein General mehr. Seine Befehle gelten nicht mehr. Sind aufgehoben. Sie müssen jetzt –"

„Das soll er mir selbst sagen. Befehlen." Nolte nahm Haltung an. „Sein letzter Befehl gilt."

‚Schwieriger Fall', dachte Wiemer. „Schau'n Sie, Herr Nolte, die Geschichte mit Ihrem verehrten Brigadegeneral von Beutler ist vorbei. Sie müssen jetzt zu Ihrer Dienststelle zurückfahren, oder ich besorge Ihnen eine Unterkunft für die Nacht, aber Sie müssen jetzt hier wegfahren. Das Ministerium schließt auch jetzt, 16 Uhr 15."

Noltes flache Stirn legte sich in Falten. „Ihr Problem. Ich bleibe hier, bis mein General mir weitere Befehle erteilt." Er zog die Fahrertür auf, da traten vier Herren aus dem Haupteingang, drei Zivilisten, in ihrer Mitte General von Beutler. „Da kommt er ja", rief Nolte und knallte die Tür wieder zu. Er lief auf die Gruppe zu.

„Wir haben hier ein Problem mit seinem Fahrer", rief Dr. Wiemer.

„Wird sofort gelöst." Von Beutler schritt auf den Obergefreiten zu.

Die beiden Häscher neben dem Staatsanwalt griffen in ihre Gürtelhalfter, aber Oberstaatsanwalt von Bülow winkte ab.

Das Tor zur Stauffenbergstraße schloss sich automatisch. Es war Viertel nach vier.

Von Beutler tuschelte Nolte etwas zu, drehte sich um und trat zu Oberstaatsanwalt von Bülow zurück. „Problem gelöst, meine Herren. Von mir aus können wir gehen."

Nolte grüßte, machte eine Kehrtwendung und eilte zu seinem Opel zurück.

„Na also, geht doch." Dr. Wiemer war erleichtert. ‚Erstaunlich, wie ein dressierter Hund, gehorcht nur seinem Herrchen.' Er lächelte Nolte freundlich zu.

Nolte zog die Fahrertür auf. „Hau ab, Du Arsch!" Er startete den Opel und fuhr durch das Gatter, das sich auf ein Zeichen von Oberstaatsanwalt von Bülow gerade wieder öffnete.

5

Laura, die Ältere, probierte vor dem großen holzgefassten Spiegel über der Kommode ihres Ankleideraumes Ohrreifen an. Sie konnte sich nicht entscheiden; das kannte sie gar nicht von sich. Ihre Unsicherheit hing mit der Ungewissheit ihrer Situation zusammen. Seit Tagen hatte Hannes Lomer kein Zeichen von sich gegeben, seit Tagen war er nicht zu erreichen, über kein Telefon, über keine Chipkarte, über keine sonstige Verbindung. Das war zwar so vereinbart. Vereinbart gewesen war aber auch, dass das Eröffnungsreferat in Hamburg am Tagungs-Wochenende der Gesellschaft von Dr. Lomer alias Prof. Dr. Strawisch gehalten werden sollte, nicht von Brigadegeneral von Beutler. ‚Kurzfristige Änderung der Tagesordnung', hatte von Beutler erklärt und selbst zum Mikrophon gegriffen; so hatte es ihr ein Teilnehmer der Tagung berichtet. Seither war Hannes Lomer verschwunden und unerreichbar, und das gab ihr von Stunde zu Stunde mehr zu denken. Vor allem, nachdem

Olga ihr berichtet hatte, dass ein Zivilist, auf den die Beschreibung von Lomer passen konnte, wenn man sich Frisur und Bart anders dachte, Abende lang mit Berndt gezecht und Schach gespielt und sich dabei offensichtlich hervorragend mit dem General unterhalten hatte. Olga, die Laura schon vor Monaten über die Truppenverwaltung in die Privaträume von Beutlers eingeschleust hatte, meinte sogar, den Namen ‚Homer' gehört zu haben; der General hätte seinen Gast so ähnlich angesprochen. Also Lomer musste es sein. Was trieb er dort? Nahm er ihr Mandat überhaupt noch wahr? Arbeitete er als Doppelagent?

Heute war Lauras Unruhe besonders groß, denn dieser Vorzimmer-Feldwebel von Berndt hatte ihr dessen Besuch für heute angekündigt, später Nachmittag oder früher Abend. Es war kurz vor fünf, und der General konnte hier jeden Moment eintreffen. Olga hatte sich schon im zweiten Stock versteckt, damit er sie nicht zu Gesicht bekommen konnte. Ob er hier übernachten wollte? Dieser Feldwebel hatte gemeint, der General sei auf der Durchreise von Berlin nach Köln und wollte auf dem Schloss Zwischenstation machen. Was wollte er hier? Ob er wie immer vorher anrufen würde?

Sie sollte sich jetzt zunächst mal um ihre Gäste kümmern, die sie zum Five-o'clock-tea gebeten hatte. Sie entschied sich für die großen schwarzen Ohrreifen mit den Goldklipsen aus Südafrika und schwebte die Stufen zum Erdgeschoss hinab. Ihre hochhackigen Stiefel hatten diesem Oberst Tocker damals ersichtlich gefallen.

Tocker saß an dem großen Holztisch unter dem Fenster zum Schlosshof, zusammen mit dem liebenswerten Pärchen aus dem Gästehaus. Das Wetter war nicht für einen Tee im Garten geeignet. Es wurde Herbst; Laub lag auf dem Gartentisch und den Stühlen, durch die Pergola pfiff ein ungemütlich kalter Wind und wirbelte die farbenprächtigen toten Blätter durcheinander.

In der Küche roch es appetitlich nach Wild. Lauras Eintreten versetzte den Raum in Schwingungen. Die beiden Offiziere erhoben sich. Elvira blieb sitzen und strahlte Laura an. Oberst Tocker hielt Laura einen Strauß dunkelroter Rosen entgegen, was Laura ein paar Nuancen zu aufdringlich fand. Aber von einer Anzeige wegen Feldfrevels würde sie heute Abend absehen. Auch dieser Major Rinzen trug Uniform, sogar hier in seinem Versteck auf Schloss Hirschesruh, sei es aus lieber Gewohnheit, sei es weil er dem Oberst gefällig sein wollte, dessen Wehrübung heute um Mitternacht endete.

„Meine Herren, behalten Sie doch Platz." Laura verstaute die Rosen lieblos in einer persischen Porzellanvase auf dem großen Holztisch und kümmerte sich um den Tee. In den bunten chinesischen Tassen knisterte der Kandis. Auf dem Tisch flackerte ein silberner Kerzenständer. All das hätte Olga vorbereiten sollen, aber Olga vorzuzeigen, war zu gefährlich, wenn man nicht wusste, was der Abend noch so an Überraschungen bringen würde.

„General von Beutler hat sein Eintreffen hier heute Abend angekündigt." Laura schlug die Beine übereinander und süffelte an ihrem süßen Tee, auf dem Schlagrahm schwamm. „Er hat offen gelassen, wann." Das Kerzenlicht spiegelte sich im Lederfett ihrer langen Stiefelschäfte.

Tocker hob den Blick von den Beinen der Schlossherrin. „Mich hat er gebeten, hier im Schloss schon etwas vorzubereiten, gnä' Frau, wozu ich Ihre Hilfe benötigen werde." Tocker setzte seine Teetasse ab.

„Hier im Schloss? Das wüsste ich." Laura rauchte, Elvira auch.

209

„Es geht um den hiesigen Ersatz-Gefechtsstand und dessen Aktivierung. Nach allem, was wir heute Nachmittag im Fernsehen so an Unruhen mit ansehen mussten, die inzwischen bundesweit um sich gegriffen haben, wird ein Reserve-Gefechtsstand unerlässlich sein, für alle Fälle, und um noch effektiver die massive Niederschlagung und baldige Beendigung dieser aufstandsähnlichen Zustände steuern zu können. Soweit die Befehlslage General von Beutler."

„Provoziert die Gesellschaft diese Unruhen denn nicht auch?" Elvira wollte auch etwas beitragen.

„Bitte, keine subversiven Bemerkungen." Die dunkle Stimme von Laura, lächelnd. Sie verstand sich gut mit Elvira, die nun seit gut einer Woche hier auf Schloss Hirschesruh lebte, zusammen mit ihrem Freund, diesem Major Erwin Rinzen, einem erfolgreichen Kölner Unternehmer. Ein schönes Pärchen, er hochgewachsen, muskulös und durchtrainiert, sie eine hübsche und selbstbewusste junge Frau, mit der Laura sich gut unterhalten konnte, und die sie zuweilen angenehm an ihre eigene Tochter erinnerte. Und die ihr zur Hand ging.

„Initialzündungen finden ausschließlich da statt, wo taktisch unbedingt erforderlich, zum Beispiel um sich anbahnende, noch verdeckte Konflikte früher zum Ausbruch zu bringen." Rinzen nippte an seiner Teetasse. „Die ausgetragenen Konflikte nehmen insgesamt schon langsam wieder ab. Unser Verdienst. Wir stellen den Gegner bereits, bevor er in die Stiefel kommt. Die Gesellschaft als Agent provocateur. Um Schlimmeres zu verhindern. Vorbeugende Schadensabwehr."

„Jedenfalls habe ich zum Ende meiner Wehrübung dem Leiter Gefechtsstand Haupt, Oberstleutnant i. G. Krawatz, befohlen, dass der Gefechtsstand Rück hier um Mitternacht als Reserve-Gefechtsstand einsatzbereit ist. So die Befehle des Generals. Deshalb wird er uns hier heute im Laufe des Abends besuchen wollen. Mit der Herstellung der Einsatzbereitschaft hat er mich beauftragt, Gnädigste."

Die Gnädigste zog eine Augenbraue hoch. „Dann müssten Sie das Codewort kennen, mein verehrter Herr Oberst." Ihr gingen diese Förmlichkeiten auf den Nerv. Ob dieser Tocker das ernst meinte? Sie schob ihm eine Papierserviette zu.

Tocker schrieb „Walküre" drauf und reichte ihr die zusammen gefaltete Serviette zurück.

„Negativ." Laura überließ die Papierserviette dem Kerzenleuchter. „Einen Versuch haben Sie noch." Die Serviette rieselte als Asche auf den Holztisch.

Tocker schmunzelte und schob Laura eine zweite Serviette zu. „Ouvertüre" stand drauf, das Codewort.

‚Der Mann hat Humor', dachte Laura. Sie übergab auch diese Serviette den Flammen des Kerzenständers. „Positiv. Der Gefechtsstand befindet sich unter uns im Gewölbe. Hinter dem Weinkeller. Wann wollen sie runter, Herr Oberst Tocker?"

„Ich schlage vor, nach dem Tee, der übrigens ausgezeichnet ist, Verehrteste. Nach 18 Uhr sollten wir vielleicht etwas Rum zugeben. Den Gefechtsstand sollten wir besichtigen, bevor wir im ‚La Frasca' essen gehen. Das junge Paar könnte hier inzwischen auf den General warten, sollte der bis dahin nicht eingetroffen sein."

Laura lächelte, aber nur kurz. „Wir gehen nicht ins ‚La Frasca', aber das sagte ich Ihnen ja schon. Elvira hat mir geholfen, einen Hirschbraten vorzubereiten, der da drüben in dem Bräter auf uns wartet. Gegessen wird um 19 Uhr 30 im ersten Stock über uns. Da ist für uns fünf gedeckt." ‚Von Olga', hätte sie fast gesagt, die sich hoffentlich nicht aus dem zweiten Stock herunter wagen würde. „Und bevor Sie sich hier weiter überschlagen, sagen Sie einfach ‚Laura' zu mir. Ich bleibe gerne beim ‚Oberst', wenn Sie Wert darauf legen, wovon ich ausgehe."

„Nur bis Mitternacht, gnädigste Laura. Der Oberst heißt übrigens Lothar." Tocker sprang auf und nahm Haltung an. „Oberst der Reserve Lothar Tocker, im Zivilberuf Unternehmens- und –", er legte eine Pause ein, „Vermögensberater."

Erwin Rinzen und Elvira tauschten Blicke aus.

„Nein, wie schön", hauchte Elvira.

Laura erhob sich und lächelte Elvira zu. „Nun hol' schon den Champagner, Schätzchen."

Da brummte ein Telefon. Elvira eilte zur Getränketruhe ein paar Stufen hoch in die Speisekammer nebenan, Erwin Rinzen kramte Champagnerkelche aus dem Holzschrank, und Laura langte nach einem Mobiltelefon, das auf der Fensterbank zum Schlossgarten lag. Inzwischen war es dunkel draußen.

Lothar Tocker stand immer noch vor seiner halbleeren Teetasse.

Laura reichte ihm das Telefon. „Ein Obergefreiter Nolte will Sie sprechen."

Kapitel II

1

Lomer hatte Hunger.

Den ganzen Vormittag hatte er in sämtlichen Tageszeitungen, die ihm die Feldjäger säuberlich vor die Tür gelegt hatten, nachgelesen, wie erfolgreich letzte Nacht zahllose Unruheherde in der Republik erstickt worden waren, ebenso effektiv wie unerklärlich schnell, und am Nachmittag hatte er das ganze dann noch mal im Fernsehen aktuell verfolgt. Für die unvermittelte Niederschlagung der Kölner Studentendemonstrationen hatte man immer noch keine Erklärung, nur Mutmaßungen, die allesamt falsch waren: Gegendemonstrationen älterer Semester, Aktivitäten universitätsinterner Selbsthilfegruppen oder -truppen, Spezialeinheiten der Polizei, die im Auslandseinsatz im Kosovo oder in Afghanistan erfolgreich tätig gewesen waren – keine Ausuferung von Phantasie wurde ausgelassen. Einen islamistischen Hintergrund unter dem Vorwand studentischen Aufbegehrens mochte keiner der Berichterstatter vermuten, aber vielleicht stimmte das ja auch gar nicht. Von Beutlers subjektiver Wahrheit am nächsten kam ein Kommentar, den er in den Nachmittagsnachrichten gehört hatte:

„In Dresden zeigte sich in den frühen Nachmittagsstunden bei improvisierten Befragungen und Spontaninterviews, dass unsere Bevölkerung genau das seit langem erwartet hat, was hier und anderswo in der Republik gestern Nacht geschehen ist: die Zerschlagung und Vernichtung rücksichtsloser Elemente, die die Zersetzung oder Zerstörung unseres Gemeinwesens, unseres Staates, zum Ziele hatten. Schnell und mit polizeilichen – man könnte fast hoffen: militärischen – weit und eindeutig überlegenen Kräften: Der Staat schlägt überzeugend zurück – allerdings mit einer erschreckend hohen und wohl nicht mehr vertretbaren Anzahl von Verletzten und Toten ..."

Der Kommentator nannte Zahlen, die Lomer nicht für möglich gehalten hatte, Teilnehmer: zwischen 5.000 und 15.000, je nachdem, wer geschätzt hatte, die Veranstalter oder die Sicherheitsbehörden, die ihrerseits erschütternd hohe Opferzahlen zu beklagen hatten, von Polizisten und anderen Ordnungshelfern; Verletzte: gefühlte 800 bis 1.000, viele durch Erstickungsanfälle, hervorgerufen durch Gase, die noch nicht identifiziert werden konnten; Tote: derzeit 121 gezählte, in Panikattacken zertrampelt, also insoweit nur unwesentlich mehr als bei Love Parades üblich, aber auch erstickt, im Nahkampf erstochen, Opfer von gezielten Schüssen, Menschen versengt von Handflammpatronen oder in flackerndem Feuer, zerfetzt von Handgranaten, die man bisher nur von militärischen Einsätzen in Häuser- und Grabenkämpfen kannte.

„*Woher diese Nahkampfwaffen stammen, ist bislang ungeklärt. Hat die Bundeswehr ihre Depots geöffnet, die Bundeswehr, die im Innern überhaupt nicht eingesetzt werden darf?*"

In diesem Zusammenhang hatte eine seriöse Wochenzeitschrift in ihrer heutigen Ausgabe gemutmaßt:

„*Angesichts der Brutalität der Niederschlagungen der örtlichen Konflikte – und das bemerkenswerterweise bundesweit – beklagen wir zwar die bisher unermessliche Zahl der Opfer – aber, so makaber es in den Ohren von deren Angehörigen klingen mag: Auf dieser Eskalationsstufe wird es keine Gegenwehr mehr geben, Konflikte werden nicht mehr gewaltsam angefacht werden, Demonstrationen werden in naher Zukunft nicht mehr zu erwarten sein. Der Staat hat gezeigt, wie stark er sein kann – allerdings mit der Folge, dass sich in den folgenden Tagen kein Bürger mehr auf die Straße trauen wird ...*"

Lomer hatte nachdenklich den schalen Rest einer Rotweinflasche gesüffelt und hungrig einen Mittagsschlaf gehalten. Wo blieb die Versorgung, die Truppenverpflegung? Dann hatte er sich einen Espresso gemacht. Die Telefone in den Offizierswohnungen waren immer noch tot. Er wollte sich bis 18 Uhr gedulden und konnte das schneidige Hereinkrachen seines Gastgebers kaum noch abwarten.

Um Viertel nach sechs klappte er mit knurrendem Magen das Buch zu, in dem er die letzte halbe Stunde interessiert geschmökert hatte. – „Wie man einen Militärputsch inszeniert – von der Planung bis zur Ausführung", von Connor, längstdienendes Mitglied des britischen Special Air Service SAS, und Hebditsch –, dann riss er die Flurtür auf, vor der er entweder den Feldwebel oder diese Unteroffizierin schussbereit erwartet hatte. Aber da war niemand. Der Flur war leer und unbeleuchtet. Lomer fand den Lichtschalter an der Treppe. Flur leer, Treppe leer. Dienstschluss. Am Ausgang seines Unterkunftsgebäudes unten glomm eine Deckenleuchte vor sich hin. Keine Geräusche, nur das Knurren seines Magens.

Lomer schlich in die Offizierswohnung zurück und trank den letzten Schluck Espresso. Dann fasste er seinen Entschluss. Er rupfte sich die Zivilklamotten vom Leib, die dieser Stabsfeldwebel ihm besorgt hatte, und öffnete den Spind in der Schlafstube. Hastig kleidete er sich an. Die Uniform passte. Erstaunlich, aber bei dem Perfektionisten von Beutler gab es eben keine Überraschungen. Wo der wohl abgeblieben sein mochte?

Hannes Lomer warf die Zivilkleidung, den Anzug von Prof. Strawitsch und seine restlichen Zigaretten in eine tarnfarbene Tragetasche, die er auf dem Lattenrost eines Spindes fand, und taperte vorsichtig den dunklen Flur entlang. Das Licht in der Offizierswohnung hatte er angelassen. Vor dem Gebäude überraschte ihn unangenehm kühle Herbstluft. Er ging ein bisschen auf und ab und hin und her, bevor er die Wache entdeckte. Das Rolltor war geschlossen. Die Kaserne schien menschenleer. Dienstschluss. Kein Licht brannte, nur die Bogenlampen an der Zufahrtsstraße zur Wache warfen ihr milchiges Licht auf wabernde Nebelschwaden, und weiter hinten – schon außerhalb des Kasernengeländes – lag in gleißendem Laternenlicht eine belebte Straße, auf der der Autoverkehr hin und her floss, aber das war noch weit weg von Lomer. Als Oberleutnant sollte er mühelos durch diese Wache marschieren können. Er nahm energisch Schritt auf. Das Nageln der Stiefel auf dem Asphalt machte ihm Schritt für Schritt mehr Mut. Wie sollte er sich verhalten? Truppenausweis hatte er keinen. War das Wachpersonal zivil oder militärisch? Waren Wachsoldaten seine Vorgesetzten oder er als Offizier deren Vorgesetzter? Die Wachsoldaten waren seine Vorgesetzten, selbst der niedrigste Dienstgrad, erinnerte Lomer sich. Also eventuelle Befehle befolgen, aber auch entschlossen auftreten.

Wie von Geisterhand schob sich das Rolltor auf, als Lomer noch zehn Schritte bis zum Wachhäuschen hatte. Sehr aufmerksam. Lomer setzte eine entschlossene Miene auf.

„Guten Abend." Er durchschritt den grellen Lichtkegel, den ein Scheinwerfer an der Front der Wache auf den Asphalt warf.

„Guten Abend, Herr Oberleutnant."

Lomer passierte das Rolltor, das kurz anhielt und dann zurückrollte. Dann hielt es wieder an, und Lomer hörte, wie jemand aus dem Wachhäuschen stürzte. Eine Tür schepperte auf. „Herr Oberleutnant!"

Lomer schritt unbeirrt weiter.

„ H e r r   O b e r l e u t n a n t !" Das klang jetzt schon bedrohlicher.

Lomer verlangsamte und drehte sich um. Fünf Meter weit von ihm entfernt vor dem Wachhäuschen stand eine Figur, die er nicht weiter identifizieren konnte, weil der Scheinwerfer ihn blendete. „Meinen Sie mich?"

„Oberleutnant Lomer?"

Verdammt, jetzt hatten sie ihn. Fünf Schritte außerhalb der Kaserne, aber deutlich innerhalb des Bereichs ihrer Schusswaffen.

„Adenauer-Kaserne
Heeresamt"

las er auf einem Metallschild, das an der Mauer angebracht war. „Der bin ich. Was gibt's?"

Die Wache schwenkte zwei Taschen. „Soll ich Ihnen geben. Ist für Sie hier abgegeben worden. Offizierswohnung General von Beutler, Block L, erster Stock. Ist vergessen worden. Tut mir leid. Personalmangel."

„Hab ich drauf gewartet. Danke." Lomer nahm seine Reisetasche und seine Aktentasche entgegen. „Schönen Abend noch."

„Ihnen auch, Herr Oberleutnant." Die Wache knallte die Hacken zusammen und Lomer grüßte mit nachzitterndem Ellenbogen. Dann machte er taumelnd kehrt und marschierte mit seinen Gepäckstücken schnell auf die belebte Verkehrsstraße vor ihm zu, von der er nicht einmal wusste, dass es die Brühler Straße in Köln war.

Ein Taxi fuhr ihn in die Innenstadt. Auf der Rückbank wühlte er sich durch die ihm überlassenen Gepäckstücke und fand alles, was sie ihm abgenommen hatten, vollständig wieder, inklusive Bargeld und Mobiltelefon. Das dürfte er erst einschalten, wenn er in Sicherheit war. Er ließ sich zu irgendeinem Hotel im Zentrum fahren, bezahlte den Fahrer, wechselte auf der Hoteltoilette seine Kleidung, aß nebenan ein indisches Curry und wechselte dann zu einem Hotel drei Straßen weiter in einer Seitengasse. Irgendwo in der Nähe detonierten Sprengsätze. Er entsorgte die Flecktarntasche mit der Felduniform und den Springerstiefeln in einer größeren Mülltonne.

Er bezog das teuerste Zimmer, machte sich frisch, freute sich, dass sein Kopfhaar nachwuchs, und ging unten an die Bar. Bei einem Manhattan kam er langsam zur Ruhe. Möglicherweise hatte er es vergeigt, sein einziges derzeitiges Mandat. Wie sollte er jetzt noch den General überreden können? Egal, wenn der nicht wieder auftauchte, musste er als sein Gefangener nicht bis zum Verhungern auf ihn warten; schon mal gleich gar nicht, nachdem sein Gastgeber mehr oder weniger unverblümt seine Exekution angedroht hatte.

‚*Sie arbeiten hier auf einem Himmelfahrtskommando, und ich versüße Ihnen lediglich Ihre letzten Tage ... Der Sturm, der in den nächsten Tagen über uns hinwegfegen wird, wird Sie als eines der ersten Opfer sehen.*'

‚Davon abgesehen hätte ich ihn wahrscheinlich ohnehin nicht von seinem Vorhaben abgebracht, diesen General des Teufels, des Teufels General.' Mission impossible. Und irgendwie hatte von Beutler junior ja nicht vollständig Unrecht mit dem, was er so dachte, womöglich nur mit dem, was er vorhatte, und vor allem damit, wie er es durchführen wollte. Lomer grübelte über einem zweiten Manhattan. Weshalb waren die Gedanken und Ideen dieses Generals gar nicht mal so falsch, wenngleich undurchführbar, zumindest absolut unethisch, verwerflich, politisch unkorrekt allemal? Woher kam diese Diskrepanz, wie war sie zu überwinden?

Lomer beendete seine Grübeleien; er sollte sich auf seine aktuelle Situation konzentrieren. Als erstes wollte er ausschlafen, aber für Morgen mussten Pläne gemacht werden. Was wurde aus seinem Mandat? Sollte er die Polizei einschalten, Anzeige bei der Staatsanwaltschaft Köln erstatten? Was er vorhin so in den Nachrichten gesehen hatte, war die Polizei inzwischen völlig hilflos, ohnmächtig und überfordert, also die untaugliche Ansprechstelle. Die Staatsanwaltschaft könnte er frühestens morgen Vormittag erreichen. Nein, er musste zunächst Laura anrufen, aber nicht jetzt aus dem Raum Köln, wo seine Henker ihn möglicherweise orten konnten; er musste ihr die Situation schildern, egal, wie peinlich das war, und auf ihre Weisungen warten. Immerhin hatte er sich ohne fremde Hilfe aus seiner Gefangenschaft befreit – das könnte man entsprechend halsbrecherisch darstellen –, und stand ab sofort wieder zur Verfügung. Dass seine Legende als Prof. Strawitsch aufgeflogen war, hatte nicht an ihm, sondern wohl eher an Laura gelegen.

Beim dritten Manhattan war ihm das gleichgültig. Er hatte sein großzügiges Honorar vorab erhalten, er konnte eine Fortsetzung dieses bizarren Mandats problemlos ablehnen, und er hatte noch gut die Hälfte seines Sabbaticals vor sich.

Nach dem vierten Manhatten legte Lomer sich drei Stockwerke weiter oben zufrieden in sein King-Size-Bett. Er genoss die Wärme der weichen Zudecke, die weder kratzte noch den Aufdruck ‚BUNDESEIGENTUM' trug.

2

Auch Geheimdienstkoordinator Gehrke hatte eine angenehme Nachtruhe vor sich, die erste seit vielen Nächten, nach einem langen Arbeitstag, der erst jetzt in den späten Abendstunden zu Ende ging. Vor einer Stunde hatte er Frau Savatzki nach Hause geschickt. Alles war zum Allerfeinsten gelaufen, geplant und vorbereitet. In einer Stunde würde er sich völlig entspannt zu Hause im Grunewald zu Bett legen. Er machte eine Flasche Mineralwasser auf und überlegte ein weiteres Mal, ob er auch wirklich alles bedacht hatte. Morgen Vormittag würde er in Gegenwart von Oberstaatsanwalt von Bülow diesen von Beutler vernehmen, in den Räumen der Berliner Generalstaatsanwaltschaft. Der Generalstaatsanwalt würde an dieser Vernehmung persönlich teilnehmen, zumindest zeitweise, bevor von Beutler dann dem Haftrichter vorgeführt würde. Die Abmachung war die, dass die Festnahme von Beutlers auch als Verdienst des Generalstaatsanwalts verkauft werden sollte, der politische Ambitionen hatte, die sich mit Gehrkes Vorstellungen deckten. Als Gegenleistung würde der Generalstaatsanwalt dafür sorgen, die Flamme des Ermittlungsverfahrens gegen Gehrke klein zu halten und schließlich zu ersticken. Eine wunderbare Lösung, für alle Beteiligten.

Auf der offiziellen politischen Ebene würde Gehrke noch diese Woche zum Minister des Auswärtigen vorgeschlagen und ernannt werden, was ihm bei seinen Erfahrungen im diplomatischen Dienst auf den Leib geschrieben war. Damit wäre er Vizekanzler. Sämtliche Einspar-Überlegungen aller Politiker, die den MAD abschaffen, den BND mit dem Bundesamt für Verfassungsschutz BfV vermischen, das BKA mit der Bundespolizei vermengen wollten, würden seine Position nicht mehr tangieren. Endlich.

Geschickt hatte er es in den letzten Tagen verstanden, die Affäre um die verschwundenen Schweizer Zeugen zu steuern. Zwar waberte immer noch der Verdacht durch die Medien, dass deutsche Nachrichtendienste oder geheimnisvolle Spezial-Einsatzkräfte die beiden aus dem Verkehr gezogen haben könnten. Aber diese Mutmaßungen hatten seit einigen Tagen Köhler im Fokus, den Präsidenten des BND, nicht Gehrke, der bloß als Koordinator tätig war und deshalb überhaupt nichts damit zu tun haben konnte; je stärker sich der Verdacht gegen Köhler richtete, desto weniger konnte er bedauerlicherweise auf die frühere Außenministerin und jetzige Kanzlerin Gravell fallen, die für nachrichtendienstliche Alleingänge und Unbesonnenheiten schwerlich zur Verantwortung gezogen werden konnte. Fiel Köhler dieser Intrige zum Opfer, würde die Einstellung des von Köhler gegen Gehrke initiierten Ermittlungsverfahrens sich besonders elegant gestalten lassen. Wunderbar. Und sein chronischer Widersacher Köhler wäre politisch mausetot. Gehrke nahm zufrieden einen großen Schluck Wasser.

Anschließend würden sich genug Gründe finden lassen, Gravell zu Fall zu bringen, stolpern konnte sie schon ohne sein Zutun. In ihre Zeit als Außenministerin fielen schließlich sämtliche diplomatischen Verwicklungen, das zerstörte Verhältnis zu den Amerikanern, das sie auch als Kanzlerin nicht hatte verbessern können, die Unstimmigkeiten mit dem Nachbarland Schweiz, das die beiden Staatsbürger Naef und Anax als Opfer deutscher Geheimdienstdiplomatie betrachtete, geopfert, um den deutschen Verteidigungsminister zu retten. Im Verhältnis zu den Amerikanern würde Gehrke mit Hilfe seines Freundes Epstein den Hebel ansetzen. Es war eine Frage von Tagen oder Wochen, dann würde für ihn die Tür zur Kanzlerschaft der Bundesrepublik Deutschland aufspringen. Er musste nur noch ein wenig daran drücken.

Und all dies war möglich geworden durch die Festnahme von von Beutler heute Nachmittag, die sein, Gehrkes alleiniger Verdienst war.

‚Geheimdienstkoordinator Dr. Gehrke verhindert in letzter Minute Staatsstreich. Unser neuer Außenminister? Unser neuer Vizekanzler!'

Diese Schlagzeile sah er übermorgen oder spätestens nächste Woche schon auf den Titelseiten der Republik. Und die Verhinderung dieses Staatsstreichs war das Gebot der Stunde, schaute man sich draußen auf den Straßen die Tumulte an, hörte man Nachrichten, Sondermeldungen, oder schaltete man zu irgendeiner Stunde des Tages den Fernseher ein.

Alles war perfekt. Morgen Vormittag würde es losgehen. Gehrke löschte das Licht in seinem Dienstzimmer. Wahrscheinlich würde er diese Nacht doch wieder nicht schlafen, vor lauter Aufregung und aus Vorfreude.

3
Lomer entdeckte die kleine Notiz im KÖLNER MORGENBLATT unter ‚Verschiedenes' eher zufällig.

„Berlin. Gestern Nachmittag kam es zur vorläufigen Festnahme eines deutschen Generals in den Räumen des Verteidigungsministeriums in Berlin in der Stauffenbergstraße. Vom Verteidigungsministeri-

um war keine Stellungnahme zu erfahren. Der Ein-Sterne-General musste offensichtlich wegen disziplinarischer Verfehlungen der Vergangenheit vorzeitig seinen Abschied nehmen. Die disziplinarischen Verfehlungen, die der Wehrdisziplinaranwalt aufgedeckt hatte, waren dann offenbar so schwerwiegend, dass das Verfahren an die Staatsanwaltschaft hatte abgegeben werden müssen, die dann gestern Nachmittag die Festnahme veranlasst hat. dpa"

Von Beutler? Lomer legte die Zeitung auf seinen Frühstückstisch zurück. Das würde nicht ohne Auswirkungen auf sein Gespräch mit Laura bleiben. Die Festnahme von Beutlers war nicht Inhalt seines Mandats gewesen. ‚Er ist kein Unmensch; er ist nur entgleist. Hilf ihm wieder auf die Spur.' Aber verhindern hatte er es nicht können; und es würde die Beendigung seines Mandats erklären. Nur die zweitbeste Lösung, aber eine vielleicht glückliche Fügung.

Lomer checkte aus und nahm am Kölner Hauptbahnhof den nächsten Zug, egal in welche Richtung, um von dort unaufklärbar telefonieren zu können. Es war ein Interregio, der Richtung Kassel fuhr.

Lomer verzog sich in die Ecke des Bistrowagens, bestellte einen Kaffee und schaltete endlich sein Handy ein. Bevor er eine von Lauras Geheimnummern eingeben konnte, vibrierte das Telefon. Auf dem Display erkannte er die Nummer seiner Kanzlei und sah, dass die in den letzten Tagen schon mehrfach anzurufen versucht hatte.

„Lomer."

„Endlich, hätte nicht geglaubt, dass das noch klappt. Wir versuchen seit Tagen …"

„Ich weiß, war verhindert. Tut mir leid."

„Macht nix. Darf ich Sie mit Dr. Konetzke verbinden?"

„Gerne, und schönen Tag noch."

„Ihnen auch, Herr Dr. Lomer."

Es knackte. Dann war der Senior dran, der sich für die erneute Störung während des Sabbatical entschuldigte. „Aber Sie hatten bei unserem letzten Telefonat darum gebeten, ich möge Sie auf dem Laufenden halten. Über die Bemühungen des Kollegen Bloch bezüglich dieser schönen Unbekannten, dieser Doppelgängerin oder auch nicht."

„Ja, natürlich, vielen Dank, dass Sie anrufen. Was gibt's denn Neues?"

„Bloch hat sie zweifelsfrei als Frau Laura Schwartze identifiziert."

Lomer schluckte. „Wie hat er das denn geschafft?"

„Im Kanzleramt hatte er da wohl so seine ganz speziellen Aufklärungsmöglichkeiten."

„Verstehe. Hat er sie schon gestellt? Mit Hilfe dieser ganz speziellen Möglichkeiten?"

„Leider nicht, Sie ist ihm entwischt. Nach Jamaika. Weiß er aus zuverlässigen Quellen, oder wie das beim Militär heißt. Die Dame ist entweder in Montego Bay oder in Kingston. Aber nicht mehr lange. Dort wird er sie aufgreifen. Ich habe ihn nach seiner Wehrübung mit sofortiger Wirkung freigestellt und nach Jamaika geschickt. Das war es, was ich Ihnen wunschgemäß mitteilen wollte, Dr. Lomer."

‚Schön, dass ich auf diese Weise erfahre, wo sich meine Tochter aufhält', dachte Lomer und bedankte sich.

„Und was machen Sie jetzt Schönes, Herr Kollege, wenn ich fragen darf? Sie haben doch, glaube ich, noch gut drei Monate Urlaub vor sich."

„Och, mal sehen, Dr. Konetzke. Vielleicht fliege ich nach Jamaika. Wollte sowieso wieder in die Karibik. Auf Puerto Rico habe ich diese Dame doch aufgespürt."

„Diese Doppelgängerin."

„Die ja nun nach militärisch zuverlässigen Informationen wohl die echte Laura Schwartze ist."

„Ja, das hoffe ich doch. Unterstützen Sie doch den Kollegen Bloch dort. Seine Reise ist ja nicht ungefährlich."

„Wenn Sie meinen." Lomer wollte endlich seine Tochter kennenlernen, als seine Tochter.

„Kosten übernimmt die Kanzlei. Sie wissen wie kein zweiter, da geht es um viel Geld. Ihr Sabbatical können Sie auch gerne verlängern, sagen wir, um einen weiteren Monat."

‚Und es geht um viel Vaterliebe', dachte Lomer. „Das geht schon in Ordnung, Herr Konetzke. Ich stehe zur Verfügung. Haben Sie eine Adresse oder Telefonnummer vom Kollegen Bloch?"

„Hat das Zentralsekretariat. Ich freue mich, dass Sie dabei sind und mitmachen, Herr Lomer. Die Angaben vom Kollegen Bloch simsen wir Ihnen zu. Damit Sie möglichst ungestört bleiben. Ich weiß Ihr Engagement zu schätzen."

„Danke. Grüßen Sie die Kollegen von mir, vor allem Dr. Kurlow."

„Danke noch mal, und guten Flug!"

Der Bistrowagen füllte sich langsam, und Lomer floh in einen Großraumwagen. Soeben hatte er zugesagt, seine Tochter wiederzufinden, in der Karibik, in der vor vielen Wochen alles angefangen hatte. Und das nur aus Liebe zu seiner Tochter und ohne zuvor seine Mandantin instruiert zu haben. Er musste sofort mit Laura sprechen. Er wählte ihre Nummer: 0160-7324615.

„Ja, bitte." Lauras tiefe Stimme vibrierte.

„Hallo, Laura, ich bin's, Hannes."

„Bitte keine Namen."

„Ist von Beutler gestern verhaftet worden? Heute –"

„Keine Namen. Ja, wir wussten es gestern schon. Du hast versagt. Das war nicht Dein Mandat."

Lomer stutzte. „Tut mir leid, ich war –, Du hast –"

„Vergiss es. Ich hoffe, Ihr hattet unvergessene Abende bei Schach und Rotwein. Und bei Brandy."

Verdammt, woher konnte sie das wissen?

„Ist noch was?"

„Wie geht es denn jetzt weiter?"

„Für Dich gar nicht. Du bist draußen. Kann ich sonst noch was für Dich tun?"

So konnte das Gespräch nicht enden. So konnte ihre Beziehung nicht enden. Immerhin hatten sie eine gemeinsame Tochter. „Laura, ich –"

„Wenn Du noch einen Namen nennst, ist die Verbindung weg."

„Es gibt einiges zu erklären."

„Mir nicht mehr."

„Und ich will unsere Tochter wiedersehen."

„Dann grüß' sie von mir."

„War sie es, die in Puerto Rico meine Kaution gestellt hat? Oder Du?"

„Frag sie."

„Wo finde ich sie?"

„Derzeit Jamaika, Montego Bay, Hotel Adrian. In einer Woche Kingston. Dann ist ihr Kapitän zurück."

„Ihr Kapitän?"
„Sie ist mal wieder vorübergehend verliebt."
„Wie schön für sie!"
„Sehe ich wie Du. Sonst noch was? Wir haben hier seit gestern Abend Alarmstimmung und die ganze Nacht über …"
„Kann ich helfen?"
„Nicht mehr. Du hattest Deine Chance. Doch: indem Du auflegst."
„Schön, Laura, dass wir uns noch mal so richtig aussprechen konnten."
Bei ‚Laura' hatte sie schon abgebrochen.

Lomer wankte auf weichen Knien in den Bistrowagen zurück. Mindestens einen Whiskey würde er jetzt brauchen. Was hatte Laura zu der Frau gemacht, die sie jetzt war? Das Geld, des Teufels General? Oder war sie immer schon so gewesen, und er hatte es nur nie gemerkt?

Der Interregio verlangsamte seine Fahrt und hielt. Lomer stieg aus. Die Lautsprecher blafften eine Ansage und einen Ortsnamen, den er nicht kannte. Er erkundigte sich nach der nächsten Zugverbindung nach Frankfurt. In einer Viertelstunde, Bahnsteig 3. Von Frankfurt würde er nach Jamaika fliegen, Montego Bay, und Estella in seine Arme nehmen, das restliche familiäre Glück erleben, das ihm noch verblieb. Und er würde versuchen zu verhindern, dass sie wie ihre Mutter würde. Und wie ihr Stiefvater. Wenn das denn noch gelänge. Aber er würde es versuchen. Eine wunderbare Aufgabe, sicher nicht anspruchslos, eher fordernd. Aber: Mission possible. Und er würde dem Kollegen Bloch mühelos klarmachen können, dass Estella Laureen nicht Laura war, und ihn wieder nach Hause schicken, nach München in die Kanzlei – was immer Bloch von seiner Tochter erwartet haben mochte. Ihre Beteiligung an der „Operation Papa" würde er nicht gegen sie verwenden können, wollte er sich nicht selbst bezichtigen; im Gegenteil: Seine Beteiligung an der „Operation Papa" würde ein überzeugendes Argument sein, ihn wieder loszuwerden. Das wäre dann schon Lomers erste väterliche Fürsorgemaßnahme.

Sein Zug fuhr ein. Dem übel gelaunten Zug-Begleitpersonal kaufte er einen Whiskey und einen schwarzen Kaffee ab und beschloss, den nächsten Whiskey erst über dem Atlantik zu trinken.

Und was würde er nach einer Woche machen, wenn es seine zauberhafte Tochter zu ihrem Kapitän in den Hafen von Kingston ziehen würde? Lomer nuckelte an seinem Whiskeyfläschen und grinste. Einen Flug nach Puerto Rico würde er nehmen, zu seiner Staatsanwältin, Mrs. Irene Keener, Legal Attorney, das liebenswerte Stupsnäschen mit den zahlreichen Sommersprossen, das hoffentlich immer noch auf seinen Rückruf wartete. Lomer zog sein Cellphone hervor und tippte ‚Keener' ein. Ihre Nummer leuchtete auf. Lomer sah auf seine Uhr. In sieben Stunden könnte sie in ihrem Office sein. Er würde Irene viel zu erzählen haben.

4

Gehrkes Finger trommelten auf die Schreibtischplatte, seine rechte Hand umklammerte den Telefonhörer. Wann hatte Frau Savatzki endlich die Verbindung zum Landeskriminalamt zustande gebracht?

„Das LKA, Herr Minister."
Endlich.

„LKA Berlin, Abteilung 5, Polizeilicher Staatsschutz, Kriminalkommissar Metik Ödögan."

„Hier spricht Staatsminister Dr. Gehrke, Geheimdienstkoordinator im Bundeskanzleramt."

„Hallo, ja, das sagte Ihr Vorzimmer schon. Was kann ich für Sie tun, Herr Gehrke?"

Gehrke runzelte die Stirn. „Sie haben einen Häftling, den ehemaligen Brigadegeneral von Beutler, den –"

„Ach so."

„ – den wir in ein, spätestens zwei Stunden zur Vernehmung abholen werden. Ich möchte, dass Sie das entsprechend vorbereiten, Herr, äh, Ödimir."

„Ödögan."

„Entschuldigung, geht das in Ordnung? So etwa in anderthalb Stunden?"

„Das haben wir noch nie gehabt, dass ein Geheimdienst-Minister einen General hier abholt."

„Dann wird es das erste Mal sein." Gehrkes linke Hand trommelte wieder.

„Sind Sie denn da überhaupt zuständig?"

„Ich werde in Begleitung von Oberstaatsanwalt von Bülow erscheinen, der alle Papiere dabei hat."

„Ach so. Na, dann."

„Geht das bei Ihnen dann klar, Herr Ödögan?"

„Und weshalb vernimmt dieser Staatsanwalt diesen Häftling nicht hier? Wir haben hier Vernehmungsräume. So ist das eigentlich üblich."

Gehrkes rechte Hand wurde feucht. „Weil, Herr Ödögan, der Ex-General dem Generalstaatsanwalt vorgeführt werden soll."

Ödögan kicherte.

„Der General dem General, ja, so was kenne ich eigentlich nur aus dem Heimatland meiner Eltern. Sie haben in Adana ..."

Gehrke hörte nicht weiter zu und sah auf die Uhr. „Wir wären dann so gegen 10 Uhr 30 bei Ihnen am Tempelhofer Damm."

„Moment mal. Wie heißt der ?"

„Generalstaatsanwalt –"

„Nein, der General. Der andere General."

„Brigadegeneral a. D. von Beutler, Berndt von Beutler."

„Sekunde mal eben." Der Telefonhörer von Herrn Ödögan polterte irgendwohin.

Gehrke überlegte, ob er auflegen sollte und einfach hinfahren. Den Einsatzwagen mit dem Gefangenentransporter hatte er aber erst in einer Stunde bestellt, und auf den Straßen tobte der Mob, ohne Begleitschutz wäre die Fahrt zum Tempelhofer Damm ein riskantes Unternehmen.

„Da bin ich wieder. Sie ahnen nicht, was hier los ist. Alle paar Minuten werden verletzte Kollegen hier reingeschleppt, Demonstranten suchen hier bei uns Schutz, so was habe ich noch nicht mal zu Hause in der Türkei erlebt."

Vor dem LKA detonierte irgendetwas, Gehrke hielt den Hörer weiter weg, im Tempelhofer Damm 12 schienen Fensterscheiben zu bersten. „Sind Sie noch dran, Herr Ödögan?"

„Ja, ja, jetzt ist Ruhe draußen. Endlich. Dafür aber wieder viele Opfer. Nun liegen sie da draußen rum. Wer macht denn so was?"

219

Gehrke hörte aus dem Telefonhörer die Sirenen von Ambulanzwagen.

„Das sieht hier aus wie im Bürgerkrieg, Herr Gehrke."

‚D a s   i s t Bürgerkrieg' dachte Gehrke, ‚das wäre fast einer geworden.'

„Mich erinnert das an unsere Militärputsche zu Hause, da war dann auch plötzlich immer Ruhe im Karton, auch wenn ich so sehe, was da in den letzten Tagen so an Waffen und Sprengmitteln zum Einsatz gekommen ist …"

„Herr Ödögan –"

„Wenn das Bundeswehr-Einheiten sind, diese Gegendemonstranten, dann hätten die uns schon vor Jahren beistehen sollen; wir sind doch bei unserer erbärmlichen Ausstattung und Ausrüstung schon seit Jahren, seit ich hier bin eigentlich, ständig überfordert und gar nicht mehr in der Lage, die öffentliche Ordnung aufrechtzuerhalten, also jedenfalls nicht hier bei uns in Berlin …"

„Herr Ödögan!" Gehrke hob seine Stimme an.

„ … und wenn das hier so weitergeht, habe ich mir schon überlegt, ob meine Familie und ich – wir haben drei kleine Kinder – nicht doch besser zurück nach Adana …"

‚Mach' das. Bestätige mir aber vorher noch, dass ich gleich diesen von Beutler bei Euch abholen kann', dachte Gehrke.

„Herr Ö d ö g a n !"

„Oh, ja, Entschuldigung. Jetzt ist es ganz ruhig draußen. – Wie heißt der noch mal?"

Gehrke atmete tief durch. „Von Beutler, Berndt von Beutler."

„Beutelar, Beuteler, Beutler, Boitler … Wie schreibt der sich?"

„B e u t l e r."

„Gibt's nicht."

„Berndt von Beutler. Das kann nicht sein. Gucken Sie doch mal unter ‚v' nach. Von Beutler."

Im Hörer raschelte es, Ödögan schien in Papieren zu blättern.

„Ja, ist noch nicht im Computer, aber gestern hier eingeliefert worden; deshalb habe ich ihn hier auch noch nicht gefunden. Berndt von Beutler sitzt hier im ersten Stock, Zelle 14, V-o-n-b-e-u-t-l-e-r, meinen Sie den?"

„Genau den", Gehrke seufzte.

„Doch, der ist doch schon im Computer."

„Na schön, dann also bis 10 Uhr 30."

„Dieser ganze Papierkram hier." Ödögan raschelte wieder mit irgendwelchen Blättern. „Warum denn dieser ganze Aktenkram, wenn er schon im PC ist?" murmelte Ödögan mehr so für sich.

Gehrke wechselte den Telefonhörer in die andere Hand und atmete schwer.

„Ah, deshalb: Hier ist ein längerer Aktenvermerk, und der ist eben noch nicht eingegeben worden."

„H e r r   Ö d ö g a n, sehen wir uns um 10 Uhr 30? Ich muss diesen Gefangenen bei Ihnen abholen! Ihre Aktenvermerke interessieren mich nicht. Machen Sie meinetwegen eine Kopie für die Staatsanwaltschaft, aber bestätigen Sie jetzt endlich diesen Abholtermin, verdammt noch mal!"

„Nu' blasen Se sich mal nich' so uff", blaffte Ödögan. „Ihre Geheimdienste werden doch eher aufgelöst als unsere Polizeidienststellen. Und ich als Kriminalkommissar mit Migrationshintergrund bin sowieso am längsten von Euch allen hier."

220

„Bislang soll nur der MAD aufgelöst werden", seufzte Gehrke. ‚Wieder ein bisschen weniger Kompetenz für den Geheimdienstkoordinator', aber das konnte ihm bald egal sein. „Was steht denn nun in dieser verdammten Aktennotiz, wenn Sie meinen, dass ich die unbedingt kennen muss?"

„Moment, lese ich gerade."

„Bitte." Gehrkes Hand verstärkte den Trommelwirbel auf die Schreibtischplatte.

Nach einer Weile war Ödögan wieder da. „Also, der ist verschubt worden. Er sitzt nicht mehr bei uns."

„Wie bitte?" Gehrke schnellte vor.

„Aus dem Vermerk ergibt sich, dass der vor einer Stunde abgeholt worden ist."

„Abgeholt?" Gehrke fasste es nicht. War der Staatsanwalt ihm zuvor gekommen? „Von wem? Wohin? Wir reden über Brigadegeneral a. D. Berndt von Beutler."

„Genau von dem. Aber eines nach dem anderen."

„Also: Wo ist er jetzt inhaftiert?"

„Bei der Bundeswehr."

„W o ?"

„Keine Ahnung. Abgeholt vor einer Stunde von einem Feldjägerkommando, also Bundeswehr."

Gehrke wurde blass. „Wie konnte das passieren? Sind Sie sicher, dass der nicht zur Generalstaatsanwaltschaft in die Elßholzstraße abgeholt worden ist?"

„Hier steht, auf Grund von Nr. 50 RiStBV an die Bundeswehr."

„RiStBV?"

„Richtlinien für das Strafverfahren und das Bußgeldverfahren", erklärte Ödögan.

„Und Nr. 50 besagt was?"

„Steht hier auch:

‚Untersuchungshaft bei Soldaten der Bundeswehr

Kann den Erfordernissen der Untersuchungshaft während des Vollzuges von Freiheitsstrafe, Strafarrest, Jugendarrest oder Disziplinararrest durch Behörden der Bundeswehr nicht Rechnung getragen werden, so prüft der Staatsanwalt, ob der Soldat im dortigen Vollzug verbleiben kann oder ob die Vollstreckung zu unterbrechen oder die Übernahme des Soldaten in den allgemeinen Vollzug erforderlich ist.'

Daraus folgt – so steht das hier –, dass das Substratsprinzip gilt, wonach ..."

„Subsidiaritätsprinzip", korrigierte Gehrke.

„... wonach für Soldaten zunächst die Bundeswehr zuständig ist, dann erst die Polizei als Hilfsbeamtin der Staatsanwaltschaft, nämlich, wenn ..."

„Aber dieser von Beutler ist doch bei seiner Festnahme kein Soldat mehr gewesen!"

„Und woher sollten wir das wissen?"

Gehrke mochte es nicht glauben. Wer hatte das veranlasst? In welcher Arrestzelle welcher Bundeswehr-Liegenschaft würde er von Beutler jetzt finden, rechtzeitig vor dem Termin mit dem Generalstaatsanwalt in der Elßholzstraße 30 in Schöneberg? Frau Savatzki musste sofort sämtliche Berliner Dienststellen der Bundeswehr abtelefonieren.

„Eine Frage noch, Herr Ödögan: Wer hat ihn denn abgeholt? Welche Feldjäger-Einheit?" Das würde die Suche sehr erleichtern.

Erneutes Rascheln von Papier. „Sie müssen entschuldigen, aber ich war ja heute Morgen nicht hier, ich war draußen."

„Bitte", stöhnte Gehrke.

221

„Aha, da haben wir das Abholkommando, mit Unterschrift. Drei Mann." Ödögan kicherte. „Um genau zu sein: zwei Mann und eine Frau, Unteroffizierin oder wie das heißt. Und zwei Männer, ein Feldwebel und ein Major."

„Welche Einheit? Welches Feldjäger-Kommando?" Gehrke winkte Frau Savatzki herbei, die im Türrahmen mit irgendwelchen Neuigkeiten wartete.

„Einheit? Kommando? Steht hier nicht."

Gehrke schob Frau Savatzki einen Zettel zu und machte es eilig.

„Und wer hat unterschrieben?"

„Unleserlich. Unter dem Namen steht ‚Major'."

„Und das ist alles?"

„Halt, da steht doch noch was, Entschuldigung: ‚Major dR'; Heißt das, der ist Doktor?"

„Sie Idiot, das heißt ‚der Reserve' ", japste Gehrke.

5

Der stellvertretende Generalinspekteur hetzte die Treppe des Verteidigungsministeriums hinauf, mehrere der breiten Steinstufen auf einmal nehmend, stürmte die wülstige Ballustrade mit den hoch aufragenden Doppelsäulen entlang und krachte durch das Vorzimmer des Ministers, vorbei an aufgeschreckten Sekretärinnen, polternd in den Arbeitsraum des Ministers.

Coenen sah von seinem Schreibtisch auf; Staatssekretär Jaeger, der seitlich neben ihm über eine Akte gebeugt war, hob den Blick, und der Generalinspekteur warf seinen Kopf herum. „Was fällt Ihnen denn ein?"

„Wichtige Meldung, höchste Priorität, Herr General, Entschuldigung, Herr Minister, guten Morgen, Herr Staatssekretär." Der Stellvertreter wedelte ein DIN-A-4-Blatt durch die Luft und nahm Grundstellung ein.

„Also, was ist hier los?" Das Kastratenstimmchen des Ministers.

„Es sind, Herr Minister, eine Unmenge von Einberufungsbescheiden ausgelaufen, an …". Der Stellvertreter warf einen Blick auf das Blatt, „ … genau 133.400, an alle möglichen Reservisten aller möglichen Dienstgrade und zwar –"

„Das kann überhaupt nicht sein", bellte der Generalinspekteur, „das wüssten wir doch!" ‚133.400? Das ist exakt ein Zehntel des Sollumfangs, den die Bundeswehr 1990 am Ende des Kalten Krieges gehabt hat', schoss es ihm durch den Kopf. Zufall?

„– und zwar an die Reservisten der ehemaligen Heimatschutz-Regimenter Baden, Bayern, Westfalen, …"

„Das klingt nach den alten Alarmierungsplänen zur Zeit des Kalten Krieges, als wir noch diese Wintex-Übungen veranstalteten." Der Generalinspekteur versuchte ein entspanntes Lächeln.

„Alle Wehrbereichskommandos und sämtliche derzeitigen Landeskommandos, allen voran das WBK IV Süddeutschland und das Landeskommando Bayern –", fuhr sein Stellvertreter unbeirrt fort, da unterbrach ihn die Kieksstimme des Ministers, an seinen Generalinspekteur gewandt: „Können Sie das bestätigen, Herr General?"

Die Gesichtsfarbe des Vier-Sterne-Generals hatte inzwischen die Farbe seiner roten Kragenspiegel angenommen. „Dabei kann es sich ganz offensichtlich nur um einen Computerfehler handeln, Herr Minister."

„Aber es kommt noch schlimmer!" Wieder der Stellvertreter. „Diese Reservisten sind in atypische Verwendungen einberufen worden, Polizeidienststellen, Landratsämter, Wasserwerke, Feuerwehrleitstellen, Rundfunkhäuser, als Bürgermeister, in Regierungsstellen auf Bezirks- und Landesebene. Sogar in Berlin –" Er nahm wieder sein DIN-A-4-Blatt zur Hand.

„Das klingt nach den wesentlichen Schaltzentralen unserer Republik, nach unseren eigenen Alarmierungsplänen", seufzte Staatssekretär Jaeger.

Coenen war blass geworden. „Kann man das denn nicht rückgängig machen?" Die Frage richtete sich an den Generalinspekteur, aber die Antwort kam vom Stellvertreter: „Mehr als 95 Prozent der Einberufenen haben bereits heute früh um 06.00 ihre Dienstposten eingenommen."

6
„Wir sollten ihn stoppen."

„Wen? Wie? Was?" Lothar Tocker sah Laura überrascht an. Sie saßen im Schlossgarten unter der weißen Pergola und süffelten süßen englischen Tee. Schräg unter ihnen im Kellergewölbe des Schlosses, im Reserve-Gefechtsstand, der jetzt als Gefechtsstand Haupt diente, wurde auf Hochtouren gearbeitet, aber hier draußen hörte man nichts, kein Telefonklingeln, keine Stimmen, die Befehle erteilten oder Meldungen machten, keine Stiefelschritte, die von PC zu PC hasteten.

„Unseren General, wen sonst?"

„Berndt von Beutler? Das ist doch nicht Dein Ernst." Lothar setzte seine Tasse ab, ob verwundert oder verärgert, war schlecht einzuschätzen. „Du selbst hast doch das Unternehmen anderthalb Jahrzehnte lang begleitet, mitgetragen, finanziert. Und jetzt, wo es endlich losgeht, willst Du unseren Spiritus rector ausbremsen, unseren ersten und besten Mann?" Er schaute Laura ungläubig an. „Hast Du denn überhaupt keine Ideale mehr?"

„Spiritus rector war sein Vater. Die operative Führung seines Sohnes gefällt mir nicht, seit der die Vernichtung von Menschenleben nicht scheut, um seine Ziele zu erreichen."

„Unsere Ziele. Er ist immerhin Soldat."

„Ich habe jüngst bereits einen Versuch gestartet, ihn auszuschalten."

„Bei der Tagung der Gesellschaft in Hamburg an der Führungsakademie? Ich hörte davon."

„Durch eine Verkettung unglücklicher Umstände und die zugegebenermaßen geniale Aufklärungstätigkeit von Berndt ist daraus bedauerlicherweise nichts geworden; er muss meinen V-Mann entweder von Anfang an oder doppelt oder beides observiert haben. Jedenfalls suche ich seitdem nach neuen Wegen. Und ich glaube, ich habe einen gefunden." Laura machte sich eine Zigarette an.

„Ein bisschen spät, findest Du nicht? Heute früh hat der Beginn der Übernahme stattgefunden, 0600 Zulu, es gab kaum Widerstände, wo vereinzelt doch, sind sofort Festnahmen erfolgt, nur in dreizehn Fällen mussten wir Gewalt anwenden, in dreizehn Fällen erfolgreich, kein Wunder bei der Vorbereitung. Und wem haben wir das alles zu verdanken?"

„Dem Mann, der jetzt endlich gestoppt werden muss."

„Lächerlich, und wie willst Du das jetzt noch machen?" Lothar sah auf seine Breitling. „In gut anderthalb Stunden wird der General nämlich hier aufschlagen." Ein sekundenbruchteil kurzer Lichtblitz aus dem Wald oberhalb der Pergola blendete ihn. Ein Sonnenreflex zweifach, wie hervorgerufen durch ein Fernglas. ‚Natürlich' dachte er, ‚ein DF der

Bundeswehr und dahinter sicher dieser Stabsunteroffizier der Reserve, der ihnen vor Wochen seinen grauen Volvo ausgeliehen hatte, bei Lothars erstem Besuch hier auf dem Schloss, Kriechbaum oder Kirchbaum oder wie der hieß, genannt Kilo, als Kommandosoldat ausgebildeter Scharfschütze oder Kampfschwimmer oder was auch immer, oben am Waldesrand von von Beutler als Vorgeschobener Beobachter in Stellung gebracht, um dem General Besondere Vorkommnisse zu melden.' Lothar ließ sich nichts anmerken.

„Mit Deiner Hilfe."

„Mit meiner Hilfe?"

„Wir sperren ihm völlig gewaltfrei meine Gelder. Und das eröffnen wir ihm gleich. Oder fällt Dir was Besseres ein?"

Lothar stand nachdenklich auf und wanderte unter der Pergola hin und her, die abendwarme Sonnenstrahlen als Schattenmuster auf die Steinplatten warf. Im Waldstück oberhalb zwinkerte wieder ein Lichtreflex. Lothar drehte sich zurück zu Laura, die ihn erwartungsvoll über den Rand ihrer chinesischen Porzellantasse ansah.

„Gib mir mal 'ne Zigarette." Lothar hatte seit etwa dreißig Jahren nicht mehr geraucht. Er nahm seine Wanderung unter der Pergola wieder auf. Die Zigarette schmeckte grauenhaft. Laura schenkte Tee nach. Der Kandis knisterte verheißungsvoll.

Lothar ließ sich in seinen Gartenstuhl fallen.

„Nun mach' schon: Beurteilung der Lage – Entschluss – Operationsplan", drängte Laura. „So habt Ihr das doch gelernt, oder?"

„Laura, ich teile Dir nur meinen Entschluss mit, weil wir nicht mehr viel Zeit haben: negativ. Ich bin nicht dabei. Ich werde gegen von Beutler nicht zum Mit-Verschwörer."

„Auch nicht, wenn ich Dir den Auftrag entziehe, mein Vermögen weiter zu betreuen?"

„Laura, es würde Dir nicht helfen, nicht wirklich. Geschweige denn, uns. Die Gesellschaft hat inzwischen eigene Vermögenswerte –"

„Alles Früchte meiner Vermögenszuwächse."

„– von denen wir alle wissen, wie Du sie erworben hast."

„Durch Deine Tüchtigkeit als mein Vermögensverwalter."

„Zuvor durch Deine Straftaten."

„Aha, daher weht der Wind." Laura warf ihre Zigarette fort. „Was bindet Dich eigentlich mehr an diesen neurotischen General Berndt von Beutler als an mich? Wir zwei könnten doch mit unseren gebündelten Möglichkeiten ..."

„Ich habe ihm Treue geschworen."

„Ich ihm auch. Damals. Ist schon länger her."

Lothar hustete. „Treue um Treue. Neulich noch."

„Aber Du bist doch überhaupt kein Fallschirmjäger."

„Offizierehre. Soldatische Kameradschaft."

„In deren Zeichen Du mit ihm Verbrechen begehst?"

„Sag' Du mir nichts über Verbrechen, bitte. Du nicht, Laura. Ein Wink an die Staatsanwaltschaft – Du weißt schon."

„Willst Du mir etwa drohen? Mach' Dich nicht lächerlich. Ich entziehe Dir mein Treuhand-Mandat, und Dein Mitspracherecht hier ist beendet."

„Und wenn ich das Vermögen nicht herausgäbe? Weil anderweitig gebunden, zum Beispiel vermengt und vermischt mit dem Vermögen der Gesellschaft, der DGNS, der Cassiretas?"

„Dann klage ich es ein, und Du bist wegen Veruntreuung dran. Meine Taten sind verjährt. Eure nicht."

„Wir üben nur unser verfassungsrechtliches Widerstandsrecht gegen einen aus allen Fugen geratenen Staat aus. Und vergiss' nicht, Laura, dass wir überall unsere Leute haben. In der Münchner Staatsanwaltschaft und an den Zivilgerichten; auch ein Senatspräsident am Münchner Oberlandesgericht zum Beispiel, auf dessen Richtertisch Deine Klage gegen mich landen würde, ..."

„Herr Oberst!" In der Tür zur Schlossküche erschien Major der Reserve Rinzen, in Uniform, wie immer. „Der General ist am Telefon."

„Dann bringen Sie's her."

„Der General will Sie drinnen sprechen." Rinzen zuckte mit den Achseln. „Sie entschuldigen, Laura."

Lothar murmelte irgendwas und stand auf. „Bin gleich zurück."

Laura atmete tief durch. Ihr Plan B gestaltete sich schwieriger als sie gedacht hatte. Sie hatte Lothar falsch eingeschätzt. Vielleicht hätte sie doch die Nacht mit ihm verbringen sollen, trotz der Alarmbereitschaft im Gefechtsstand. Sie öffnete den oberen Knopf ihrer weißen Bluse und zupfte an ihren Ohrreifen.

Der Lichtblitz aus dem Waldstück gegenüber dem Schlossgarten war nur kurz, kaum wahrnehmbar. Auch Laura sah ihn nicht. Sie fasste sich nach einem stechenden Schmerz an ihren rechten Oberarm; mit dem Kopf, zunächst erstarrt, fiel sie vornüber auf die Teetasse, ein Ohrreif rollte erschrocken über die pastellbunten Porzellanscherben, bevor er auf dem Steinboden taumelnd liegen blieb.

Als Lothar Tocker Minuten später auf die Terrasse hinaustrat, hatte das Thiopental seine Wirkung bereits getan.

Danksagung

Mein Dank gilt

- TK, Oberstleutnant, für seine zündenden Einfälle
- PO, Leutnant, für die tatkräftige Unterstützung
- AB für die viele Schreibarbeit
- RDE für ihre ständigen Ermunterungen und ihr geduldiges Zuwarten
- WE, Oberst, für die Endredaktion

sowie den aktiven Angehörigen der DSO für ihre Kameradschaft.

RBT, Afghanistan, Dezember 2010

Vom selben Autor sind erschienen:
- EvaSion, Schardt Verlag 2008
- Versuchungen, Schardt Verlag 2009

Carola Hartmann Miles-Verlag

Politik, Gesellschaft, Militär

Rüdiger Schönrade, *General Joachim von Stülpnagel und die Politik,* Berlin 2007.

Uwe Hartmann, *Innere Führung. Erfolge und Defizite der Führungsphilosophie für die Bundeswehr,* Berlin 2007.

Dietrich Ungerer, *Militärische Lagen. Analysen – Bedrohungen – Herausforderungen,* Berlin 2007.

Klaus M. Brust, *Söldner – Ausverkauf der Exekutive,* Berlin 2007.

Ingo Werners, *Fahren, Funken, Feuern. Hinweise für die Einsatzvorbereitung,* Berlin 2010.

Peter Heinze, *Bundeswehr „erobert" Deutschlands Osten,* Berlin 2010.

Reinhard Schneider, *Neuste Nachrichten aus unseren Kolonien. Pressemeldungen von den Aufständen in Deutsch-Ostafrika und Deutsch-Südwestafrika 1905-1906,* Berlin 2010.

Dieter E. Kilian, *Politik und Militär in Deutschland. Die Bundespräsidenten und Bundeskanzler und ihre Beziehung zu Soldatentum und Bundeswehr,* Berlin 2011.

Hans Joachim Reeb, *Sicherheitskultur als kommunikative und pädagogische Herausforderung – Der Umgang in Politik, Medien und Gesellschaft,* Berlin 2011.

Reiner Pommerin (ed.), *Clausewitz goes global. Carl von Clausewitz in the 21st Century,* Berlin 2011.

Hans-Christian Beck, Christian Singer (Hrsg.), *Entscheiden – Führen – Verantworten. Soldatsein im 21. Jahrhundert,* Berlin 2011.

Dieter E. Kilian, *Adenauers vergessener Retter – Major Fritz Schliebusch,* Berlin 2011.

Ingo Pfeiffer, *Gegner wider Willen. Konfrontation von Volksmarine und Bundesmarine auf See,* Berlin 2012.

Eberhard Birk, Heiner Möllers, Wolfgang Schmidt (Hrsg.), *Die Luftwaffe zwischen Politik und Technik. Schriften zur Geschichte der Deutschen Luftwaffe, Bd. 2,,* Berlin 2012.

Eberhard Birk, Winfried Heinemann, Sven Lange (Hrsg.), *Tradition für die Bundeswehr. Neue Aspekte einer alten Debatte,* Berlin 2012.

Jahrbuch Innere Führung

Helmut R. Hammerich, Uwe Hartmann, Claus von Rosen (Hrsg.), *Jahrbuch Innere Führung 2010. Die Grenzen des Militärischen,* Berlin 2010.

Uwe Hartmann, Claus von Rosen, Christian Walther (Hrsg.), *Jahrbuch Innere Führung 2011. Ethik als geistige Rüstung für Soldaten,* Berlin 2011.

Uwe Hartmann, Claus von Rosen, Christian Walther (Hrsg.), *Jahrbuch Innere Führung 2012. Der Soldatenberuf zwischen gesellschaftlicher Integration und suis generis-Ansprüchen,* Berlin 2012.

Einsatzerfahrungen

Kay Kuhlen, *Um des lieben Friedens willen. Als Peacekeeper im Kosovo,* Eschede 2009.

Sascha Brinkmann, Joachim Hoppe (Hrsg.), *Generation Einsatz, Fallschirmjäger berichten ihre Erfahrungen aus Afghanistan,* Berlin 2010.

Schwitalla, Artur, *Afghanistan, jetzt weiß ich erst… Gedanken aus meiner Zeit als Kommandeur des Provincial Reconstruction Team FEYZABAD,* Berlin 2010.

Erinnerungen

Blue Braun, *Erinnerungen an die Marine 1956-1996,* Berlin 2012.

Harald Volkmar Schlieder, *Kommando zurück!,* Berlin 2012.

Harald Volkmar Schlieder, *Opa Willy. 1891 Dresden – 1958 Miltenberg. Von einem, der aufsteigen wollte. Eine sächsisch-deutsche Lebensgeschichte in Frieden und Krieg,* Berlin 2012.

Reinhart Lunderstädt, *Aus dem Leben eines Hochschullehrers. Persönlicher Bericht,* Berlin 2012.

Romane

Christoph Karich, *Bewährung im Grünen Meer,* Berlin 2009.

Robert B. Thiele, *Die Treuhänderin,* Berlin 2012 (2013 unter dem Titel "Der General" als Paperback erschienen).

www.miles-verlag.jimdo.com